吱吱 著

花娇（完结篇）下册

重庆出版集团
重庆出版社

# 目 录

第八十四章 进京 /001

第八十五章 位置 /015

第八十六章 意外 /028

第八十七章 彭家 /042

第八十八章 做媒 /055

第八十九章 联姻 /069

第九十章 回嘴 /082

第九十一章 解决 /095

第九十二章 惊世 /109　　第九十三章 断裂 /122

第九十四章 痛苦 /135　　第九十五章 析产 /148

第九十六章 防守 /161　　第九十七章 反击 /175

番外 /182

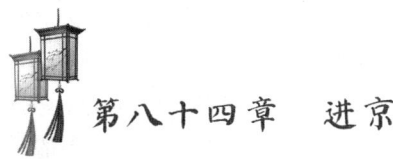

## 第八十四章 进京

裴宴闻言飞快睃了郁棠一眼，沉吟道："我还是和二嫂一块儿走吧，路上也好有个照应。再就是，我想让郁氏和我一起去趟京城。她没有出阁之前就和殷明远家的相处得不错，趁着这次去京城的机会，让殷明远家的带着她四处走动走动，比这样书信往来要好得多。等我把京城的事处置好了，就带她回来，好生经营家中的庶务，再也不随意出门了。"

郁棠非常惊讶。去京城，也带着她吗？

她不由朝裴老安人望去。正巧裴老安人也朝她看过来。两人的目光在空中碰撞在了一起。

裴老安人笑了笑。小姑娘满脸惊惶和不安，应该是没有想到裴宴会带着她，还害怕自己不同意，更怕自己因此而心生不喜吧！

裴老安人心中一软。还是个没见过世面的小姑娘呢，出去走走也好。何况是自己儿子的心头肉。

想到这里，裴老安人看了裴宴一眼。

说什么见识世面是假，想把老婆带在身边是真吧！

不说别的，就说元宵节前后，走到哪里都带着，还当别人不知道似的。

"那就一起去！"裴老安人索性大方成全，道："多带些衣服首饰过去。我们家的宗妇，第一次去京城拜访那些世家大族的主母，可不能失了排面。"

裴宴笑着应"是"，朝着郁棠笑了笑。

郁棠不好意思地低下了头，对裴老安人非常感激。她真的遇上了个好婆婆。就算不和梦中相比，看看她身边的人，多回了几趟娘家婆婆都不太高兴，有几个能像她似的，跟着丈夫千里迢迢去京城？

郁棠恭敬地给裴老安人行了个福礼，应了声"是"。

这件事就这样定下来了。

好在裴宴之前就准备带郁棠去江西，裴满那边已经在准备出行的诸事，此时虽然改变了行程，但也不至于手忙脚乱，只是有些事需要裴宴重新安排，比如说，裴满就得留在裴家主持大局。

裴宴决定带胡兴去京城。

胡兴高兴得眼睛眯成了一道缝，觉得自己的好运气好像就是从帮着给郁家做事开始的，没等郁棠回娘家辞行，他先提着两瓶酒过来找郁文了。

郁文知道女儿要跟着女婿去京城也非常高兴，和胡兴喝了半夜的酒，还不停地托胡兴多多关照一下女儿："等你回来了，我请你喝酒。"

从前郁文只是临安一个普通的秀才时胡兴还敢接这话，现在郁文成了裴宴的岳父，郁棠还么受宠爱，胡兴哪里还敢接这样的话，忙道："怎么敢让您请，肯定是我来请您。"

他拍了郁文半天的马屁，这才醉醺醺地回了裴家。

但他刚进家门，就被老婆一巴掌把酒给拍醒了。

他老婆拧着他的耳朵道："你又跑到哪里去灌酒了？大太太闹起来了，要三老爷带大公子一起去京城呢！老太太气狠了，发了话，不仅让三老爷带了大公子去京城，还让把大少奶奶一并带去京城。还说他们想回来就回来，不想回来就留在京城好了。不过，他们若是留在京城，就去杨家住。京城里的宅子，只给裴家的人住。"

胡兴吓得酒都醒了。老安人这话里的意思，是裴彤若是这次跟着去了京城，就不承认他是裴家的子孙了吗？他立马问："那大太太怎么说？"

胡兴的老婆咂巴着嘴，道："还能怎么说啊！她知道老安人心疼儿孙，根本不怕老安人会把大少爷赶出去。但三老爷也说了，就让他们带着一道去好了，住在哪里，等进了京再说。还劝了老安人半天，老安人这才平静下来，心平气和地跟大少爷去说话。明天，大少爷和大少奶奶会和你一道去京城，路上你可得小心点，别抱错了大腿！"

"我知道，我知道！"胡兴一面在心里琢磨着，一面敷衍着老婆，"大老爷去的时候我就没有站大老爷这一房，一仆不事二主，这个时候我就更不能站大公子。你这话完全是多余的。可我的确也要小心点……"

还是守着郁棠这个铁饭碗更保险——虽说发不了什么大财，可也出不了什么事。

胡兴打定了主意，第二天就亲自去督促那些小厮给漱玉山房的搬箱笼，然后他发现三太太很尊重二太太的样子，顺手也把二太太的箱笼一起给搬到了船上。

二太太知道郁棠和她一起出门去京城，非常高兴，在那里可惜道："船不停金陵，要不然，你还可以去我娘家玩几天。我娘家别的没有，有处宅子很有名，种了一百株紫藤，开花的时候如霞如雾，好似仙境。我们这个时候启程，到金陵的时候正好遇到花期。"

京城的事迫在眉睫，裴宴昨天晚上和家中的管事们商量了大半夜，一大早就去了陈先生那里，还惦记着去给郁家二老辞行。要不是怕父亲和母亲以为裴宴急慢了他们，她就自己一个人先回去了。

郁棠拉了二太太的手，笑道："以后肯定有机会。这次的行程决定得太仓促，实在是没时间去拜访亲家老爷和太太。"

二太太也知道，只是有点可惜，两人说着话，裴宴匆匆赶了过来。

郁棠忙辞了二太太，去郁家向家中的长辈们辞行。

郁文早知道了消息，陈氏也为女儿高兴，气氛并不伤感。陈氏低声地叮嘱女儿："就应该这样。你们才刚成亲就分开，不太好，你也要努力一点，争取早点怀上孩子。"

郁棠脸红得不行。她不"努力"都这样了，她要是"努力"一下……她想想那画面就觉得牙酸。还是别了。

两人都没留在郁家吃顿饭就回了裴家。

裴彤已匆匆收拾好了行李，等着裴宴回来。见到裴宴夫妻，他立马迎上前来行了礼，歉意地对裴宴道："三叔父，我母亲太过执着。我能去趟京城，探望探望外祖父和舅舅们，既可以让外祖父和舅舅们放心，也缓解下母亲焦虑的心情。"

裴宴不想听。他这位大嫂怎么想的，与他没有关系。如果裴彤听话，他继续认这个侄儿；若是裴彤有什么想法，正好趁着这个机会把话说清楚。他可不想拿了裴家的人脉、金钱养个白眼狼出来。

他道："那你们就去辞了你母亲，我们给老安人问个安，就启程了。"

眼看已到正午了，裴彤愕然，道："我们不用了中饭走吗？"

"不用。"裴宴道，"我们要赶在晚上关水道之前出杭州城。"不然就要在杭州城里过一夜。

裴彤"哦"了一声，匆忙去见了大太太。

大太太交代了些什么，裴宴夫妻就不知道了。等裴彤夫妻到了，他们就一起去见了裴老安人。

裴老安人心中难舍，面上却没有表露半分，只是简单地叮嘱了裴宴几句"好好照顾郁氏和阿彤他们"，就站起身来，要亲自送他们到大门。这一去还不知道要几年呢！

裴宴扶着裴老安人，大家簇拥在他们身后，去了大门。

因不是大年初一，也不用祭宗，裴家今天依旧只开了旁边的偏门。

他们到的时候，裴家其他几房的人或亲自过来，或派了人过来送行。

裴宴又交代了一番，特别是裴禅和裴泊，让他们好好读书，争取明年能在京城相见，就坐上了骡车，去了苕溪码头，扬帆起航，往杭州城去。

大船的主舱住着裴宴夫妻，二太太一家三口住在左边的船舱，裴彤夫妻则住在他们的右边，陈先生被安排住在了裴彤夫妻的右边。

之前在大宅子里住惯了，如今靠得这么近，郁棠还有些不太习惯。

倒是裴家五小姐裴丹和弟弟裴红，两个人想到过些日子就能见到父亲，都兴奋得不得了，裴红跑去找裴柒，五小姐则跑到郁棠这里串门。

"我看着三叔父和那个陈先生在船舷旁说话，就来找你了。"她两颊红彤彤的，兴高采烈提了篮橘子过来，对郁棠道，"我请你吃橘子。"

二太太因早就定下了行程，不像郁棠他们，路上吃的零食糕果都是临时准备的，她那边的水果比郁棠这里更多。

这橘子是长沙府那边送来的蜜橘，还是年前裴老安人赏的，郁棠早吃完了，没想到二太太留着在路上吃。

她就只拿了一个，剥了橘子皮分了五小姐半个，笑道："你拿了给我，你吃什么？"

"好吃的东西不就是给大家一起吃的吗？"五小姐不以为意，笑道，"再说了，吃完了这个，我那里还有香梨。"

郁棠这边是点心带得多，就让人拿了点心让五小姐挑："你看你喜欢吃什么？"

五小姐没有客气，挑了四五种蜜饯，七八种糕点才罢休，还问郁棠："三叔母这窝丝糖是哪里买的，比我平时吃的好吃。"

郁棠也不知道，笑道："这得问青沅。你要是喜欢，我让她留意，到时候送些到山东去。"

五小姐连连点头，道："比我之前买的好吃，肯定是京城的货。"

"那你就多带点。"郁棠又给她装了一匣子。

两人说说笑笑的，声音不免会传到顾曦那边。

荷香看着面色阴沉的顾曦，小心翼翼地道："大少奶奶，我们要不要过去打个招呼？"

裴彤出了门。说是想趁着这个机会好好地和他三叔父说说话，免得他三叔父误会他们去京城的目的。

顾曦冷笑两声，道："以后大公子的事，我们都少掺和。他要丢人现眼，让他丢人现眼去，别把我们也扯上了，让别人觉得我们和他一样没眼界。"

荷香哪敢应答。

顾曦把手中的木梳都要捏断了。

初二她回娘家的时候，顾昶曾经单独找她说过一次话。

就在那一次，她的阿兄告诉她，在她没有力量去改变或是抗衡裴宴的时候，最好别去挑战裴宴的权威。还告诉她，若是有什么事，不妨去求求郁棠。说郁棠性情温和，为人明理懂事，既然大太太那边靠不了裴老安人，裴彤和裴宴的关系又因中间夹着个大太太很难真正亲近起来，那她不如走郁棠这条线，好好地和郁棠相处，关系紧张的时候，指望郁棠帮她说两句话。

顾曦听自己的哥哥这样说郁棠的时候，都惊呆了，很想问她阿兄一句"你哪只眼睛看到郁棠性情温和了"，可当她看到自己的哥哥继续絮絮叨叨说着郁棠的好时,她突然明白过来了,她哥哥,对郁棠有着非比寻常的好感,而这些美好的感触,很可能来源于那偶然间的匆匆一瞥,来源于郁棠那张比普通女孩子都要漂亮的面庞。

她的哥哥,寒窗苦读十年,熟读《孔子》《孟子》,精通《春秋》《论语》,却像那些市井中的寻常男子一样,因为郁棠的那一张脸,就单方面地认定郁棠是个贤良淑德的美女!

难道男子全都如此吗?顾曦太失望了。

她都不知道顾昶后面跟自己说了些什么。只记得那个比她小好几岁的大嫂,当时笑盈盈地端了盘水果进来,热情地招呼她吃水果不说,还告诉她:"我和你大哥过了初十就启程回京城了。我之前听说姑爷想到杭州城里来求学,我杭州城还有幢宅子,正好空着。你们要是决定了来杭州,等会儿就让管事把钥匙给你们。你们到时候搬到那里去住好了,免得自己在外面租房子。不方便不说,还要白白地花银子。"

顾曦连忙起身道谢,问起殷氏怎么这么快去京城,把那股不知道是对郁棠的鄙视还是对哥哥的不满都压在了心底。

隔壁传来的笑声却把她压在心底的情绪全都释放了出来。让她去求郁棠,那是不可能的。但她哥哥也说得对。在她没有足够的力量之前,不要去惹裴宴不快,这才是在裴家的生存之本。她可不是裴彤,到现如今还相信她婆婆的那一套,以为杨家会无条件地对他们好,无缘故地支持他们。

这次杨大太太来裴家参加他们的婚礼不就提出想让杨家再和裴家联姻吗?

什么没有适龄的女儿,在她看来,那是因为再和裴绯成亲,对杨家没有什么帮助了。想从裴家得到利益,最好是来自裴家更有力的支持者,比如说裴宣或者是裴宴自己的子女罢了。

可怜她婆婆那个女人不仅品不出来,还为了杨家再次得罪了裴老安人。真是得不偿失。不过,这次去了京城,可以和她阿兄、阿嫂见面,也不算是件糟透了的事。她阿嫂那个人,也不简单。嫁过去之后不仅能和宗房很快就熟络起来,还把她的继母狠狠地踩到了脚下,裴家的事,说不定能给自己出个主意呢!顾曦想着,心情都跟着好了起来。

她大口地喝完了盖碗里的茶水,站起身来对荷香道:"走,船上无聊,我们到三叔母那里去串个门,凑个热闹去。"

荷香半晌没有回过神来。

顾曦已从攒盒里挑了七八样点心让小丫鬟抱上,道:"再拿点好茶过去。我记得公子那里有前些日子他的同学从京城给他带过来的黄山云雾,把那个茶带点。"

小丫鬟应声而去。

荷香捧着东西去了隔壁的船舱。

五小姐正和郁棠说着三小姐的事："她挺沮丧的，要不是三叔父要进京，我们说不定还可以参加完她的下定礼才走呢！"

郁棠奇道："她要正式下定了吗？之前怎么没有听她说啊？"

五小姐嘟了嘴，道："听说那边的老太太前些日子突然半身不能动了，老太太怕耽搁他们的婚事，特意派了人过来，说是先成亲，后圆房。叔祖母答应了。她可能觉得不好意思，就没提前跟您说。谁知道您突然和我们一起北上，她心里肯定不好受啊！"

郁棠没想到三小姐也这么快就要嫁了。她正想问问四小姐的婚事，顾曦便过来拜访了。郁棠还以为顾曦有什么事，她打住了话题，请了顾曦进来。

顾曦进来就笑着道："我在船舱里听着有人笑，就猜你在这里，没想到你真在这里。"

五小姐不好意思地笑了笑，忙请了她坐。

郁棠就问她："可是有什么要紧的事？"

顾曦笑道："没事就不能来拜访您了？您现在可是我们的三叔母！对吧，阿丹？"

她说着，笑着靠在了五小姐的身上。

五小姐嘻嘻地笑，觉得郁棠成了她们三叔母的事挺有意思的。

郁棠心里却觉得不舒服。从前顾曦也是这样，不管她和谁说话，只要她来了，必定要把她的话头抢过去，必定要把和她说话的人的注意力吸引过去。

郁棠决定不理她，就朝着她笑了笑。

顾曦说起去京城的事来："我们连夜赶路吗？在苏州会不会停一停？宋家就在苏州，我们要去拜访宋家吗？"

五小姐是从来不关心这些的，她有长辈在身边，她只管跟着长辈走的。她只好朝郁棠望去。

郁棠笑道："应该不会在苏州停留。我们要赶到京城去。"她本能地警惕裴宥这一房，没想把他们进京的缘由告诉顾曦，继续道："你们三叔父是因为张老大人找，才去京城的。"又一副担忧的样子喃喃地道："也不知道京城那边发生了什么事，还专门派了陈先生过来。"

顾曦没准备打听裴宴为何进京。对她来说，若是有机会，肯定是要进京的，京城可比其他的地方更有机会。就算是裴宴致仕在家，能不时和京中的这些显贵来往，就可以震慑杭州的父母官，浙江三司的人。进京是非常有必要的。

她继续和郁棠聊着天："我听大公子说，我们家在京城是有宅子的，那宅子在哪里？离长安街近吗？我们进了京，能到街上去逛逛吗？"

说这些郁棠就比较熟悉了。她草草地画了个京城的图，告诉她们皇宫在哪里，长安大街在哪里，六部衙门在哪里，他们又住在什么地方，包括他们会从什么地方上岸,从哪个门进城,都清清楚楚的,顾曦和五小姐这样从来没有去过京城的人一看都能明白。

五小姐佩服道:"三叔母你好厉害啊!你肯定读过很多的书!"

郁棠面红耳赤,居然有些磕磕巴巴,道:"哪里,这些也是你们三叔父告诉我的。"

五小姐两眼发光,羡慕道:"三叔父对您可真好!我那几天问阿红我们怎么去山东,还贿赂了他一匣子上好的狼毫笔,他才不耐烦地随口跟我说一声,搞得我到现在也没弄清楚。"

郁棠开始也分不明白。还是裴宴先告诉她怎么看舆图上的东南西北,她这才渐渐有了点眉目。

她安慰五小姐:"说不定阿红也不是很懂呢!"

五小姐冷哼了一声,抱怨道:"可他也不能装懂啊!等见到父亲,我要告诉父亲,让父亲狠狠地罚他每天多写五百个大字。"

郁棠抿了嘴笑。

顾曦却有些恍惚。从小到大,她从来没有这样被告过状,也从来没有这样被罚过……没想到裴宣对孩子这么好……没想到裴宴还会跟郁棠说这些……她和裴彤,除了日常的问候,好像很少说其他的事……

顾曦马上收敛了情绪,继续和郁棠笑道:"我听我阿嫂说,他们住复兴门那块儿,离我们家的宅子远吗?"

复兴门那块儿,徐小姐好像也住那块儿。难道顾昶在京城住在殷家的地头上?郁棠不好细问,含糊地道:"应该是挺近的,我们也住那块儿。那儿离六部近,去衙门方便,去办事也方便。"

顾曦有些意外。她以为裴宴只粗略地给郁棠讲了讲,现在看来,他讲得还挺仔细的。郁棠就算是进了京,也不会像她似的两眼一黑,什么都不知道。裴宴那么冷的一个人,没想到成了亲对妻子却这样好。

顾曦说不清心里什么感觉,心不在焉地和郁棠、五小姐说着话,消磨着船上的时光。

郁棠却被裴宴逼着继续学京城舆图,说什么"免得以后进了城迷了路",她出门都有丫鬟婆子、车夫护院跟着,怎么会迷路?他分明就是借着这件事好"罚"她罢了。

她每每想到顾曦是听到了五小姐的笑声才过来串门的,就不由得紧紧地攥着被角不敢吭声,偏偏裴宴最是喜欢欺负她,她越是这样,他就越放肆,有天终于让郁棠失控地哭了起来,无力地踹了裴宴好几脚,裴宴这才知道缘由。

他不由哈哈大笑,亲着郁棠汗湿的鬓角,温声道:"傻瓜,你相公怎么会舍得让你在顾曦面前没脸呢?你都忘了我从前是怎么帮你的?"

郁棠睁大了眼睛望着裴宴。

她不知道自己那湿漉漉的大眼睛是多么撩人，只是想着她明明听见顾曦说能听到他们这边的动静，看裴宴又要怎么编？

裴宴见她这副模样，却是爱得不行，又低头亲了亲她的面颊，这才在她耳边低声地道："这个船舱的舱板都是双层板材，中间还垫了东西的，如果不开窗，声音根本传不过去，也正是因为如此，开了窗，就比一般的船舱声音更大。"

郁棠不明白。

裴宴只好叹气，恨恨地咬了咬她那白生生圆润的耳朵，无奈地道："你只要相信我就好了。"

郁棠有些犹豫。其他的事她都相信他，可在这件事上，她总觉得裴宴喜欢逗她，就像逗小猫小狗似的，喜欢是喜欢，但有的时候怕也会失了分寸。

裴宴气得不得了，躺到了一旁。

郁棠见裴宴很生气的样子，忙爬了过去，去握他的手。

裴宴不为所动。

郁棠只好软软地在他耳边给他道歉："是我不对！是我错了！你别生气！就原谅我这一回。我以后什么都听你的。"

裴宴继续不理她，半晌都哄不好。

郁棠没了办法，咬了咬牙，不管三七二十一，主动搂了他的脖子，在他耳边哼哼唧唧的。

然后，她仿佛听到裴宴的闷笑声。

郁棠心中生疑，要扒下裴宴的胳膊看。

裴宴的胳膊像石柱子，拦在那里扒不开。

可郁棠却发现了他翘着的嘴角。

郁棠羞恼，用指尖戳着裴宴的胳膊："好啊！你又骗我。看我还理不理你……"她一句话还没有说完，就被裴宴横腰抱住。郁棠一声惊叫。

裴宴再次哈哈大笑，道："谁让你那么傻的，现在知道自己错了吧？"

之前郁棠觉得是自己错了，可现在，裴宴也骗了她，他们应该扯平了吧？

两个人在床上你拉我一下，我挠你一下，"打"了起来。

翌日，郁棠肯定要亲自去实践一下裴宴说的是不是真的。

她一边住着顾曦，还有一边却住着二太太。她当然是去二太太屋里。她跑出跑进的，发现真如裴宴所说的，若是他们把窗户关起来，隔壁半点声响也听不见；若是开着窗户，他们这边说什么反而比二太太住的船舱听得更清楚。

郁棠啧啧称奇。

二太太不明所以，还以为她是对这么大一艘船感兴趣，告诉她："这是从金陵买回来的船。要说造船啊，还是我们金陵行。工部有个船坞，就在金陵。"然后和五小姐一样可惜着："要是你二伯做了京官就好了，我们就可以一起去京城，中途在金陵歇两天，我带你去我娘家坐坐，我娘家就有个小船坞，虽不能造大船，但做这样的三桅船却是没问题的。"

那也很厉害了。郁棠大大地称赞了一番。

二太太很是为娘家骄傲，道："除了官家，我们家的船坞的确是最厉害的。宋家造船，有时候还得去我们家借船工。"

难怪宋家要巴着裴家的。

接着裴家的船就被宋家给拦在了苏州。宋家四老爷和四太太亲自到船上来拜访他们，裴宴的脸色却非常不好看。

郁棠知道他急着赶路，只好悄悄地拉了拉他的衣袖，劝他："既然已是如此，你就别发脾气了，快点打发了他们才是。"

裴宴还是很生气，忍了又忍，这才心平气和地推了宋四老爷的宴请，连夜赶路离开了苏杭。

郁棠松了口气。

裴宴却派人送了帖子给江苏布政使，说了说宋家拦他船的事。

宋家人觉得没什么，他们做惯了这种事，可若是落在有心人眼里，却也是个事——宋家四老爷既不是官衔也不是卫所指挥使，凭什么在京杭运河上拦船？

这是后事。

此时的裴宴，是真的心急如焚了。

孙皋的案子三司来来回回审了大半年，前几天终于有了论断。

孙皋全族被抄家流放。

但在此之前，孙皋将自己的两个女儿都匆匆嫁了出去。

他的次女好说，嫁给了他的一个学生。可他的长女，却嫁到了福建彭家，做了彭屿的次媳，而且是在彭屿的次子还在福建读书，不在场的情况之下，在京城举行了婚礼。

这完全是临终托孤的做法。

裴宴心中很是不安。

他叫了陈先生到自己的书房说话："你说沈大人即将致仕了，是你自己的判断，还是恩师的判断？或者是你们听到了什么消息？"

陈先生胸有成竹地侃侃而谈："是我和张大人的推断。沈大人能做首辅，全靠他资历老，熬死其他几位大人。若不是朝中几位大学士总是劝皇上立储，皇帝根本不可能让沈大人做首辅，他也根本没有能力做首辅，他做事太优柔寡断了。之前张老大人找他说小张大人的事时，他答应得好好的，可彭家把他一逼，他又改变了主意。"

说到这里，他面露无奈，道："您可能还不知道，张老大人因为小张大人的事非常气愤，去见了沈大人，结果沈大人又改变了主意，说到时候一定帮小张大人争取工部侍郎一职。可就在几天前,他刚刚答应了黎大人,让黎大人的学生,就是那个在翰林院任学生的江春和,当年江苏的解元做了工部侍郎。所以我们张老大人才想您快点去京城。如今费大人不怎么管事,吏部那边若是守不住,事态可能会对我们更不利。"

裴宴目光幽幽地望着陈先生,没有说话。

陈先生却心里发寒,不禁声音紧绷地道:"您,您觉得我说得不对吗?"

他在张英身边也好几年了,他每次见到裴宴和张英在一起的时候,张英都是在呵斥裴宴,裴宴呢,恭立在旁边听着,一副乖乖受教的样子。

因而他虽然受张英所托,要求他无论如何、不管使什么手段,都要把裴宴弄到京城去,却没有真正把裴宴放在心上,总觉得是张英没了长子,突然爱起了裴宴这个像幺儿一样的关门弟子。

陈先生对裴宴尊重有余,敬畏不足。而裴宴是不管就不管,管了就要做好的。他既然决定去京城,肯定要扫清这路上的一切障碍,包括陈先生。

他没有隐藏自己的态度,气势凌人地道:"你觉得沈大人能当首辅,是因为运气好?可你知不知道,运气也是能力的一种。熬死他的同期,也是一种本事。难怪周师兄去了京城你们还处处被动挨打,我看,就是太轻敌了。"

陈先生一愣。

裴宴已道:"答应了张家,又答应黎家,还能满足彭家,他这和稀泥的手段厉害啊!就凭他这东风强了吹东风,西风强了吹西风的态度,致仕,我看他只要能喘气儿,就能继续在首辅的位置上待下去。反正他是个摆设,你们谁强他就听谁的。是吧?"

陈先生愕然。

他们的确是这么想的。而且,张英不想黎训做首辅,也不想江华做首辅。黎训,能力太强,他自己也曾做过一届主考官,有自己的学生,他若是做了首辅,张家就有可能被边缘化。江华虽是张英的学生,可江华这些年和张英在政见上有了很大的分歧,他若是做了首辅,张英本人的荣耀可达到顶尖,张家子弟的日子却不会太好过。

从前,张英用费质文平衡江华。如今费质文颓废不前,平衡被打破,张英担心江华会锋芒毕露,和其他内阁大学士结成同盟。张英更愿意让沈大人待在首辅的位置上。

陈先生越想越觉得后怕。他们之前就是这样打算的。他背心冒出一层汗。

"裴先生,"陈先生不敢再怠慢裴宴,他深深地给裴宴揖礼,"您,您一定要帮帮张老大人,张老大人为了张大人之死,已经精力憔悴,一下子老了十岁。您,您见到他老人家就会明白了。"说到这里,他落下了几滴眼泪。

难怪张大人力荐他阿兄做了山东布政使。

裴宴点头，道："我既然答应恩师去京城，肯定会尽全力帮忙的。就怕我能力有限，帮不上什么大忙。"

他寻思着，能不能火中取栗，给他二兄也创造一个机会。

陈先生感激涕零，和裴宴说了很多京城的事，这才退了下去。

裴宴又一个人在书房里待了良久，写写画画了半天，亲自把写画的纸张烧了，这才回房。

郁棠闭着眼睛在听阿杏读绘本。

因为梦中的事，她很照顾阿杏，在无意间发现阿杏识字，就偶尔让她帮着读读绘本，算是鼓励她继续学习识字。没想到她的无心之举却激发梅儿学识字的决心，开始跟着青沅学习识字。

郁棠不管她们，只要她们喜欢，她都会鼓励裴家的人教教她们。这几天裴宴回房听到读书声了。

郁棠见裴宴又是沉着脸回来的，把阿杏打发走了，问起裴宴是不是出了什么事。

裴宴满肚子的气，和郁棠抱怨良久，重点在于张英，年纪大了，总是念旧，陈先生这样的幕僚非常不合适，还留在身边，害人害己之类的。

郁棠只好安慰他："张老大人致仕了，身边的幕僚不可能在仕途上有所收获，有野心的全都走了，想养老的才会留下来。你也不要太强求了。"

话虽如此，裴宴还是气得不行，继续和郁棠抱怨张英："他也是老江湖了，既然不能完全退下来，就好好地给身边的人安排个前程；如果不能，就完全退下去，不问世事。三十年河东三十年河西，谁家能站在巅峰上永远都不下来？读史书的时候一个比一个明白，轮到自己的时候，就一个比一个不甘心，一个比一个觉得自己会是例外。从前京城最厉害的可是徐家。张家是怎么上去的？还不是踏着徐家上去的。人徐家有没有说要想办法把张家拉下马？这谁是第一，谁是第二，原本就是兜兜转转的，应该是想办法在第一梯队站着，而不是总想着拿第一。"

郁棠安静地听着，在心里慢慢地琢磨着。越琢磨越觉得裴宴的话有道理。想进入不容易，想退出来也不容易。正是应了那句"家家有本难念的经"。可见豪门世家也各有各的不易。

而裴宴也就只是在郁棠面前嘀咕几句，平时一副高冷的面孔，让陈先生看了心中发寒，有很多话想问裴宴却又不敢问，让裴宴一下子闲了起来。

这人一闲，不免就想东想西。好在裴宴早有准备，每天和郁棠在船舱里看书作画，逍遥快活似神仙。郁棠见到二太太的时候，还和二太太讨论起既然二老爷派了人去聊城接他们，裴宴和郁棠等人要不要在聊城多停留几天的事。

照裴宴的看法，没什么好见的，二太太却想郁棠能留几天，还道："这次分开，还不知道什么时候能见呢。"

若是裴宣的官运好，三年之后评个"能吏"，或许有可能调到京城去；若是官运不好，九年任满，说不定会调到更远的地方去。不管去哪里，只要裴宣不致仕，她们妯娌见面的机会都不多。

郁棠虽舍不得二太太和五小姐，可更顺着裴宴。

顾曦却很想下船去看看。

虽说他们出行都是船，可在船上一待就是一个月，船上又有裴宴这个长辈，她十之八九的时间都只在船舱里，实在是待腻了。

她就问裴彤："你这些日子常去拜访三叔父，三叔父对你怎样？"

裴彤有些尴尬。

裴宴和他并不亲近。他父亲在的时候，裴宴在老家。等到裴宴考到京城，他又从裴家京城的老宅子里搬出去了。后来父亲去世，原本是他们这一房的宗主之位却交到了裴宴手中……他对裴宴也不怎么了解。

这月余来，裴宴让他觉得自己好像走错地方似的。

裴宴非常喜欢带着郁棠，还告诉郁棠临帖、画画、钓鱼，甚至会在傍晚的时候带着郁棠在甲板上闲逛。他一个做侄儿的，自然不好凑上前去。这样一来，他虽然常常找机会和裴宴碰面，可实际上就算碰了面，也很少有机会说什么。他觉得这是裴宴委婉拒绝他亲近的一个办法。只是他不好意思跟妻子说，好像显得他很无能似的，连这点小事都办不好。

裴彤含含糊糊地道："也还好。"

顾曦就坐了过来，满是期待地对他道："你不如跟三叔父说说，我们在聊城停留两天，你和你二叔父也可以好好说说话。这次见了，还不知道什么时候能见呢！至于怕耽搁了行程，不如加点银子，让船工们赶几天夜路好了。"

裴宣对裴彤还是很不错的。裴彤有些犹豫。只是还没有等他想好怎么跟裴宴说这件事，船已停靠在聊城码头，他们没有等到来接二太太的裴宣，却等来了裴宣带到聊城的一个幕僚。

"三老爷。"他恭敬地给裴宴行礼，递了裴宣写的书信给裴宴，道，"二老爷说，他在京城等您。"

裴宴很是惊讶，看完信之后才知道，原来裴宣刚刚接了山东布政使的官印，京中就传来了圣旨，调了裴宣任户部右侍郎，而且限他十五日到京任命。裴宣这布政使的官印还没有拿稳，又交了出去，连夜赶往京城。

这可是高升啊！

船上的人都高兴得合不拢嘴，更有机灵的跑去向二太太讨赏。

二太太欢天喜地开了箱笼，拿银豆子出来打赏众人。

裴宴却皱了皱眉，接了裴宣的幕僚上船，连夜赶路，直赴京城。

不承想船刚离开码头，就被听到消息赶过来的聊城知府给拦住了，非要给裴宴送行，还把他和费家的关系摆了出来："费质文是我舅父。"

裴宣的幕僚也在裴宴身边耳语："是费大人父亲没有三服的堂姐。"

裴宴只好下船应酬。

顾曦就戳了戳裴彤："你也跟着一道过去呗！"

裴宴并没有喊裴彤，裴彤有些犹豫。

顾曦鼓励他："机会都是人创造的，都会给那些积极利用它的人回报的。"

裴彤厚着脸皮跟了过去。

聊城知府自然是十分热情，裴宴也没有赶他，他松了一口气，慢慢放开了和聊城官场的那些人交际应酬，渐渐感觉到了如鱼得水般的乐趣。

裴宴没有阻止他，还给他创造了一些机会。

裴彤回到船上，再看顾曦，觉得她不愧是顾昶的妹妹，有些话还挺有道理的。

他趁着酒意颇有些试探地和顾曦商量："我们回到京城，还是住在老宅吧！"

他临走之前，大太太让他回外祖父那里住，他私底下却打定了主意住到自家的宅子里去。

顾曦奇道："难道你之前准备住外祖父家吗？这件事我们不是之前就说好了的吗？"

裴彤红着脸，支支吾吾地道："我这不是怕你不习惯吗？我看你这些日子一直在船舱里待着……"

顾曦有些强势地打断了他的话，道："不习惯是不习惯，却不能因为不习惯就做出些让长辈不喜，让别人看笑话的事。我们跟着三叔父回京，住进裴家的老宅，服侍长辈，是我们应该做的，谁能挑出个不是来。"她就知道，她婆婆这人成事不足败事有余，干脆趁机敲打了裴彤几下。

裴彤乱哼了几声，不再说话，看那模样，倒是认同了顾曦的话。

顾曦松了口气。

他们日夜兼程，终于在浴佛节之前赶到了京城。

舒先生和周子衿来通州码头接他们，同行的还有张家的第三个儿子，小张大人。

裴宴一下船，周子衿就给了他一个熊抱。

小张大人在旁边看着直笑，对裴宴道："欢迎你来京城。你二哥被皇上叫进宫去了，今天没办法来接你，明天回了京城，我们在来顺楼给你们接风洗尘。"

"还是别了。"裴宴推开周子衿，和小张大人见了礼，笑道，"明天就在我们家随便吃点好了，随后我也好去拜访恩师。"

如今京城形势复杂，小张大人也没有勉强，笑着就说好，大家没去驿站，而是在通州城最大的一家客栈歇下。

小张大人还带了太太过来，专程接待裴家的女眷。

张家三太太是北方的豪门世家出身，身材高挑健壮，丰满白皙，有着北方人特有的豪爽热情。

"早就听说遐光娶了个绝世美人,今天一看,果然是名不虚传。"张家三太太呵呵地笑着对郁棠道,"你既然来了京城,就好好地在京城走一走,潭柘寺、红螺寺、长安街,都要去看看。"

郁棠很喜欢这样直爽的人,连声道谢。

二太太和张三太太也是第一次见面,大家寒暄着,由张三太太陪着在包的院子后堂用了晚膳,休息了一夜,第二天换了马车往京城赶。

郁棠生平头一次坐马车,觉得马车比骡车虽然更气派,可也更颠簸。

二太太忍了一路,一下马车就吐了。

郁棠没来得及仔细地打量裴家老宅什么模样,就忙扶着二太太去了安排给她的宅子。

好在裴宣已经下了衙,早就等在家里,见二太太吐得脸都白了,忙上前亲自接过二太太,帮着端茶倒水地服侍二太太。

郁棠见状立刻退了出去,回了自己住的院子。

青沅已经开始指使着丫鬟婆子在布置住处,这边内院的管事嬷嬷已恭敬地候在外面等着郁棠召见。

郁棠也累得够呛,她不想勉强自己,跟那位姓闵的管事嬷嬷说了一声,就让人散了,自己则由青沅服侍着,梳洗更衣,去了内宅专门招待女客的花厅,去招待张三太太去了。

张三太太得知二太太吐得没办法和她们一起用晚膳了,自责道:"我想着你们会不大习惯,没想到这么厉害。早知道就不和他们爷们一起往回赶了。反正我们也不和他们一起吃饭。"

"大家都没有想到。"郁棠和她客气着,领了五小姐和顾曦,代表裴家招待了张三太太。

张三太太回去之后在张家老夫人面前不住地称赞郁棠:"长得是真漂亮!我们这几家的女眷合起来,也没一个有比她漂亮的,难怪遐光当年不愿意娶黎家的姑娘。"

张老夫人不太关心这个,追问五小姐裴丹:"那小姑娘怎么样?"

张三太太迟疑道:"人还没有长开,但那模子,和裴二太太像一个模子里印出来的。看着性情也非常和顺……"

这样的小姑娘娶进来做次媳还是不错的。可做长媳妇……就有点不妥当了。何况还差着五六岁的年纪。

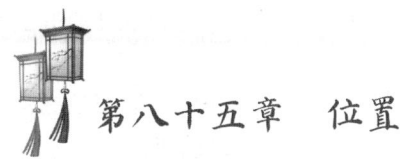

## 第八十五章 位置

裴宣升户部右侍郎，是裴宣恩师的神来之笔，连张英都不知道。

张老夫人知道后就想和裴宣结个亲。

可张家目前长房的独子今年才八岁，二房的独子大一些，十岁，三房两个儿子一个七岁，一个四岁，都不太合适。

特别是张家长子去世后，二儿子就得暂时挑起长房的一些责任，若是这个时候让二房的儿子娶了裴宣的女儿，嫡支就有可能旁落，这对一个讲究嫡长的大家庭来说，会埋下无数的隐患。

张老夫人叹气。自从长子去世之后，张家诸事就不顺起来。难道张家的劫道来了？张老夫人的脸色不太好。

张三太太是知道老夫人的心思的，沉吟道："反正遐光已经到了京城，有些事也不必太急，慢慢来。当务之急招待好裴家的两位太太才是正理。"

张老夫人颔首。

张三太太就说起一件事来："我来的时候，看见了殷少奶奶身边的那个嬷嬷，说是奉了殷少奶奶之命去裴家给裴三太太问安。您看，我们要不要请大小姐走趟殷府？"

张家三房，只有一个姑娘，就是二房的张丽华。张家人因为没分家，就序齿称了她为大小姐。

张老夫人颇有些意外，道："阿萱居然和裴家的三太太有交情？"在她的印象里，郁棠是个乡绅家的小姑娘，因为是临安人，裴宴致仕，才有机会嫁到裴家的。

张三太太就把徐小姐和郁棠的因缘说了说。张老夫人不免心中唏嘘。她问什么她这个三儿媳都能答得出来，可见是花了功夫的。

家中的长媳是她挑了又挑的，自然各方面都非常不错，足以作为表率。选二儿媳、三儿媳的时候，就随了两个儿子的喜好，虽说是门当户对，但没指望她们管家，还怕她们进门后和大儿媳不和，都选的是家中的幺女。

没想到出了事，二儿媳肩不能挑，手不能提，干什么事都糊里糊涂的拎不清楚。三儿媳却不比大儿媳差……

张老夫人见着张老大人的时候不免说悄悄话："这样下去可怎么办？到时候家里肯定会起争执的。还是裴家的老太爷厉害，就这样直接把家业交给了遐光。"

张老大人没有说话。张家和裴家的情况又不一样。张家的老三要是有裴家老三这样的本事，他也能像裴老太爷那样果敢。他觉得内宅的事是小，朝廷的事才是大。

"家里的事你先管起来好了。"张老大人道，"明天遐光会过来。要是三五年还不能把局面扭转过来，我们就学裴家，韬光养晦。"只是可惜他奋斗一辈子的局面就要这样拱手相让了。

张老夫人见丈夫心情烦躁，不好再拿家中内宅的事打扰他，寻思着三五年的功夫，长孙也有十二三岁了，也能成亲了，到时候给他找个精明能干的妻子，这主次就定下来了，家里也就安宁了。

她道："明天裴家的太太们不过来吗？"

张老大人道："她们过来干什么？她们刚刚到京城，家里应该还有一堆事吧！过几天是浴佛节，你们到时候邀了裴家的女眷一起去药王庙就是了。也不用急于这一时吧！"

但还是提前走动更好。张老夫人打定了主意，第二天一大早就让张家大小姐下了帖子给徐萱。谁知道殷家的人说，徐萱去了裴家，还说要到晚上才回来。

张大小姐大吃一惊，道："徐姐姐不是怀了身孕吗？表哥怎么会让她出门？"

张大小姐和殷明远是没出五服的表兄妹。

来回信的嬷嬷掩了嘴笑，道："殷大人不愿意又有什么办法？好在少奶奶是坐着轿子去的。殷大人晚上下了衙，应该会去接少奶奶的吧。"

这倒是。他们夫妻是出了名的恩爱。张大小姐只好等徐萱的回音。

徐萱这边，却坐在裴家内院的花厅里赏着花，吃着果子，兴奋地抱怨着殷家的姑奶奶们："现在好了，又多了一位，就是明远的那个堂妹，嫁给顾朝阳的那位。这才刚到京城，听说我怀了身孕，家里都没有理顺就来瞧我了，还拿了本医书，照本宣科地告诉我应该怎样养胎。我烦她烦得不行，直接告诉她，等她做了母亲再来我这里说这些好了，现在我已是快做母亲了，她还影儿都没有，没什么可跟我说的。"

郁棠看她那样子不像是生气，反而像是得了个新玩具，正玩得高兴着呢。她不由敬畏地看了看徐萱挺着的肚子，觉得好神奇："我们才几个月没见啊，你这都……"肚大如箩了，而且原来洁白如玉般的脸庞也长了几颗黄色的斑。

徐萱看了看自己的肚子，叹气道："我也没有想到我这么快就怀上了。"然后她指了指自己的面颊："你看，你看，用粉都压不下去，殷明远还不让我用粉。我都好长时间没有出过门了，太难看了。不过，还好你来了，我们明天去逛逛街吧。我想买些料子做几件坐月子时穿的衣裳——稳婆说，我夏天的时候生产，那时候天气多热啊！我想想都觉着得受大罪了，不想生了。"

郁棠知道有些人怀了孩子情绪会特别不好，她尽量顺着徐萱，想着裴家都要自己的绸缎铺子专门送新花样上门给她们挑选，更不要说徐家和殷家这样的。徐萱想上街，主要还是想出门逛逛吧。可她这么重的月份了，万一被谁撞着碰着了，那可是要人命的事。

她笑道："我这几天没空啊！二嫂坐不得马车，吐得到现在还躺着呢！阿丹还要侍疾，家里的事全都压在我的手里了。要不，你等我几天？等我把家里的事理顺了，再和你出去逛逛？"

徐萱是真被逼急了，道："那行！我天天来你这里给你帮忙好了。你要买什么，缺什么，直接跟我身边的丫鬟嬷嬷说，我让殷家的管事给你们买去。"

在她的心里，郁棠人生地不熟的，这方面肯定是很困难。她能在他们家坐着不乱跑也行啊！

郁棠就陪着她在花厅里聊天，顺便给家里的丫鬟、嬷嬷示下。

结果五小姐过来给二太太拿安神香的时候看见徐萱的样子立刻哇哇大叫起来，想摸摸徐萱的肚子又不敢摸的样子："徐姐姐，你都要做母亲了！你好厉害啊！他不会踢你？我听别人说，小孩子怀在肚子里的时候会踢姆妈的，是真的吗？"

她叽叽喳喳一堆问题。

徐萱笑呵呵的，不仅一一回答，还主动告诉她很多的事，要不是阿珊在旁边等得直跺脚，郁棠问起安神香等不等着用，她估计还要和徐萱说上半天的话。

尽管如此，五小姐走的时候还拉了徐萱的手，让她有空就来玩。

徐萱非常高兴，笑眯眯地道："明天我还来。"

五小姐这才心满意足地走了。

傍晚时分，裴宴从张家回来了，殷明远也正好过来接徐萱，两人一起去了内院。

郁棠是第一次见到对她来说大名鼎鼎的殷明远。

他相貌英俊，皮肤白皙，就是有点瘦，眉眼间还带着几分病弱之气，气质却非常好，温润如玉的，站在俊美逼人的裴宴身边，居然没有被裴宴压制住。

有这样气质的人，郁棠还是第一次见到。她不由多看了殷明远几眼。

等送走了殷明远两口子，裴宴问她："你也觉得殷明远这样的人很可亲吗？"

郁棠的确觉得他比裴宴可亲近，特别是他说话行事，从骨子里散发着让人觉得温暖的温柔和体贴，彬彬有礼，风度翩翩，要比裴宴容易接近得多。

但她更知道，若是她这么称赞殷明远，裴宴这只花孔雀肯定会不高兴了，她忙道："他看着有点病怏怏的，大家对他肯定就得小心一点，万一把他给弄病了，岂不是还要负责给他瞧病？这后果大家也承担不起啊！"

裴宴一听高兴了，吃饭的时候主动给她夹了她昨天刚刚喜欢上的四喜丸子。

吃完了饭，他们去探望了二太太。裴宣还没有回来，说是被他的恩师叫去了。二太太已经好多了，正督促着裴红写大字。

见裴宴夫妻过来，她忙让人去重新沏茶，还道："这是你二兄一个家里做茶商的同年拿过来的，你尝尝好不好喝，要是好喝，我明天让他们买点回来备着好了。"

裴宴是过来商量家里的事的,喝了茶,裴宣还没有回来,裴宴想了想,就直接把自己的来意告诉了二太太:"大哥这边来往的都是官场上的人,外院和内宅的花厅就给二哥和二嫂用好了。我准备把北边的侧门打开,以后我进出就在那里。阿彤虽说是小辈,但他从小是在京城长大的,也有自己的朋友,我准备让他们搬到西边那个书斋去住。你跟二哥说一声,看行不行?"

西边那个书斋原是家中子弟读书的私塾,有十来间房,还有专门进出的角门和专门的厨房之类的。

裴宣觉得这样安排挺好。至于家里的前院和大厅,他的意思还是和裴宴共用。因他寅时就要起床上朝,刚到户部,事特别多,晚上回来很晚,有时候还会直接就睡在衙门了,休沐也不能休,很难遇到裴宴,就让二太太带信给裴宴:"不用分得那么清楚。"

裴宴却坚持照他的分配。他对二太太道:"我毕竟是致仕的官员,来京城也只是来探望恩师,和二哥同出同进的,不免让人心怀戒备,还以为我想重新入仕,对二哥的仕途不好。"

官场有亲属回避制度。裴宣想了想,没再勉强裴宴。家里的事就这样安排定下来了。

郁棠就问裴宴:"那我们分三处吃饭?"

裴宴点头,道:"先暂时分三处吃饭,若是二嫂那里需要你帮忙或者是阿彤那里忙不过来再说。"反正他老婆不能上赶着给那些人做事,就算要做事,也得让他们知道感激才行。

郁棠倒没想那么多,她只是觉得让她去管顾曦屋里的事,她心里不舒服,这样的安排正好,她也可以好好照顾一下裴宴的吃穿住行。在临安的时候,都是他照顾她,帮她遮风挡雨。她晚上就问起他明天要去做什么。

裴宴斜倚在床头,手里拿了本不知道是什么的书在翻,闻言懒洋洋地把视线从书上挪到郁棠的身上,笑道:"你要干吗?想出去逛逛吗?"

郁棠暗中"呸"了一声,想着这家伙,心情好的时候就说话没个正形了。她索性丢了之前的问题,道:"你今天怎么心情这么好?"他不可能因为分个房子就这样高兴的。

裴宴没有回答,反问她:"你今天怎么想起询问我的行踪来?"他回到京城第一时间就去见张英,而且是一个人去的,没有带郁棠,也没有见张家的女眷。

郁棠就坐了过去,一面涂抹着手上的油膏,一面道:"京城的天气太干燥了。我才来了几天,你看,我嘴角都起泡了。我寻思着也得给你炖点汤喝才好。"

裴宴就顺势凑了上去,嘴里道着"我看看,起了多大泡",手却横在郁棠的腰间,把人抱在了怀里,狠狠地吻了上去……

郁棠没问出裴宴的喜好,人却被折腾得日上三竿才起,起来的时候还在心里骂着裴宴，想着这不是她不服侍他，是他不要她服侍。要是以后他敢和她抱怨，说自她嫁给他后就没有喝过她一口水，她就一鞋底扇在裴宴的脸上。

想想那场景，肯定很有意思。郁棠自顾自地笑了起来。青沅几个都当作没有看见。自裴宴和郁棠成亲之后，这两个人常常莫名其妙地就笑了起来，她们早已见怪不怪了。

郁棠用过早膳，就叫了这边宅子里的管事嬷嬷过来，说起顾曦那边的事，让她去传个话："有什么让她找你就成了。柴米油盐酱醋茶什么的，照着二老爷那边的四分之一的银子供给就行了。"三家虽然各过各的，但内院公中的银子是掌握在郁棠手里的。

顾曦得了话，愣了半天，问来传话的嬷嬷："京城的宅第向来如此吗？"

管事嬷嬷有些不明白。

顾曦解释道："各房的银子不是由管事们管着的吗？"

管事的嬷嬷听了忙解释道："各房的银子的确是由管事们管着的。那是老安人当家时的规矩——老安人不喜欢管账，就把账丢给了管事们。如今三老爷掌家，就把权力又收了回来。外院的管事负责拨银子，钱则由三太太管着。"说到这里，那管事的嬷嬷犹豫了片刻，颇有些推心置腹地对顾曦道："我听账房的人说，三老爷只交代让把银子拨给三太太，没交代账房的人和三太太对账。"

也就是说，外院的账房只管把钱拿给郁棠，至于郁棠怎么用，那是她的事，甚至不用跟外院的账房交代一声。

顾曦的心怦怦乱跳，不由压低了声音，道："嬷嬷的意思是？"

那管事的嬷嬷也没有兜圈子，直言道："大老爷对我们家有恩，我能报答大公子的，也就只是这几句话了。我的意思是，不管三太太拨多少银子来给您用，您都别去计较。"

因为计较没用，这就是一团乱麻。

顾曦立刻明白过来，她没想到京城的府里还有大老爷的人，她忙恭声道谢。

那嬷嬷摆了摆手，苦笑着离开了顾曦住的地方。

顾曦喝着茶，在心里琢磨着这件事。这位嬷嬷不管从哪方面来看，都是好心，可她有点不明白，裴宴是个极有手段的，他怎么会放过像这位嬷嬷这样的？是漏网之鱼呢，还是这位嬷嬷藏得太深？或者，这位嬷嬷有什么其他的用意？

她正想着，荷香挽着衣袖走了进来，对她道："我们这边灶上的婆子做饭很一般，您看，我们要不要自己去雇个厨子？"

顾曦对自己现在住的地方是很满意的，算得上是院中院了。她沉吟道："还是先用着吧！等我把这边的事都摸熟了再说。一动不如一静。"

荷香点头，笑道："东西都收拾得七七八八了，您要不要去看看。"

她办事顾曦还是很放心的，她笑道："看什么看。走，我们去给我的那位三叔母问安去,我准备去拜访一下我阿嫂。既然住在了一个院子里,还是去说一声的好。"顺便去向她要这个月公中的月例,看看郁棠会不会克扣她,能给她多少银子。

荷香应诺,服侍顾曦换了件衣裳,去了郁棠那里。她们没有想到会在这里遇到徐萱。

她正挺着个大肚子倚在树下的美人榻上,一面吃着苹果一面和郁棠说着京城的厨子:"建议你从江南带一个过来。这边的厨子,做来做去都变成了鲁菜。偏偏他们还觉得好吃,你只要开口说想要个好厨子,他们给你推荐的必定是做鲁菜的,让你哭笑不得。"

郁棠还是像从前那样对徐萱很殷勤,都已经是裴府的当家主母了,还在旁边亲自给徐萱递热帕子。

顾曦撇了撇嘴,注意到徐萱身边还坐着个气质极其出色的女孩子。

感觉到有人在看她,那女孩子抬起头来,朝着顾曦笑着点了点头,然后低声和徐萱说了一句。

徐萱朝她望过来,目光犀利冷冽。

顾曦愕然。

她眨了眨眼睛再望过去,徐萱的目光温和而清亮,仿佛那一刻的寒意都是错觉。

顾曦定了定神。也许是自己看错了。

她想着,就看见徐萱朝着她招手,高声道:"我还想等会儿去看看你的,没想到你先过来了。你去过杨家了吗?我前几天去黎家喝满月酒的时候,还碰到了杨大太太,她什么都没有跟我说,我还以为你没有跟着进京呢。"

顾曦知道徐萱在临安的时候就看她不顺眼,徐萱遇到她了一准儿没什么好话,只是她没想到自己来找郁棠却碰到了徐萱,心里暗道"倒霉",嘴角却带着笑,道:"我这几天净忙着收拾宅子,还没能来得及去舅舅家。你碰到我舅母了,她怎么样?身体还好吗?"

徐萱和她草草地说了几句,把身边的女子引荐给她:"这是张府的大小姐。"

顾曦和张家大小姐见了礼,大家重新坐下。

大家彼此寒暄了几句,徐萱就有些不耐烦起来,问顾曦:"你什么时候去你阿嫂那里?到时候帮我带点东西给她。"

大家都在京城里住着,为何要她带东西给殷氏?

顾曦笑道:"我阿嫂早几天到的京城。怎么?你还没有去我阿嫂那里吗?你要我带东西给我阿嫂?好啊!我准备明天就过去的。我今天晚上派人去你府上取吧?"

徐萱就问:"你明天什么时候过去啊?"

去别人家做客,没有那么早,或巳时左右,去吃个午膳;或未时左右,去用过晚膳。殷氏是顾曦的嫡亲嫂嫂,她出阁的时候殷氏还拿了自己嫁妆中的一部分贴补她,她肯定要和娘家的嫂子多交流几句,未时左右过去了。但徐萱一副要为难她的样子,顾曦不介意怼回去。

"我明天早上巳时过去。"她笑盈盈地道,"我准备在那里待一天。"

有什么东西给人带过去的,麻烦你自己派了人送过去。

谁知道徐萱听了笑眯眯地道:"那太好了。这件事就这样说定了。我明天一大早就过来。"

不仅顾曦,就是郁棠和张大小姐也颇为惊讶。

徐萱眼底闪过一丝得意,道:"我已经和殷明远说好了,以后他去衙门就把我送到你这边来。这样一来,我也可以告诉你些京城的奇闻趣事,你也可以多陪陪我。免得到时候江家娶媳妇的时候,你两眼一抹黑,什么也不知道。"

众人目瞪口呆。

顾曦却道:"江家娶媳妇?是东阁大学士、工部尚书江大人家吗?他们家谁娶媳妇?"她却没有得到请帖。

徐萱道:"他们家最小的那个儿子。娶了山阴知府的女儿。江大人和亲家是同年,据说关系非常好。"不然也不会结了儿女亲家的。

郁棠想的是江家的那位长媳,武家的那位大小姐。

顾曦却着急自己到时候能不能拿到一张请帖。

徐萱呢,刺完了顾曦心情十分舒畅,对张大小姐道:"说起来三太太和我们都不算是外人,你没事的时候就多来串个门。她刚到京城,对京城的很多地方都不熟悉,明天他们府上要买些玉簪花,还是我介绍的花农。"

张大小姐得了张家长辈的叮嘱,自然是要捧着郁棠说话。她奇道:"三太太怎么想到要玉簪花?这花还挺多的。还需不需要其他的什么花?我们家虽然在丰台也有相熟的花农,不过不及殷家——表哥从小就喜欢养花,京城里的花夫也都知道,只要说是表哥家要买花,大家就不敢怠慢,怕被他在他写的《群芳谱》里吐槽。"

"《群芳谱》?"郁棠和顾曦都是一头雾水。

徐萱骄傲地道:"是本评各地各种花卉的书,殷明远写了十年,每隔两年重新修订一次,如今已成了很多人家买花的范本和指引。"

郁棠惊叹:"你家殷大人好厉害。"据她所知,殷明远已经编了好几本书了。

顾曦却立刻意识到这本书的意义,她笑着对徐萱道:"真没有想到,还有人花精力编这样一本书。我也很喜欢莳花弄草,能不能送我一本?"

有人喜欢捧场殷明远的书,就算徐萱对顾曦不以为意,也没有之前见到她时那么反感了,她挑了挑眉,道:"好啊!但愿过几年还能在你的书架上找到这本书。"

"看你说的。"顾曦也不喜欢和徐萱打交道,可现实却逼得她不得不和徐萱打交道，她道，"就算不在我的书架上，也会在我阿兄、阿嫂的书架上。"

大家说着话，郁棠决定去徐萱推荐的花农那里请他们来院子里看看，把裴府的花园交给他们整理一番，这样到了夏天的时候，花园就能新添些品种，做到入眼皆景了。

顾曦就不好提自己的来意了，好在是这时五小姐过来了。

大家重新见过礼，五小姐立刻就融入到了郁棠和徐萱的话题中。

张大小姐则在旁边细细地打量她，直到她们的话题告一段落，张大小姐忙对郁棠道："实际上我这次来，是来给你们送请帖的——祖母说，你们难得来京城，想请你们去家里做客。"

张家是肯定要去的，但什么时候去合适，郁棠觉得应该先问问裴宴。她立马笑道："张大小姐太客气了，原本应该我们去拜访老夫人才是，只是我们都是年轻小辈，很多事都不是很懂，虽说已经来了两天，但家中很多事都还没有理顺，焦头烂额的，没好意思去给老夫人问安，您这可是提醒了我们。"

至于什么时候去，却没有明确的回音。这样她就能和裴宴商量一下去张家拜访的一些事宜了。

看得出来，张大小姐也是个通透之人。她笑盈盈地接了话茬："是我们家考虑得不周到。您这儿还有什么我们家可以帮得上忙的，您尽管招呼。别的不敢说，这买个东西，跑个腿的事，我们家多的是人。"

郁棠道过谢，到底也没有和张家约定具体的时候。

张大小姐十分沉得住气，陪着徐萱在裴家玩了一天，还在裴家用了晚膳，由来接徐萱的殷明远送回了张府。

张老夫人就问张大小姐："裴家怎么样？"

张大小姐觉得这件事不容她置喙，她只是把自己看到的听到的说给了张老夫人听。张老夫人听着直点头，道："看来这位郁小姐也不是仅凭运气就嫁到裴家去的。"然后她吩咐三儿媳妇："裴家的女眷过来，你就把我库房里珍藏的那套蝶恋花粉彩的盘碟拿出来待客，我们两家，得当通家之好走动才行。"

三太太笑着应了。

裴宴觉得郁棠她们什么时候去张家都可以："男人的事，与女人无关。你只管放心过去玩，要是不想过去呢，也由我去应付张家。"

郁棠对张大小姐的印象还挺好的，觉得张家不像是刻薄人家，应该去张家给张老夫人问安才是。

裴宴没有管这些小事，他在想张英的话："官做到我这个份儿上，是不可能完全致仕的，你说的那些事我都已经明白了。沈大人那边，不管他是不是墙头草，最多两年，他就算是不想下去，也得给我下去。至于说他下去了之后谁来接手，就要看各人的运气了。但沈大人这样处心积虑，只怕所图不小，我们得小心点才是。"

所以他恩师这是在火中取栗？难怪要他想办法安抚住费质文了。

他们成了气候的师兄弟里，只有费质文和江华做到了三品大员，有竞争内阁大学士的机会。江华早在张英没有致仕之前就已和张英在政见上有了不小的分歧，若是费质文自己先打了退堂鼓，江华十之八九会上位，到时候可就让人笑话了，老师力挺的学生进了内阁，却和他的政见不同……这件事最少也能让士林笑话个五十年，一不小心还会"名留青史"。这才是张英最苦恼的地方。

裴宴决定先去见见费质文，把有些话挑明了说。

郁棠这边，就主动派人去张家投了名帖，说想去给张老夫人问安。

张老夫人自然是非常愿意。

徐萱听了也要一道去。

张老夫人对这个进门就怀了孩子的侄孙媳妇那可是疼在心尖上，张大小姐都要靠边站，听说她要来，直接吩咐身边的嬷嬷去开了库房，拿出了好几张厚坐垫，让到时候专门给徐萱用："她如今是双身子的人，可不能委屈了她。"

张大小姐看着那厚坐垫，有点同情徐萱，再想到徐萱在郁棠那里，还可以吃点水果，吃点凉拌菜什么的，突然间觉得徐萱每天往郁棠那里跑也是有原因的。殷明远这样纵容着她，说不定也是因为知道徐萱被家里的人盯得太紧了，怜惜她。

去张家，自然少不了顾曦。

顾曦没想到郁棠会每个月给他们五十两的月例。要知道，就是裴老安人，一个月也就三十两的月例。当然，裴老安人这样的，根本不用靠月例过日子，但郁棠能给她这么多的银子，至少说明郁棠没有克扣她的意思。

顾曦不由长长地舒了口气。如果她们俩名分已定，郁棠要为难她，她虽有办法对付郁棠，可到底要撕破脸面，于长远不利。

她去给嫂子殷氏请安的时候，殷氏问起她嚼用够不够的时候，她犹豫片刻，还是照直说了。

殷氏并不知道她们之间的恩怨，却知道顾家的宗主夫人一个月的月例也就三十两，五十两银子，加之嚼用公中还出一部分，已经可以过上很体面的日子了。

她不由笑道："你阿兄偶尔和我提起郁氏，说她这个人不错。你也知道，那些男人看女人和我们女人看女人的眼光是不同的，我不以为意。不承想你阿兄这次居然没有走眼，这女子胸襟气度都不错。你要好好和她相处才是。"

顾曦听着如鲠在喉，偏偏又没办法吐出来，只能自己默默地消化了。

而殷氏已经去翻徐萱让顾曦带过来的东西，她看了直笑，回头对顾曦道："我家这个嫂嫂，也没谁了，嫁了人比没嫁人的时候更顽皮了，你可知道她让你给我带的是什么？城东头酱菜铺子的酱菜，每天天没亮就开始卖了，卖到下午傍晚，我要吃还不会自己去买啊！"

徐萱这是要捉弄她吗？顾曦的脸色就更不好看了。

023

她好不容易忍了下来，殷氏就问她："江家娶媳妇，你到时候去吗？"

顾曦不知道能不能去。

殷氏看她这样子，沉思了一会儿，道："你最好还是想办法出席。京中差不多的官宦人家都去了。江家肯定是会给裴家递帖子的。你最好去跟郁氏说一声。人怕对面，我相信她肯定愿意的。"

这就是要她去求郁棠的意思了。顾曦有些扭捏。

殷氏暗暗看在眼里，有些不喜。

她知道她这个小姑子脾气拗，但这拗不拗要看时候，人在屋檐下，该低头的时候就得低头。

殷氏不是那种喜欢揽事的人，顾曦不答，她也不会去劝，只把自己择了出来："我这边当然也能带你去，可你毕竟还有长辈在，若是就这样越过了长辈，容易惹出事端来，最好还是别这样。"

她还怕顾昶不知道轻重，私下底里答应顾曦的要求。顾昶回来，她还特意叮嘱顾昶这件事，并且为了证实自己的担心，把郁棠每月拨给顾曦多少月例告诉了顾昶："他们在临安的时候只有十两银子，到了京城，郁氏给他们涨了五倍，她像你说的，不是那种小气人。我们做娘家阿兄阿嫂的，就更不能拖小姑的后腿了。"

殷氏就差没有直接说顾曦母亲死得早，继母没有好好教她怎样处理内宅之间的关系了。

顾昶听着微微点头，道："这些事还要麻烦你多费心，我这段时间不得闲。"

他没有想到彭家会接了孙家的烂摊子，外面对他有些指指点点的。他寻思着自己是不是先去翰林院躲一躲。若真是如此，那就得求黎家或是张家帮着出面打点了。

顾昶看了忙着指使丫鬟们服侍他更衣的殷氏，陷入了沉思。

顾曦是无论如何也不愿意去求郁棠的。她去求了裴家二太太。

裴家二太太这段时间忙着应酬，郁棠帮她带着女儿，裴红则交给了裴柒。她非常感谢裴宴夫妻，闻言很是诧异，道："江家应该会请我们一家过去吧？"又怕自己看错了，叫了身边的婆子去找请帖。

婆子拿了请帖过来，裴二太太打开看了一眼就笑着递给了顾曦："你看，写着让我们阖府都去，你肯定也要跟着我们一起去啊！"

顾曦这时候才突然意识到，她和郁棠相比，在别人眼里就是个小辈，有郁棠在，只需要发帖子给郁棠就行了。至于她到不到，郁棠会不会带她出席，那得看郁棠的意思，她不过是个随行之人。

她第一次明显地感觉到了她和郁棠的差距。她若想改变这差距，除非裴彤成了三品的大员。不然，她在公众的场合，就永远只是一个服侍郁棠的小辈。没有名字，更没有座位。

顾曦骤然间理解了自己的婆婆为何要逼着裴彤上进了。

郁棠不知道顾曦的想法，也不想知道她的想法。她对现在的生活满意极了。家里的人都平安顺遂，她也和梦中境遇不一样了，不仅嫁得了如意郎君，还过得很幸福，跟着裴宴学到了不少新东西，长了不少的见识。这才是最好的日子。顾曦想怎么样，已经不在她关心或者是注意的范围之内了。有这时间，她还不如想想怎么给裴宴弄点好吃的呢！

郁棠嘴角噙着笑，和徐萱商量着去张家做客穿的衣裳首饰，觉得她和自己想到一块儿去了。

宝蓝色素面镶黄底粉色四蒂纹杭绸褙子，和田玉满池娇分心，南珠耳坠，落落大方又雍容华丽。

徐萱啃着苹果，口齿有些含糊地道："实际上我觉得你那条银白色绣折枝花的更好看，但我们家那位老姑奶奶，可讲究这些了，我怕她觉得你那褙子太素，她看了东想西想的，横生枝节。"

郁棠考虑到张家的长子去了没多久，又怕有些老人讲究，有些拿不定主意，这才请了徐萱帮着掌掌眼的。

她就趁机问了问张老夫人的一些喜好。

徐萱叹气，道："我们家这位老姑奶奶眼光那是真正的好。当年她颇有贤名，求亲的人络绎不绝，她亲自选了张大人。家里原本不怎么看好的，不承想张大人很快就风生水起了。所以她这一生没有受过什么磨难，脾气格外大。"说到这里，她朝着郁棠使了个眼色，直言道："我和你说说悄悄话。"

郁棠知道她的性情，立刻把身边的都打发走了。

徐萱这才低声告诉她："我从小的时候起，听别人说起她来都说她命好，可我祖母却说，人是没有十全十美的，若是此时好，必定有不好的事在前面等着她。我们家这位老姑奶奶，就是享福享在了前头。"说完，她朝着郁棠挑了挑眉。言下之意，如此张老夫人正是应了她祖母的话。

郁棠不由陷入了深思。她的命运好像也是这样。坏到了极点，却获得了梦中预知能力。梦醒之后，老天爷仿佛是在补偿她似的，她虽然也遇到了不少事，却没再伤筋动骨。

郁棠心中微动，点头道："你说得有道理。哪天我们一起去庙里逛逛吧！"说着，低头看见了徐萱的大肚子，又忙改口道："你还是在家里待着好了，等你出了月子，我们再好好约一次。"

徐萱对她的话不以为然，道："等到我出月子，还能去庙里敬香，那估计是明年的秋天了，你还在不在京城都两说。"说到这里，她问起郁棠来京城的目的："也不知道你能待多久。"

郁棠完全是陪裴宴，红着脸笑道："是张老大人叫了三老爷过来的，什么时候回去,得看张老大人到底要他做什么了。"

徐萱也看出来了,郁棠对裴宴有种盲目的信任,裴宴干什么她都没有异议,不像她,殷明远干什么她都得知道才行。夫妻千万种,她不能说自己这样就是最好的,郁棠那样的就是不好的。

"要不,我们去潭柘寺吧?"徐萱出主意,"那边的路还算平整,住的地方好,吃的也不错。这时候风景也好。等出了这趟门,我就好好待在家里准备生产了。"说到这里,她眼底闪过一丝郁色。

郁棠忙道:"你这是怎么了?"

徐萱想了想,这才推心置腹地对郁棠道:"我实际上有点害怕。我听说女人生孩子就是走鬼门关……只是人人都盯着我的肚子。黎夫人昨天还让人给我送了一道平安符,说是她专门为我去红螺寺求的。"

红螺寺在郊外,就是坐马车去一趟也要大半天。或许,徐萱也不仅仅是想去玩。若是能保个心安,也未必不是件好事。

郁棠笑道:"那我们就去趟潭柘寺好了。听说那里的签也是非常灵验的。"

徐萱莫名就松了口气,笑道:"行啊!到时候我们约了丽华。她的日子也不好过。张家大表哥去世了,与她何干?偏偏她祖母也好,她母亲也好,总喜欢拉着她说这些事,她又不能不听不理,心里也颇为苦恼。"

郁棠对张大小姐印象很好,不解地"哦"了一声。

徐萱就告诉她:"问题主要还是出在长房唯一的男丁在堂兄弟中行二,长孙出自二房不说,如今张家也由张家二老爷主事,丽华的母亲并没有取长房代之的意思,可架不住家中的老人担心,也是满肚子委屈。"

郁棠不好说什么。

徐萱感慨道:"所以丽华他们的婚事就很要紧了。嫁得高了,怕引起其他两房的不满,嫁得低了,她母亲又不甘心。这不,昨天她娘还去我娘家找我母亲说了半天的话,我母亲让我这段时间少去他们家,免得被老夫人拉着说起家里的事,一个答应不好,落个满身的埋怨。"

郁棠一愣,道:"那你还陪着我去张家做客?"

"我这不是看你第一次出门做客吗?"徐萱说着,狡黠地一笑,"我们家这位老姑奶奶可好面子了,不会当着你这个第一次见面的外人说家里的事的。"

可这次,徐萱猜错了。张老夫人不仅拉着郁棠说起了家里的事,还跟郁棠说了一件事:"那孩子,翻过年八岁了,也算是遐光看着长大的。我寻思着遐光朋友多,能不能帮着推荐个启蒙的老师?"

郁棠吓了一大跳,想着以张家这样的人家,不可能等到张绍的儿子都八岁了,还没有启蒙。

张老夫人就落起泪来:"原本一直是他母亲给他启蒙的。他父亲之前说好了,等到他七岁的时候,就正式给他请个老师。谁知道……这孩子没有这缘分。遐光当年和他父亲像亲兄弟似的,他又不像孩子两个叔叔,不喜欢交际应酬,除了自己衙门的人,几乎谁都不认识。江南的那些鸿儒,哪个不和遐光认识。我也不是让遐光上门去请别人,就是想让你给带个话,看看谁合适,推荐给我们家老太爷而已,人由我们家老太爷出面去请就是了。"

郁棠觉得这位张老夫人有点坑人。第一次见面就让她去做这件事。要知道,不管是学生学不好还是老师教不好,推荐的人也有很大的责任的。若是张绍的儿子学业不好,难道裴宴还要继续给他推荐老师,保他考上进士不成?想到这里,郁棠心头一跳,抬头朝张老夫人望去。

张老夫人正目光炯炯地望着她。

郁棠的心顿时冷了下来,她笑道:"我们家三老爷的事,我都不怎么知道,在家里,他说什么就是什么的。您既然让我带个话,我就去给他带个话好了。"说完,做出一副非常担心裴宴责怪她的样子。

徐萱一愣,随后目露赞赏,看着郁棠抿了抿嘴角。

倒是张老夫人,非常意外,但她经的事多,要想隐藏情绪的时候一般是看不出来的。她没想到郁棠做事这样的滴水不漏。她呵呵地笑了几声,朝郁棠道了谢,等到要去后堂听戏,她去旁边暖阁换衣裳的时候不禁和张三太太道:"我原本只是想试探她一下,如今看来,这小姑娘不仅是长得漂亮,心里还有章法,真真的少见。可惜了,我们家长孙和次孙都和他们家年龄不符,不然,和遐光结个亲家可能更好。"

张三太太把这话听在了心里,想着自己有两个儿子,幼子今年才三岁啊!

她哈哈地笑,扶着张老夫人去听戏的水榭,对郁棠却比之前更热情了,甚至之后很正式地跟郁棠走动起来,这让郁棠非常困惑,还问过裴宴:"她是不是也有什么事求你啊?"

张英原本是想让裴宴来劝费质文的,谁知道费质文主意已定,准备等张家这边安生下来,他就致仕回乡了。张英没有办法,又劝说裴宴入仕,还拿他大哥裴宥举例:"他当年不也是宗子,怎么就入朝为官了呢?可见什么事都不是一定的。你这样只在临安,太可惜了。"

裴宴再次很明确地拒绝了张英。

张英只好退而求其次,要裴宴帮着周子衿走通沈大人的关系,想办法调到都察院去,补了孙皋的缺:"彭家肯定不愿意放弃刑部这一块,但我们这边,只有周子衿有这样的资历。"

周子衿曾经做过官,只是他中途以奉养老父亲为由致仕,在士林中很有"孝"名,若是利用得好,可作为周子衿的一个跳板。但周子衿太傲气了,是不愿意利用这个名声的,更不愿意自己去布局。

张英只好请了裴宴出马。

裴宴觉得小张大人应该是听说了些什么,所以才会让张家三太太有意接近郁棠的,可他觉得这样也没有什么不当的,妻凭夫贵,他有这个能力,别人才会特别重视郁棠,郁棠何必管那么多,好好享受别人的奉承不好吗?

他笑道:"难道就不能因为你特别好?"

郁棠才不相信,她道:"我这几天也拜访了几家,发现他们都好厉害,也好冷静,谁家和谁家是什么关系,应该用什么样的态度,清清楚楚。你就别往我脸上贴金了,我自家还是知道自家的事的。"

说到这个,裴宴就有些不高兴了,道:"那你还和殷明远的老婆去庙里住好几天!"

他不喜欢郁棠离家,不喜欢回到家里看不到郁棠,也不喜欢一个人在书房里做事。

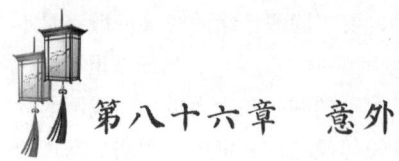

## 第八十六章　意外

郁棠也不想和裴宴分开。自他们成亲以来,他们还从来没有分开过。可她有点想去给菩萨上炷香。自她梦中醒来后,她好像还没有好好地去谢谢菩萨。

她主动搂了裴宴的脖子,低声道:"要不,你和我一起去潭柘寺呗?我只在那里歇两个晚上。"

如果没有徐萱同行,她肯定当天晚上就会回来。她已经不习惯在外面过夜了。

裴宴有些心动,但他觉得不能助长了郁棠把他放在次要位置的风气,也不能让她知道他的想法,遂冷着脸应了一声:"我和子衿约好了,明天去爬凤凰岭。"

郁棠有些失望。裴宴和周子衿去爬山,肯定不是为了游玩,多半是有事要和周子衿说。

"好吧!"她放下了圈着裴宴的手臂,又道,"那你会在凤凰岭过夜吗?"

"嗯!"裴宴应道,"反正你也不在家,我也跟着周子衿在外面住两天好了。"

那委屈的模样,让郁棠都要心生内疚,她忙道:"这次比较特别嘛!正好能和殷太太约上,如果没有她陪着,我肯定不会去的了。"

"没事!"裴宴故作大方,道,"你有点事做,我出门也放心。"

也只能这样了。郁棠觉得自己以后还是少出门为妙,她继续低声哄着裴宴:"我听殷太太说，潭柘寺那边的斋菜不错，到时候我看着给你买点特产回来，好不好？"

"嗯！"裴宴又冷漠地应了一声，催着郁棠早点歇了，"明天一早我还约了费大人。"

明天是休沐日。

郁棠忙应了，去洗漱的时候不免又快又好，想陪着裴宴说说话儿。裴宴却没这心思，几句话过后，就吹了灯，抱着郁棠翻云覆雨。郁棠想着裴宴明天还要孤零零地去见费大人和周子衿，心里一软，也就随着裴宴折腾去了。

裴宴吃了个饱，郁棠却累得第二天早上起迟了，等她收拾好出门，徐萱已经在花厅等了她快一个时辰了。

郁棠不由道："你叫我起来就是了，这样等着，让我多不好意思。"

徐萱呵呵地笑，道："我知道你向来起来早，突然睡了懒觉，肯定是累坏了。"说完，睁大了眼睛望着她："你不会是怀孕了吧？我怀了孩子，刚开始的时候就是天天想睡觉。"

"没有！"郁棠有些沮丧地摇了摇头。她算着日子呢，不可能这个时候怀上孩子。

徐萱不好多问，拉了她的手，道："这有什么的，有些人就是孩子怀得晚，像我三嫂，嫁过来三年才生下长子，可一生下长子，就三年抱两，连生了五个儿子，连我娘都说受不了，只结果不开花的，看着满地跑的都是小子，头都是痛的。"

郁棠知道她这是安慰自己，抿着嘴笑了笑。

两人一起上了马车。

马车是殷家的，可能是为了照顾徐萱，又宽敞又平稳，还有各种消遣的棋牌，棋子都是能吸在棋盘上的。还有地方放小红泥炉，用来沏茶或是煮甜羹都很好。

郁棠再次抿了嘴笑。这应该就是殷明远坚持用殷家马车的缘故。

她想起那天殷明远来接徐萱时，徐萱告诉他要和自己去潭柘寺住两天时殷明远的脸色，不由道："殷明远回去之后没有和你闹吧？"

"之前有点。"徐萱笑道，笑容昙花一现，随即黯淡下来，"后来我说我有点害怕，他就没说什么了。"

郁棠不禁道："你别担心。你看你，身体又好，这还有两个月才生呢，家里的医婆、稳婆都准备妥当了。不可能出什么事的。"

徐萱闻言立马恢复了之前的笑容，道："我也知道！我这不是想出来玩吗？"

郁棠却觉得她是故作坚强，可她也没有办法，这种事，只有殷明远能安慰她，或者是去了庙里，抽到了个好签。但殷明远这样在乎徐萱，应该也会想到的吧？

郁棠和徐萱说说笑笑的，很快转移了徐萱的注意力。

她们中午把马车停在路边，吃了些自己带来的干粮，然后继续赶路，到了傍晚时分才到达潭柘寺。

正如徐萱说的那样，潭柘寺正是风景最好的时候。

绿树成荫，鸟语花香，加之刚刚过了浴佛节，有些庆祝的装饰还没有拿下来，香客却正是最少的时候，庙里的知客大师又早得了殷家和徐家知会，专程派了能说会道的大师父接待她们，安排了非常好的院子给她们安歇。

跟过来的阿兰啧啧称奇，摸着一水的黑漆镶钿家具对阿杏道："我们那里，有这样一张架子床出嫁就能让人羡慕一辈子了，没想到一个寺庙而已，待客都能用这么好的东西，我能跟着太太出来见见世面，也不枉这辈子做了回人了！"

阿杏和阿兰一样活泼，不过阿兰因是裴宴点的她进府，显得胆子更大一些，她却更懂得察言观色。听阿兰这么一说，她笑了笑，道："寺里不会见得什么人都让她们住这样的院子吧？我刚才可看了，那知客和尚开院子门的时候，钥匙是单独放着的，这个地方肯定是接待贵客的。"

阿兰不以为意，道："管它是干什么的？我能跟着三太太住进来，就觉得可以吹嘘一辈子了。"

阿杏没有说话。她也准备一辈子待在裴家了。

她对阿兰道："我去帮青沅姐姐收拾东西去了，你要和我一起吗？"

她们暂时跟着青沅在学规矩，但青沅觉得她们是郁棠的陪嫁，对她们还挺客气的。阿兰把这客气当成了善待；阿杏觉得自己要留下来，就不能把别人的客气当真，平时有事没事总往青沅那里凑，青沅也挺喜欢她的。

阿兰没那么多想法，立刻道："当然。我们一起走。"

有些东西，看过了，羡慕过了就行了，该做的事还是要做好。

只是她们没有想到一出门，居然迎面碰到了裴宴和殷大人。三老爷不是说去凤凰岭了吗？只是不知道和三老爷他们一道的另两个面生的人是谁。

阿杏立刻机灵地跑去给郁棠和徐萱报信。

郁棠和徐萱非常惊愕，忙扶着丫鬟出了厅堂。

另两个让阿杏她们觉得陌生的人中一个是周子衿，另一个郁棠还真不知道了。三十来岁的样子，和裴宴差不多高，五官出众，气质也非常沉稳，给人一种岳峙渊渟的压迫感，让人一看就会觉得这个人不简单。

徐萱已低声惊呼："费质文！他来干什么？"

郁棠也被吓着了。这个人就是裴宴跟他说的费质文吗？郁棠不禁多打量了他几眼。不管是相貌还是身材都非常出众，费夫人为何还要……她不能理解。却感觉到有道锐利的目光盯着她。

她立刻顺着望过去，就看见了满脸不悦的裴宴。

郁棠忙把全部的注意力都放在了裴宴的身上，朝着他甜甜地笑了笑。

裴宴面色肉眼可见的大霁，把她介绍给费质文道："这是拙荆！"

费质文友善地朝着郁棠笑了笑。

那笑容，虽然淡淡的，却给人十分灿烂的感觉，让人对他的印象加倍好。费夫人……脑子进了水吧？郁棠猜测，忙敛了心绪给费质文行了礼，站到了裴宴的身边，趁着徐萱和费质文、周子衿行礼的时候低声地问他："你们怎么来了潭柘寺？"

裴宴漫不经心般地懒懒道："后来大家改变主意，觉得来潭柘寺也不错。"

不是因为她们来了潭柘寺吗？郁棠莞尔。

那边徐萱已经和周子衿、费质文寒暄起来，她望过去的时候费质文正在和徐萱说话："一眨眼你也做了母亲。这一路车马劳顿的，你还好吧？"

他的声音有些低沉，听着却有种暖意，让人觉得他虽然很严肃，却是个温和的人。

郁棠没忍住又多看了费质文两眼。

费质文感觉到她的目光，不仅朝着她笑了笑，还点了个头。

裴宴在旁边冷哼了一声。

这个裴遐光！郁棠都不知道说什么好了，只能垂下衣袖，悄悄地拉住了裴宴的手。

裴宴这下子不哼了，悄声和郁棠耳语："等会儿我和你一起歇息。"

郁棠还没有回过神来，就听见周子衿在那里哈哈大笑，指着殷明远和裴宴道："这俩家伙，我看就是打着游玩的旗号来陪老婆的。费兄，我们别理他们，我们去找住持大师喝茶去！"

费质文微微地笑，但那笑意却未达眼底，附和着周子衿道："行！我要是没记错，应该是他们找我们，不是我们找他们吧？"

殷明远没有裴宴的脸皮厚，不好意思地道："我只是陪客，陪客！"说着，还朝裴宴望过来。

裴宴立刻道："我今天只约了周兄吧？"

周子衿一愣，随即指了费质文："哎哟，你可怎么办？我是受邀的，明远是中途遇到的，就你，是白跟过来的。"

费质文笑，却飞快抬睑看了眼郁棠。郁棠不知所措。

裴宴已道："时候不早了，先安歇下来吧？晚上我们一起用晚膳。"

周子衿还是从前那脾气，唯恐天下不乱似的，道："之前我还以为我们四个人一起，订了个院子，如今只有我和费兄，我看，也别浪费这香油钱了，我和费兄也受点委屈，和你们一起挤挤得了。"

殷明远知道裴宴和周子衿出来是有其他目的的，朝裴宴望去。

裴宴却不接这个茬，冷笑两声，道："那香油钱说得好像是你捐的似的。要不，这次来潭柘寺的开销就算你的好了？"

周子衿比裴宴大十几岁，周子衿从小就喜欢逗这个聪明又傲娇的世交家的阿弟，长大了就更想看裴宴跳脚，因而和裴宴说话从来都不客气。

他闻言立刻怪叫："我可是要去爬凤凰岭的，是你说要来潭柘寺的。潭柘寺多贵啊！早知道这样，我就不来了。"说完，还去看费质文："费兄，您说是不是这个道理？"

费质文看着年轻，实际上已年过四旬，比周子衿还要大好几岁，加之学识渊博，为人沉稳，行事圆滑又不失手段，他在费质文面前也有点悚然，不敢随便。

"那这香油钱我来捐好了！"费质文微微地笑，声音醇厚，语气轻快，"我也觉得来潭柘寺比较好。"

郁棠这才知道，原来裴宴去拜访了费质文之后，准备和周子衿去凤凰岭的，要告辞的时候遇到了来还手稿的殷明远，知道殷明远要去潭柘寺，还问裴宴，要不要一起去，还说起了郁棠也跟着徐萱在潭柘寺。原本准备在家里看书的费质文突然改变了主意，说好多天都没有出去走动了，趁着这几天天气好，和他们一起去潭柘寺走走。

费质文虽说是裴宴的师兄，可不管是资历还是年纪都比他们应该长一辈，何况费质文自从费夫人去世之后就一直郁郁寡欢，不怎么出门，现在费质文说想和他们一起去潭柘寺逛逛，两人自然是求之不得，立刻改约了周子衿，来了潭柘寺。

是因为费质文要来潭柘寺吗？郁棠看了裴宴一眼。

裴宴就轻轻地咳了一声，找了机会和郁棠耳语："要不然怎么能改约周子衿到潭柘寺来？他最喜欢爬凤凰山了。"

郁棠轻声地笑。她觉得裴宴若是有机会，肯定也会想办法和她一道的。

谁知道她一抬头，却看见费质文正看着她。她有些意外。

费质文已笑着问她："你是从江南过来的，在京城还住得习惯吗？"

他和郁文差不多的年纪，又是裴宴的师兄，郁棠忙恭敬而又坦诚地道："还好！就是天气太冷了，现在才像我们那里的春天。"

费质文听了微微一愣，随后呵呵地笑了起来，又道："正因如此，京城的夏天比江南要凉快。你既然来了京城，也算是机会难得，应该好好体验一下京城与江南的不同。"

郁棠点头，道："相公曾经跟我说过，说京城的雪有时候会有膝盖深。我和相公商量，怎么也要看了京城的雪景才回去。"

费质文再次大笑起来，仿佛对郁棠的印象很好似的。

两人也就说了这么几句话，周子衿过来了，打量着郁棠，也很满意地点了点头。

郁棠一头雾水，不知道周子衿为何对她流露出这样的神色来。

裴宴却气得直咬牙。周子衿一直当着他面说想给郁棠画幅小像，他一直紧咬着牙关没答应。之前他还以为周子衿是看上了郁棠貌美，现如今却觉得周子衿分明就是看见他对郁棠的喜爱，有意捉弄他。可就算他知道，也没办法用玩笑的口吻反驳周子衿。万一周子衿就等着他开这个口呢？他才不让别人给阿棠画小像呢！要画，也是他画才行。

裴宴瞪了周子衿几眼，趁着郁棠她们去上香，和周子衿站在大雄宝殿外面说着话："阿兄是看着我长大的，我也不和阿兄绕圈子。我今天约了阿兄出来，是受恩师之托，阿兄是什么意思，不妨跟我好好说说。是不想受案牍之苦呢？还是觉得把家里事拿出来说不好听？彭家咄咄逼人，沈大人两面三刀，局势越早稳定下来，不管是对朝廷还是对百姓都是件好事。"

周子衿苦笑，道："不是我不想帮张家，主要是我觉得，就算我去了都察院也没有什么用。沈大人分明是不想把位置让出来，黎大人也好，江大人也好，都很难坐到那个位置上去。"

裴宴也仔细地分析过这个问题。

黎训人缘差了一点，江华资历差了一点，的确都不是能镇得住大局的。而这其中最最重要的是帝心。不管是黎训还是江华，皇上对他们的观感都一般，包括沈大人在内。不过是没有更合适的人选罢了。反而是彭屿，之前在都察院的时候还看不出来，如今做刑部侍郎，居然开始给皇上写青词了，皇上不止一次召了他进宫服侍，照此下去，他入阁是迟早的事，甚至有可能成为首辅。

这才是张英急的缘故。

可惜周子衿真不是个做官的料子，他说着说着就说偏了，道："你说彭屿怎么一下子改变这么大？难道做了侍郎就不一样了？还是说他从前没想做首辅，如今觉得他的机会很大了？"

裴宴懒得和他说这些，把话题重新拉回原来的轨道上来，道："不管怎么说，你先占着都察院的位置不好吗？至于谁当首辅，那是下一步的事。"

周子衿却有不同的看法，他道："我就算是占着了有什么用？不解决根本是行不通的。主要还是得把首辅的位子拿到手里来。"

裴宴道："难道就没有次辅架空首辅的？"

周子衿道："别人我相信，黎训和江华我不相信他们有这样的能力。"

裴宴真想挽了袖子自己上，只是没等他说话，费质文走了过来，道："你们兄弟俩这是在说什么呢？"

周子衿不好意思地笑了笑。

裴宴干脆破罐子破摔了，道："反正你们一个个都有理由，我只好不问东西地帮恩师做几件事了。"

周子衿忙安抚裴宴："没有这回事。我这不是在考虑吗？又没有一口气回绝。"

费质文却想了想，对裴宴道："我有几件事想问问你，行吗？"这就是要单独和裴宴说话的意思了。

周子衿忙找了个借口回避，进了大雄宝殿。

裴宴道："师兄，您想问我什么？"

尽管裴宴态度放得很恭敬，但费质文还是想了好一会儿，才轻声道："你平时，还和你太太说下雪不下雪的事吗？"

裴宴奇怪地看费质文一眼，道："这不是家长里短吗？师兄和嫂嫂不说这些吗？"

他话音还没有落，就知道自己说错话了。费质文的婚姻别人不知道，他却是知情人。他这样问，费质文肯定很不好受。可他又不能说什么，否则费质文肯定怀疑他知道了些什么。

费质文果然没有对此说什么，而是笑道："我看你平时性子傲得很，没想到你还会陪着你太太说这些家长里短的，更没有想到你太太还会和你商量什么时候回去。"

裴宴立刻意识到费质文怎么会和他们来潭柘寺了。他虽然觉得费夫人死得很傻，很烦人，但又觉得费质文肯定也有错，否则一个男人做得够好了，女人是舍不得离开他的。像他，郁棠可能在心里会可惜卫小山，但他天天陪着郁棠，郁棠渐渐也开始黏着他了。可见还是费质文没本事。

他不由道："她出身小门小户，但我从来不觉得这有什么不好的。出身又不是自己能选择的。但我们家毕竟和她们家不一样，她嫁过来之前，我就把家里的事都告诉了她，所以她嫁过来的时候也不至于两眼一抹黑。我走到哪里都带着她，她说什么我当着众人的面都点头赞好，她娘家的兄弟我也按序喊'阿兄'，别人看我这样尊重她，就更不敢怠慢她了。她的胆子也就越来越大，做什么事都敢自己拿主意了……"

费质文可是管着一个很大的衙门。他当然知道自信的重要性。他不禁陷入沉思。他夫人嫁过来的时候，他都做了些什么？他们最甜蜜的时候是什么时候？他们又是从什么时候，为什么开始疏远的……费质文满脸呆滞，半晌都没有说话。

裴宴在心底叹气。

费质文骤然道："你能帮我问问你太太，她们女人最想要的是什么吗？"

他怎么做，才能弥补他的过失？

裴宴觉得他这个师兄还不错，至少没有把所有的错都一味地推给死了的女人。

他大方地道："这件事包在我身上了。"

费质文点头，笑道："我有点累了，我先回去歇了，晚饭就不和你们一起吃了。你们玩得开心点。"

裴宴没有强留，找了周子衿，继续和他对怼。

不过，晚上的时候，睡觉之前，裴宴和郁棠说起了这件事，还抱怨道："他这没头没脑的，谁知道他要的是什么答案？不过，我觉得应该让他吃点苦头，免得他以后续弦的时候又闹出什么幺蛾子来！"

郁棠奇道："你不是说他不准备续弦了吗？"

裴宴嗤之以鼻："他若是旁系子弟，还有可能不续弦。但他不仅是嫡系，还是家中官位最高的，就算是他不想，以费家的强势，也能抱着个大公鸡给他娶房媳妇进门。他这么做，不过是自己心里好受点罢了，还不是害别人！"

郁棠想了又想，道："那你觉得我应该怎么回答？"

"你就照直说呗！"裴宴不以为意地道，"反正他这种人，固执的时候是真固执，你说什么，没有落在他的心里，他肯定听不进去的，你说也是白说。"

郁棠觉得在这方面裴宴比她要强，裴宴说的肯定有道理。

她笑嘻嘻地道："要不，就说个于你有利的？"

裴宴听着，摸了摸自己的下巴，道："于我有利，那就是让他继续做官啰！"

郁棠的脑子是非常灵活的，立刻接音，道："那就说我们女人家最在乎的是名声，是诰命。你觉得能行吗？"

郁棠觉得，自己这样说，也许费质文看在费夫人已经去世了的分上，可以为了给费夫人追封个诰命之类的，留下来。张老大人不是之前一直让裴宴劝费质文继续做官吗？

谁知道裴宴听了却冷哼一声，捏捏她的下巴，道："你不会也是这么想的吧？"

郁棠心里一个激灵。裴宴可是致仕了，她这一生都别想有个诰命在身了。

郁棠想到他那作劲就太阳穴隐隐作疼，求生欲很强地道："那倒没有。我这不是想帮帮你吗？费大人或许就是觉得一无所求了，所以才要致仕，可你不也说了吗？费大人心里还是很喜欢费夫人的，所以我猜，费夫人的死肯定与他们的夫妻关系不好有很大的缘故。"比如郁郁寡欢之类的。

"你之前不是还说，费家对此议论纷纷。费大人要是真的致仕了，那他家里面的人肯定就没有什么顾忌了，什么话都能说得出来。可他若是继续做官的话，不说别的，就是费家为了自身的利益，都要约束费家的人不出去乱说的。至少保住了费夫人的名声。"

费夫人的名声要不要紧根本不在裴宴的考虑范围之内，他压根就没有往这上面想，自然也就不会用这点去劝说费质文了。如今听郁棠这么一说，好像还真是这么回事。不过，他依旧没有放在心上。

张家的困境也好，费质文的去留也好，说到底，于他都不关痛痒，他们裴家之所以退隐临安，就是不想卷入接下来的夺嫡之争中——从龙之功固然有利，但站错队的后果更严重。何况，有了从龙之功，就会成为权臣，像裴家这样世代为官的世家，更喜欢做纯臣，且做纯臣也能走得更安稳些。

裴宴撇了撇嘴角，压根不相信郁棠的说法。他道："心有所念，才会脱口而出。"

这可真是冤枉起人来让人连喊冤都没用啊！郁棠气极。

裴宴却笑："你要是求求我，我未必没有办法给你挣个诰命来！"

郁棠埋汰他："行啊！你想我怎么求你？我倒想看看，你有什么办法给我挣个诰命来！"

裴宴抱着她直笑，在她耳边低声道："你好好给我生几个儿子，我呢，好好地教教他们，你的诰命不就来了。"

请封诰命，是先请封嫡母。

郁棠哭笑不得，恨恨地推了裴宴一把，嗔道："这里可是寺庙，你难道在寺庙里也不能清静几天？"

"你都想些什么乱七八糟的呢！"裴宴板着脸训她，"我不过给你出出主意，你倒说得我没有一点眼力见儿似的，我是那样的人吗？"

若不是在寺庙里，郁棠觉得他肯定是这样的人。

裴宴大半夜都在和她嬉闹，她突然间理解了他平日里的胡闹，牙都咬碎了也没能忍住，一脚踹在裴宴的胸口，却被裴宴握着脚又调笑了半响。

郁棠一腔血忍在喉咙里，庆幸自己还好没有求他，这一脚也算踹得正当时了。

她迷迷糊糊地睡了一会儿，天就亮了。郁棠忙起床梳洗，换了身素净的衣裳开了门。

小沙弥上了早膳，郁棠派了人去打听徐萱起来了没有，没有理会和她同桌吃饭的裴宴。

平时在床上都是裴宴求着郁棠，这次闹得郁棠差点求了他。

他心里非常快活，也知道郁棠丢了面子，不免在她面前有些伏低做小，偶尔跟她说一声今天的小菜不错，或是把包子移到她面前，还主动和她说起今天的行程："上午你们是要去敬香吧？我们一起。午膳后，你们在庙里歇着，我们几个去爬山。晚上回来一起用晚膳。明天一早我们再一起回城。"

郁棠没有理他。他呵呵地笑，轻轻捏住了她的手，在她耳边低声道："你别生气了，我保证再不这样了。"

郁棠终于正眼看了他一下，面色比刚才好多了。

裴宴微微地笑，心里得意。

裴宴高高兴兴地陪着郁棠去了徐萱那里，又高高兴兴地陪着她们去敬了香，还抽了签，在解签的那里坐了半天。

其间周子衿要为她们解签，被殷明远"请"了出去不说，殷明远还和裴宴道："这种事不过是让她们安心，周大人肯定要捣乱，何必让她们心中不快呢！"可见这里还有个明白人蹲着呢！

裴宴笑着没有说话。

这次郁棠和徐萱都抽了个上上签，出了签房，两人的脚步都是轻快的，还凑在一起说着悄悄话。

殷明远生怕徐萱碰到哪里的样子，有些紧张地跟在后面。

周子衿这个唯恐天下不乱的就跟在殷明远身边讲着他们昨天在厢房里歇息的事。

裴宴看着直摇头,渐渐地被周子衿挤到了一旁,和不紧不慢的费质文走到了一块儿。

费质文就朝着他笑了笑,语气很随意地道:"你昨天帮我问了没有?"

裴宴在心里"啧"了一声。他这位师兄,也瞒得紧,这次跟着他们过来,其实就是想问这个吧?不过,为什么要问郁棠呢?照理应该问徐氏才对。难道是郁棠和费夫人的出身、处境都差不多的缘故?

裴宴在心里琢磨着,面上却不显,答得还挺快,道:"问了。她说,女人应该都最看重名声,最希望得到的应该是诰命吧!"

费质文愣了愣。

裴宴忙道:"你别看我。我没准备入仕。不过,我答应过我们家那位,会想办法给她挣个诰命的。"

费质文笑了起来,觉得这还挺像是裴宴能做出来的事。

裴宴见他还是一副不动声色的样子,就有点烦他做作的样子,挑了挑眉,直言道:"师兄,不是我说你,你有时候真的有点自私。费夫人不在了,你就说你要致仕,可你想过别人会怎么议论费夫人吗?别人不会指责你,只会说是费夫人耽搁了你。活着的时候没给你生个儿子,死了还让你做不成官。你要是真不想做官了,也别拿费夫人的事做借口,你还不如干脆说你身体不好,没办法做官了呢!还有续弦的事,费夫人在的时候就和你父母关系不好,你这么一闹,他们肯定恨死费夫人了。"

费质文愕然。

裴宴懒得再理他,上前几步,追上了周子衿他们。

他觉得应该给费质文一些时间仔细去想想这些事了。

下午,费质文说太累了,没有和他们一起爬山。裴宴也没有瞒着殷明远,直接问周子衿有什么打算,还道:"你要不别答应恩师,既然答应了恩师,就得做到最好才是。我反正是不赞同你这样行事的。"

殷明远也觉得周子衿这样不好,说:"这世间哪有十全十美的事?要不,你们劝劝张老大人暂时韬光养晦算了。沈大人这样,几位次辅都蠢蠢欲动的,黎家这次恐怕要撇开张家,单独行动了。"因为张英的弟子江华也是有竞争阁老的能力和资历的。

周子衿这才下定了决心,道:"那行!具体该怎么做,我们回去好好商量商量。"

殷明远一边是张家一边是黎家,站了中立,都不能掺和。下了山,就去陪徐氏去了。

裴宴和周子衿说到晚膳才各自回了自己的住处。

郁棠那边已经等了他一会儿了，见他回来了，立刻让阿杏上了晚膳，还问他："周大人在哪里用晚膳，你怎么没有请他过来。"

请他过来惦记着怎么给你画小像吗？裴宴在心里把周子衿骂了两声，上桌端了碗，道："快吃，我们等会儿去邀了殷明远两口子出门转转，他们这边的风景还不错。"

树木高大，甬道荫荫。

郁棠笑着应好，两人用了饭，出门去找殷明远两口子。

不承想在路上碰到了费质文。

费质文一个人，坐在山坡旁的一个石凳上，呆呆地望着远处的山林，也不知道在想什么，显得特别孤单，看得郁棠心中一软，瞥了裴宴一眼。

裴宴朝她轻轻摇头，准备从旁边悄悄地绕过，不打扰费质文。

两人轻手轻脚的，刚经过费质文坐的地方，身后就传来了费质文的声音："你们这是出来散步啊！要去殷明远那里吗？"

裴宴无奈地看了郁棠一眼，道："费师兄？刚才没有注意，没看到你坐在这里……"

费质文看了眼天边的晚霞，笑了笑没戳穿裴宴的谎话，实际上他是觉得，就算他戳穿了裴宴的谎话，裴宴估计也能面不改色地继续甩一条理由出来糊弄他。

他笑着站了起来。

郁棠忙上前去给他行了个福礼。

他朝着郁棠点了点头，对裴宴道："你之前不是说想让我继续留在吏部吗？我想趁着这会儿没人，和你仔细说说这件事。"

这是要留下来的意思吗？裴宴讶然。

郁棠却机敏地道："既然相公要和费大人谈正事，那我就先回去了。"又叮嘱裴宴："晚上的风还是有点凉，你别太晚。"

裴宴不好留郁棠，道："要不让丫鬟送你去明远那里，你也有个伴儿。我和费师兄说完了话就去接你。"

郁棠不想打扰殷明远夫妻，婉言拒绝，回了自己的住处。

费质文就和裴宴去了旁边的凉亭。

裴宴以为费质文会和他开门见山地说这件事，谁知道费质文看了半天的风景，也没有吭声。

初夏已经有小虫子到处乱飞了，裴宴连着拍了好几个小虫子，费质文还没有开口的意思，他就有点不耐烦了，道："师兄，你找我，不是想和我说你在吏部任职的事吧？"

费质文和裴宴虽是同门师兄弟，年纪和经历让他们私交并不是特别亲密。他从张英那里听说过裴宴直率和聪慧，可没想到裴宴会这样直接和机灵。

他想到郁棠和裴宴在一起的模样，不由自嘲地笑了笑，这才轻声道："我找你，的确是为了私事！"说到这里，他又沉默良久。

裴宴还惦记着一个人回到住处的郁棠，闻言暗暗地翻了个白眼，强忍着心中的不悦道："师兄，你既然找了我，想必有很多的考量，别的不说，你应该觉得这些话我能听，我合适听。那你还有什么好犹豫的？或者是，你再考虑几天？等你觉得你准备好了，再说给我听？"

费质文直笑，道："你这么急着回去做什么？裴太太身边那么多的丫鬟婆子，你还怕没人陪着她？"

裴宴毫不脸红地道："丫鬟婆子怎么比得上我？她应该最想有我陪着她！"

他那理直气壮的语气，让费质文半天都说不出话来，最后笑着摇头，道："你就这么自信？"

"当然！"裴宴道，"再怎么说，我才是她的夫婿。如果她宁愿丫鬟婆子陪着她，也不愿意我陪着她，那她肯定是对我不满，我就得想办法找出让她不满的事来，消除这种不满啊！不然她不说，我不问，日积月累，肯定要出问题的。不信你问殷明远，我看他也常陪着殷少奶奶到处溜达也不嫌弃她话多事多的，你要是为这种事问我，还不如去问他。在我看来，没有谁比殷少奶奶更能折腾的了，殷明远都能敬之爱之，可见殷明远才是真厉害！"

费质文笑道："你这是不想管我的事吧？才想把我推给殷明远。要是让殷明远知道你在他背后这么说他太太，他肯定不高兴。"

裴宴道："我当着他也这么说。"

费质文哈哈大笑，笑过之后却神色落寞，沉声道："实际上我夫人，是自缢身亡的。"

裴宴惊讶地望着费质文，所有的声音都被堵在了喉咙里。

或者是把最难的话说了出来，费质文反而是松了口气的样子，他望着远处的青山低声道："她想和离，这是不可能的，就是我同意，我家里人同意，她娘家人也丢不起这个脸。我岳父就明确地表示过，他们家没有归家的姑奶奶。我舅兄更是扬言，若是她敢出了费家的大门，他就亲手把她勒死。我自己的岳家，我是知道的。因为她嫁到我们家来了，全家人都把这件事当成荣誉，她们家的姑娘、小子都成了十里八乡抢手的媳妇和女婿。他们是能说到做到的。我当时就和她商量，说让她住到别庄去。反正我也不准备再娶了。她当时估计是没办法了，就同意了。可我没想到，她还是自缢了。"

说起这些，他神色更茫然了："我想不出来她为什么要自缢。她又不可能真的和别人在一起，难道是因为这个吗？觉得活着没有意思了吗？"

裴宴听了忙道："你是因为这个原因，才问我女子最想要的是什么吗？"

"是！"费质文坦然道，"我想知道，为什么你太太能心甘情愿地跟着你，她却不能跟着我。"

裴宴听了心里非常不高兴,反驳道:"我太太嫁给我,也不是因为这个原因啊!主要还是因为喜欢我吧!"

费质文对他的厚脸皮已有所了解,根本不愿意和他去讨论这些,只说自己的问题:"难道当年她对我怒目以对,我还会继续想办法娶了她吗?"

裴宴道:"既然你没有什么对不起她的地方,又管她想什么。你不是说你不准备续弦了吗?就算你家里人帮你续弦,也不可能再找个平民小户了吧?"

费质文被他说得噎了一下,好一会儿才道:"我从前是觉得我不欠她什么,可看你们这样,我觉得我没你们做得好。死者为大。我想,她生前没有想到的东西,她身后就当是我补偿她吧!"

"人都死了,有什么用!"裴宴小声嘀咕了两声,很快醒悟过来,这可是郁棠为他的事在诓费质文,他可不能毁了她的心血,他脑子转向飞快,道,"她自缢而亡,家里肯定会有很多闲言闲语吧!这种流言,你越是解释,别人就会越觉得你心虚。所以还是我家太太说得对,你不如好好地做个官,给她请个封什么的。别人看见了你的态度,自然也会对她的评论有所转移。雁过留声,人过留名。你总不能让她去了地下也不能安生吧!"

费质文似笑非笑地望他一眼,好像在说,你那点小心思,就不要在我面前显摆了。

裴宴想,又不是我要算计你,是你自己明知道有坑还要跳,这能怪我吗?

他面不改色地继续道:"你要是不相信,也可以去问问别人。人都不在了,孰是孰非,可都是留给后人书写的。"

"难怪恩师说你要是做官,肯定是个权臣。"费质文笑道,"还孰是孰非,都留于后人说,那些史官岂不都是摆设?"

"是不是摆设,我们心里都知道。"裴宴不和他争这些,道,"关于名声和诰命,也是我一家之谈。说不定,是我太太为了安慰我说的话,你听听也就罢了。"

费质文不置可否。

裴宴见他并没有和自己说正事的意思,也懒得应酬他了,又寒暄了几句,就告辞回了自己的住处。

郁棠翘首以盼,见到他后就立刻把他拉到了内室,急迫地问他:"怎么样了?费大人都和你说了些什么?"

那副说是非的样儿,让裴宴只想笑,道:"你这是猜到费大人要和我说什么了?"

"你这不是废话吗?"郁棠用肘子拐了裴宴一下,道,"那么晚了,在那里堵你,之前又专门问了你那些话,不是想和你说家里的私事还能是什么事?费大人也就是骗骗我罢了。"

"就你厉害!"裴宴笑着捏了捏郁棠的鼻子。

郁棠偏过头，躲开了裴宴的手，皱着鼻子催："快说！他都跟你说了些什么？"

裴宴把费夫人之死告诉了她。

郁棠目瞪口呆，道："这可真是……她是死在家里的吗？"

裴宴道："我没问。"

郁棠不由喃喃地道："这要是我，都不知道死在哪里好。"

她一句话没说完，就被裴宴呵斥了一声"胡说八道"，随后道："童言无忌，童言无忌。在庙里，你怎么能说这样的话？！不是，在外面也不能乱说，小心被菩萨听了去！"

"哦！"郁棠忙应，道，"那费大人问这话，是想给费夫人一个体面吗？"

裴宴就把他和费质文的话一五一十地全都告诉了郁棠。

郁棠听得直皱眉，一时也不知道该说是谁的错了，只好表扬裴宴："你说得很对，费大人既然也有做得不对的地方，那就让费夫人能在九泉之下好好地安歇吧！"

让她有个清白的名声故去。

她沉吟道："你说，费大人会怎么做？"

"不知道。"裴宴摊了摊手，"我是觉得师兄有些矫情的。既然决定了就不要后悔，既然后悔了，就要当机立断，他就坐在那里想想，也没有什么用啊！"

郁棠叹了口气。

下山的时候，费质文没有和他们一道，说是要在这里多待几天，给故去的费夫人做场法事。

郁棠和徐萱对这件事都没有多说什么，两人同车回了京城，在裴府胡同前的大街分了手。

还是家里好！郁棠躺在新编的凉席上，觉得暑气都消散了很多。她只是有点替费夫人难过。好死不如赖活着。活着就总会有希望。

正好新来的厨子非常擅长做面食，酸辣汤汁做了浇头，就连郁棠这个不怎么喜欢吃面食的都连着吃了好几天的各种面条。

徐萱有些嫌弃，道："这也太酸了。你们家从哪里请的师傅！肯定不是江南的师傅，瞧这一大碗的，也太扎实了些。"

郁棠朝着她竖了大拇指，道："是四川师傅。他做的小菜也很好吃。早上我喝粥，吃了很多。你要不要尝尝？我让他们给你拿一小坛回去。"

"好啊！"徐萱来裴家蹭饭就是嫌弃家里的饭菜没有味道，她道，"那他应该会做油泼辣子，你给我弄点油泼辣子带回去，我悄悄吃点。"

郁棠可不敢。那天她们就只吃了点小菜。

晚上裴宴回来的时候，和平时一样和郁棠说着话，可郁棠却明显地感觉到他的心情不太好。

她晚膳过后特意拉了裴宴去院子里散步，还指了那些玉簪花道："你看，马上就要开花了，你觉得如何？"

裴宴随口应了几句。

郁棠干脆不和他兜圈子了，道："是不是费大人那里出了什么事？"

"他那能有什么事？"裴宴奇道，随即又恍然，笑道，"你是觉得费师兄特意来找了我们，应该有所决断吧？要说这件事，还真有事——他最近开始频频出入内宫，还开始给皇上写青词。皇上高兴得不得了，说是过几天要去白云观，钦点了费师兄同行。"

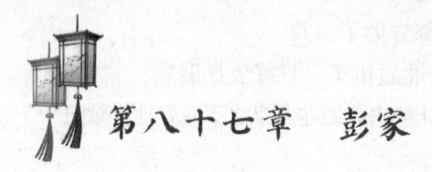

## 第八十七章　彭家

给皇上写青词？！郁棠瞠目，道："他这是……"这是要媚上吗？

裴宴明白她没有说出来的话，点了点头，道："费师兄这个人，若是想成什么事，就肯定能办成。"

郁棠雀跃，抱了裴宴的胳膊道："那是不是说，我们的计策成功了？"

还计策呢？最多不过是挖了个很明显的坑给费质文跳。费质文呢，或许是觉得有趣，或者是觉得有道理，就跳了下去。不过，这种事裴宴是不会直白地跟郁棠说的，那多打击郁棠的积极性啊，像现在这样，郁棠两眼亮晶晶的，好像吃了鱼的小猫似的，看着就让他心生欢喜，多好啊！

"嗯！"他轻轻地应了一声，道，"这次你立了大功了，我决定奖励你一次。你说吧，想要什么奖励？"

这机会太难得了！郁棠立刻兴致勃勃地道："什么奖励都行吗？"

"什么奖励都行！"裴宴大方地许诺。

郁棠想了想，放下他的胳膊跑去了书房，不一会儿，拿了笔墨纸砚过来，道："我一时没想好要什么奖励。你给写个条儿，暂时欠着我的，等我想好了，就拿条去给你兑换，你觉得怎么样？"

这倒挺有意思的。裴宴心里想着，脸上却满是嫌弃，道："你笔墨都拿过来了，我寻思着我要是不写，你说不定寻死觅活的，我还是勉为其难地写了吧！"

嘴上一点也不饶人！郁棠在心里嘀咕着。他要不是娶了她，随便是谁，都要和他三天一小吵，五日一大吵的。

至于她嘛，这不是裴家老太爷也好，裴宴也好，对她有恩吗？她就当是报恩了。

偏生裴宴写个条子还不安生，要郁棠给他磨墨。两个人就在那里你一句我一句闹了半天，这张条才算是勉强写完了。

郁棠找了个雕红漆的匣子把条子装了起来，还和自己的首饰放到了一块儿，道："这条可真是太难得了，一定得放好才行。"

裴宴撇了撇嘴，没理她，出门去找周子衿了。

周子衿知道费质文那里开始有所图谋，十分高兴，拉了裴宴去喝酒，还问他是怎么劝动费质文的："有了费质文的加入，黎训和江华就都有点不中看了。黎训那边还好说，就怕江华知道你在这其中出了力，不放过你！"

裴宴不以为意，道："我就是不从中出主意，他也不会给我个好脸色看。"

周子衿想到两人之间由于政见不同那几年生出的罅隙，一时间也不知道说什么好了。

裴府这边却来了个让人意想不到的人。

郁棠望着望着手中的拜帖，看了又看，还再次向送帖子的人求证："你看清楚了，是舅少爷。"

"是舅少爷！"那通禀的人哪敢怠慢，忙道，"我见过舅少爷，不可能会认错人。"

在旁边等着蹭午膳的徐萱不解道："你娘家兄弟来京城办事，顺道过来看看你，多好的事啊！难道还有什么蹊跷不成？"

"不是！"郁棠收了拜帖，吩咐那小厮去请了郁远进来，这才对徐萱道，"我阿嫂正怀着身孕，照理说，我阿兄若是来京城，应该提前跟我说一声才是。这不声不响的，我这心里不是没底吗？"

她说着，摸了摸胸口。心吓得怦怦乱跳。

徐萱忙安慰她："若是家里出了什么事，裴家早就来报信了，可见只是寻常的拜访。"

郁棠还是觉得不像。她安顿好了徐萱，去见了郁远。

郁远不是一个人来的。除了三木，他还带了一个老乡，姓高，板桥镇人，据说在西北贩盐，这次在路上遇到了，帮了郁远不少的忙，听说他来拜见妹妹和妹夫，他很热心地送了郁远过来。郁远头一次到京城，有人带路自然高兴，到了地方，顺便就请了这位姓高的同乡进来喝个茶，吃块点心。

郁棠心跳得更厉害了。

她都与梦中不一样了，郁远也早早地娶妻生子了，他们怎么还会和姓高的搅和到一起呢？

她不由笑道："高掌柜怎么会来京城？可是有什么要紧的事？是一个人来的还是带了家中女眷一块儿来的？"

梦中的高掌柜，梦中高氏的兄长，人长得高高大大的，皮肤白皙，剑眉星目，站在那里，的确比郁远更有气势。

他恭敬给郁棠行了礼,笑道:"没想到郁兄居然是裴三老爷的大舅兄,也怪我,好几年没有回去,不知道乡里都发生了些什么。我这次来京城,是受了朋友之邀,想在京城做点小买卖。至于家眷,也跟着我一道来了京城,先去了朋友帮着找的落脚的地方。等她安顿好了,我再带她过来给太太问安。"随后向郁远和郁棠告辞:"你平安找到妹妹、妹夫我就放心了。我家里还有一堆的事,就不在这里耽搁你了。你也知道我住在哪里的。等你忙完了,你来找我喝酒,我们俩也仔细商量一下有没有可能合着伙儿做点事。"

郁远笑着道谢,亲自送他出了门,这才折回郁棠见他的花厅。

郁棠拽了他的胳膊,道:"这到底是怎么一回事?"

郁远不是那没有脑子的人,等闲人,他是不会带到裴家来的。

"这次可多亏了高掌柜。"郁远唏嘘地把他在路上遇到江洋大盗,差点丢了性命,被高掌柜救了的事告诉了郁棠。

郁棠不太相信,道:"他一个做掌柜的,有能力救你?"

"这不是机缘巧合吗?"郁远道,"当时我们正经过沧州码头,他把我从河里捞了出来,我随身的路引、盘缠都没了,也是他带我去的衙门,帮我担的保,帮我重新申请了路引。"难怪会请了他到家里来坐。

郁棠道:"那你见过他的家眷没有?"她声音绷得有些紧。

郁远哭笑不得,道:"你说什么呢?我怎么会去见他们家的女眷。"

这就好,这就好!

郁棠长嘘了口气,忙问起他路上的事:"你这几天是怎么过的?高掌柜那边还欠他的银子吗?他邀了你一块儿做什么生意?你怎么会来京城?"

她一句接着一句,一副恨不得把事情立刻弄清楚的样子。

郁远知道她担心,急急地道:"我正想和你说这件事。我借了高掌柜十两银子,然后补办路引、坐船吃饭,大约花了快五十两,得先向你挪些银子还他才好。"说起这些,他不好意思地低了头,"怕是要给你添麻烦了,还得在你这里住些日子。"

"人没事就好,你说这些做什么?"郁棠嗔怪道。

郁远嘿嘿地笑,没有多说,说起了自己的来意:"父亲在家里守着铺子,叔父去了苏州,我和姚三在杭州城看了一遍,想着天下之大,莫过于京城,想着你这段时间也在京城,就和父亲、叔父说了一声,准备来京城看看,看我们家的漆器铺子有没有可能开到京城来。不承想出师未捷身先死,在路上遇到江洋大盗。"

高掌柜所谓的生意,则是盐引生意。沧州虽然民风彪悍,可自皇上登基之后就四海晏清,怎么会突然冒出江洋大盗来?出于对高掌柜本能的戒备,郁棠颇为怀疑江洋大盗的真伪。可不管怎样,得先把郁远安顿好了。

她陪着郁远用了午膳,亲自带他去了安歇的客房,让他先自个休息一会儿:"等三老爷回来了,再陪你喝几盅酒,好好地给你接风洗尘。至于银子,我等会儿让青沅给你送过来。我再派两个小厮跟着你,你有什么事,就支使两个小厮,三木对京城不熟悉,就贴身服侍你好了。"

高掌柜说的生意,她得和裴宴好好说说。她总觉得这其中不是那么简单。

郁远这一路上的确担惊受怕,很累了,此时能放松心情好好地歇歇,也是很愉快的,上床不一会儿就睡着了。

郁棠回了自己的住处。

徐萱正等着她,关心地问她是怎么一回事,有没有她能帮得上忙的。

郁棠想着徐萱是个颇有主意的人,有意向她讨教,就把家里的事告诉了徐萱。

徐萱听了对高掌柜也有些怀疑,道:"你知不知道,如今的盐引,都要到户部登记盖印,九边才承认。这位高掌柜出现得未免太巧了。"

不怪她多心,这样的人,她见得太多了。有些手段能让人想都想不到,防不胜防。

郁棠却是来自梦中的经验,她沉吟道:"那就走一步看一步。"

她还有点怀疑这其中有彭家的手脚。之前不是说了,高氏的兄长同彭十一去了西北,高掌柜不可能那么轻易地就能离开彭家自己做生意。

晚上裴宴回来,知道郁远来了,想着郁远毕竟是自己的大舅兄,若是能让郁家的漆器铺子在京城落脚也不错,就留了来接徐萱的殷明远作陪,给郁远接风洗尘。

郁远见到裴宴都有些战战兢兢的,何况还有个殷明远。好在他和郁棠有点像,都是那种遇强则强的,强打起精神来没在殷明远面前露怯不说,还因为脚踏实地给殷明远留下了很好的印象,给了他一张自己的名帖。

裴宴觉得脸上有光,见了郁棠不停地表扬郁远,还道:"若那个高掌柜没有什么问题,请二哥给他盖个印也无所谓。"不能让舅兄丢了这个面子。

调查一个像高掌柜这样来京城的外乡人,别人会有点困难,可放在裴家或是殷家,那也不过是个两天时间还是三天时间的问题。

裴宴和殷明远同一天调查出了这位高掌柜的行踪。裴宴犹豫着怎么告诉郁棠,殷明远却没有想这么多,把高掌柜的事直接告诉了徐萱,由着徐萱去处理这件事。因为调查高掌柜的事,也是徐萱要求的。

徐萱那天上午就磨蹭了一会儿才去裴家,可不承想到了裴家,郁棠正和郁远在书房里说话。青沅先把她领去了郁棠院里的小花厅,端了一大清早运过来的水果给她吃,还道这些都是郁棠吩咐的,若是她来早了,就先坐一会儿,郁棠和郁远说好了话就来陪她。

"这两天舅少爷都没有出去吗?"徐萱好奇地问。

青沅笑道:"出去了。不过是去杭州商会认了认门,今天一大早就找了三太太说事。"

应该是有什么事求郁棠。

徐萱想着,就舒舒服服地躺在躺椅上,吃着果子开始听着小丫鬟给她读绘本。

郁棠这边却眉头皱得紧紧的,和郁远确认道:"你的消息准确吗?"

"肯定靠谱啊!"郁远兴奋地道,"我之前没和你说,是怕传言有误,闹出个乌龙来。昨天我去了趟杭州商会,找了商会具体办这件事的人,亲自问了他。他也是这么答的我,说是皇上万寿节,要办千叟宴,所以所有的攒盒都要重新刷漆定制,内务府已经开始找能承接的相关商家了。要是我们家能得了这个机会,以后还愁什么生意啊!"

郁家铺子里的漆器就可以打上贡品的名头了。可这样的生意通常都是不赚钱的,甚至要搭上人情和银子。

郁棠道:"那你准备拿多少银子出来打点?"

郁远有些不好意思地摸了摸头,道:"这就是想求妹夫的地方了——我听高掌柜说,京城有些大户人家养着信鸽,能一天飞行千里,从京城到临安,也不过四五天的工夫。我之前不是不知道这件事是真是假吗?别说你了,就是我阿爹和叔父我也没有吭声。现在既然知道有这件事了,肯定不能放过。我就想能不能让妹夫给我借借谁家的信鸽,我写个条回去,看家里能动用多少银子,想办法把这桩生意拿下来。"

只是借信鸽吗?

郁棠道:"打点关系,多少银子都能用得下去。再说了,这种事也不仅仅靠打点银子就能办成了的,还得找人。"

郁远明白郁棠的意思。他嘿嘿地笑,道:"我不能让你在裴家让人轻忽怠慢了。妹夫能悄悄地帮我们家借个信鸽就行了,其他的,我自有主张,没想找妹夫帮着出头。他是做大事的人,怎么能因为这么小的一桩生意就欠人人情?你呀,就别操心了,照顾好妹夫的衣食起居就行了,等我这边生意做好了,再请你回家帮着管账目。"

这是怕欠裴家更多的人情吗?郁棠不怎么在意请裴宴出面,毕竟郁家好了,裴宴也就能少些负担。可她有其他的打算。

皇上的万寿节固然难得,但她进京之后发现,京城的各种庆典还是挺多的。没有了万寿节,还有千秋节,只要有心,总是可以找到机会。可在梦中,郁家很早就出了事,郁远早早地和她大伯父担负起了家中的重担,这个时候的郁远,已经敢一个人走九边了。她有预知能力后,改变了家里众人的命运,却让郁远失去了很多锻炼的机会。也许,这次让郁远自己去闯一闯,对郁家,对他自己都更好。

郁棠想了想,就同意了郁远的意思,道:"你既然拿定了主意,那就照你的意思去做,你要是有什么需要我帮忙的,再和我开口也不迟。"

郁远颇为欣慰。

他就怕郁棠执意要帮他。

他不是那不明白的人,来之前他就打听过了,裴家二老爷升了户部侍郎,九

· 046 ·

卿之一，说不定哪天就入了内阁，若是想帮他，他就是躺在床上也能接到万寿节的生意。可这样一来，裴家二老爷不免留了个把柄，若是哪天被人拿了这个把柄说话，他岂不是害了裴家二老爷？

郁远就没准备让裴家的人插手。在他看来，裴家与其帮他做几桩生意，还不如指点他儿子读读书。他不想因小失大。

郁远就对郁棠道："你也不用太担心。我还住在裴家呢，也算是借了裴家的势，不说别的，至少别人不敢欺生。我要是还办不好，以后也就歇了这心思，一心一意地待在临安好了。"

这话说得也有道理。授之以鱼不如授之以渔。她大堂兄只有有了真本事，才能真正振兴家业。

郁棠就笑着问起他准备怎么解决银子的事。

郁远笑道："你阿嫂给了五千两银子的私房钱，我觉得再向阿爹和叔父他们要个一两千两银子就够了。至于人脉，我已经和杭州商会那边的人约好了，中午一起吃饭，看谈得如何再说。"

大堂兄心里有主意，郁棠也就不再多言，叮嘱了他几句"注意安全"之类的话，亲自送了郁远出门，这才去见徐萱。

徐萱立刻道："你阿兄找你做什么？有没有什么可以帮得上忙的？"非常热忱的样子。

郁棠就把郁远的来意和打算告诉了徐萱。

徐萱听了直笑，道："你阿兄还挺聪明的。知道住到裴家来，而且主意也挺正的，说不定还真叫他办成了这件事呢！"

郁棠笑道："所以我撒手不管了。他有什么事找我再说。"

徐萱点头，觉得郁家兄妹能这样想，肯定能立得起来。她就说了高掌柜的事："那个高掌柜看着是在自己做生意，实际上后面站着彭家。这次他的盐引应该也是彭家的，但他若是能拿到户部盖了印，彭家可能会给他一到两家盐户当作酬劳。"

郁棠不悦，道："也就是说，若是我们家帮他盖了印，实际上帮的是彭家。"

徐萱点头。

郁棠就有些不解了，她道："那彭家为何不直接找上门来？"

只有永远的利益，没有永远的敌人。裴家和彭家并没有杀父夺妻这样不能解开的仇怨。

徐萱惊讶地望着她："你不知道吗？你们家裴遐光，把彭十一送到了大牢里。彭家好不容易把彭十一保出来，还没和裴遐光撕掰清楚呢，怎么好意思立刻来找裴家帮忙？说不定彭家还怕裴家趁机为难他们呢！"

彭十一被关到了大牢里？什么时候的事？为什么？裴宴为什么要这么做？这些乱七八糟的念头在郁棠脑海里一闪而过，她猝然间想到了她曾经骗裴宴的那些话。裴宴不会是因为她说彭十一要和李端害她吧？如果是这样，那彭十一还真是无妄之灾啊！

郁棠心中的小人擦着额头的汗，有些心不在焉地陪了徐萱一天，好不容易等到裴宴回来，她立马拉了裴宴问这是怎么一回事。

裴宴没想到徐萱这么快就把高掌柜的事告诉了郁棠，还顺道说了彭十一的事。这让他心中一紧之后又松了口气。这样也好，免得他不知道如何跟郁棠说这些事。

裴宴就更着衣，一副漫不经心的样子淡然地道："也不是什么大事，就没有和你说。"

他把怎样发现杀死李端的苦主是彭十一怂恿的，彭十一又怎么和李端之间有着说不清道不白的纠葛，他想到郁棠曾经跟他说过她做的梦，觉得让彭十一就这么在外面随意晃荡太危险了，就把彭十一在彭家做的一些脏事给抖了出来，把彭十一送进了大狱，都一一地告诉了郁棠，最后还道："没想到彭屿升了刑部侍郎，我一时大意，让彭家把彭十一给捞了出来。照我的想法，最好是把这个彭十一弄到西北去流放，一辈子别靠近你周围五百里才是最好的。"

说来说去，还是因为她说的那些话。

郁棠感激得眼眶湿润，她抱了裴宴的胳膊，轻声道："你怎么那么傻。"把彭十一弄到大狱里，得花多少精力和物力，还要搭上人情，太划不来了："我待在你身边，还有谁敢伤我？"她说着，忍不住把脑袋埋到裴宴的胸口蹭了蹭。那模样儿，就像个撒着娇的猫儿，不知道有多依赖他。

裴宴看着心里高兴，伸出手去就揉了揉郁棠的脑袋。

郁棠僵了僵，很想让他别把自己的发型弄坏了，可想到裴宴揉她时他表露出来的亲昵，她感受到的温暖，不免有些自暴自弃地想，算了，还是让大家都高兴点，至于发型这件事，大不了再让青沅她们帮着重新梳一个好了。

但裴宴说的，彭十一一直在帮着彭家做些见不得光的事，那梦中……应该也是这样。所以，她死，是因为撞破了彭十一和李端的交易吗？想到这里，郁棠一直充满困惑悬着的心慢慢地落了地。梦中，她并没有冤枉李家，现在，她也没有做错什么。这就好。如同无债一身轻，她前所未有地轻松起来。

"还是小心点地好。"裴宴道，"我觉得彭家肯定知道我会去查高掌柜，他们家不会就这样给我们家一个交代的。你这几天也尽量别出门。你是瓷器，我们犯不着和他们那些瓦砾碰撞。"

彭十一被他扒了皮，不可能再帮着彭家做那些见不得光的事，等同于弃子，谁知道他会不会铤而走险？

裴宴觉得，郁棠还是放在他身边，看在他眼里才放心。

郁棠却被他那一番"瓷器""瓦砾"的话说得有些脸红，心慌慌的，顺口应了一声，面红耳赤地去问青沅给裴宴留的樱桃洗好了没有。

裴宴这段时间忙得都有些不知道日月了，闻言笑道："家里买了樱桃啊！"

郁棠折回来的时候脸已经没有刚才那么烫了，她笑道："不是买的，是殷太太送过来的。送了两大筐，我让拿了些给二嫂和顾氏那里。"

能称呼顾曦为"顾氏"，郁棠觉得有种扬眉吐气的感觉。

裴宴自不会去管这些人际交往的小事情，他拿起水灵灵的樱桃，先塞了一个给郁棠，然后自己才尝了一个，道："我们家田庄里的枇杷应该熟了，我让他们送点过来，你到时候看着每家都送点。"

郁棠应了一声，裴宴把琉璃碟子里的樱桃全递给了郁棠，道："还挺甜的，应该是山东那边过来的，你多吃点。"

"你不喜欢吃吗？"郁棠还挺喜欢吃的，要不是怕吃多了坏了肠胃，她今天下午吃得差点停不下来。

"还行。"裴宴笑道，"我看你挺喜欢的。我明天让那些果子铺的给我们家送些过来。"

他刚才吃了一颗，郁棠已经连着吃了两颗了，他很少看见郁棠有这样喜欢吃的东西。

裴宴寻思着明天除了要人送樱桃过来，还得跟那些果子铺的人说一声，以后有什么果子上了市，或者是有什么稀奇古怪不常见的果子，都可以送过来让郁棠尝尝。

郁棠莞尔，道："还是过了明天再说吧。"

裴宴不解。

郁棠笑道："殷太太见我喜欢吃，当即就叫了人去跟她相熟的那家果子铺的人说了一声，我瞧那阵势，不送个四五篓过来，也会送个两三篓过来。这果子又不经放，免得浪费了。"

裴宴的脸色就有些不好看。

郁棠讶然，道："是不是不应该收她的礼？"

"没有！"裴宴答着，虽说神色没有之前那么难看了，但语气还是有些生硬。

这个徐氏，也太多事了。

他们裴家又不是吃不起果子，要她献殷勤。

裴宴道："我是觉得殷明远是怎么一回事，真的准备让他老婆天天在我们家待着了不成？他们家难道是个摆设不成？"

郁棠觉得裴宴这么说就有点吹毛求疵了。她道："你又不是不知道，殷家的那群姑奶奶，连她一天喝了几口水都要派人来问个明白。生冷的东西那可是碰都不让碰的……"

裴宴听着就更烦了，道："她和殷明远是从小一块儿长大的，殷家是什么情况她难道心里还没有数啊！这个时候觉得不耐烦了，之前干什么去了？她又不是没有娘家,在殷家待着不舒服,可以回娘家啊!"

问题是徐萱母亲也生怕她头胎有个什么三长两短的,不敢和殷家姑奶奶们过招啊!这些女人间的小顾忌说给裴宴听他估计也听不懂。郁棠望着他突然就不高兴的模样,觉得和他争辩下去没有任何的意义,决定早点结束这场争执。

她扪着心笑道:"我就觉得我嫁得好,家里没有这么多乱七八糟的事。"

然后她就看见裴宴的脸色肉眼可见地风轻云淡,如万里朗空般地高兴起来。

啧!这个娇气包!只听得好话听不得坏话。郁棠强忍得很辛苦,才没有笑出声来。她赶紧转移话题,把郁远的事告诉了他。

裴宴听着呵呵地笑了起来。他想起郁棠扯着他们裴家做大旗的事,郁远之所以住在裴家,不也是想扯着裴家做大旗吗?这两兄妹还挺像的。他的心顿时变得柔软起来,笑道:"他那里不是还有张殷明远的拜帖吗?不行的话,让他用上。"反正这人情债由他来还了。

郁棠能感觉到他舒畅的心情,索性和他开着玩笑道:"那也得用到刀刃上啊!我觉得平时用你的名帖就够了。"

裴宴脸有点黑,道:"我的名帖不如殷明远的吗?"

郁棠一面往外走,一面道:"那倒不是。这不是殷明远的名帖难得,你的名帖一抓一大把吗?"

裴宴这才醒悟过来,郁棠这是在调侃他。只是等他回过神来的时候,郁棠已经笑嘻嘻地出了门,还朝着他喊了句"我去库房里看看能不能找几匹合适给孩子做小衣裳的布料去了",就一溜烟地跑了。

裴宴望着空荡荡的门帘子,鼻头萦绕的全是玉簪花的香味。

他不由哈哈地笑了起来。

彭家果如裴宴所料,让高掌柜接触郁远,不过是投石问路,如今惹来裴宴调查高掌柜了,就非常大方谦和地站了出来,派了彭屿的同胞兄弟彭九爷来给裴宴问安。

裴宴在自己住的院子正厅见了彭九爷。

彭九爷和彭十一长得还挺像的,不过彭九爷看上去颇为文弱,彭十一长得更英俊一些。

他也没有绕圈子,见面就先向裴宴道了歉,说是他们彭以小人之心度君子之腹,因为彭十一的事,怕裴家对他们彭家有成见,没好意思登门求助,这才派了高掌柜过来,是他们彭家不对云云。

彭九爷在那里说,裴宴脑子却不停地转,等到彭九爷的话说完了,他心里也有了主意,道:"你们也知道,我们裴家和你们彭家向来是相安无事的,可你们家彭十一的手伸得太长了。李家怎样好歹和我们裴家是乡亲近邻,没有这样让他插手的。如今他不仅插了手,还把李家弄得家破人亡,你让我们裴家以后怎么在临安城行走？要是换了你们彭家，你们彭家又会怎么做？"这就还是不愿意放过彭十一的意思了。

彭九爷觉得裴宴太咄咄逼人了，可裴宴说的也的确有道理，而且走到哪里，不管是找谁来评理，也没人能指责裴家不对。问题是，当初彭十一是奉了宗主之命办的这件事。如今彭家兜不住了，就把奉命办事的子弟推出来顶锅，以后谁还敢给家里办事？宗房怎么服众？

彭九爷想到自己来时宗主吩咐的"不管用什么办法，先和裴家和解了再说，至于明年，想办法把裴家老二拉下马就是了"之类的话，他在心里深深地叹了口气。万一不能把裴家老二给拉下来，家里又准备让谁背锅呢？反正不能是他兄长，也不能是他。

彭九爷脑子飞快地转着，面上却稳得让人看不出半点异样，笑道："所以我们宗房大哥说了，看怎么弥补您好。"实际上，彭家私底下商量要不要换手挠痒，从工部带点生意给裴家。

谁知道裴宴却一口咬定了彭十一，要求彭家保证，从此以后彭十一不再出现在裴家，特别是他家面前。

这是怕彭十一打扰裴家的家眷吗？彭九爷觉得裴宴是在杞人忧天。没有规矩不能成方圆，像他们这样的人家，就算是有什么恩怨，也不可能涉及女眷的。彭九爷一口就答应了。

裴宴也没有含糊，直接让裴柒陪着彭九爷去见了裴宣。

户部新出的规定，所有的盐引必须盖了户部的印戳，原是为了把盐引的生意控制在户部，又因为官场的一些陋习，那些小吏喜欢刁难一下来办事的人。像彭家这样拿了大量的盐引来盖印的，就算是彭屿来打招呼，也因为隔着部门，小吏们未必就会买账。拿点银子出来打点是小，给你拖着今天有这事，明天有那事，就是不给你盖印，拖你个一年半载的，彭家失了脸面是小，被外人误以为彭家失势，那才是大事。

因而尽管有裴宣去打招呼，但彭家也按规矩给了孝敬的银子，众人皆大欢喜地把这件事办了。等彭屿知道，彭九爷都已整装待发，准备回福建去给彭家大老爷报喜了。

彭屿直跺脚，呵斥自己的胞弟："你怎么这么糊涂？裴家带你去户部盖印的时候怎么不跟我商量？"

彭九爷委屈地道："不是你说的吗？这件事要尽快，不然别人会以为我们家和裴家有罅隙，让彭家名声有损。再说了，裴老三挺客气的，立刻就让人带了我去户部，我总不能说改天再说吧？我们可是去求人的，不是去宣旨的，只有我们等别人的，哪有别人等我们的？"

彭屿气得不行，道："那我问你，十一怎么办？"

彭家不能答应了不算话。

彭九爷道:"这是你们的事!你们只是让我去找裴老二帮忙盖这个印,裴家不管提什么条件我们都先答应了再说。你们不能过河拆桥,我把事办成了,你们又觉得裴家提的条件太高了。我彭老九也要在外面行走的,你们不能要我办事的时候就什么都行,我把事办成了就打我的脸。"这还和裴宴站到一边去了,非要惩办彭十一的意思。

彭屿气得说不出话来了。

彭九爷与自己的这个哥哥也没什么好说的,带着小厮直奔通州,坐船回了福建。

彭屿真不知道怎么办好了,把这件事丢给了宗房大老爷。

宗房大老爷只好和彭十一商量:"你先去西南躲躲。你七哥说了,会想办法把裴家老二给拉下马的。到时候我们一定给你报仇。"

为他报仇?彭十一听着在心里直冷笑。时过境迁,到时还有谁记得他的付出。前有族人的陷害,后有长辈的遗弃,他眼中的阴霾更重了,可他却不敢表露半分。彭家势大,没有了彭家的庇护,他不过是死路一条。当初,他忍下了同族的陷害,不就是这个原因吗?可兜兜转转,他最终还是没能逃出这个窠。

彭十一掩了心底的不甘和愤怒,恭身应"是",还道:"我一切都听从家中的安排。"

彭大老爷满意地点了点头,起身拍了拍彭十一的肩膀,一副推心置腹的模样对他道:"这也是没有办法的。为你七哥的事,彭家已经付出了不少的代价,如今有些人情债还没有还,一时不好和裴家翻脸。但我们彭家也不是这么好欺负的,这笔账我们家算是给裴家记下了。杀人不过头点地,这样追着不放就有些过分了。不过,你也要理解,裴家不比从前,这样不依不饶也是为了立威。如今我们让了他们一步,裴三也不是傻子,会领这份情。你呢,先委屈几年,等裴三那边出了这口气,我再亲自带着你去上门给他赔个不是,这件事也就了了。"

说来说去,还是把他彭十一的脸不当回事。他都这样了,还要去给裴三赔不是。

彭十一没能忍住,道:"大兄,裴二再厉害,也不至于这样护着裴三吧?我们还要再去给裴三赔不是?"

彭大老爷想了想,这才道:"张英想让裴三起复,裴三不知道怎么想的,一直没有同意。但张家老大死后,张家青黄不接,空出好大一个空缺,大家都有了机会,张家没人可用,裴三起复,是迟早的事。"说完,又怕彭十一疑心彭家此举是在安慰他,补充道:"我们这么做,也是为了以防万一,不然他区区一个裴三,凭什么让我们一而再再而三地给他低声下气。"

说来说去,还是顾忌裴宴有朝一日入朝为官。这才是让人羡慕的人生吧?彭十一没有吭声,心不在焉地听着彭家大老爷的安慰,盘算着自己的计划。

等裴宴知道这件事的时候,彭十一已被彭家丢到了甘肃,说是彭家想在那边建个马场，让他去管理。

裴宴还不放心，私下里叮嘱裴柒："派人盯着他，他要是离开甘肃，我要立刻知道。若是有困难，跟我二兄说一声，我二哥有同科在甘肃为官。"

裴柒最愿意干这种事了，连声应下。

裴宴出了门就随口问了一声当值的丫鬟："三太太在干啥呢？"

他经常这样猝不及防地问上一句，而且还只是问一句，只要知道郁棠在做什么就好，并不是有什么事要郁棠去做。若是身边的人答不出来，他还要不高兴。偏生能在他身边当差的个个都是人精，没两次，他身边的人都知道若是想让裴宴高兴，最好是时时刻刻地知道郁棠在做什么，裴宴问起来的时候，一定要答得上来，还不能有错。

郁棠身边的丫鬟一下子成了香饽饽，大家都喜欢往她近身的丫鬟身边凑，就是为了能时刻知道郁棠在做什么。

这小丫鬟也知道裴宴的习惯，忙道："刚才三太太还在试衣裳，说是要去参加江大人家的喜宴。"

裴宴点了点头，去了郁棠那里。

难得今天徐萱不在，被黎夫人叫去了黎家，郁棠在和青沉商量着去喝喜酒的衣裳。

青沉看着那件宝蓝色遍地金的褙子觉得挺好看的，旁边银白色缠枝花的杭绸褙子也好看，放在床上葱绿色凤尾团花蜀绣褙子也让人眼前一亮，实在是不好拿主意。

"穿那件葱绿色的。"裴宴的声音突然出现在屋里。

众人循声望了过去。

只见裴宴穿了件月白色素面道袍，戴了黑色的网巾，通身连个簪子都没有戴，却如珠似玉般光彩熠熠地走了进来。

郁棠忍不住就笑着迎上前去，道："你怎么这个时候过来了？手头的事都忙得差不多了吗？"

"我就是瞎忙。"裴宴不满地道，"今天还被费师兄叫去给他写青词。他又不是不会，非要我帮着写几篇，说是幕僚没有我写得好。这不是废话吗？那些幕僚的文件要是写得比我还好，干吗还给他当幕僚，不去下场大比啊！"

郁棠抿了嘴笑。

好像自从从潭柘寺回来之后，费质文和裴宴的关系一下子亲近了很多。费质文常叫他过府吃饭说话不说，还押着裴宴去了几次他的同科好友主持的诗会和踏青。裴宴每次回来都抱怨费质文把他当小弟使唤，她却觉得这样也没有什么不好的。裴宴年轻，虽然天资聪明，被很多人推崇，那也是因为他是张英的关门弟子，如今有费质文给他背书，对他以后的人脉是非常有帮助的。

为此，她还特意让胡兴给费家送了好几次吃食，算是表达一下谢意。

"那你今天有没有空？"郁棠问裴宴，"我们等会儿去二嫂那边用膳怎么样？这些日子大家各忙各的，好久都没有聚到一块儿吃个饭了！"

从前在郁家的时候，郁博和郁文两家就经常在一起吃饭，说说家长里短的，也算是一种来往——人总是越走越亲。远亲不如近邻就是这个意思。

裴宴倒无所谓，和郁棠讨论着去江家喝喜酒都穿着什么衣裳，厮混了半天，傍晚时分，去了裴宣那里。

也是巧了，裴宣今天正好不那么忙，也没有应酬，正常的时候下了衙，回来见到裴宴和郁棠还挺高兴，让二太太去把前几天山东那边送来的白酒拿一坛来，要和裴宴好好地喝几盅。

二太太如今万事顺遂，兴致也非常高，闻言道："那你们兄弟喝白酒，我和弟妹喝金华酒。我们都好好吃顿饭。"

裴宣呵呵地笑了，自有丫鬟、婆子去安排。

两家人就去了花厅。二太太又让人将花厅的门扇全都打开，玉簪花和紫茉莉含苞待放，已经有香味溢出来。

裴宴打了个喷嚏。裴宣立刻让二太太去搬花，还满脸歉意地对裴宴道："看我，都忘了这一茬了。"

裴宴擦了擦鼻子，道："算了，我总得慢慢地适应。也不用全都搬走，少放两盆就是了。"

郁棠则担心道："要不要去看看大夫！你这鼻子总是不见好。"

"不用了！"裴宴道，"过了这季节就好了，也不用这么麻烦。"

话是这么说，郁棠还是上了心，吃完了晚饭，大家移到后花园喝茶的时候，她还低声求二太太："您帮着看看金陵那边有没有什么名医，能请来的，就想办法请来给他瞧瞧。京城我们都不熟，我托殷太太帮忙找找。"

二太太连连点头，说起在旁边支着耳朵听她们说话的五小姐来："去江家喝喜酒的时候，让阿丹跟在你身边，我怕我那边忙着应酬，让她落了单。她还是第一次正式出现在京城的各家主母面前呢！"印象的好坏，会影响五小姐的亲事。

郁棠明白二太太的意思，对于她把五小姐交给自己不免很是诧异。

二太太笑着握了她的手，道："你也别妄自菲薄，见过你的人都说你稳重，这就是最好的了。"

言多必失，对于女子而言，稳重比什么都好。郁棠想着自己在其他方面比不上徐萱，但不慌不乱不出错还是能保证的，就一口应下了。

二太太松了口气，正想和郁棠说说江家的喜酒都有些哪些人家会到场，却听到裴宣的声音突然一下拔高了几分，兴奋地道："不管怎么说，这件事都是你的功劳。若是费质文能够去争内阁的位置，老张大人那边就很好办了。至于我这边，恩师的意思让我别着急，稳扎稳打，慢慢来。若是能隔岸观火，坐收渔翁之利，那就最好不过了。"

裴宣的恩师当年能主持科举，也是几方角力捡的个漏，因而裴宣的同科都不怎么能使得上力，只有裴宣，沾了裴家的光不说，裴宥在世的时候，也是个狠人，才能出人头地的。裴家的人都知道，因而裴宣虽做了户部的侍郎，但想入阁做大学士，却不太有机会。

裴宴失笑，道："掌院还是挺逍遥的，也难怪喜欢二兄这样的弟子。"

裴宣嘿嘿笑，不以为意，和裴宴也说起江家的喜事来："他没有亲自来给你送帖子吗？"

以裴宴和江华的关系，江华应该派了家中的晚辈来给裴宴送喜帖才是。

裴宴摇了摇头，道："随他吧！我们师兄弟闹成这样，也不是一朝一夕的事了，断了来往也无所谓。"

裴宣虽然觉得可惜，但还是站在弟弟这边的，安慰他道："这样也好。他那个人，太闹腾了，断了关系，说不定还是件好事。"

裴宴没有说话。

郁棠就注意着裴宴那边的动静。

江家一直没有单独给裴宴送份喜帖过来，直到江家喜宴的前两天，不知道是江华想来想去面子上过不去，还是别的什么原因，江华的长子亲自来给裴宴送喜帖。

他和裴宴同年，见到裴宴的时候还有点骄矜，草草地行了个礼，称了"师叔"，敷衍地说了几句太忙之类的话，就奉上了喜帖。

裴宴也没有和他多寒暄，说了几句客套话，就端了茶送客。

江华长子走出去的时候还有些气愤。

郁棠心疼裴宴。江家这不狗眼看人低吗？说来说去，还是欺负裴宴没有入仕。江华长子去给费质文送喜帖的时候，敢这样甩脸吗？

## 第八十八章　做媒

捧高踩低，郁棠是能理解的，可并不等于她要和这样的人家来往密切，何况裴宴和江华原本就有矛盾，两家人能顾上面子情就行了。

因而郁棠去江家喝喜酒的时候，也是淡淡的。

倒是顾曦，这段时间跟着裴彤拜访了杨家，拜访裴宥几个生前的好友，不免有些意动，想既不得罪裴家，还能自立门户。可惜她把这话委婉地跟哥哥顾昶说了说，就被顾昶呵斥一顿不说，还告诫她："这段时间千万别乱动。我马上就要去翰林院了，翰林院的掌院学士是裴宣的恩师，如今我们都离不开裴家的庇护。"

顾曦非常郁闷，觉得裴彤没有上进心，怎么她哥哥娶了嫂子之后，也像变了个人似的。

她不知道，顾昶因为孙皋的事，被很多人排斥。他想挽回名声，只能靠日久见人心这一招，可日久见人心，就得有人帮着他吹嘘，有人护着他。他和殷家已经是天然的盟友了，立名立德这件事，殷家人会帮他，可帮他的前提是他能自己立得住，在翰林院任职期间的表现就格外重要了。他何必放着裴家的关系不用，而自己在那里默默奋斗呢？

顾昶只好反复地叮嘱顾曦。

顾曦觉得自己可能帮不上哥哥什么忙。上次裴宣回来，和裴宴两家人聚在一起吃饭，就没有叫他们过去。可哥哥对裴家抱着很大的希望，她也不好泼冷水。顾曦心不在焉地应了几句，心里始终没有放弃自立的想法。

她这次也就格外重视江家的喜宴——江华是阁老，又有张英这样一个强势的恩师，他娶媳妇，来往的全是些四品以上的官吏，女眷中也多是有诰命的夫人，算是她能接触到的规格最高的筵席了。她无论如何也要把握住机会，在这些夫人、太太面前露个脸。可她更知道世家大户的规矩，早早地就派了人去打听郁棠和二太太、五小姐都准备穿什么样的衣服，戴什么样的首饰出门。

郁棠照着裴宴说的选了那件葱绿色的蜀绣褙子，戴着珍珠头面，不过那些珍珠头面大的如鸽子蛋，小的如莲子米，珠光宝气的，极其雍容，顾曦看了不由道："三叔母这么一穿，怕是要艳压群芳了。"

当家主母，要的不是艳丽，而是稳重。顾曦这话不能细想。郁棠就笑眯眯地看了她一眼。

她今天穿了件鹅黄色杭绸净面褙子，戴着青金石的头面，看上去素净淡雅不说，还特别适合京城初夏微暖的天气，十分出众。

顾曦也知道自己穿着很体面，经得起挑剔，见郁棠笑着看她，就回了郁棠一个笑。

郁棠也没有在意，催了身边的青沅："去看看二太太怎么还没有来？"

青沅应声而去，只是还没有走出厅堂，就看见穿了一身宝蓝色宝瓶八宝纹杭绸褙子、戴了金镶玉头面的二太太带着身穿碧绿色绣蜂蝶共舞褙子的五小姐一前一后地出现在了两人的眼前。

"哎呀！"五小姐看见郁棠就小跑了过来，拉着她的手打量着她的首饰，"这珍珠好大颗啊！好漂亮啊！"

二太太颇为沉稳，不紧不慢地走了过来，笑道："你三叔母这是东珠，比南珠大一些，我那里也有一对。你要是喜欢，过几天让银楼的人给你打对首饰戴。"

郁棠今天戴的蝶恋花的分心，中间是颗鸽子蛋大小的东珠，是不久之前裴宴送给她的新打的首饰。

听二太太这么一说，她也没有太放在心上，笑道："我那里也还有两颗没用上的，你要是喜欢，回头去我那里拿去。"

五小姐就看了郁棠的头花，不多不少，正好五颗鸽蛋大小的东珠。她想着自己年纪小，这样并插三朵足够了，遂道："三叔母给我一颗就好，我就打三朵像三叔母这样的珠花。"

郁棠嫣然，道："我把打首饰的师傅一并介绍给你好了。"

五小姐连声称好。

顾曦却在旁边咬了咬唇。她突然发现，她今天的确没有出错，可却把自己打扮成了和五小姐一样的人，一个世家大族里无关紧要的晚辈，而不是一个能当家做主的主妇。那去了江家的喜筵，还会给人留下深刻的印象吗？她应该戴她嫂嫂殷氏送给她的那套红宝石头面才对的。

顾曦犹豫着自己要不要去换件衣裳，有小厮进来问她们准备好了没有，裴宴他们已经准备出门了。

郁棠几个连声应"好"，顾曦没有机会再反悔，只好和郁棠几个一起坐上了给女眷们准备好的轿子，直接出了门，和裴宴等人一道，去了江家。

江家的喜筵特别热闹，比娶长媳的时候来的人还要多。

江家这样做也是有用意的。娶长媳的时候，因为长媳家是送了巨额陪嫁的，这其中，还指明了一部分是资助江家长子读书用的，也就是说，江家长子是有支配权的，这相当于是武家送一部分钱给江家。有些事看破不说破。江华在长子成亲的时候就比较低调。

小儿子成亲这么喧哗，并不是他特别喜欢小儿子或是小儿子的婚事他特别满意，而是因为他想入阁，想趁着这个机会结交一些平时不太好来往的官员。

江家长媳武氏也是知道的，可她心里还是有些失衡。老幺的运气也太好了一些吧？

她忍着一口气帮着小叔子准备婚礼，偏生这个时候她家里又把她那个艳若芙蓉的妹妹带了过来喝喜酒，还私底下和她说："你也帮你妹妹看着点。她若是能嫁到京城来，你们也有个帮衬。"

可世家豪门要是这么容易嫁进来，她们家又何必陪了这么多的嫁妆。这让她对裴宴的妻子好奇得不得了。

只可惜裴宴的身份地位摆在那里，他妻子好像是个颇为内向的性子，几次出门应酬都是和黎、张家有关的世交，她还因此特意叮嘱了贴身的丫鬟："裴家三太太若是过来了，你记得叫我一声。"她很想知道这位郁氏有什么不凡之处，居然能打败她家妹妹，嫁到裴家去。

武小姐这次来也是抱着找个好一点的婆家的心思，当她得知裴家的人也会过来的时候，她第一个想到的是顾曦。顾曦这个人说起话来还挺好听的，她既然来了京城，是不是去拜访一下顾曦。她这次让人盯着的是顾曦。

所以裴家的女眷一到，先是引来了江家大少奶奶，随后引来了武小姐。

郁棠也颇为注意江家的大少奶奶。

两人一见面，郁棠觉得自己看到了魏紫姚黄，江大少奶奶觉得自己看见了一朵玉兰花。

魏紫姚黄美得富贵，玉兰花美得晶莹。

一个想，难怪这位武氏能嫁到江家；一个想，难怪这位郁氏能入了裴宴的眼。

一时间，两个人你看看我，我看看你，倒也心平气和，客气地互相见了礼，江家大少奶奶亲自领着她们去和其他的当家主母坐了。

倒是武小姐，找了个机会给顾曦带了个信，两人在武小姐住的客房见了一面。

"你最近怎么样？"武小姐拉了顾曦的手，有些不好意思却透着有意结交的意思道，"我估计会留在京城。你呢？是陪着你相公大比之后再说，还是过段时间就随着家中的长辈回临安？"

顾曦想着武小姐所谓的"留在京城"应该是要嫁到京城来，而以武家的眼光和野心，肯定不会把她嫁到寻常人家，也有结交的意思，遂笑道："那恭喜你了。至于我能不能留在京城，一时还不好说。若是能赶上你的婚礼就好了。"

武小姐羞红了脸，转移话题问起顾曦出阁之后的事来。夫妻不和邻也欺。这道理也同样可以用在交朋友上面。顾曦当然是什么事都往好里说了。

武小姐的话就渐渐地转移到了郁棠身上："没想到她娘还挺低调的，陪嫁送了那么多。在临安城也算是头一份了。"

顾曦不太想说这些，淡然地道："她是独生女，和我们是不一样的。"

武小姐就想起家里人说的一件事来，道："那你知不知道，他们家的生意要做到京城来了，说是杭州商会的给她娘家兄长担保，她们家要入选定制明年万寿节的攒盒了，这事闹得还挺大的。"

"还有这种事！"顾曦不由挑了挑眉。

武小姐就道："说是彭家和陶家这次都没有出来说什么。你也知道，福建和广东的漆器都挺有名的，从前彭家和陶家都会举荐一两家的，这次却没有吭声，肯定是看在你们裴家的面子上。她们家要发达了！"

她最后一句话，说得有点酸溜溜的。

顾曦没有说话，心口却像吞了个苍蝇似的难受，忍了又忍，才没有说出什么诋毁郁棠的话。可等她和武小姐手挽着手出了武小姐的住处，遇到了正在找她的殷氏，就实在是忍不住了。在武小姐被家里人拉着去和其他人打招呼的时候，她和殷氏抱怨起郁棠来。

殷氏听着神色微动，不置可否。

顾曦心中有气，推了推比自己还要小几岁的嫂子，道："您说，她就不怕裴家的人瞧不起她！"

殷氏听了顾曦的话皱了皱眉头，颇有些不悦地道："她有什么地方可让人瞧不起的？联姻不就是为了彼此帮衬吗？若是裴家不帮郁家，才会让人瞧不起呢！你好，我好，大家都好不好吗？郁家不抓住这次机会才是傻瓜呢。"

顾曦见小嫂子不赞成她的观点，很想和小嫂子好好说道说道，可转念一想，他们家和殷家联姻就有些占殷家便宜的意思，说不定她这小嫂子是把她的话听进了心里，代入顾殷两家联姻的事了，忙把自己的那点小心思藏在了心底，笑道："我是觉得杀鸡用了牛刀了，让裴家的人帮这个忙有点大材小用。"然后赶紧转移了话题，笑道："阿嫂和谁在一起？殷太太吗？她这段时间天天到裴家去做客，和我们家走得还挺近的。"

说起这个进门就怀了孕的嫂嫂，殷氏是非常满意进而生出几分敬重的，闻言不免面色大霁，笑道："没有。我刚过来，先去给张夫人和黎夫人问了好，正准备去看看我阿嫂呢！你比我来得早，你看到了我阿嫂没有？我有些日子没见到她，她肚子应该更大了吧？我还准备等她生产的时候和张夫人、黎夫人她们一起过去守着呢！也不知道她这一胎是儿子还是女儿。若是女儿，那就是我们这一辈里行三；若是儿子，那就是行一了。不管是儿子还是女儿，都很是难得。"

她絮絮叨叨的，对徐萱怀孕之事显而易见非常高兴。顾曦不想和她说郁棠的事，自然就顺着殷氏说话。两人说说笑笑的，殷氏和她去了招待贵客的花厅。

顾曦一眼就看见了和几个珠翠罗绮的妇人坐在一起的郁棠和二太太。

原本单独看起来打扮得有些太过华丽的她相比之下居然是颇为清新素净的那个，非常符合她的年纪和身份地位。没想到郁棠在这种场合也不露怯。这还是那个出身临安市井的女孩子吗？顾曦有些恍惚。她好像从来没有看见过郁棠失了分寸。从前在临安，她的打扮虽不出彩却也从来没有失礼。如今来了京城，也是如此……好像遇强则强，遇弱则弱，永远不会出错似的。

顾曦目光复杂，耳边却传来殷氏推荐她的声音："这就是我家小姑了。小姑，这位是张夫人，这位是黎夫人，都是你的长辈。"非常抬举顾曦。

顾曦来的目的之一就是给像张夫人、黎夫人这样的妇人留下深刻的印象，哪里还有心思去想郁棠的事，立刻收敛心神，全神贯注地和两位夫人打着招呼。

张夫人和黎夫人素来护短，顾曦除了是裴家大少奶奶，还是殷氏的小姑子。两人对顾曦都非常和蔼，黎夫人甚至笑着打趣殷氏："你这是怕我们欺负你家小姑不成？她刚才已经和裴家的二太太、三太太一起过来给我们问过安了。我们认得。"

殷氏听了撒着娇地笑道："我这不是怕你们忘了吗？"

她们都是正二品的夫人，特别是张夫人，除了诰命，还年事颇高，在京城世家圈里德高望重，每次出来交际应酬，不知道有多少人家的媳妇、姑娘来给她问安、问好，她还真不是所有的人都记得。

但顾曦是裴家的人，裴宴正帮着张家做事，她怎么会不记得？如此殷氏还特意又领了她过来，她无论如何也要给顾曦几分面子。她就笑呵呵地接了殷氏的话茬："放心，放心，不会忘记的。知道她是你的小姑子，裴家的大少奶奶，是个温顺的好孩子。"

殷氏嘻嘻地笑。

顾曦趁机接过丫鬟手中的茶壶，给两位夫人续了点茶。

张夫人和黎夫人微笑着点头，看她的目光很慈爱。

就有人过来和顾曦打招呼："侄媳妇！"

顾曦回头，发现裴彤的大舅母杨大太太和二舅母杨二太太正笑盈盈地站在她身后，望着她。

倒忘了杨家的两位舅太太。

顾曦强忍着才没有露出什么异样，笑着上前给杨家的两位太太行了礼。

杨大太太就趁机拉了顾曦的手，笑着和张夫人、黎夫人打着招呼。

张夫人和黎夫人也笑着和杨家的两位太太寒暄着，一派祥和的样子，但顾曦还是敏感地发现，张夫人和黎夫人的态度相比刚才却疏离了不少。

不是说杨家在京城官宦人家里面很有面子吗？顾曦在心里冷笑，想抽开被杨大太太拉着的手，却试了几次都没能成功。

杨大太太好像没有感觉到似的，拉着她去了郁棠和二太太那里，热情地和她们打着招呼："二太太，三太太，好久没见了！"

郁棠正认真地听着二太太和秦炜的夫人说着话，听见有人打招呼，三个人都抬头望过来。

"哎呀，秦夫人也在啊！"杨大太太有些意外，但又觉得是情理之中的事。

秦炜之前任浙江布政使，之后调任礼部侍郎，和裴家二太太就算从前没有什么交往，裴宣做了户部侍郎之后，也会续起这段香火缘的。

秦夫人笑着和杨大太太客气了几句，杨大太太就把注意力放在了郁棠的身上，道："三太太，我们家阿彤和他媳妇受您照顾，太感激了。之前家里放下这件事就有那件事的，不得闲，也没去探望一番。现在好不容易闲下来了，不知道三太太有没有空，和二太太一道，到家里去喝杯茶，吃个便饭？"

郁棠心里的小人不屑地笑。真把裴家放在心上，怎么会抽不出时间来？张家的人怎么就有空去给她们接风洗尘？

郁棠也温柔地笑，和风细雨地道："我们刚到京城，两眼一抹黑，没有主动去给亲家老太爷和亲家老夫人问安，已经心中很是不安，哪里还好意思让您过去问候我们！我前两天还和二嫂商量着，哪天得了闲去给亲家老夫人问声好的，既然大太太说起来了，那就择日不如撞日，看这个月哪天大家都有空吧，您看如何？"

杨大太太连声称好，约了五日后在家里宴请裴家女眷，这才拉着顾曦走了。

顾曦不愿意跟着杨大太太，可更不愿意在这里低眉顺眼地服侍郁棠和二太太，想了想，还是跟着杨大太太走了。

裴二太太就悄声和郁棠道："你还真的去她们家做客啊？"

她们妯娌这段时间相处得很好，主要是因为郁棠的性格和二太太合得来，两人都不是那种喜欢闹腾的人，对于不太合得来的人都不喜欢勉强交好，家里也因此比较清静。

郁棠就小声回着二太太："这到处是人的，我们要说不去，肯定又有很多流言蜚语传出来，还不如答应她，早早打发了。至于说去不去，明天我们就派人去说一声，就说那天有事，恐怕去不了，改天再约。改到什么时候，那就要看我们两家是不是都有闲工夫了。"

这可真是太无赖了。可对付杨家，这样的无赖又让裴二太太很欢喜。她捂了嘴笑，对郁棠道："还是你的办法好。我从前怎么就没有想到？"

杨大太太去临安做客的时候，很喜欢这样勉强她，她没办法拒绝，只好一次又一次地忍让、退步，包括裴大太太，从前两妯娌在一起的时候也这样。那个时候她刚嫁过去，裴大太太又有裴宥撑腰，她为此背着人流了不少的眼泪。此时终于有点扬眉吐气了。

郁棠也抿了嘴笑。

秦夫人见她们妯娌耳语了几句，也不好意思问说的是什么，正巧有人来和她打招呼，她就和别人说起家长里短来。

裴二太太就给郁棠使了个眼色，两人找了机会跑到院子的角落里说话。

"你觉得秦家怎么样？"二太太轻声问郁棠，"秦夫人，有意给她的长子说亲。"

郁棠大吃一惊。她之前还想着五小姐的姻缘在哪里，没想到这么快就来了。

"我也不太了解秦家。"郁棠郑重地道，"不过，秦大人曾经在浙江做过官，这点比较好，可以托了稳妥的人去打听打听秦家这位大公子的人品、性情怎样。至于秦大人，那得问问二伯；秦夫人呢，也得找人打听打听。"

裴二太太点头，叮嘱她："这件事也只是有个意，先别说出去。你等会儿务必要帮我领着阿丹，就算是婚事不成，也别让人瞧不起。"

"我知道了。"郁棠很感激二太太对自己的信任，回去之后就眼也不错地领着裴丹，好在裴丹原本就是个有点腼腆的小姑娘，安静、温顺，带着她不仅不难，还能不时地享受一下裴丹的孝敬——续个茶，叉个果子，拿个点心什么的。

秦夫人越看就越觉得喜欢。他们家不是什么特别有名望的家族，因而也不想娶的媳妇太强势，加上裴家是有名的会读书，肯定能生出聪慧的孙子来。

她想找裴家的二太太和三太太说说话，加深加深感情，可她自己却被武家的人缠住了，裴家两位太太又被杨家的人缠住了，弄得她几次想和裴家两位太太说说话都没能如愿以偿。

秦夫人心里有点烦。裴二太太和郁棠就更不耐烦了。已经答应了去杨家做客，怎么杨大太太还拉着她们不放？

难道是有什么事有求于裴家？郁棠朝着二太太望过去，正巧二太太也朝她望过来。姐娌两个交换了个眼神，不约而同地和杨家的两位太太打起太极来，应酬的话自然也说得滴水不漏的。

好在不一会儿就到了开席的时候。

裴宴虽没有官位，但裴宣是从三品的大员，郁棠托了裴二太太的福，也跟着那些从三品大员的妻子坐在了一席，这样一来，不免就又和秦夫人坐在了一块儿。

秦夫人看着脸色不太好，冲着郁棠和二太太笑的时候都有些勉强。

郁棠想到武家缠着秦夫人的模样，怀疑武家是想把武小姐嫁到秦家去。她不由在心里"啧啧"了两声。这武家还真是挺有野心的。不过，这件事却由不得武家做主。

秦夫人瞧上了裴丹，下定了决心要娶裴丹做自己的长媳，因而看到顾曦的时候也颇为友善，见她上蹿下跳地想结交那些外命妇，索性帮了她一个忙，带着她走了一圈。

杨大太太看着更加眼热，低声对杨二太太道："看见没？瘦死的骆驼比马大。你还不愿意，我还怕我们搭不上裴家呢！"

杨二太太咬了咬唇，没有说话。第二天一大早，和杨大太太一道，亲自去了裴家。

郁棠得了信非常惊讶。

她以为杨家再怎么着，也只会派个得体的嬷嬷来送请帖，没想到二位主母亲自过来了。

毕竟是裴彤的舅母，郁棠让人去跟顾曦说了一声，在自己住处的花厅接待了杨家的两位太太。

杨二太太一改在江家喜筵上不说话的态度，热情地和郁棠打着招呼，请她到时候去家里做客。

郁棠爽快地应了，陪着两人说了会话儿，顾曦就过来了。她顺势起身告辞，把位置让给了顾曦。

只是她刚出花厅的门就遇到了二太太体己的金嬷嬷。金嬷嬷恭敬地给郁棠问了好，说起自己的来意："二太太说，是不是要准备四日后去杨家做客的穿戴？"

这是怕她答应了去杨家做客吗？

郁棠索性去了二太太那里，道："杨家两位太太亲自过来，也不好就这样回了。我准备明天再派人过去一趟。若是实在是推不了，不是还有大少奶奶吗？他们是一家人，可比我们好说话多了。"

二太太松了口气，忙将郁棠拉到了书房，把自己刚刚写好、墨迹还没有干的一封信给她看："我请了我娘家的大哥亲自去查秦家大公子品行，应该不会出错的。"

金陵虽然离杭州有点远，但郁棠觉得，若是她，她也会托了郁远去查。

她道："如此就好。小心一点总是好的。女孩子嫁人，等于是第二次投胎，这胎要是投得不好，下半辈子可就没有一天安生的日子了。"

二太太连连点头，和郁棠说起林氏："……那时候谁不说她嫁得好。可现在呢？听说李家的二公子回了临安，把李夫人接走了。西北路途遥远不说，那边的天气也很恶劣，也不知道李夫人能不能平平安安地见到丈夫。就是可怜了李竣这孩子，先是出了这样一个爹，又出了那样一个大兄，这孩子这辈子可就毁了。"

比起梦中的早夭，也不知道是那时候的无知无畏更好，还是这时候的辛苦奔波更好！

郁棠叹了口气。

二太太也颇为唏嘘。

等到郁棠给杨家送信说去不了，再约时间的时候，杨家执意不肯，非要郁棠和二太太过去家里喝杯酒才行，妯娌两人又登门拜访了一次。

这次郁棠和二太太早有准备，去了徐萱家里做客，还带上了五小姐。只是没想到会在徐萱那里遇到了同样来做客的秦夫人。

郁棠就有些责怪徐萱："你这里有客人怎么不早跟我说一声啊！我们改天再来也是一样。"

徐萱苦笑，道："秦夫人是突然过来的，是和我们家姑奶奶一道过来的。"

郁棠这才知道原来黎夫人也在。

徐萱无奈地道："你现在知道我为什么要去你那里做客了吧！我们家的老姑奶奶也好，少姑奶奶也好，虽说嫁了人，却还把家里当成自己家，想来就来，想走就走。这样带着客人上门也不是一回两回了。"说到这里，她起了疑心，眼珠子错都不错一下地盯着郁棠："你跟我说老实话，秦夫人是不是有什么事要求你们家？不然她不可能跟着过来。"

殷家的姑奶奶们可以把娘家当成自己家，秦夫人是懂规矩的人，不可能跟着殷家的姑奶奶们胡闹。郁棠想着徐萱不是外人，又消息十分灵通，遂把秦夫人有意和裴家结亲的事告诉了徐萱。

徐萱听了哈哈大笑，道："你知不知道，费家想给费质文找的那个续弦，是秦大人的堂妹？"

郁棠目瞪口呆，拉着徐萱听八卦。

徐萱告诉郁棠："秦大人有今天，他那个族叔帮衬不少。但他那个族叔的子嗣艰难，只有一个女儿长大成人了。偏生那个女儿运气也不太好，父母先后去世，几次说亲都遇上了孝期，这一来二去的，就把年纪拖大了。秦大人为了报答这个族叔，就想给他这个堂妹说门好点的亲事。一去二来的，也不知怎地，就被费质文的兄长知道了，然后又告诉了费家的老夫人。老夫人为这件事，还特意派人去相看了秦小姐。只是费质文这边一直不愿意松口，这件事才拖了下来。"

说到这里，她颇有些幸灾乐祸地道："秦大人要是不顾堂妹的生死，也不会专程为这件事忙前忙后了。费质文要是照着从前曾说的那样，致仕辞官，云游四海不着家，秦大人肯定不愿意自己的堂妹勉强嫁到费家去守活寡。可问题是，费质文不知道听了你们家裴宴什么鬼话，不仅没辞官，还跑去给皇上写青词，这是媚上，是要争阁老的意思啊！那他就不可能把自己娶进门的媳妇当摆设，这门亲事他就肯定逃不脱身了啊！你说，你们家裴遐光这不是挖了个坑自己跳吗？"

郁棠脑子还有点乱，道："这与我们家裴遐光有什么关系？"

徐萱点了点她的额头，笑道："你啊！秦家那位小姐要是真的嫁给了费质文，秦家可就和张家站在了一个阵营里了，裴家肯定就会好好地考虑和秦家联姻的事了。"

这也是因为这些江南世家来来去去的，也就只有那几个姓吧？

郁棠那段时间跟着徐萱学世家谱得到的这个结论。

两人说了一通闲话，回去的时候二太太果然一副若有所思的模样。也不知道是件好事还是件坏事。

郁棠晚上和裴宴说起这件事来，裴宴不以为意，道："总归还是得秦家的大公子不错，不然也不一定要在江南这几户有限的人家里找，家世略差一点也没什么。"

她坐在镜台前梳着头时，还在琢磨着这件事。

裴宴就有些不高兴了，道："你管这些事做什么，你今天都没有问我去做什么了？"

郁棠立马问了他一句："你今天都做什么了？"

裴宴更气了，掀了被子躺下，背对着郁棠不说话。

郁棠自省。会不会是刚才她说话的语气太敷衍了？她忙扑过去哄他："你是不是累了？我给你倒杯橘子水，喝了再睡好不好。"

裴宴有个让郁棠看来不知道怎么说的习惯——喜欢用晒干了的橘皮泡水喝。

裴宴闭着眼睛不说话。

郁棠只好继续哄他："我都被这些关系谱给弄糊涂了。你说，要是我们家阿丹真的嫁给秦家，那我们家和费家是不是也成了姻亲？据说费老夫人已经相看过秦小姐了，也不知道秦小姐心里怎么想的。"

裴宴抖了抖肩膀，一副要把郁棠抖下去的样子。

郁棠才不怕他，得寸进尺地搂了裴宴的肩膀，继续在他耳边絮叨："秦大人长得英俊吗？费大人一看就是个喜欢长相漂亮的。要是秦小姐长得很一般，你说，费大人会不会嫌弃她？费老夫人应该知道费大人喜欢长得漂亮的人吧……"

怎么来来去去说的都是费质文？裴宴想着费质文都四十出头了还长着张不到三十岁的面孔，心里就扎得慌，猛地坐了起来，道："你能不能别总是把眼睛盯在这些乱七八糟的事上？眼看着就要过端午节了，你准备好过节的吃食了吗？准备好拜祭祖先的供品了吗？费质文，费质文，你管他的事做什么？"

郁棠看他那张阴晴不定的脸，好想笑，但她还是强忍着重新扑到了裴宴的身上，道："我这不是想让你帮我拿个主意吗？我怕到时候我们家真的和秦家联了姻，秦家和费家不和，牵连了我们……"

裴宴气呼呼地看了她半响。

郁棠忍了又忍，佯装出一副"出了什么事"的样子，朝着裴宴眨了眨眼睛。

裴宴气极而笑，道："你是故意的吧？"

"什么故意的？"郁棠无辜地道，"我是真的担心，万一费家和秦家反目成仇，我们该站在哪一边。"

裴宴森森地笑，一把将郁棠按在床上，道："你想想怎么救自己再说吧！"

郁棠一声惊呼……

初夏的微风吹进来，桌上的灯光摇了又摇，爆出一连串的灯花，在寂静的夜里轻声响着，煞是好看。

第二天一大早徐萱就跑了过来。

郁棠正服侍准备出门的裴宴穿衣，闻言不由一愣，问来禀的小丫鬟："殷太太说了有什么要紧的事吗？"

小丫鬟摇头，道："殷太太没说。"

郁棠就让小丫鬟领了徐萱先去花厅里坐，继续帮着裴宴整理衣饰。

裴宴毫不掩饰地冷哼了一声，道："我今天下午早点回来，到时候陪你上街看看。"

京城端午节有龙舟赛，他准备陪郁棠去看龙舟赛，今天提前去张府打声招呼，端午节那天就不去给张老大人问好了。

郁棠想到昨晚裴宴抱怨她跟着徐萱都学坏了的样子就想笑，但考虑到裴宴的底线，她只好强忍不发，眉眼带笑地道："我知道了！我会提前准备好的。"

裴宴满意地点了点头，但出去的时候碰到徐萱，还是冷着脸和徐萱擦身而过。

徐萱摸摸头不知脑地望了望裴宴的背影，又望了望郁棠，道："他这是怎么了？你们吵架了？"话音未落，又被她否定了："不，你们应该没吵架。裴遐光这个人，要是和你吵了架，肯定气得暴跳如雷，他这个样子，不像是生气，像是不待见我似的。"

我又哪里惹着他了？"接着，她开始向郁棠吐槽裴宴，"不是我说你们家裴遐光，他这脾气，可真是臭。也就是你的脾气好，能够和他过下去。照我说，他要是再这样，你不如把他一个人丢在京城好了……"

郁棠直笑，亲自接过小丫鬟洗的枇杷递了过去，道："你尝尝，前几天刚刚从福建送过来的。"

金灿灿的枇杷让徐萱胃口大开，也不追究裴宴的冷脸了。

郁棠问她："你这么早过来，是不是有什么事？"

徐萱忙咽下嘴里的枇杷，道："还真有点事。"

郁棠洗耳恭听。

徐萱道："我昨天晚上帮你问过殷明远了，据说秦家大公子不管是相貌还是人品、才学都不错，若是联姻，是个挺好的人选。但我怕出纰漏，让殷明远再仔细打听打听，还找了我娘家的四嫂，她很喜欢串门，秦家的事她肯定能打听得到。"

这可就帮了裴家大忙了。郁棠很是感激，决定等徐萱那边的消息更有把握之后，再请二太太过来和徐萱好好地说道说道。

两人的话题不知不觉中就转移到了费质文身上。

徐萱告诉郁棠："费老夫人这两天就会到京城了，多半是和费质文的婚事有关。你们家要不要和秦家联姻，也要拿个主意才是。"

像他们这样的人家，有时候不是孩子好就能把婚事定下来的，主要还是看父辈们的政治立场。

郁棠笑道："那就等费、秦两家的婚事定下来再说。"

徐萱谈兴正浓，又告诉了郁棠很多京城轶闻，还约了两家一起去看龙舟赛。

郁棠看了看她的大肚子，犹豫道："你这样行吗？"

"哎呀，到时候再说吧。"徐萱不以为意地挥了挥手，"这种事，我交给了殷明远。"

说起来，殷明远的性子的确很温和。

到了下午，裴宴果然提前回来了，徐萱闻音知雅意，提前起身要回家。

郁棠觉得有点对不起徐萱，让人拿了一大筐樱桃让徐萱带回去吃。

徐萱不要，道："我带回去了也吃不成。你要是真的想帮我，就让我把这樱桃存放在你这里，我每次来的时候你让小丫鬟给洗一盘。"

郁棠见她说得情深意切，只好答应了。

裴宴却在旁边冷言冷语地道："不是还有殷明远吗？他要是连你想吃几个樱桃都办不到，还做什么好丈夫。"然后吩咐小厮："帮殷太太搬到车上去！"又道："你放心，你来我们家，想吃多少樱桃就吃多少樱桃，保证让你停不下嘴来。"

这话说得徐萱当场就不高兴了，道："你这是说我们家明远没你行吗？你也就是仗着我们阿棠的脾气好罢了。"

裴宴目光冰冷。

徐萱扬头冷笑，道："我是不想让阿棠为难。"言下之意，你敢这么任性，是因为没有把郁棠放在眼里。

裴宴气得脸色发青。

徐萱悄悄地捏了捏郁棠的手，低声道了个歉，道："我实在是看不惯他这个样子，只好请你出面去哄着他了。"随后一溜烟地跑了。

郁棠哭笑不得，安慰裴宴："她也是一片好心，你就当她是个孩子好了。"

裴宴道："她要是个孩子，能天天在你面前说东道西的吗？"

郁棠笑道："不是说一个巴掌拍不响吗？我也喜欢听她说这些啊！"

裴宴气结。

郁棠只好继续哄他："你不是说陪我上街的吗？我们在家里再这么说下去，铺子恐怕都要收摊了。"

京城的铺子收摊比他们临安要早。通常傍晚时分就陆陆续续地关了门，临安的铺子却大多数都开到掌灯时分。

郁棠在马车上就和裴宴说起这件事来。

裴宴道："是气候的缘故。北边冷，尤其是晚上，大家回了屋，谁还出来逛？"

他的脾气来得快，去得也快。

两人说说笑笑的，除了把百年老字号认了个门脸，还买了很多与端午节没有什么关系的吃食和小摆件回来。

青沅笑着帮郁棠收拾着东西，顾曦过来了。

郁棠有些意外。

她虽然住在裴府，但郁棠不太喜欢和她接触，免了她的晨昏定省，两人见面的时候并不太多。

郁棠请了顾曦进来。

顾曦的目光在满桌子凌乱的小物件上打了个转，这才笑着坐在了旁边的太师椅上，说起了这次的来意："……大舅母让我来问问您有什么不吃的东西，到时候她也好吩咐厨房的注意些。"

这是要以郁棠为主客吗？郁棠还以为杨家主请的是二太太。郁棠索性把自己的决定告诉了顾曦："这边临时出了点事，怕是没办法去杨家做客了。你既然过来了，不如帮我带个信给杨家。"

她说完，还歉意地笑了笑。实际上心里在想，你既然喜欢上杆子地找事，那就给点事让你做做好了。

顾曦非常意外，迟疑了好一会儿，才问："是因为费老夫人要来京城了吗？"

郁棠忍不住挑了挑眉。没想到顾曦的消息这样灵通。

顾曦看得清楚，却把郁棠的挑眉认定为了惊讶，干脆也不掩饰自己的得意了，佯装淡然地道："是我听黎家的三少奶奶说的。她和我差不多大，娘家祖籍桐庐，和我们家二小姐的婆家是同乡。"

裴家二小姐，嫁到了桐庐。

顾曦和梦中一样喜欢结交这些豪门大户的当家主母。她还自作聪明地道："你这是准备去费家做客吗？二叔母去不去？我也要准备起来吗？"

"我们家还没有接到费家的请帖。"郁棠道，"不是为了去费家所以才推了杨家的席面，而是另有其事。"

这段时间还有什么比费家老夫人来京城更重要的事？所谓的没有拿到请帖，也不过是没有考虑好要不要带她去吧！这么一想，她疏远郁棠，还是有利有弊的。可难道还让她去巴结郁棠不成？

顾曦觉得自己看破了这件事，笑着应了一声，颇有些为难郁棠地笑道："若是杨家那边坚持，我应该怎么说好？总不能说我们家这边到时候要去给费老夫人问好吧？"

郁棠觉得顾曦又犯了梦中的毛病，逼着她出丑。她顿时心生不满，想着梦中自己因为寡妇和弟媳的身份，不好反驳，现在我是你婶婶，你还拿什么拿捏？

"那就由你自己拿主意了。"郁棠不动声色地笑道，"你要是觉得这借口合适，那就用这个借口吧！"看到时候丢脸的是我这个当家主母，还是你这个代表裴家行事的侄媳妇。

顾曦立马反应过来。她要是这么说，别人不会说裴家势利，只会说她这个人不会办事，连话都不会说。顾曦有些沮丧，抬头却看见郁棠正朝着她微微地笑。她是故意的吧？顾曦第一个念头就是要站起来呵斥郁棠，可那些呵斥的话在舌尖打了个滚儿，又被她咽了下去。郁棠毕竟是她的长辈，就算她争赢了，别人也会指责她，再有郁棠为难她的时候，更会觉得她不恭顺。这才是她在和郁棠关系里天然的劣势，没有办法摆脱的差距。

顾曦在心里暗骂了一句。等到见着杨家的众人时，她却不得不忍气吞声地为郁棠的决定找借口，查漏补缺："不是不想来杨家拜访，真的是突然有事耽搁了，没办法来。"

裴彤的外祖母也就是杨老夫人气得额头青筋直跳，冷笑着诘问顾曦："你是阿彤的媳妇，跟我说实话，她是真的有事还是戏弄我们杨家呢？"

请裴家的两位太太过来做客，特别是裴宣如今是户部的侍郎，管着盐引的印章，不知道有多少人想搭上这关系，杨家自然不会放过这样的机会，除了自家的亲戚，还请了和自家交好的官宦人家的一些主母。郁棠说不来就不来了，这准备的席面怎么办还好说，可那些当家的主母怎么交代？这不是把杨家的面子踩在脚底下摩擦吗？这个郁氏，太过分了！

杨老夫人手就重重地拍在了茶几上，目光如箭地射向顾曦："你这孩子也是，

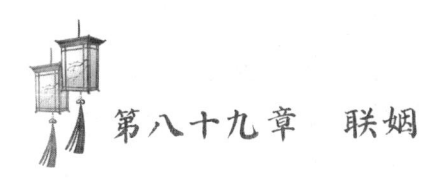

大人的事，你从中掺和些什么？太不懂事了！"

## 第八十九章 联姻

这种否认顾曦能力的话，听得她气得全身发抖。

杨家老太夫人是什么？

如果是从前，在她没有参加江家的喜宴之前，她顾忌着杨家是裴彤的外家，杨老大人又是国子监的祭酒，为了裴彤的前途，她无论如何也会忍下这口气的。可现在，她能很明显感觉到，杨家虽然父子都仕途很好，但在张、黎这样的官宦世家中，也不过是昙花一现的新贵。想要别人高看一眼，至少家里得出个正二品或是从一品的官员，或者是连着几代都能出几个正四品以上的官员。

现在的杨家，还不够格和张、黎这样的世家较量，更不要说叫板了。她有什么好怕的？顾曦顿时冷了脸，站起来就要走："既然如此，那我们告辞了！"

杨家的女眷看着全都愣住了，还是杨大太太反应快，忙拉住了顾曦的胳膊，压着心底的火气道："你这孩子，做长辈的说你几句怎么了？不会是觉得杨家不如裴家，所以觉得我们家老夫人说的话太刺耳了吧？可老夫人说的也没有太大的错吧？裴家的二位太太不地道，她们怎么不自己登门拜访，要让你来做客？你可知道我们杨家请她们是什么目的？那些陪客是什么身份地位？老夫人说你不懂事，你还不服气不成？"

顾曦素来傲气，去过江家喜宴之后，发现江家就算瞧不起裴家，也不敢摆在明面上，张、黎两家更看在她是裴家大少奶奶的分儿上很是看重，何况她还有个出身殷家的嫂子，她觉得自己除了辈分，没有什么地方不如郁棠的。杨大太太的话，正好戳中了她这段时间的不痛快。

她立刻心生警惕，冷笑道："大舅母此话差矣。二婶和三婶已经说了有事不能来，可您非要设宴招待她们，她们没有办法，这才差了我过来。我想着，费家虽然势大，可杨家毕竟是我外家，我怎么也要站在杨家这边。不承想在大舅母眼中，我却是错的。我这不是两边不是人吗？既然如此，我还在这里做什么啊！家里一堆事等着我回去呢！"

这么说来，裴家的两妯娌真的去了费家！

杨大太太和杨老夫人交换了一个眼神，杨大太太立刻笑道："知道你孝顺，听话懂事，你外祖母这不是气你们两位太太也太不给面子吗？"

顾曦在娘家的时候不知道遇到多少这样的场合，她趁机发难，露出一副伤心欲绝的样子，道："合着你们不说不来的人，逮着我这好意上门的人拿刀子乱扎。我心里能好受吗？"

大姑子这媳妇，可不是个好相与的。杨大太太在心里嫌弃着，面上却不显，道："你也是杨家的人，如今出了这样的事，发脾气有什么用？还是坐下来商量一下该怎么办吧！"

一直没怎么吱声的杨二太太见了，突然插嘴道："能怎么办？赶紧通知那些人不要来了呗！她又不能当家做主，我们就是跟她说也没有用啊！"

杨大太太像是被噎了一下似的。

顾曦差点跳了起来。什么意思？瞧不起她？裴家有些事她的确不能当家做主，可也轮不到杨家的人在这里议论。

顾曦似笑非笑地看了杨二太太一眼，道："我就说，我在这里没有什么用。大舅母这样拉着我也没什么意思啊！"

杨大太太就瞪了杨二太太一眼，并没有放开抓着顾曦胳膊的手。

杨二太太别开脸去，一副"我没有做错，我不会道歉"的样子。

杨大太太则露出一副很头痛的样子。

顾曦有点拿不准杨家是真遇到了什么事要求裴家，还是两人在做戏，就听见杨老夫人"啪"地拍了一下桌子，高声呵斥道："好了！都不要说了。我还没有死，这个家还轮不到你们做主！"

杨大太太和杨二太太都低下头去，杨大太太甚至松开了抓着顾曦的手。

顾曦这才发现杨大太太抓得挺用力的，她的胳膊开始有点疼起来。她揉了揉被抓的地方。

杨老夫人一脸疲惫，仿佛刚才的精神奕奕被一下子扒了下来。

"阿彤媳妇，你坐下来说话。"她道，"老大媳妇留下，老二媳妇去外面守着。我有话说。"

顾曦讶然。

杨家的两位太太齐声应诺，杨大太太给杨老夫人续茶，杨二太太则带着屋里的丫鬟婆子退了下去。

杨老夫人喝了一口茶，见顾曦坐在自己的下首，这才道："你的话既然都说到这里了，我也不瞒你了。我们这么大费周折地请裴家的两位太太过来，的确是有求于裴家。不过，说'有求'，那是给裴家面子，裴家也可以不答应，但不答应是什么后果，那就要裴家自己掂量掂量了。"

顾曦骇然。这可不是相求的语气，有点像是……威胁。难道杨家抓到了裴家的什么把柄不成？

顾曦也是个输人不输阵的人，闻言面上不显，耳朵却早就支了起来。

杨老夫人见她这模样，就知道这也不是个没有主意的。她又和杨大太太交换了一个眼神。杨大太太朝着婆婆微微颔首。如果不是厉害，她姑子也不会娶来做长媳妇了。

事已至此，杨老太太只能死马当活马医了。她道："你回去之后跟你三婶说说，我们家想和裴家亲上加亲，再定一门亲事。如果她觉得裴家的老安人不愿意，还是推托了的好，你就让她去问问你三叔。别人不清楚，我们家可是知道的，当年三皇子在江南搬回来的那二十万两银子是谁给的？"

顾曦不是无知妇孺，何况顾昶因为顾曦没有年长的女性教导，怕她吃亏，有时候会拿些朝廷上的事给她打比喻。去年浴佛节的讲经会和那二十万两银子，她是知道的。杨家这话，是暗指三皇子的那二十万两银子是裴家给的吗？顾曦顿时有些慌张起来。

二十万两银子是小事，往深里说了，还可以推说是三皇子勒索的，可问题是，这二十万两银子还涉及当年二皇子遇刺的事。

皇上一直不立储，按理说，不是嫡，就是长，应该没有三皇子什么事的。可皇上向来喜欢三皇子，因为三皇子，所以才没有让二皇子去就蕃。曾经还有流言说上一任首辅之所以致仕，就与反对皇上废长立幼有关。

裴家要是卷入这种风波里，再厉害也没有用啊！普天之下，莫非王土。

"您这是什么意思？"顾曦声音有些尖锐，"有些事可以乱做，有些话却不能乱说的。杨家和裴家可是姻亲啊！"

杨老夫人很满意顾曦的反应，冷冷地道："我这么大年纪了，难道还会哄你一个小孩不成！我们倒是想把裴家当姻亲，那也要裴家把我们当姻亲才行，否则我们凭什么和裴家共进退，同甘苦。好了，这些事你也不能拿主意，我这么让你带话，也难为了你。可裴家的两位太太不把我们杨家放在眼里，我们就是想好好地和裴家的两位太太说说话也不行，也就只能委屈你了。"

顾曦摇头，心底茫然，不知道怎么回到家的。可她回到家就发现郁棠和二太太都不在家。她气得大口吸着气，觉得这事要是真的，她可怎么办，也不知道裴宥有没有涉及，长房这个时候和裴家划清界限还来不来得及？

顾曦顾不得更衣，就又坐上了轿子，去了顾昶那里。顾昶还没有下衙，她大嫂殷氏居然也不在家。她不由问顾家的嬷嬷："我阿嫂去做什么了？"

"说是礼部的秦大人家里请客。"那嬷嬷笑眯眯地道，"太太和殷太太，还有你们家的两位太太都过去了。"

不是说费老夫人来了吗？顾曦困惑。

那嬷嬷道："就是因为费老夫人来了啊！秦太太给费老夫人洗尘，秦家请了几位太太做陪客。"

这就是郁棠把她打发到杨家的用意吗？怕她出风头，还是怕她会结交更多的外命妇？

顾曦如困兽般等了近一个时辰，终于等到了顾朝阳。她拉着哥哥去了书房，悄悄把这件事告诉了哥哥。

顾朝阳惊讶得掩饰不住自己的神情，脑子飞快地转着，嘴里喃喃自语道："难怪裴遐光出面收拾这件事呢！我还以为他是想立威，原来是不想让别人查出这件事与裴家有关！这还真是裴宥干得出来的事……"

听哥哥提到自己去世的公公，顾曦汗毛都竖了起来，忙道："阿兄，这件事真的与裴家有关？与我公公有关吗？会不会是杨家在说谎？"

顾朝阳摇头，沉吟道："这件事我早有所闻，不过没有深想，特别是裴宥突然病逝，裴家退居临安。"

话说到这里，兄妹两人不由望向了对方。裴宴这个人诡计多端，深得张老大人的信任，任何一个正常的父亲都不会把这样一个有可能封相入阁的儿子叫回老家守家业的。或者，这件事与裴宥无关，与裴宴有关？

两人都在对方的眼睛中看到了复杂得语言没有办法描述的神情来。

"这件事，必须得和裴遐光说一声。"顾昶发现自己突然间好像抓住了裴家的把柄似的，感觉喉咙有些干涩，声音嘶哑地道，"裴家要是倒霉了，我们家也会受牵连的。"

顾昶此时非常后悔把妹妹嫁到了裴家。事已至此，再说也无用。

顾昶对顾曦道："你等我一会儿，我和你阿嫂说一声，我送你回裴家。"这就是要和裴宴细谈的意思了。那郁棠岂不是什么都不知道？

杨家的意思，是想从郁棠那里下手。

如今她代替郁棠去了杨家，杨家把这件事丢给了她，她又在六神无主的情况下找了自家的兄长，而自家的兄长则准备亲自去找裴宴商量，来来去去的，结果没郁棠什么事不说，她还可以和平常一样与殷太太躺在葡萄架下吃果子、说闲话，他们这些旁人却要帮她跑断腿。

哪儿有这么好的事！

"阿兄！"顾曦立刻阻止了顾昶，"事关重大。裴家到底与二皇子刺杀案有没有什么瓜葛，也只是你我猜测。照我说，这件事不如分两步走。我照着杨家的意思把这件事告诉郁氏，看看裴宴会有什么反应。你呢，想办法查查当年的事。裴宴这个人，特别喜欢惹事，还有一副臭脾气，要真与他有关，裴家岂不是受了他的连累？我们也要做点准备才是。我这两天跟着几位夫人闲聊，听她们那话里话外的意思，皇上若真的有心立长，二皇子有没有子嗣有什么关系，那是二皇子继位之后头痛的事，不过是心里还偏着三皇子。我们家虽然不站队，可也不能稀里糊涂得罪谁家……"

顾昶厉声打断了顾曦的话，严肃地道："阿曦，这些话你在我面前说说也就罢了，千万不要在外面说。事情可不像你想的那样简单，那些夫人说这话也各有各的用意，你是裴家的大少奶奶，可别被人利用和算计了。"

顾曦连连点头，道："我知道了，阿兄放心，我不会这么傻，被人利用的。"

顾昶见她答得随意，知道她没有把他的话放在心上，只好再次强调："能在这京城有一席之地的外命妇，没有一个简单的人物。你刚刚到京城，理应少说话多观看。我听你阿嫂说，郁氏就做得很不错，紧紧地跟着裴家二太太，该说话的时候说话，该沉默的时候沉默，既不张扬也不内向，大家都觉得她稳重。你要跟着好好学学才是。"

她阿嫂是这样评价郁棠的吗？顾曦想到江家喜宴时江家人对郁棠和二太太的热情，心中不以为然。如果江家对郁棠和二太太冷漠待之，两人难道会站在角落里捏指甲吗？她这个那个地赔了笑脸打招呼，不就是因为没有人把她当贵客吗？

这些内宅女人间的争斗她这个从小就只知道读书的阿兄知道些什么？何况这话是她阿嫂说的，她若是反驳，这话传了出去，说不定会惹得她那个小嫂子不高兴。这种得罪人的事顾曦向来不会做的。

她笑道："我保证像小时候一样听阿兄的话。"

顾曦小时候遇到不懂的事，顾昶不让她做，她就算是会和顾昶顶嘴，也不会去做。

顾昶放下心来，笑着赞扬了她几句，留了她在家里用晚膳："你阿嫂应该很快就会回来了，你既然来了，就和她打声招呼再走。"

殷氏肯定不会回家晚膳，那郁棠和二太太也不会回家。

陪着哥哥吃饭，顾曦还是挺愿意的。

兄妹俩用了晚膳，已是掌灯时分，殷氏回来了，三人说了会话儿，顾曦就起身告辞了。

殷氏服侍顾昶更衣，奇道："小姑过来，可是有什么事相求？"

顾昶有点不喜欢她这样说，遂笑道："难道阿曦回来就是有事相求不成？她就不能是过来看看我？"

殷家的姑娘可不是只知道一味逞强，不然也不会嫁出去了个个都能把持内院。

殷氏立刻娇笑道："我这不是心疼你吗？怕你刚到翰林院，本就事多，小姑那边有什么事，你还要分心照顾她。我就想帮帮你嘛！"

顾昶见她这样伏低做小，心里的那一点不痛快也就没了，温声道："我知道你贤良淑德，她这次来，真没什么事，就是来看看我的。她要是有什么事，我一准儿请你帮我出面。"

殷氏可不相信，觉得他们兄妹应该是有什么秘密不想让她知道。她想到顾家老宅的那些狗屁事，也就不再问，免得让顾昶没面子。

夫妻两人吹灯歇下。顾昶却想着顾曦的话睡不着。裴家的事，到底是喜欢胡来的裴宴惹出来的呢，还是野心勃勃的裴宥惹出来的呢？他更倾向于裴宴。裴宥当年在官场有个绰号叫"小诸葛"，凭他，不应该这么大意才是。顾昶大半夜没有睡。

裴宴也大半夜没有睡。他是被气成这样的。

郁棠从秦家回来就被顾曦堵在了门口，把杨家的事告诉了郁棠。她吓了一大跳，赶紧找裴宴。偏偏裴宴被费质文拉出去喝酒了，到了半夜才回来，回来之后就准备为所欲为，什么话都不想听，把郁棠给惹毛了，差点把他踢下床。

他这才冷静下来，听郁棠说了些什么。

裴宴当场就火冒三丈开了骂："他们杨家是个什么东西？真以为我不敢收拾他们？还二皇子刺杀案与我们裴家有关，她怎么不说皇上没立二皇子为储君也与我有关呢？马不知脸长！见我阿兄死了，讨不到裴家什么好了，不甘心了，就想再和我们家联姻。他们家养的都是些什么玩意儿！祸害了一家不成，还想再祸害一家。就算是我答应，看裴家谁愿意和他家联姻？自己的名声自己败的，到了今天也是活该！"

郁棠哭笑不得。裴宴在她面前可是一点都不讲究，想说什么就说什么，想怎么骂就怎么骂，一点也不顾及他两榜进士的身份。可这样的裴宴，落在她的眼里，却分外可爱，让郁棠心里软软的。

她忙端了醒酒的蜂蜜水过去，柔声哄着他："好了，好了，别生气了。你不是说我们是瓷器，那些人是瓦砾吗？气坏了自己不值当。杨家把话传到我这里来，也是想和你搭上话。你是不是这段时间理都没理杨家的人一下？他们这不是狗急了跳墙吗？你何必和他们计较！实在不行，我就把你的原话转达给他们，就说宗房和杨家没有适龄的人，裴家其他几房都不愿意和杨家联姻，觉得没有什么值当的，气死他们。"

这话说得非常幼稚，但在这个时候，有个人完全相信自己，站在自己这一边为自己说话的这种感觉却非常好。

裴宴顿时怒气全无，脸色微霁地接过了郁棠给的蜂蜜水，咕嘟嘟一饮而尽。

郁棠放了碗，走过去趴在了裴宴的肩膀上，声音清脆婉转地道："要不，这件事你别管了。我来答复杨家。"

裴宴侧转面，嘴唇擦过郁棠嘴唇。柔软的感觉让他心中一紧，说话的声音都变得低沉起来："你就不想问问杨家为什么说二皇子刺杀案与我们家有关？"

梦中，没有她的出现，裴家也好好的。至少，裴家脱了险的。

郁棠笑了笑，道："你肯定有办法证实这件事与裴家无关。"

至于做没有做，她觉得那不是自己能过问的，因为问这已经超过了她的理解范围，问了她也不能帮裴宴拿个主意。

裴宴突然激动起来。有个人，愿意为你退步、忍让，关键的时候还信任你，这种感觉太好了！

他把郁棠从身后拉到身前，紧紧地抱住了她，低头闻着她发间淡淡的花香，想着，就连这香味，都照着他的喜好存在。眼前这个人，骨肉是自己的，心也是自己的，完完全全地归属他，会和他福祸相依，生死与共。这样的感觉太奇妙了。

"这件事的确与我们家有关。"他闭着眼睛，深深地吸了一口气，然后把头依在了她的肩膀上，悄声道，"而且与我大哥有关。阿爹怕连累到家里，所以才让我回老家继承家业的。"

"啊！"郁棠愕然。裴家，玩得这么大。就不怕翻船吗？或者，繁华的表象之下，都是暗涌的波涛？

裴宴依旧闭着眼睛，在她肩头轻轻地"嗯"了一声。

那如同喘息般的气声，加上他俊美到极致的侧颜，让郁棠全面崩溃，没有一点点抵抗力，脑子像面糊般地道："那，那怎么办？"

"现在还不知道！"裴宴叹息道，"我为这件事和大兄吵了好几次。他不听，我就写信给了阿爹，想让阿爹把他叫回去。因为他是宗房长子，若是我阿爹要他回去继承家业，除非他想被裴家除名，否则他就只能拖着。

"我阿爹也不是普通人，一眼就看出了他的打算。亲自来了京城，把一些痕迹都抹平了。

"但我阿兄非常信任杨家，比相信我还信任杨家，杨家那里到底有没有什么我们不知道的把柄，现在还真不好说。"

裴宥真是害人！难怪裴老安人不待见裴宥这一房，她知道了，她也不待见裴宥这一房了。

她皱着眉道："就算杨家手里有什么把柄，杨家也和我们是一条绳上的蚂蚱吧？他把我们家交出去了，他们家也要倒霉啊！他肯定不仅仅是想联姻，他们家这段时间是不是遇到什么事了？"

"是！"裴宴也没有瞒着郁棠，"孙皋的事，他们家被牵扯进去了。杨家老大和老二都有可能永不录用。"

这对杨家的杀伤力太大了。

郁棠惊呼了一声。她来京城也有些日子了，还参加了好几次京城外命妇的聚会，知道杨家在京城是个怎样的情景。若是杨家的大老爷和二老爷永不录用，对杨家而言，那就是个致命的打击了，甚至有可能让杨家从此一蹶不振。

要知道，杨家能有今天，是通过了几辈人的努力的。

她道："我听黎夫人有次无意间提到过，主要是孙家的事闹得挺大的。彭家还因此得了不少的好处。我们要是能不插手还是别插手了。你有什么事，也可以直接让我去做，我们总不能就这样被杨家威胁。"

但她也想不到更好的办法摆脱杨家的威胁。

裴宴闻言就懒懒地"嗯"了一声，道："联姻是绝对不可能联姻的。办法虽然没有想到，但也不是完全没有办法的。"说到这里，他从郁棠的肩膀抬起头来，笑着问她："你说，杨家的事是顾曦告诉你的。杨家怎么会找上了她？她具体都和你说了些什么？"

郁棠就把杨家怎么请自己和二太太去做客，她和二太太又是怎么想的，怎么打发顾曦去杨家做客，顾曦又和她说了些什么，一一告诉了裴宴。

裴宴想了想，道："你知道顾曦是什么时候从杨家出来，又是什么时候回的府吗？"

这个郁棠没问。

她道："这好说，我问问家里的车夫就知道了。"

裴宴索性就把自己需要的信息告诉了郁棠："我是想知道顾昶知不知道这件事。"

要知道，孙皋出事，可是顾昶告的密。要说谁最紧张，应该是顾昶。而顾曦又常常在言行中不知不觉地流露出"我有我哥哥罩着"的语气，裴家出了这么大的事，按理，顾曦十之八九会去请顾昶给她拿个主意的。顾昶若是知道，会怎么办？

郁棠眼睛一亮，忙道："我知道该怎么做了！"

她那亮晶晶的模样，如同星子，骤然间光耀起来，又像沉睡的猫儿，睁开眼睛就活泼起来。这样的郁棠，特别有生气，和裴宴记忆中天不怕地不怕的郁大胆的形象重合起来。或许，这样的郁棠才是最漂亮的？

裴宴呵呵地笑了起来，忍不住捏了捏郁棠的面颊，细腻光滑，如小孩儿的皮肤。他没忍住两指捻了捻。

郁棠却皱着眉偏了偏头，不悦道："你知不知道自己的手劲有多大？以后不允许捏我的脸了。"

裴宴继续笑，猛地凑过去亲了亲被他捏过的地方。

郁棠面红耳赤，艳若桃李。还是这样比较好看！裴宴在心里想。阿棠缺的是见识，若是她有徐氏那样的出身，肯定比徐氏更有主见。

他不由道："你还是少和徐氏在家厮混了，没事的时候就出去串串门。她不是喜欢到处跑吗？反正她来我们家也是拿了你做筏子，在外面跑也是拿了你做筏子，你还不如多在外面跑跑。"

郁棠压根不知道裴宴的心思，笑道："她这不是还有月余就要生了吗？我哪敢和她在外面跑啊！有时候她要出门，我还要哄着她待在家里跟我做做头花什么的。"

"没事！"裴宴不以为然，道，"那是殷明远应该操心的事。她要是想出去玩，你陪着她就好。实在是觉得不安全，就去张家或是黎家做客，殷家的姑奶奶们的家里，又都是有经验的长辈，不会有什么事的；或者是去顾家做客也行，顾朝阳家里也是殷家的人，殷家的小姑奶奶。"

不利用白不利用。徐氏要生了还在外面溜达，凭什么让他家的阿棠担惊受怕？他们殷家的大、小姑奶奶指手画脚之后还没有责任，让她们也尝尝郁棠的辛苦才是。

郁棠意会错了。她以为裴宴是想让她把顾昶也拉下水。联姻是把双刃剑，一荣俱荣，可有损伤的时候，也是会受影响的。她笑盈盈地道："那我问问殷太太。"不管怎么说，徐萱毕竟是双身子的人，还是别把她牵扯进来了。

裴宴笑着点了点郁棠的额头，道："你啊，就是为别人考虑太多了。有时候也要顾着点自己才是。"

郁棠傻乎乎地笑，觉得自己对裴宴的忍让都带着甜。她温声地问他："心里还难受吗？要不要我再给你端碗蜂蜜水进来。"

裴宴张开四肢倒在了床上，随意地应了一声，还加了句"别放那么多的蜂蜜"，那样子，与其说是在吩咐郁棠，还不如说是在向郁棠撒娇。

这可怎么得了！像养了个大孩子似的。

郁棠望着裴宴放松后神色慵懒却有种不同魅力的面孔，扑上去亲了他一口，这才笑嘻嘻地去让青沅再准备一碗没这么甜的蜂蜜水进来。

裴宴能感受到郁棠的开怀。他摸了摸被亲的地方，无声地咧着嘴，笑了笑。

半个时辰之后，青沅就打听到了顾曦的行踪。只是她准备去告诉郁棠的时候，郁棠和裴宴的内室关得紧紧的，不时能听见几声郁棠娇滴滴却含糊不清的抱怨声。

青沅脸上火辣辣的，忙退到了院子中央，跟值守的婆子道："若是三老爷和三太太内室有了动静，你就告诉我一声。我还要给三太太回话呢！"

那婆子是裴家的老人了，从前还服侍过裴老安人，是这次随着郁棠进京的人。她闻言嘿嘿地笑，道："青沅姑娘到底年轻，要是我，就明早来说这件事。"

青沅觉得脸更热了，草草地应了一句，就赶紧回了屋。

可第二天早上，郁棠起得很晚，她进去的时候，裴宴已经出了门，阿杏她们已经开始服侍她梳头了，她还睡眼惺忪地在那里打着盹。

青沅没有打扰她，等她用完早膳才和她说这件事："大少奶奶回来之后先去了趟顾舅老爷那里，在那边用了晚膳才回来的。"

也就是说，顾昶是知道这件事的。这就好。顾昶也是个有本事的，这次和裴家坐到了一条船上，裴宴也算是有了个有力的帮手。

郁棠松了口气，仔细地想了想杨家的事，等到裴宴从外面回来，她和裴宴商量："你看我们要不要跟杨家说一声，联姻的事不成。等到他们来催，我们再给他们家回话，显得我们好像没有办法似的。"

裴宴觉得可行，并道："你想做什么就去做吧！按着你自己的想法去做。错了也没什么。就当是练手了。"

话虽如此，但郁棠心里还是有点害怕，她道："这件事，你是不是已经有了解决的办法？"

裴宴笑道："办法我一时还没有，不过，我和顾朝阳见过了，秦家和费家的婚事也已经定下来了。"

这与秦家和费家有什么关系？郁棠睁大了眼睛。

裴宴笑道："早上我和二兄用了早膳才出的门。他说，别说我们家没有适龄的姑娘，就是有，也不会和杨家联姻的。"

攘外必先安内。郁棠抿了嘴笑。

"之后我去见了顾朝阳，把杨家要和我们家联姻的事告诉了顾朝阳。"裴宴继续道，"我看顾朝阳脸都变了。我就顺势表明了家里的态度，还让他帮着查查我们家到底有什么把柄落到了杨家的手里。他还给我打官腔来着！"

顾昶不会这么没有眼力，但裴宴会不遗余力地在郁棠面前抹黑顾昶。

"他这个人，就是小心眼。"他道，"虽说查这件事可能会让他卷入这件事里来，但他不去查，难道就能撇清不成！"

在郁棠的印象里，这还真是顾昶能做出来的事。她道："那顾朝阳答应了没有？"

"答应了。"裴宴有的是办法让他答应，他让顾昶去查这件事并没有指望着顾昶真的能帮他，主要还是安抚顾昶，让他别捣乱。因为顾昶若是有机会，相信他很愿意把这个把柄握在他的手里。

郁棠点头，道："那你也要小心。"

裴宴非常满意地"嗯"了一声。

结果下午二太太就过来了，拉着她的手，担心地道："老爷说要和秦家把阿丹的婚事定下来，这么突然，是不是出了什么事？"

别的话郁棠不好说，但杨家要和裴家结亲的事应该可以告诉二太太。她就把杨家宴请她们的打算告诉了二太太。

二太太那么好脾气的人，听着就骂了起来："他们家明明知道婆婆不愿意再和他们家联姻，他们家还这样，是觉得我们两妯娌都是傻瓜，会越过婆婆答应这门亲事不成？他们肯定打的是我们家阿丹的主意。"

不怪二太太这么想。就算裴宴是宗主，联姻的事也要别人父母同意，如今能让他们当家做主的就是宗房这几个小辈的婚事了。

郁棠安抚二太太："也许是有别的人选？"

二太太钻了牛角尖，道："那就是打我们家阿红的主意。不管他们家准备怎么办，我是无论如何也不会同意，否则我有什么脸面去见婆婆。"又埋怨自家兄弟："让他们打听打听秦家的事，怎么就那么难。"

郁棠只好道："也是因为离得有点远。要不，我们想办法打听打听？"她也的确是怕仓促之下给五小姐定亲，嫁得不好。

二太太见郁棠和自己能想到一块儿去，很是高兴，忙问她："我们怎么打听？"

郁棠和裴二太太不一样。

裴二太太自幼养在深闺，出阁之后嫁的又是讲究规矩的世家大族不说，丈夫敬重，婆婆喜欢，经历的事少，能想到的主意自然也就少。

郁棠从小生活在市井，又是商贾之家，左右邻居都是比较看重怎样把事情办好了，而不是怎样守规矩的。她悄悄地对裴家二太太道："派个体己的人去接触秦家的仆妇。"

从前他们就是这样打探裴家的事的。虽说大事问不着，但小事却是一问一个准。而通过这些小事，恰恰最能看出一个人的人品和能力怎样。

裴二太太还有些犹豫，道："仆妇没见识，会不会适得其反。"

郁棠笑道："只是让他们去打听秦家的一些小事，至于人怎样，还得我们评判。比如说，那些仆妇认为东家小气，我们就得问清楚是怎么个小气法。若是克扣仆妇的月例，那就不应该了。可若是对自己也是这样，就不能说是小气了，要不就是生活俭朴，要不就是为人日子过得太抠门。生活俭朴还好说，若是日子过得太抠门了，阿丹就算是有再多的陪嫁也没用，家里公婆都这样过日子，她一个晚辈，还能越过公婆去不成？女婿再好，阿丹嫁过去也是跟着受罪。这样的人家我们就得好好斟酌斟酌了。"

二太太听得直点头，很服气地请教郁棠："那怎么区分是俭朴还是抠门呢？"

"这就更简单了。"郁棠笑道，"看他对身边的人如何。俭朴是一种做派，却不是不吃不喝。抠门呢，那就是一个铜板都舍不得，你让他买个好菜好酒，那得要了他的命。"

"你说的有道理。"二太太连连点头，和郁棠商量了半天，还让郁棠帮着挑那去打听的嬷嬷，问她谁合适。

郁棠还真不好当这个家。但二太太身边的金嬷嬷是看着裴丹出生的，把裴丹当成眼珠般疼爱，她肯定不会害裴丹。郁棠就推荐了金嬷嬷。

二太太欣然同意。

金嬷嬷知道之后，还特意来谢了郁棠，觉得郁棠很瞧得上她，让她很体面，所以在裴丹的婚事上，她也是非常尽心尽力，连着几天都不在家。等她打听得差不多了，已经过了端午节。

郁棠和裴家二太太一起去看了赛龙舟。

她们当时在一间酒楼的雅间，同行的还有徐萱和殷氏。她们到了之后才发现，她们的雅间左边是黎家的女眷，右边是秦夫人和费老夫人，还有个陌生的女子，花信年华，却长得非常漂亮，如莲花般清雅。

郁棠猜着这位应该就是即将嫁入费家的秦小姐了。看来费老夫人还是挺靠谱的，知道自己的儿子喜欢美女，找了个美女儿媳妇。

她和二太太带着裴丹和裴红去给费老夫人问了安。秦夫人应该是特别满意裴丹，拉着裴丹说了半天的话。裴丹生性是有点腼腆的，但因为不知道秦家中意她做儿媳妇，答起话来倒也大方，这让秦夫人就更喜欢了。

倒是费老夫人，不知道为什么，在裴家的女眷去给黎家的女眷问过安之后，约了裴家的女眷一起用午膳，午膳过后，居然找了个机会单独问郁棠："你觉得秦姑娘长相如何？还看得过去吗？"说话间忧心忡忡的。

郁棠这还是第一次见到秦小姐，连句话都没有多说，含含糊糊地就想把这件事略过去。谁知道费老夫人却叹道："质文从小就让我操心，几个兄弟姐妹里，他最折腾人，可也是最有本事的。我只盼着他好，他却总觉得我在管着他。就是他说他要给前头的元配挣个诰命，我不也答应了吗？也不知道他到底是怎么想的。"

郁棠只好道："死者为大。费大人是个有情有义的人，您应该高兴才是。"

至于是不是真的有情有义，她也没有个定论，不过是安慰老人罢了。

费老夫人却认真地点头，道："只盼着他这次能安定下来，好好过日子。老大不小的人了，膝下连个子嗣都没有，我只要想想就觉得睡不着，以后去了地下，见了我婆婆，我可怎么跟她交代啊！"

郁棠心里的小人擦了擦额头的汗，忙道："俗话说得好，子不教父之过。费大人喜欢折腾，与您有何干系？您就放宽心吧！他现在不就要娶妻生子了。"

费老夫人神色大霁，唏嘘道："要是他前头的媳妇能像你似的这样跟我说话，我又何至于瞧不上眼？你是不知道啊，不管我说什么，问什么，她那就像个蚊子嘤似的，我就从来没有听清楚过。"

郁棠不好搭腔，笑道："我家老爷说我就是不懂事，谁知道到了您这里，倒表扬上了。我今天回去得告诉他一声，让我也得意得意。"

费老夫人听着呵呵地笑了起来，心情很好的样子，也没再说自己从前的儿媳妇，而是说起了秦小姐，道："我知道，这次质文愿意娶妻，是你们家遐光的功劳，多的话我也不说了。秦小姐我看也是个内向的人，我想请你以后有事没事多去我们家走走，你就当帮我们家质文的忙了。"

秦小姐什么性格郁棠是完全摸不清楚的，她也不能就这样答应费老夫人，何况裴宴说的有道理，不可能所有的人都喜欢自己，可人生苦短，最重要的是让自己开心，不喜欢自己的人，大可不必交往。

她没有接话，而是惊喜地道："费大人的婚期定下来了吗？"

费老夫人并没有多想，也就没有继续说秦小姐的事，反而觉得郁棠活泼开朗，说话风趣，很讨她的喜欢，笑道："他老大不小的了，我们两家就把婚期定在了今年的八月初二，娶了媳妇好过中秋节。就是有点委屈秦小姐，赶得有点急了。"

"这日子选得好。"郁棠立刻把话题扯得更远了，"我听人说，京城过了中秋节就要开始储冬了，要买白菜、萝卜放在地窖里，新媳妇进了门，家里清闲下来，正好安排冬天事宜。"

费老夫人年轻的时候也随着丈夫在京城住过一段时间,知道京城是怎么过冬的。她笑道:"我也是这么想的,所以把婚期定在了中秋节前。"

郁棠趁机和她说起京城是怎么过冬来,费老夫人或许是觉得她太年轻,照着自己管家的经验,指点起郁棠来。只要不说费家的那些内宅的事,郁棠都愿听。她松了口气,陪着费老夫人说了会话儿。

费老夫人对她的印象就更好了,回去的时候对秦夫人道:"我觉得裴家不错。不说别的,就这挑儿媳妇的眼力就挺好。"还感慨道:"我和裴夫人年轻的时候也曾经在京城里见过一面,我当时觉得她性格太强了,以后说不定要吃亏的,谁知道吃亏的却是我。可见有些事,她比我厉害,比我有眼光啊!"

秦夫人想到丈夫和自己说起裴家婚事时犹豫的神态,不由得道:"那您觉得裴家的五小姐如何?"

"郁氏是裴家的宗妇吧?"费老夫人道,"她只比裴家的五小姐大几岁,有这样个明事理的亲家,就算裴家五小姐有什么不足,娘家的长辈也会帮着规劝管束的;何况裴家的教养在那里,就算是差又能差到哪里去呢?"

秦夫人觉得有道理,就有点急着想把这件事定下来。端午节过后,还让人送了些新麦过来给裴家的女眷做凉面。

正巧金嬷嬷这边该打听的也打听清楚了。

秦大人估摸想再进一步,所以不管是对秦夫人还是几个孩子都管教得挺严格的。这种严格还不是生活上的俭朴,而是做人做事方面。秦公子读书虽不是一等一的聪明,却稳重大方,学业刻苦,对待家中的弟妹也很照顾,秦家上上下下说起这位大公子,都很敬重。

二太太听得眉飞色舞,迭声道:"这样好!这样好!"说完又有点不放心,问郁棠:"你觉得如何?"

郁棠也觉得不错。

二太太这才落下定来,就商量裴宣请秦夫人来家里做客。

裴宣也有自己的办法,打听到秦家的家风很不错,不仅同意了,还建议把秦家的人都请过来:"他们家在江浙做过官,我们是江浙人,走近点也无妨。"还让裴宴把时间也空出来:"你也参加。"

这几乎就算是最后的相看了。若是两个孩子没看对眼,这件事就当没发生;若是两个孩子看对眼了,秦家请人来提亲的时候,裴家也就不会扭扭捏捏地说要考虑了。

很快两家人就安排了宴请的时间,是个两位侍郎大人都休沐的日子。

郁棠和二太太为了这天准备了好几天,就连用什么颜色的碗筷,二太太都纠结了良久,顾曦还是有一次到公中的库房里借做点心的模具,这才知道裴家要请秦家的人上门做客。

她直皱眉。郁棠并没有提前告诉她。

她回去之后就有点不高兴，还是她的乳娘劝她："知道了还得去打下手，打了下手还没人说个好。能不去不是正好吗？不用生气。"

顾曦心里这才好受了一些。

郁棠和二太太肯定不能忘了她，但没想过让她知道请客的真正目的，也就没有请她去帮忙，直到请客的前两天，才告诉了她一声。

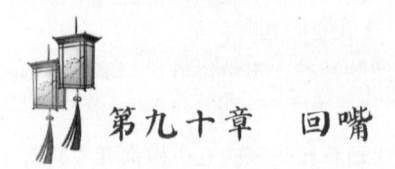

## 第九十章　回嘴

到了请客的那天，顾曦好好打扮了一番，早早地就去了二太太住的正院。

二太太正和金嬷嬷交代事情，看见她过来，匆匆忙忙地和她打了一个招呼："你过来了！阿丹还在房里梳妆打扮，你要是无聊，就去她房里坐坐，你们说会儿话。"然后继续和金嬷嬷说着话。

顾曦左右没有看见郁棠，还想问问郁棠的行踪。二太太这么一说，她反而不好说什么，只好去了五小姐那里。

五小姐还懵懵懂懂的，不知道今天为何宴请秦家，只是乖巧地听母亲的话，好好打扮，好好地和秦家的人相处，做个大方热情的东道主，别让人小瞧。因而顾曦过来的时候，她正郑重地在挑选等会儿要穿戴的衣饰。

顾曦看了不免替她着急，道："这都什么时候了？秦家的人随时就会到，你怎么还没有穿戴好？"

五小姐脸一红，低声道："我昨天选了件淡绿色的衣裳，可今天早上起来一看酒宴设在了花厅，我只好重新换件衣裳。"

花厅那边多种的是树，这仲夏的季节，绿树如荫，再穿个淡绿色的衣裳，人都看不见了。

顾曦叹气，道："就算宴席不是摆在花厅，这个时节穿绿色肯定也是不合适的。你准备换哪件衣服，最好是鹅黄或银红，粉红也不错。天气这么热，首饰上也简单些的好。"

五小姐连连点头，在顾曦的参谋之下重新换了身打扮，二太太身边的嬷嬷就来催了："三太太过来了。大少奶奶和五小姐也赶紧过去吧，秦府的人应该快到了。"

顾曦和五小姐去了厅堂。

郁棠依旧穿了银白色的褙子，不过这次穿的是细条纹纱，莲子米大小的珍珠扣子，通身都没有戴什么首饰，只在如云青丝间簪了一排茉莉花，走近了，能闻到淡雅的香味，清新而素雅；可她那乌黑的眉，白净的面孔，红润的唇又偏偏生出一份让人说不清道不明的艳丽来，吸引人看了她一眼又一眼。

她正在和二太太说话。

顾曦心想，郁棠自在江家喜宴上穿了白之后，已经穿了好几次白了，难道她觉得她很适合白色吗？

她和五小姐上前给二太太和郁棠问了好。

郁棠觉得顾曦妆扮有点过分了。这么热的天，还穿了件茜红色镶黄色折枝花襕边的杭绸褙子，颜色太多，让人看了觉得累。和她梦中差不多，没什么太大的变化。也许顾曦就喜欢这样的打扮吧！

她笑着和顾曦打了招呼，还问五小姐："你昨天晚上睡得好吗？我前几天得了一种熏香，说是可以杀死虫子。昨天晚上拿出来用了用，效果居然很好。你要不要拿一点试试？"

五小姐连声称好，还抱怨道："也不知道为什么，那些蚊子就是盯着我咬，阿珊就没事。"

阿珊抿了嘴笑。

郁棠则爱惜地摸了摸五小姐的头，对顾曦道："你们去花厅坐会儿吧，秦家的人来了，我再让人去叫你们。"

她和二太太等会儿要去后花园看看，后花园准备了个花棚，昨天晚上去看的时候还没有搭好，不知道今天搭好了没有。

顾曦和五小姐去了花厅。

五小姐就在那里仔细地看着花厅多宝阁架上新陈列上去的一对长约三尺的象牙，还对顾曦道："难道我们家有什么事求秦家吗？为什么这么隆重？"

顾曦也猜不到，但她有点担心。杨家让她带了话过来，裴家却风平浪静，好像没有听懂似的。也不知道裴家有什么打算，她是不是要去问郁棠？想到她要对郁棠说敬语，她心里就非常不舒服。

只是没等到她和郁棠碰面，有小厮满头大汗地跑了进来，问："二太太和三太太呢？"

难道是秦家的不来了？！

顾曦猜测，就随口问了一声："你这么急，出了什么事？"

小厮见是大少奶奶，忙道："杨家的大太太过来了，没有请帖……"

今天主要是宴请秦家，杨家不请而来，是巧合还是有意而为？

顾曦很后悔自己刚刚搭了话，忙道："二太太和三太太去了后面的花园。"

小厮一溜烟地跑了。

五小姐不解地道:"我们今天也请了杨家的人吗?"

应该没有。

但杨家是裴彤的外家,说出来顾曦也没什么面子。她就含含糊糊地应了一声。

谁知道五小姐拉了顾曦:"我陪你一道去迎迎杨家的人吧!来的都是客嘛!"

望着满屋的丫鬟、婆子,这下子顾曦不去都不行了。

顾曦在心里骂了杨家几句,硬着头皮去迎接杨家的人。

杨家的大太太下了马车,就站在裴家的大门口等着。

裴家的守门的看了十分忐忑,让她进门吧,没有请帖;不让她进门吧,她都不管不顾地抛头露面了。

守门的只盼着裴家的女眷快点来,是谁都行。

可顾曦实在是不想出这个风头了,和五小姐慢腾腾地走着,还道:"我们要不要等等你母亲和三叔母?"

五小姐不知道杨家为什么没有接到帖子也会过来,可在她心里,请客是要一心一意的,今天说是请的秦家的人,可还请了费夫人和殷太太作陪,和这些人家都没有什么来往的杨家这个时候出现就不太合适了。

她道:"万一碰到了秦家的人多多少少有些不敬。"

顾曦想到她上次去杨家时杨家人说的那些话,她额头冒出汗来,急急忙忙地道:"那我们快点过去。"要是杨大太太是来闹事的就麻烦了!

她拉着五小姐就往外跑。五小姐差点把头上戴的金簪掉在地上。她们见到杨大太太的时候不免有些气喘,让人请了杨大太太进来。

杨大太太见到这两个颇有些惊讶,道:"你们府上的二太太和三太太呢?"

这就是不想和她们说话的意思。还不是因为她们都不是能当家做主的人。

顾曦觉得杨大太太肯定是有目的而来,她忙笑道:"我们家两位太太都在后花园,我们在前厅,她们肯定没有我们来得快。您快进来,到我屋里去喝杯茶吧!"

杨大太太想了想,笑着应了,和顾曦、五小姐一起进了垂花门,往顾曦住的地方去。

顾曦朝五小姐使了个眼色,在甬道岔口对五小姐道:"你去跟二叔母和三叔母说一声,就说杨大太太在我那里,免得她们去大门口扑了个空。"

五小姐应诺,一溜烟地跑了。

杨大太太看着冷笑,对顾曦道:"没有看出来,你还真把自己当成了裴家的大少奶奶!怎么,我听说裴家今天宴请秦夫人,你匆匆忙忙的,这是怕我不请自来,打扰了你们家的雅兴吗?"

顾曦从前也受过这样的气,可那都是她嫡亲的长辈,曾经教导过,也曾经养育过她,杨大太太这种还要求着裴家的姻亲,凭什么给她脸色看!她恨不得一个巴掌扇过去。

但她还是忍住了，笑道："大舅母说哪里话？我这里乱得很，平时请您来都请不到，您今天好不容易过来了，我欢喜还来不及，哪里就说得上打扰？只是我想着呀，您毕竟和我们家最亲近，这才想着请您去喝杯茶的。"

她做出一副"看来我还是高估了自己"的模样，有些不安地望着杨大太太，道："要不，我们去花厅等两位太太吧？那里是招待秦家的地方，两位太太离那边也近一些。"

杨大太太的确是来吵架的，可却不是来拆伙的。

她似笑非笑地望了顾曦一眼，道："没看出来，你还是个挺有主意的人。"说完，也不管顾曦是什么反应，继续道："既然如此，我也就不拐弯抹角的了，你们家今天必须给我一个交代，否则我们就闹到金銮宝殿去，看看谁没脸，看谁被士林所唾弃！"

真是倒霉！顾曦在心里腹诽着，面上却不显，依旧温婉端庄地道："大舅母，您说的话我都一五一十地告诉了郁棠。怎么，她这段时间一直没有什么动静吗？"

要不然她怎么会不顾体面地找上门来！

杨大太太老脸一红，不得不承认："不仅她没有给我回复，就是裴府的两位老爷也没有给我们家回复。那个郁氏，到底把你的话听进去了没有？你是怎么跟她说的？"

裴家做下的这桩事，满门抄斩都有可能，裴家怎么会像没事人一样，根本没有动静？顾曦还真没有料到裴家会晾着杨家，这样没问题吗？她都有些慌张起来，道："大舅母，我们屋里说话。"

杨大太太见她不似作伪，满腹困惑地跟着顾曦去了她住的地方。

裴彤不在家。

杨大太太坐下来，等小丫鬟上了茶点退下之后，她不由道："阿彤这些日子都是在做什么？怎么也没有到我们那里去？"

顾曦忙道："我阿嫂请了殷大人帮着指点相公策论，相公这些日子常在殷府做客。"

殷明远的文章是出了名的好，杨大太太就是心有不满也说不出什么来。

她皱了皱眉，道："还是要看到时候是谁主持大比，多请教几位鸿儒更好。"

顾曦笑道："我阿兄也是这么说。所以有时候会带着他去翰林院走动走动。"

杨大太太无话可说。

有小丫鬟跑了进来，道："三太太过来了。"

杨大太太和顾曦不由得站了起来。

郁棠笑盈盈地走了过去。

大家见了礼，重新坐下来，小丫鬟上了茶点退出去之后，关了门，郁棠这才笑道：

"不知道大太太今天过来是有什么要紧的事？家里请客，一时间也没有照顾到，还好大少奶奶是个精细人，请了您过来喝茶，不然可真是怠慢了您了。"

这话听着客客气气的，可来的人都碰到了家里请客，却也没有说邀请去坐一坐，吃个饭的意思，就差指名道姓地说她来得不是时候了。

杨大太太脸色一变。

顾曦却不想她们在自己这里闹起来，忙笑道："大舅母难得来一趟，怎么也要到我屋里来坐坐，不然相公知道了，肯定会说我不孝顺长辈，不懂礼数的。"说完，叉了一块苹果递到了杨大太太的手边："您尝尝，前两天山东烟台那边送过来的，说他们家还产贡品。二太太让人送了一篓过来，我尝着不比那贡品差。您要是也觉得味道不错，我让人送点过去，给外祖父、外祖母和几位舅舅、舅母也尝尝。"

这是要堵住她的嘴的意思吗？杨大太太恼火地想，却也不好这个时候和裴家的人撕破脸，只得忍气接了过去。

顾曦就朝着郁棠使眼色。如同梦中，她在外人面前不阴不阳地诋毁了她还要让她低头认错时的场景一模一样。

郁棠不由笑了起来。顾曦既然这样喜欢显摆，那就让她去显摆好了，反正她和二太太都不喜欢抛头露面，就算她在外面再怎么折腾，轮到拍板决断的时候，别人还是得来问问二太太或是她的意思。那就让她去上蹿下跳好了。她只需要在自己觉得好的事上点头，不好的事上摇头就是了。郁棠相信以顾曦的聪明，也不会做出损害裴家利益的事来。她就朝着顾曦点了点头。

顾曦松了口气。郁棠是个没有什么眼力的人，她很害怕郁棠这个时候说出什么不得体的话激怒了杨大太太，两个人在这里就吵了起来。一边是她的夫家，一边是她婆婆的娘家，她站哪一边都不好。

她就想敲打敲打杨大太太，趁机道："说起来也挺有意思的。二叔父不过是刚刚接了山东布政使的官印就被调任到京城来了，在山东只待了不到十天。山东的那些官员都没有认清楚，他们就把二叔父当成了曾经在山东任职的布政使，常常送些特产来不说。来京城办事的官员也常常来拜见二叔父，我们还挺不好意思的。"

这是在炫耀吗？杨大太太脸上的笑都挂不住了。他们杨家过得水深火热，凭什么裴家就像没事人一样，还继续享受着众人的吹捧？

她说话的声音都有些尖锐起来："常言说得好，人走茶凉。你们家二老爷是升职，又不是免职，别说只是在山东待了十天，就算是一天没待，挂了个名儿，人家山东的那些官员也不敢马虎你们家二老爷。说不定，别人还庆幸，有这么一个人给他们攀高枝呢！"

你知道就好！顾曦笑眯眯地望着杨大太太，道："您说的也是。现在的人，太会钻营了。没有关系都要扯上关系，何况是有点关系的？所以二叔父叮嘱二叔母，那些送东西来的，要是觉得好，就留下，给人家算钱。若是觉得用不上的，不好的，就直接退回去。可惜山东那边送来的都是好东西，只能全拿钱买了。好歹不用我们自家到处找，也算是省了我们家的大麻烦了。"

那语气，那样子，好像她才是这个家里的当家主母似的。杨大太太在心里冷笑着，看了郁棠一眼。

谁知道郁棠像没有什么感触似的，笑呵呵地坐在旁边，就看着顾曦在那里说这说那的。

小门小户人家出身的，就是这样，连句话都听不懂。杨大太太在心里骂了几句，忍不住道："那岂不是山东送来的东西都是送给二太太？这钱也是二太太出吗？"

当然不是。大家都沾光吃了东西，怎么还能让二太太出银子？特别是二老爷的俸禄很低，等同于没有。郁棠才不上了那当！

她笑道："我们也想跟着沾沾光，可不是占便宜！这银子怎么能由二太太出呢！"然后她话锋一转，再次问起了杨大太太的来意："您今天突然过来，是不是有什么急事？"

郁棠已经猜到杨大太太为何而来，她想快点打发了杨大太太，毕竟五小姐那边才最要紧，况且她已经问过裴宴了，他们裴家和杨家是不可能和解的，到时候肯定会翻脸，这个时候得罪人还是以后得罪人，也没有什么区别。

杨大太太果然不再去纠结那些细枝末节，喝了两口茶，深深地吸了几口气，平复了心中的那些不满，这才笑着道："还不是上次请大少奶奶带话回来的那件事。我知道，裴老安人不喜欢我们家小姑子，可有些事，不是喜欢不喜欢的，最要紧的是看现在的形势。三太太不懂这些，三老爷肯定懂。我是觉得，有些事若是让老爷们针尖对麦芒起来，就没了个回旋的余地了，不如我们这些内宅的妇人先议一议，让两家的老爷知道有这么一个事，再说起来，就好做决断多了。要不然，也不会是我出面来说这件事了。"

郁棠揣着明白装糊涂，一副恍然大悟的样子点着头，道："原来如此。我之前还在想，我婆婆已经发了话，您还让我们这些做媳妇的当家做主，这不是为难我们吗？原来只是让我们带话啊！"

杨大太太听这话说得像个不懂事的小孩子，气不打一处来，不禁瓮声瓮气地道："那你是怎么跟三老爷说的？"

郁棠睁大了一双黑白分明的妙目，道："我还没有跟三老爷说这件事啊！"

"什么？！"杨大太太气绝。她到底知不知道这件事有多重要？她要是不跑这一趟，是不是他们杨家还像之前那样继续坐在家里等着这边的消息？难怪裴家完全没有动静。

她顿时厉声道："这么重要的事，你怎么能不跟三老爷说？你知不知道你都干了些什么？这要是紧急军情，你早就被斩首十八次了。"

郁棠不以为然。听听这口气，不知道的还以为她是杨家的媳妇、小辈呢！她不过是习惯性地待人先礼后兵罢了，杨大太太还把她当成软柿子了，想捏就捏！

郁棠的模样就更无辜，委屈道："大家都知道我婆婆反对这件事，您让我怎么跟三老爷说啊！我还和二太太商量过这件事呢，二太太也不敢去跟二老爷说。照我看，这件事要不就这样算了，要不就您亲自去跟三老爷说去。"

杨大太太气得浑身发抖。裴宴娶的是个什么玩意儿？她去跟三老爷说？杨家的男人都死光了不成！说不定裴宴还觉得他们杨家瞧不起他，高高在上地瞧不起裴家，派个内宅妇人去跟他说这些事呢！

杨大太太气结，道："你就照实说不就行了。不过是让你传个话，又不是让你拿主意。"

郁棠看到她脸都青了，心里非常痛快，继续装模作样，道："我这不是怕三老爷不高兴吗？"说到这里，她把目光落在了旁边一直没有吭声的顾曦身上："要不，大少奶奶亲自去跟二老爷说吧！二老爷的脾气好，大少奶奶也比我会说话，还不会话传话，把话传变了。"她说着，击起掌来，好像觉得这主意非常好似的。

杨大太太愕然，可愕然过后，又觉得这个主意的确不错。这样既避免了和裴宴直接对上，又能让裴家兄弟知道事情的重要性。

她望着郁棠一脸无忧无虑的脸，五味杂陈，道："那你知不知道这件事有多重要？"

郁棠语气欢快，笑道："之前我们在昭明寺的时候就有人说那二十万两银子只有裴家能拿得出来，可后来大家不也说清楚了，这件事与裴家没有关系。说不定是你们杨家弄错了呢！我相信这件事与裴家没有关系！"

那坚定的语气，让杨大太太彻底没有了脾气，觉得跟这样的人说话，真是心累。

郁棠看着事情差不多了，忙站了起来，对顾曦道："杨大太太难得来一次，今天的宴请你就别参加了，好好招待杨大太太。我就不陪着了。杨大太太您今天就留在这里用午膳吧，我到时候跟厨房的说一声。"说完，抬脚就往外走，连个推辞的机会都没给杨大太太和顾曦。

顾曦皱了皱眉头，却只能留在这里款待杨大太太。

她总不能把杨大太太带到正院那边去，万一杨大太太不管不顾地说些对裴家不利的话，他们裴家的脸上也不好看。

"大舅母，"她笑着亲自给杨大太太续着茶，"我记得之前相公说您和我婆婆一样，最喜欢吃酥皮鸭了。我记得今天厨房是有这道菜的，您先坐会儿，我这就叫荷香去趟厨房，还让他们做点豆腐丸子，炸小黄鱼……"说着，就高声喊了荷香进来，叮嘱了一番。

杨大太太当然不是来吃饭的，但郁棠的提议的确让她心动。

裴家虽然是裴宴为宗主，但官做得最大的却是裴宣，而且二太太比郁棠年长，又出身耕读世家，肯定也比郁棠能干。她当初之所以舍了二太太而让顾曦给郁棠带信，也是这个原因——觉得郁棠不管从哪方面来说都不如二太太，有些欺负她无知的意思。可没想到郁棠无知到这个地步，杀家抄家的大事，在她的眼里也不过是件微不足道的事。早知道这样，还不如跟二太太说呢！

再就是杨家的事现在还捂着，但也捂不了两天了，她也想探探裴彤的口气，关键的时候，看他会不会帮衬杨家。

要是裴彤心里只有裴家没有杨家，那这个外甥他们也不用认了，反正是白眼狼，锦上添花可以，雪中送炭却不能，这样的外甥要了有什么用？

杨大太太在心里琢磨着，也就没有和郁棠计较没有让她做陪客的事，反而觉得这样也挺好，她正好安静地和裴彤说些正事。

郁棠从顾曦这边出来，客人都已经到了。秦夫人除了儿子，还带了女儿和秦小姐过来；费老夫人则带了舞勺之年的一个孙子过来；徐萱拉了自己的小姑子殷氏过来，二太太和五小姐作陪，大家正在花厅里喝茶说话。

郁棠一进门就笑着赔不是："刚刚去厨房里看了看，过来晚了，还请老夫人和秦夫人多多包涵。"

费老夫人呵呵地笑，说着"哪里"，客气了几句，介绍她的孙子说是她二儿子的次子，书读得不错，这次过来想跟着费质文读书。裴家"一门三进士"，在京城是出了名的会读书的人家，今天趁这个机会带她这孙子过来认认门。

应该是怕秦大公子不自在，特意带过来陪秦大公子的吧？

郁棠笑着热情地招呼小费公子喝茶，目光却落在了站在秦夫人身边的秦大公子身上。

从秦小姐就可以看得出来，秦家出美女自然也出俊男。

秦大公子看着和秦夫人没有半分相似的地方，和秦小姐居然长得有三四分相似，都高鼻梁，大眼睛，白皮肤，相貌十分出色，气质也很好，温润有礼，一看就是出身世家的读书人。

至于秦大公子的胞妹秦大小姐，和秦小姐长得更像，十岁的女童而已，却已看得出来长大以后会是个不输秦小姐的美人了。

秦夫人有三子一女，不知道其他的两个儿子是不是也和秦大公子一样，更像秦家的人，也长着一副好相貌。

郁棠抿了嘴笑，对秦大公子的印象很好。她朝二太太望去。

二太太已经一副未来丈母娘的眼光了，不仅十分满意，高兴都已经全摆在脸上，嘴角都有些合不拢了，热情地对秦大公子和秦大小姐说："都坐，都坐。不用那么客气。我和阿丹她三叔母都不是那苛刻的人，你们也随意些。"

秦大公子兄妹看了母亲一眼，见秦夫人微微点头，这才红着脸坐了下来。

郁棠就问起了秦大小姐日常的起居。

秦大小姐显得有些腼腆，轻声细语地回答着郁棠的提问。

郁棠就更喜欢了。

五小姐也是个内向的性子，若是小姑子太闹腾了，五小姐未必能和小姑子说到一块去。

当然，小姑子过几年就要嫁人了，各过各的，有时候还指望着娘家的哥哥嫂嫂给撑腰，但姑嫂要是能处得来，岂不是更好？

郁棠就笑着对秦夫人道："没想到贵府的小姐和我们家阿丹一样，都是那温顺恭逊之人。"说完，她飞快地睃了秦大公子一眼。

秦大公子正偷偷地打量着五小姐，五小姐则对此一无所知，还有些稚气地对秦大公子像打招呼似的笑了笑。秦大公子顿时低了头，不敢再看五小姐一眼，耳朵也红通通的，颇有些孩子气，但也让人觉得有些可爱。

郁棠眼角眉梢都染上了笑意。

秦夫人也看到了儿子的模样，觉得这事十之八九能成，也欢天喜地的，道："她就是太内向了些，我怎么说也改不了。又想着她还小，也就没带她出来走动。"然后对女儿道："今天既然认识了五小姐，以后再出去，就带着你一道，你也有个做伴的人。"

五小姐在裴家的小姐中排行最末，都是别人照顾她，她还从来没有照顾过别人。闻言不由得蠢蠢欲动，小心翼翼地看了二太太一眼，道："姆妈，后花园的石榴花、月季、蝴蝶兰都开了，我带妹妹去看看吧？"

午膳还早。费老夫人就笑道："那就一起去看看。我早就知道二太太的花养得好，今天得去开开眼界。"

坐在这里，都没有机会说话。

二太太忙站了起来，笑道："哪里是我的花艺好，是我婆婆的花艺好。我们妯娌两个都是跟她老人家学的，这边的花园更是我弟妹布置的。我也就跟着看花开了，去掐两朵插瓶罢了，可不敢当您这样的夸奖。"

费老夫人觉得裴家的两个媳妇包括顾曦这个孙媳妇都挺会说话的，而且也还都识大体，不由笑道："我记得大太太只有两个儿子，小儿子说了亲没有？"

裴绯的婚事不好办。一是裴宥这一支在宗房有点尴尬，其次是裴大太太有自己的主意，未必会和裴家一条心。这要是费老夫人给裴绯保媒就麻烦了。可费老夫人的身份地位又摆在这里，拒绝了也不好。二太太一时不知道说什么好，求救般地瞥了郁棠一眼。

郁棠和二太太想到一块儿去了，看见二太太的眼神，没有多想，立马笑道："我们都是小的，二公子的婚事，得问我们大嫂。"

这就是她们妯娌都不能当家的意思。

费老夫人觉得这也是人之常情，没有多问，笑着由孙子扶着，往后面的花园去。

殷氏一直没有吭声，扶着徐萱，支着耳朵听着。

五小姐倒和费大小姐玩到了一块儿。两个人低声说着话，十分和谐的样子。

秦小姐扶着秦夫人，秦大公子则跟在她们的身后，不时看一眼五小姐，脸上的红云一直没散。

郁棠觉得很有意思，待送走了家里的客人，和裴宴说起这件事来，道："秦公子的相貌极其出众，我还怕秦公子瞧不上我们家阿丹。没想到秦公子对阿丹还挺殷勤的，下午他们一起去后花园钓鱼了，据说秦公子一直在帮阿丹挂鱼饵，回去的时候还让自己的妹妹请了阿丹去家里做客，我看这门亲事十之八九会定下来了。"

裴宴听了直皱眉，道："男子要讲建功立业，长得好看有什么用？还是要看看他的学问怎么样！"

郁棠笑道："过几天费老夫人请我们去他家里玩，你也过去呗！趁机可以考考费大公子的学问。"

因为今天是大家第一次见面，看不看得中还不一定，裴家和秦家的男子都没有参加。

之后郁棠说起了杨大太太的事："不知道是觉得我说的有道理还是有其他的原因，她在大公子那里用了午膳之后，一直等到大公子回府，两人说了半天的话才回去。杨家的事，你是怎么打算的？你不跟我说一声，我也不知道如何是好。"

裴宴听着脸色就有点不好看，道："倒不是我不想告诉你。顾朝阳的意思，一棒打死，一了百了。我却觉得不好。光脚的不怕穿鞋的，与其让他们无所顾忌，还不如留了一线生机给他们，让他们为了那一线生机不敢随意乱动更好。现在就是博弈，看谁先沉不住气了。今天是杨大太太找上门来，下次估计就是杨家的人找上门来了。"然后有些促狭地捏了捏郁棠的面颊，笑道："你今天答得就很好，以后再有人问你什么，你就像今天似的应付他们就行了。"

他不想把郁棠牵扯进来。哪怕是传话，他也不想。他喜欢郁棠每天欢欢喜喜的，只用为怎么拒绝徐氏的那些无理要求而苦恼。其他的事，有他就行了。

郁棠笑嘻嘻地打落了裴宴的手，道："我觉得你说的有道理。狗急了还咬人呢！但杨家到底捏了我们家什么把柄，你知道吗？"

"不知道！"裴宴不以为意，道，"我猜不过是些书信、账册之类的。不管是什么，真要上了大堂，总是有办法自证的，要紧的是皇上会相信谁。"

两人正亲亲热热地说着体己话，青沉在门外禀道："三老爷，三太太，大公子那边……吵起来了。您看，您要不要过去一趟。"

裴彤和顾曦吗？以这两人的性子不应该会闹得这样子，让家里的长辈都知道才是。

郁棠喊了青沉进来，道："知道是怎么一回事吗？二太太那边知道了吗？"

青沉摇头，道："不知道是为什么事。是大少奶奶身边的荷香，说大公子把家里的东西都砸了，要请您和三老爷过去给大少奶奶主持公道呢！"

顾曦素来最要面子，这其中不会有什么阴谋诡计吧？

郁棠道："荷香呢？"既然让他们去主持公道，怎么都要问清楚是怎么一回事吧。

青沉道："红着眼睛跟我说一声，说还要去请二老爷和二太太，我没好拦着她细问。"

郁棠和裴宴住得离顾曦他们更近一些。郁棠望着裴宴。

裴宴脸色不好看，语气生硬地道："我们去和二兄商量商量。"

他们去管这闲事，他和郁棠就跟着过去看看；他们要是不管，他和郁棠也就不去了。

尽管如此，裴宴还是很不满意，道："年轻夫妻，哪有不置气的，犯得着有点什么事就找长辈出面吗？"

说得他们好像不是年轻夫妻似的。

郁棠强忍着笑，和裴宴往裴宣那里去。

半路上，他们遇到了行色匆匆的裴宣两口子。

裴宣开口就是抱怨："你说，我们家这么多人，谁刚刚成亲就吵架的？还好是在京城，要是在老家，岂不是让其他房头的叔伯兄弟们笑话！"

二太太则担忧地道："弟妹，你可知道他们为何吵架？"

"我们也是刚得了信，"郁棠忙道，"还想问问你是不是知道些什么呢？"

二太太摇头，挽了郁棠的胳膊，道："我们还是快点去看看吧！这要是传了出去，可太丢人了！"

郁棠也觉得。特别是在裴家正和秦家说亲的关键时候，要是传出侄儿与媳妇不和，别人还以为他们家的人都面子情呢！

四个人疾步去了顾曦那里。

她也算有眼力的，院子里静悄悄的，只留了个守门的婆子，还是她的陪房，裴家跟过来的人全都被打发回自己屋里去了。到了正厅，顾曦的两个陪嫁小丫鬟正轻手轻脚地打扫着被砸了的厅堂，裴彤垂着头，衣饰倒还整齐，神情却很是狼狈地一个人坐在中堂下的太师椅上。

听到动静，他抬起头来，脸顿时通红，冲着内室的方向高喊了声"顾曦"。

难道顾曦去请长辈他不知道？郁棠想着，就看见裴彤满脸羞愧地走了过来，给他们行礼，低声地喊着"二叔父""三叔父"。

平时待人很是和善的裴宣此时却板着个脸，非常严肃的样子，一声不吭地坐在中堂左边。

裴宴也没有吭声，面如锅底，坐在了裴宣的右边。

裴彤站在那里，嘴角翕动，一副手足无措的样子。

郁棠寻思着自己坐哪里好，二太太却看了裴彤一眼，低低地叹了口气，悄声提醒他："顾氏呢？你去叫了她出来吧！你二叔父和你三叔父既然来了，肯定会帮你们把事情解决了的。"

裴彤小声应诺，进了内室。

不一会儿，内室就传来两声含糊不清的争执。

裴宴挑了挑眉，指了自己的下首，对郁棠道："你也坐下来吧！看来这不是一时半会儿的事。"

郁棠自然是听裴宴的安排。

二太太就坐在了郁棠的对面，并且吩咐还在屋里打扫的丫鬟："你们先退下去吧！送两杯茶上来。"

两个小丫鬟如释重负，恭身应"是"，立马退了下去，上了茶点进来，又逃也似的出了厅堂，还带上了厅堂的门。

二太太不知道是想为顾曦说话，还是看裴宣两兄弟的脸色太难看了，笑道："这顾氏身边的丫鬟倒还真不错，知道轻重缓急，这就比什么都好。"

裴宣闻言面色微霁。裴宴却依旧是张阎王脸。

裴彤和顾曦一前一后地从内室走了出来，给裴宣和裴宴几个行了礼。

裴宴没有说话，裴宣肃然地问他们："到底是怎么一回事？我们人也来了，你们说说好了。"

裴彤喃喃地说着"就是两人意见不合"或是"没想到会惊动两位叔父""都是我的错"之类的话，至于为何会吵起来，半晌没有说出个所以然来。

站在一旁的顾曦沉默冷静地听裴彤说着话，见裴彤说来说去都不提两人之间的矛盾，她不由得冷笑一声，打断了裴彤含糊不清的说辞，道："二叔父三叔父，事情是这样的。今天大舅母过来做客，说起想和我们家联姻的事。我想着，我们左有两位叔父，右有我婆婆，这件事怎么也轮不到我们做主，我们做小辈的，听长辈的就行了，我就一直没有表态。谁知道相公回到家里，听了大舅母的一番话，却答应大舅母出面，帮着撮合两家的婚事。大舅母一听，当然是高兴得不得了，我却觉得相公不应该插手这其中的事，只是当着大舅母的面，不好说什么。等大舅母走了，我就委婉地和相公说起这件事，让相公别麻烦两位叔父了，过几天去跟大舅母说一声，就说这件事想来想去，我们做小辈的不好插手。谁知道他就发起脾气来，指着我的鼻子说我逢高踩低，趋炎附势，总想着攀高枝，瞧不起他外祖父家里。

"我辩了半天也和他说不通。

"我就想着，那就请二叔父过来给我们评评理。"

她没想过告诉裴宴两口子。不知道荷香是不是没有听明白，还是慌里慌张地和裴宴也说了一声。

她当初以为自己嫁给裴彤也不错——裴宴绝了仕途，裴彤却如朝阳，说不定哪天就考了出去，以后裴宴做裴宴的田舍翁，她做她的官太太，和裴家也算是相安无事。

不承想裴彤学识是好，却也愚孝。明明知道大太太做得不对，不忍心说就算了，关键的时候，还是看在母亲的分上，宁愿委屈自己，宁愿委屈她。

裴彤要给杨家殉道她管不了，可想让她也用自己的肩膀顶着杨家上位，那是不可能的。

顾曦的神色越发冷峻了，道："杨家为什么要和裴家联姻，说白了，不过是想把两位舅老爷从泥沼中救出来。亲戚之间相互帮衬原本就是应该的，可又不是没有方法解决，为何一定就要联姻呢？二叔父帮着把杨家两位舅舅救出来就不行吗？他们杨家当初站孙家的队的时候可没有和我们家商量。现在出了事，我们家愿意兜着还不行，还要把我们家的姑娘嫁到他们家去？祖母明确反对，我们还要这么做，我长这么大，还从来没有看见过这样的不肖子孙。你居然还有脸指着我说我不肖。这个帽子我戴不起，不请了家里的长辈来说清楚，我以后如何撑直了腰杆做人！"

大家的目光全都落在了裴彤的身上。

他气得发抖，嘴角哆嗦了半天，才咬牙切齿地蹦出几句话来："你刚才是这么回答我的吗？你别避重就轻！既然敢告状，就要说实话。"

众人的目光又落到了顾曦的身上。

顾曦背脊笔直地站在那里，面孔白得仿佛素缟，她无畏无惧地道："是，我原话不是这么说的。我原话是问相公，为何一定要联姻？难道他觉得只有和杨家再结一门亲事，才能抚平他没有娶杨氏女的遗憾不成？"

郁棠看着这样的她，突然想到梦中，李端觊觎她的事败露之后，顾曦第一次来找她时的样子。也是像这样，身姿挺直，像一棵白杨树似的，脸上带着破釜沉舟的决然。难道这次，裴彤也辜负了她不成？郁棠不由紧捏了帕子，目不转睛地望着裴彤。梦中，顾曦和李端还过了四五年恩爱甜蜜的日子。

可现在，顾曦嫁给裴彤还不到一年。

裴彤脸更红了，道："二叔父，三叔父，她这不是胡闹吗？我若是真的想再娶杨氏女，又何必答应和她的亲事？我母亲原本就想我娶舅舅家的表妹，只是我不想再沉溺于往日的痛苦中，才不愿意和杨家再结亲的。母亲心疼我，才和顾家说了亲。"说完，他瞪了顾曦一眼，道："你心眼也太小了。你怎么能这样怀疑我？"

"我是女子，维护自己的家庭是天性。"顾曦并不辩解，而是理直气壮地道，"相公既然这么说，我当着两位长辈的面向你道歉。可你也要让我安心，当着两位长辈的面给我保证，以后决不再提和杨家联姻的事。"

这才是顾曦的目的吧！把他们从这件事里择出来。至少要把他们的小家从这件事里择出来。

郁棠恍然大悟,朝裴宴望去。裴宴心有所感,回过头来,看见了郁棠水灵灵的大眼睛。郁棠心里想的是什么,他看得一清二楚。

他朝裴宣和二太太看去。

裴宣皱着眉头,觉得这种事也要吵得让家里的长辈做主,简直是胡闹。二太太则面露笑容,仿佛觉得这样吃醋的顾曦很有意思似的。

还是他们家小姑娘心思灵巧,顾曦的手段没办法迷惑她。

裴宴轻咳了一声。裴彤和顾曦也不吵了,裴宣和二太太也不说话了,大家都望着裴宴,支着耳朵听裴宴说话。

裴宴这才不紧不慢地道:"阿彤,和杨家联姻的事,你现在是怎么看的?"

裴彤十分机敏,立刻道:"自然是听长辈的。"

裴宴淡然地点了点头,道:"我觉得顾氏说的有道理。既然有其他的办法,为何杨家还一定要和我们家联姻?"说完这话,他面露厌恶地撇了撇嘴,道:"阿彤,杨家是你外家,你和你舅舅打断了骨头还连着筋。我看,这件事就交给你好了。你去杨家仔细问问,他们家到底要干什么?如果真的只是想救你两个舅舅于窘境,我和你二叔父想想办法救他们脱险就是了。如果是想利用这件事再和裴家联姻,你也问清楚了,杨家和我们家联姻想得到什么?杨家人在你面前总比在我和你二叔父面前坦然。"

裴彤和顾曦齐齐愣住。

裴宴似笑非笑,道:"怎么?不愿意,还是觉得做不到?"

裴彤低下了头,迟疑道:"不,不是不愿意,我是怕我做不好。"

"怎么会!"裴宴笑道,"顾氏心思缜密,你若是觉得拿不定主意,就和她商量好了。她肯定比你有主见。"这是在夸顾曦还是在讽刺顾曦?

郁棠困惑地眨了眨眼睛。

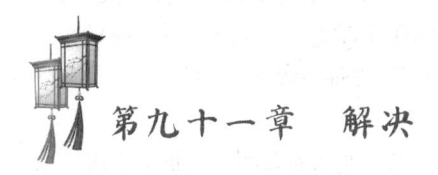

## 第九十一章　解决

顾曦也猛地朝裴宴望去。自从暧昧的表白被拒绝,她一直以为裴宴讨厌她,瞧不起她。没想到,她却在这种情况下得到了裴宴的肯定。她比裴彤聪明?是真的吗?裴宴真的这么认为吗?顾曦鼻子有点酸酸的,心里的主意更正了。

她上前给裴宣和裴宴行了个礼，低声道："不敢承两位叔父这样的夸奖。相公为人耿直，又顾忌着骨肉亲情，只怕没有这个能力为家里办这件事。这件事，只有三叔父亲自出面才能够一语定乾坤，还请两位叔父明察。"这就是不想搅和到这件事里的意思了。

顾曦还是一如梦中那般精明。郁棠在心里感慨。

裴宴却不想放过她。

不管这裴彤和顾曦是真吵还是假吵，杨家用他故去的大哥威胁他们家出手相助，这原本就是件特别让人不屑而齿冷的事。他大嫂一直觉得他们家没有占到裴家的便宜，能有今天，全靠的是她娘家。女人偏向生养自己的人家，是可以理解的。可如果他的两个侄子受母亲的影响，也这么认为，他又何必去养白眼狼。有这工夫，还不如收养几个弃儿或是孤儿，好歹吃了他的喝了他的，知道该给谁办事。

他淡淡地看了顾曦一眼，问裴彤："你可知道杨家为何非要和我们家联姻？"

裴彤当然知道。如果不知道，他肯定不会同意给他大舅母说项了。

原本他是想逐渐疏离杨家的。可杨家的两位舅舅如今身陷囹圄，还拿他阿爹的事胁迫他们家。以他对家中长辈的了解，他二叔还好说，他三叔是肯定不会放过杨家的。他要是不从中说和，杨家的日子只怕是不好过——就算他三叔父迫于一时的压力把他两个舅舅捞了出来，之后也会加倍地报复杨家的，这才是他担心害怕的原因。

可他被裴宴的目光那么一扫，他的心顿时像被一只大手紧紧地捏住了似的，一阵心悸，让他到了嘴边的话都变得吞吞吐吐起来："我，我知道。所以我想劝劝大舅……"

裴宴嘴角轻翘。

顾曦则在心中大喝了一声"不好"。

她趁着和裴彤吵架的机会把家中的长辈弄到这里来，就是想把自己和裴彤择出来。裴彤这么一说，显然是正中裴宴下怀，她的一番苦心算是前功尽弃了。

她转身瞪了裴彤一眼，正想出言相求，不承想向来宽和大度的裴宣却突然"啪"地拍了一下桌子，厉声喝道："阿彤，你看你现在都成什么样子了？我阿兄在世的时候，是这样子教你的吗？这么多年的圣贤书，你都白读了吗？"

众人一下子都被他震住了。

他的脸色铁青，比裴宴的脸色还要难看，横眉怒指着裴彤："杨家是用什么威胁我们？是你爹的事。先不说这件事是真是假，死者为大，你阿爹都不在了，他们还不依不饶地把你阿爹牵扯进来，你觉得这样的人家是个值得来往的人家吗？还是说，你觉得这也没有什么？你不仅没有替你阿爹说话，你居然还要为杨家说和，在你心里，有没有你阿爹？有没有裴家？有没有长幼尊卑？有没有侠肝义胆？这么多年，大嫂一直让你跟杨家的人读书，难道你在杨家学的都是这些？阿彤，你是我阿兄的长子，我们家的长孙。你这次的所作所为，真是太令我失望了！"

都说老实人发起脾气来特别凶残。郁棠这次领教了。裴彤被骂得面红耳赤，半天都没有说出一句话来。顾曦也没敢吭声。

二太太倒是想劝来着，想想自己丈夫的话，又觉得挺有道理的，还想起了婆婆不同意和杨家联姻的事，深深觉得还是婆婆的眼光高明，早早就看出杨家不妥了。平时和大嫂的矛盾，也并不是婆婆挑剔媳妇，实在是杨家的教养不到位。像她，还有弟媳妇，就都和婆婆相处得很好。

想到这里，她看了郁棠一眼。

郁棠正求助般地望着裴宴。

裴宴在心里叹气，只好出面救场，说话的声音也就比刚才柔和了很多，道："阿彤，你们这一辈，你是老大，你是表率和榜样，你怎么做，会影响你下面的兄弟姐妹。这件事，你还是仔细思量思量吧。今天这件事，顾氏没有什么错，你好好给顾氏赔个不是。时候也不早了，我们就先回去了。有什么事，明天再说。"

言下之意，你明天给我答复，要不要帮助杨家。

他说着，朝着裴宣使了个眼色，示意他先离开再说。

裴宣正在气头上，冷哼了一声，站了起来。

裴彤心里也乱糟糟的，闻言低低应诺，送了两位叔父和叔母出门。

路上，二太太不免感慨："大嫂把这两个孩子养成了这个样子，实在是可惜。"

郁棠却觉得未必就一定是大太太的错，要不然杨家怎么会有裴家的把柄呢？

她想到裴宴为这件事四处奔走，杨家要是真不提裴宥留下的东西，只是苦苦相求，就是看在裴彤的分上，裴宴也不可能甩手不管。到时候还是裴宴的事！

郁棠心里就不舒服，忍不住道："大伯在世的时候，两个孩子是长在他身边的吧！就算是送去杨家读书，大伯也应该是同意了的吧！"

她这么一说，二太太还好，裴宴和裴宣两兄弟却是齐齐一愣。

裴宣甚至喃喃地道："当初阿兄在世的时候，阿彤和阿绯都是跟着大兄读书的，是大兄去世后，大嫂才想把他们兄弟送去杨家读书，阿彤和阿绯在京城的时候，并没有跟着杨家的人读书……"

可见影响这两兄弟的并不是杨家，而是死去的裴宥。

接下来的路程，大家都没有说话，气氛也很压抑，兄弟两人草草地说了两句，就在路口分了手。

郁棠就拽了裴宴的衣角，轻声问："是不是我说错了话？"

"没有！"裴宴见郁棠有些不安，轻轻地搂了搂郁棠，还在她额头上亲了一下，这才道，"不识庐山真面目，只缘身在此山中。有些事，只是我们不愿意细想而已。"

想多了，不免会心生恐惧。自己那个光芒万丈，被称为江南第一才子的兄长，可能相信杨家更胜他们两兄弟。否则，杨家哪里来的把柄。

裴宴心里难受，翻来覆去，快天亮也没有睡着。

郁棠也跟着一夜没睡，第二天起来的时候，眼圈都是青的。

裴宴看了心里就更难受了，让青沉拿了个鸡蛋过来，亲自给她敷眼睛。

郁棠握了裴宴的手，温声道："我没事。就算是殷太太过来，我中午也可以睡个午觉。倒是你，今天出门吗？要是没有什么事，就在家里歇歇吧！你不是说，急的是杨家的人，不是我们。大伯就算是留下了证据，杨家也不敢随意地用，否则他们家也逃不脱。"

裴宴今天的确不太想出门，也不想郁棠陷入其中跟着担惊受怕，遂笑："要不，我们出去逛逛吧？说起来，你来京城这么长时间了，我也没有好好地陪陪你。"

郁棠想让裴宴高兴，立马笑着应了，还问他："我们去哪里逛？要带些什么？"

因为临时决定的，裴宴一时也没有想到什么好主意，道："要不，我们就去街上逛逛？给姆妈买点什么东西让人带回去。还有岳父岳母家，还有你大伯父家。"说到这里，也就说到了郁远："这些日子他在做什么呢？我天天不在家，也没问过他。他的生意还顺利吗？"

郁棠笑眯眯地点头。

裴家让他阿兄住在这里，就是一种表态和支持，六部的人多多少少都会看裴家一些面子，彭家干脆就没有推荐福建本地的漆器师傅，秦家的管事甚至去杭州会馆打了声招呼。

"已经报上去了。"她道，"就等礼部那边正式下文了。他就趁着这几天到处拜访这个拜访那个的，说是多认识些人，以后有什么消息也知道得快一些。我瞧着贡品的事还没有正式定下来，就没有特意跟你说。"

"那就好！"裴宴道，"他能自己独当一面是最好的。"否则就算是靠着裴家做生意，别人也会从心底瞧不起你，真正有本事有见识的人一样不屑和郁远打交道，真正有益的消息也就很难传到郁远的耳朵里去，郁远做生意也难以做大做强，出人头地。

两人就你一言我一语地说着去哪里玩。

裴伍求见，说是陶家派人送了帖子过来，想明天来拜访裴宴。

郁棠愕然。

"我还在想，明年万寿节，陶家怎么还没有进京打点呢！"裴宴笑着给她解释，"陶家从前是做杂货生意的，所以海上贸易做得好，那些西洋的自鸣钟、玩偶、香露什么的，几乎全都是他们家的生意。皇上的生辰，谁不想买点与众不同的东西。他们绝不可缺席。"然后他用一种商量的口气问郁棠："要不，我们今天就去陶家的铺子好了？你可以去看看有没有什么好买的。我上次见有人买了玩偶回去送人，你也可以买一个回来！"

"为什么不是你买一个回来送我？"郁棠不满地道。

裴宴不以为然地道："我是觉得那玩偶很诡异，但你向来不按常理出牌，说不定会觉得好。还是你自己去看看好了。免得买回来了，丢也不是，不丢也不是。"

郁棠夫妻两个说说笑笑的，决定提前去拜访陶清。

裴宴让裴伍提前去跟陶清说了一声，然后扶着郁棠上了轿子，去了陶家位于西栅门附近的一家客栈。

陶清亲自在门外迎接他们，还给郁棠带了很多舶来货，其中就有一个约一尺来高的匣子。陶清说，是西洋的玩偶，在广东、福建那边卖得特别好，就给她也带了一个过来。

真是说曹操，曹操就到了。

郁棠笑着道了谢，收下了礼物，想着回去第一个就拆开看看，这西洋的玩偶到底是什么样子。

陶清则和裴宴说起远在江西任巡抚的陶安来："也算是前人栽树后人乘凉了，之前张大人很多没有来得及实施的政令都由阿安帮着完成了。你们去买田庄，也吸引了很多附近的有钱人去置办田产和开垦荒地，帮了阿安大忙了。阿安说，今年若是不出什么意外，江西会是个丰收年。到时候去九边的粮食就更充裕了，他的政绩无论如何也能更进一步；就算今年粮食歉收，我也准备从广州送批粮食过去，让阿安能安安稳稳地把这几年的巡抚做下来。"

等到任职期满，不做个尚书侍郎，也能去都察院或是大理寺做个主官。封相入阁，指日可待。

陶清想想就觉得当初来找裴宴是件极正确的事。他也不由得感慨，对裴宴道："你就准备这样算了？老太爷当初到底留的是什么话？你要是信得过我，就好好跟我说说，说不定老太爷的意思是只让你暂时掌管宗房，等风头过去了再说也不一定。你也别一条道走到黑。"

裴宴道："我若是不相信阿兄，就不会这样带着家里的人来拜访您了。老爷子的确是让我不要再做官了。他觉得我心野，朝堂上又正是多事之秋，怕我年轻气盛，上当受骗，卷入嗣君之争中去。我也觉得老爷子的话说得有道理——我要是在京城做官，就现在这形势，还不知道会得罪多少人呢！"

陶清直呼可惜，又忍不住给他出主意："寓居在京城也不错，好好教导孩子们读书，未必就不能再来一次'一门三进士'。"

裴宴呵呵地笑，不以为意。他和郁棠成亲已有小半年了，郁棠还没有动静，他觉得他们的子嗣可能有点困难。不过，这天下没有十全十美的事。若是有，那肯定是还有大坑在前面等着他。与其不知道会发生什么事，还不如就这样和郁棠慢慢地过日子，孩子该有时自然有，没时也不强求。

他们夫妻能恩爱就是最好的了。

裴宴道："您这次来京城是为了明年的万寿节吗？"

陶清点头，道："想看看有没有什么机会。"然后道："这次利家也来了。他们家是做茶叶生意的，看能不能把他们家的茶送进宫里去。"

裴宴不太关心这些生意上的事，裴家的生意，都是交给大总管来管的。在他看来，他们这样的人家赚钱的门路多的是，犯不着什么事都与民争利。裴宴最多在大总管拿不定主意的时候，帮着决定个章程。

郁棠却在心里琢磨着。她到了京城才发现京城里的人都喜欢喝绿茶。梦中二小姐夫家的茶就成了贡品。只是她不知道是什么时候选上的。要不，她去问一声？但这件事还得和裴宴商量商量，免得她自以为是，弄巧成拙。

他们在陶家用了午膳，下午由陶清亲自陪着，去了陶家在京城的杂货铺里逛了逛。

她看到了西洋的玩偶：

袒胸露背的裙子，瓷烧面孔，眉毛和嘴上的颜色都是涂抹上去的，绿色的眼睛，金色的头发……的确很怪异，但也很少见。

她买了一个。

陶清以为她喜欢，让掌柜的给她包了两个，把铺子里仅有的两个玩偶都送给了她。

郁棠执意要付钱，说这是准备送给朋友的。

陶清笑道："我这次一共才带了五个回来，送礼是很好的东西。难得你喜欢，以我们两家的交情，实在不用这样客气。"

郁棠看了眼裴宴。

裴宴朝着她微微点头。

郁棠笑盈盈地收下，说了通感激的话，想着以后看看有什么适合的回礼给陶家好了。

之后她又挑了些香露、香膏、香粉和宝石饰品，多半是准备送人的。

裴宴没有陪着郁棠逛，而是被陶清拉着，坐在后面的账房继续说着京中的事："听说杨家这次折进去了？你们家有什么打算？要我说，也不能就这样看着他们完蛋，说起来，好歹也是你大兄的岳家。你大兄现在不在了，你就是看在你两个侄儿的面子上，也要伸手管一管。"

裴宴笑了笑，没有说话，低头喝了口茶。

一夜过去了，裴彤还继续在和顾曦斗气，没有理顾曦。

顾曦无所谓。她昨天晚上几乎一夜没睡，想着裴宴和裴宣说的话。

想从这里面把自己这个小家择出来是不可能的了，那就只能让裴彤做选择了。以裴彤的性格，就怕杨家打悲情牌。万一……裴彤站在了杨家那一边，裴家肯定不会放过他们这一房的人。到时候她该怎么办呢？

顾曦去了裴彤的书房，问丈夫："你今天准备什么时候去见两位叔父？"

裴彤脸都变了，尖锐地道："你这是什么意思？催着我表态是吗？你放心，我不会连累你的。就算是要帮外家，也会把你择出去的。"

顾曦很想问一句"你怎么把我择出去"或是"你凭什么把我择出去"，可这样的话一说出口，他们的夫妻情分也就到了头吧？她忍了又忍，最终还是笑道："我要出趟门——殷太太前两天说我泡的泡菜好吃，我送了些给殷太太，准备还拿点去我阿嫂那里。你要是今天早上去见两位叔父，我就改天再去。若是你准备下午去见两位叔父，我就趁着早上没事的时候过去一趟，免得阿嫂知道我给殷太太都送了吃食，却不惦记着她，心里不舒服。"

这些家庭琐事大太太向来不屑，裴宥死后，裴宴又接了手。

因此裴彤觉得自己误会顾曦了，可让他低头向顾曦认错，就想到昨天顾曦的小题大做，他心里还有一口气，低不下头。

顾曦也没想他会给她低头，说来说去，他们也不过是结秦晋之好，相敬如宾就是了。

见他没有回答，她笑了笑，道："那我就先去我阿嫂那里了，我早点回来，我们晚上吃凉面。"不再提去拜访裴宴和裴宣的事。

裴彤松了口气。

顾曦去了顾昶家。

顾昶在衙门没有回来，只有殷氏在家。

顾曦也没有指望能见到哥哥，她把家里发生的事一一告诉了殷氏。

殷氏听了直皱眉。女人哪怕再有能力，就怕遇到不听劝的夫婿。

她道："万一姑爷真的选了杨家，你准备怎么办？"总不能因为这件事和离吧？不和离，到底是一家人，就只能荣辱共担。

顾曦苦笑，道："所以我来找阿兄，想听听他的意思！"

殷氏也没有矫情，道："行，那你等会儿和你阿兄说说。"还留了她晚膳。

顾曦直摇头，道："我还要赶回去，家里正是多事之秋，不好在外面待得太久。您帮我给阿兄带句话就是了。"

殷氏应了，问顾曦："那你自己的意思呢？我们做哥嫂的，肯定是要站在你这一边考虑的。"

顾曦也不想为这件事来来回回地往娘家跑了，主要是她就算不怕麻烦地往娘家跑，也未必能见到顾昶。

她沉吟道："我肯定是要站在裴家这一边的。"

不管杨家说什么，她觉得凭裴家的路子，不太可能被判罪。可如果真的判了罪，杨家也不可能有本事把他们自己择干净。反正是生死都系于裴家，她也别去管杨家，只一心一意求菩萨保佑裴家能化险为夷了。

顾曦道："他若是在这种关键时刻都分不清主次，我以后估计也难以享到他的福了。我觉得我应该主动要求回临安，代替婆婆和相公给老安人尽孝。"

最好是能生个儿子。有裴老安人庇护，没有这个感情用事的丈夫，她说不定在裴家能过得更好。而裴老安人当年是十里红妆嫁进裴家的。顾曦摸了摸自己还没有变化的肚子。

殷氏对小姑子的果断非常欣赏，道："你能这么想就再好不过了。人只能自己救自己。你放心，别的我不敢说，真到了那一天，就算你有裴家人照顾，我和你阿兄也会尽一份力的。"

顾曦达到了目的，放下心来，回了裴府。

裴宴和郁棠还没有回来，说是出去逛街去了。

顾曦目瞪口呆，嘴里能塞下一个鸡蛋了，好一会儿才回过神来，道："三叔父就这样带着三叔母去了街上？"

回她的婆子是从裴家老宅跟过来的，从前服侍过裴老安人，闻言颇有些不喜，道："三太太还带着戴帽，而且逛的是陶家的铺子，由三老爷陪着，怎么会什么都没有戴呢？"

"哦。"顾曦忙敛了乱绪，一心一意地和那婆子说着话："那三叔父和三叔母可曾说了什么时候回来？"

杨家的事，越早解决越好。她已经有点憋不住气了。要是杨家的事还不解决，她怕她会爆发，会跳脚，会再次和裴彤吵架。

那婆子不以为意，道："应该会用了晚膳回来吧！陶家和我们府上是世交，三老爷过去了，陶大老爷不可能不留三老爷和三太太用晚膳啊！"

在她看来，顾曦就是见识少了。想当初，老太爷和老安人年轻的时候，老安人还打扮成老太爷随身的小厮跟着老太爷去参加过诗会呢！后来是老安人有了孩子，懒得再和老太爷出去玩了，这才作罢。三老爷不过是带着三太太出去逛个街，还是陶家开的铺子，有必要这么大惊小怪吗？

那婆子就又道："要不等三老爷和三太太回来了，我跟三老爷和三太太说一声？"

"那就麻烦您了。"顾曦向来不轻易得罪裴家的这些老人，她笑盈盈地道，"原想过来陪着三叔父和三叔母说说话的，既然如此，那我就先回去等您的信了。"

那婆子觉得脸上有光，不由道："大少奶奶，也不是我倚老卖老。三老爷做了宗主，三太太又是个好说话的，您虽说是晚辈，可和三太太差不了多少年纪。要我说，您就应该经常过来走动走动。您看张府的那位大小姐，还是三老爷恩师家的，人家都隔三岔五地跟着殷太太过来做个客。前几天还把三太太做的头花夸得天上有，地下无的。您是自家人，反而没张家大小姐来得多。这要是传出去了，总归是不太好。"

顾曦在心里冷笑，想着你能说出这样的话来就已经是"倚老卖老"了，还在那里自己给自己贴金。若是在顾家,她早就把人给赶走了。

可惜,这是裴家。裴彤不争气,她就得生受着。

"您说的是。"顾曦笑着听这婆子说了几句"忠言",回了自己住的院子。

那婆子不免有些张狂,待郁棠回来了,就去青沅那里邀功:"大少奶奶毕竟是在继母手底下长大的,还是不怎么懂规矩。"

青沅听了有些不悦,道:"毕竟是大少奶奶,您说话也要注意点。"

那婆子醒悟过来,满脸通红,倒觉得顾曦为人谦和,对顾曦的印象好了起来。

至于郁棠,猜着顾曦来见他们多半是想表个态,她让禀告的婆子在外面等着,先去找裴宴商量。

裴宴今天挺高兴的。郁棠买了很多的东西,虽说都不是特别值钱,但要紧的是郁棠很喜欢,眼睛都亮晶晶的,笑容也格外灿烂,有点他刚遇到她时的飞扬。

裴宴见郁棠进来就一把抱住了她,也不待她说话,就把她按在自己的怀里,问她:"今天开心吗?"

虽是傍晚,但她院子里服侍的人多,她还是有点不自在,可她更知道裴宴的臭脾气,不顺着毛摸,晚上肯定是她吃亏。想到这些,她脸上火辣辣的,连忙点了点头,还怕他看不见闹情绪,忙在他耳边低声道:"开心!今天买了很多东西。"

裴宴心里就觉得很满足,在她腮边重重地亲了一口,道:"那我们这段时间就出去逛逛,除了陶家的铺子,京城还有很多卖其他东西的。我记得有一次我还陪着恩师去了城西的郊外,那里有一家卖鹦鹉的,每只鸟都会说长长的句子,还会念诗……"

难道她还要养鸟不成?郁棠梦中过了段颇为憋屈的日子,后来她仔细想想,她自己不懂拒绝别人也是个重要原因。她立刻委婉地道:"可鹦鹉都喜欢学舌,我们要是说点什么岂不都让它给学了去?"

裴宴微怔,想想却觉得非常有道理,他脑子里也浮出一些两人闺房之戏时说的那些荤话,心中顿时欲念丛生,不能自已,心猿意马地含了郁棠圆润的耳垂,含含糊糊地道:"阿棠,那你想买什么?我到时候都陪你去!京城里的事太烦人了,到了秋天我们就回临安好不好?以后我们就长住在临安,没事的时候就去杭州住些日子,好不好?"

郁棠身子有些发热,脑海里却浮现出裴宴名下那几幢景色各异的宅子,倚在裴宴的肩头,轻轻地点着头。

裴宴心里一片火热。他家阿棠这点最让他喜欢。他走到哪里,她都愿意跟着他。就让京城的这些事见鬼去,他今年年底就走,明天春天带着他家阿棠登泰山去。等到他们有了孩子,就哪里都去不成了。他甚至觉得郁棠没孩子也是件好事。

两人就腻歪在太师椅上深情地吻在了一起。

结果还没等他们来得及做点什么,裴宣那边派了人过来传话,让他们去他那里说话:"大少爷和大少奶奶也在二老爷那里,说是大少奶奶今天回了趟娘家,舅老爷让带了上好的茶叶过来。"

裴宴和裴宣实际上等了裴彤一天,想知道他到底会选杨家还是裴家。裴彤一直没来找他们,他们还以为裴彤已经默认会站在杨家这边了。

裴宴十分不满,有些烦躁地道:"他可真会挑时间!"

郁棠抿了嘴笑,也觉得这两个人有点煞风景。不过,这个时间是他们昨天给的,不管出了什么事,他们都得遵守才是。

她好好地亲了裴宴几下,亲自帮裴宴更了衣,自己又重新梳洗了一番,这才和裴宴出了门。

裴宴被顺毛顺舒服了,也不去烦心裴彤的事了,走在路上还问她:"你是不是又在院子里种了很多的玉簪花?我闻着满院子的花香。"

"有这么香吗?"郁棠请了个师傅来家里帮着把院子重新翻修了一遍,锄了些杂树,种了些花草,但顾及裴宴,茉莉、栀子花这样的花树她几乎都没有种。

裴宴认真地点头,道:"也还行!"很是包容的语气。

郁棠就有些犹豫了。她还在花匠那里订了二十几株秋桂,准备种到靠近二太太那边的花园里。要不,只种两三株应应景?

郁棠在心里琢磨着,裴宴有些不高兴了,道:"你想什么呢?喜欢就种。在院子里搭个暖棚,种到暖棚里去。"

这脾气,好话到了他嘴里也变成了坏话!郁棠笑着摇头,道:"我是在想,有什么花树开花不那么香?"

裴宴心里又舒服了。他就觉得应该让郁棠更高兴些,声音也变得非常温柔,轻声道:"没事!你要是实在喜欢,就买个宅子,全种上你喜欢的花树。没事的时候你就去看看。"

郁棠瞠目结舌。她放着家里好好的后花园不逛,车马劳累地出趟门,就为了看几朵花?

"不用,不用了。"裴宴向来说话算话,她还真怕在这件事上裴宴也一如既往,"出门太麻烦了,我喜欢待在家里。"

"也好。"裴宴开始认真地考虑这件事,沉吟道,"要不就把我们家东边那块林子铲了,那里离我们住的地方有点远。离四房比较近,可到底是在府里,你没事的时候还可以在那里设宴招待家中的女眷。要不你拟个名单,我让裴伍去办,等到明年春天,就全都能种上你喜欢的花树了。"

家中的长辈要是知道种的全是她喜欢的花树,还不得误以为裴宴为她昏了头。她才不要背这名声呢!郁棠脑子转得飞快,立马就想了个主意,道:"这有什么意思?种树种草的,不就是享受种的乐趣吗?还是等我回去,我们两个一起去好了。等我们老了,还可以跟后辈们说说什么树是我们什么时候种的呢!"

裴宴想到自己小时候父母好像也种过树。郁棠肯定非常喜欢他，才会有这样的想法。他心里美得冒泡，目光温和地望着郁棠的笑脸，低低地应着"嗯"。

郁棠松了口气，好在二老爷住的地方也到了，裴宴也没机会再有什么想法了。她笑眯眯地和裴宴去了正院的花厅。

裴彤和顾曦应该来了一会儿了，裴宣和二太太正和他们说着什么，桌上还有剥了的果皮。

听到动静，除了裴宣，其他人都站了起来，笑着和他们打着招呼。

郁棠飞快地把屋里的人都睃了一遍。

裴宣神色平静，和平时一样，看不出情绪；二太太不仅脸上带笑，连眼睛都在笑，看得出来，心情非常好。裴彤和顾曦两口子，则一个板着脸，很严肃的样子；一个含笑不语，一派娴静。

这唱的是哪一出？郁棠有些摸不清头脑，随着裴宴坐了下来。

二太太就朝着她直眨眼睛，显然有什么话要跟她说。

不过一个白天没见，发生了什么事？郁棠朝二老爷望去。

二老爷已神色如常地开了口，吩咐二太太："让屋里服侍的都退下去吧！"

屋里服侍的哪里还用得着二太太说话，立刻就都鱼贯着出了花厅。

二老爷也没有寒暄，直接就道："阿彤，这里没有外人了。你就说说你是怎么想的吧？"还道："不管你是怎么选的，我们做长辈的都没有意见。你毕竟大了，有自己的主见了。我还记得阿兄像你这么大的时候，已经在六部观政了。虎父无犬子，我们做叔父的，也应该相信你才是。"

裴宣可真沉得住气，稳得住神！郁棠对二老爷刮目相看。

那裴彤是怎么想的呢？郁棠瞥了一眼顾曦。她觉得以顾曦的性格，她不会打没有把握的仗。裴彤会怎么选择，肯定与顾曦有关。但这次顾曦让郁棠失望了。

顾曦听二老爷这么说的时候，原本规规矩矩放在膝上的手，却立刻紧紧地攥住了她的裙子。

郁棠在心里"哦"了一声。难道裴彤即将说出口的决定会让裴宣和裴宴很不高兴吗？那裴彤为何还要说这件事？保持沉默，过了今天，大家就会知道他的决定了，或者，他是想面对面地亲口对自己的两个叔父说？郁棠皱了皱眉。裴彤如果这么做了，就不怕他的两个叔父怀疑他是在挑战长辈的权威吗？郁棠不由就支起了耳朵。

只是裴彤还没有开口，本不应该说话的顾曦却抢在裴彤之前笑盈盈地开了口，接了裴宣的话："二叔父说的是。可像公公那样惊才绝艳的人毕竟是少数，若是有不周到的地方，还请二位叔父原谅。"说完，侧过脸，朝裴彤望去："若婆婆和小叔要来京城，我就回临安吧。祖母毕竟年事已高，二叔父在京为官，三叔父也有要紧的事要做。公公虽然离世，但公公还有您和小叔两个儿子，理应代替公公尽孝才是。我们这一房,你们都没有空,那就由我去代替你们承欢老安人膝下,尽一份绵薄之力了。"

她说着,目露寒光,冰冷如剑。

屋里的人俱是一愣。这个时候,她能说出口的每一句都是有用意的。什么叫"若是婆婆和小叔来京城"?在什么样的情况下大太太才会和裴绯来京城?那自然是杨家和裴家要联姻啰!大太太作为杨家的女儿、裴家的长媳妇,肯定是要到场的。宗房若是没有适龄的儿女,还得在其他房头里挑选,这其中挑选、相看……还有很多商量,具体定下谁家的儿女还是个未知数。大太太肯定也会出面。顾曦这话的意思是说如果杨家和裴家联姻,她就离开京城,回临安去服侍老安人吗?

郁棠讶然地望着顾曦。她……这是要和裴彤各过各的吗——如果裴彤选择帮杨家。

郁棠朝裴宴望去。裴宴眼中还残留着没有消散的诧异。郁棠就轻轻地咳了一声,眨了眨眼睛。

裴宴太熟悉郁棠的小动作了,他朝着郁棠摇了摇头,示意她别管不说,自己也坐在那里垂了眼睑,一副思虑重重、在想事情的样子。

郁棠也跟着安静下来,再看裴彤,裴彤已涨得满脸通红。看样子,大家都听明白了顾曦的意思。

裴彤感觉很丢脸的样子。难道他们来之前没有达成一致?这不像顾曦的为人。她梦中在李家的时候,顾曦总是先说服了李端再去林氏那里说这说那的,林氏因此吃了好几次亏,郁棠也在顾曦的身上学到了不少做事的办法。不可能如今她就没了这些生存的技能。郁棠脑中一闪,突然明白过来,不是顾曦没有和裴彤商量,而是裴彤根本不愿意和顾曦商量,所以顾曦才根本不知道裴彤的决定。顾曦才会不管不顾,在裴彤做出决定之前说出自己的打算。

她这样,就不怕得罪了裴彤吗?又或者,顾曦根本就不再顾忌裴彤了。郁棠想到顾曦昨天和裴宴说话时那防备的架势,和梦中顾曦决定对付她、收拾李端的表情重合到了一起。郁棠在心里暗暗叹了口气。

顾曦已笑道:"两位叔父、叔母,不是我不帮阿彤,是,是我有了身孕。我想,我还是回临安养胎更好一些。"她又丢下了一个惊天响雷,炸得屋里的人都四分五裂。

二太太第一个回过神来,惊喜地拉了顾曦的手,道:"这,这是真的吗?这可太好了!我们家有好多年都没有添丁了。什么时候知道的?大夫是怎么说的?有没有特别想吃的?你身边有有经验的婆子吗?要不要给娘家写封信去?要是你觉得麻烦,我把我身边照顾过我的婆子先拨两个给你用吧!"

她一句接着一句的,满脸都是迎接新生儿的喜悦。

顾曦看了裴彤一眼,轻声道:"本来不应该在这个时候说的,还没有三个月。

可我实在是太高兴了，没能忍住……"

裴彤的脸色已经由红转白，不仅没有即将做父亲的喜悦，反而还显得有些震惊和失望。难道他不知道顾曦怀孕了？郁棠又朝裴宴望去。裴宴锁着眉头，面色冷峻。

裴宣虽觉得意外，却和二太太一样，觉得这是件喜事，只是怀孕这种事是妇人的事，他一个做叔父的，不好过问，但还是高兴地吩咐二太太："弟妹年纪还小，这些事恐怕也不懂，照顾大少奶奶的事，你多担待些。我这就去给姆妈写信，看看她老人家是怎么安排。这段时间就辛苦你了！"

二太太连连点头，道："老爷放心。"随后欢喜地感慨："我们家现在可谓是双喜临门了！"

郁棠愕然，道："还有什么喜事吗？"

二太太欢天喜地道："秦家请了媒人，明天正式提亲。"她眼角眉梢都是藏不住的笑意："我一早就想跟你说的了，结果你和三老爷出了门。秦家的人今天一早就过来了，我也和阿丹说了，阿丹也同意。这门亲事，可真是天作之合。谁知道我们两家在杭州的时候没打交道，到了京城，反而结了亲家，说起来真有缘啊！"

郁棠连声道着"恭喜"。

二老爷却说二太太："你稳着点！不过是桩儿女亲事，你看你！"

二太太头次在众人面前反驳二老爷："我又没有当着外人说什么！我实在是太高兴了。阿丹的婚事一直是我心头大事，要知道，女孩子不像男孩子，嫁了就是别人家的人了，要是女婿不好，女儿跟着受罪，我就是死一百次都没有用啊！"她说着，眼眶都红了。

郁棠忙安慰她："这事也是要靠缘分的。你看，阿丹不就找了门好亲事，可见阿丹是个有福气的。你就不用担心了。"

"所以我的话才多了一点啊！"二太太道，"你们也别笑话我！"

"怎么会！"顾曦想着这段时间发生的事，反应过来，也忙向二太太道喜。

一时间大家都欢欢喜喜地说着阿丹的事，把裴彤的事忘在了旁边，气氛变得非常融洽。

郁棠则有点小小的郁闷。她还在顾曦前头成的亲，顾曦都要做母亲了，她还没有什么动静。不过，如果顾曦的孩子比她的孩子大，顾曦的孩子还是得敬她的孩子一声"姑姑"或是"叔叔"，想想那场面，也挺有意思的。

她自我宽慰，觉得心情好了很多，看见二太太意犹未尽地继续说着五小姐的婚事，她准备继续附和几句，不承想一抬头，却看见裴宴不知道什么时候提了个茶壶进来，给她续了杯茶。

他平时可是吃个水果都要人剥好了才吃的。郁棠不解。裴宴已坐回了自己的座位，茶壶也被他随手放在了旁边的茶几上。他不准备给其他人续茶吗？

郁棠想着，就听见裴宴冷冷地开了口，打断了二太太的喜悦："家里这段时间还挺热闹的。阿彤，你是怎么想的？你就直说了吧！以后的事怎么安排，以后再说。"

也就是说，他让裴彤快点表态，而顾曦回不回临安，就看裴彤是怎么打算的了！

话题重新回到了裴彤身上，屋里其他的人都安静下来。

裴彤面无表情地看了顾曦一眼，低声道："我听二位叔父的安排。我是晚辈，杨家的事原本就不应该由我插手，舅母来家里相求，我已经帮她说了话，能不能成，理应由家中主事的长辈们决定。"

这就是说，他不会帮杨家了！

顾曦明显松了口气，看着裴彤露出了欢快的笑容。

裴彤却没有看她，而是看着自己的两位叔父。

裴宴依旧是冷冰冰的样子，裴宣却是欣慰，温声道："你能这么想就再好不过了。阿彤，你放心，杨家毕竟是你外祖家，我们不看僧面看佛面，怎么也不会让你为难的。"

裴彤很是相信他这位二叔父，他起身，恭敬地给裴宣和裴宴行了个大礼。

气氛很是肃穆。

二太太看着就忙笑着道："阿彤快起来。一家人不说两家话，和和气气的，齐心协力了，这家里就能什么也不怕。"

裴彤笑着应了一声"是"。大家都松懈下来。

二太太就提议："今晚天气不错，我们去外院凉亭里坐吧！"随后又说起了阿丹的婚事："她出嫁的时候，还得你这个做大堂兄的帮着背着出门呢！"

难得气氛这样和谐。裴彤忙笑着应诺，还道："二叔母放心，姑爷要是不诚心，我绝对不放他进门。"

大家都哈哈地笑了起来。郁棠也很喜欢这样的氛围，跟着抿了嘴笑，只有裴宴，从头到尾没有再说话，脸也绷得紧紧的。

回来的路上她不免劝裴宴："我知道裴彤的话还是让你不太高兴。不过，二伯和二嫂都高高兴兴的，你也别太扫兴了。"还感叹："二伯和二嫂都真是好脾气，看你这个样子也没有芥蒂，有这样的兄嫂也算是我们的福分了。"

谁知道裴宴却冷哼一声，答非所问地道："你也别伤心，我看那顾氏未必就是真的怀了身孕，说不定是为了挟制裴彤的。哪有那么巧，前脚我们逼着裴彤选择，后脚她就怀孕了，也就只有你会相信！"

郁棠想到那杯续了的茶。他这是在安抚她吗？她停下了脚步，望着裴宴完美无瑕的侧颜，眼前突然有点模糊。

## 第九十二章　惊世

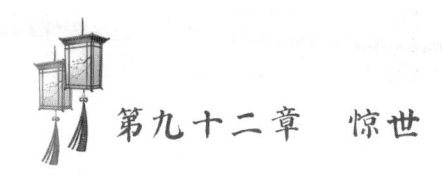

郁棠脚步微顿。裴宴已经走到前面去了。

郁棠望着裴宴修长的身躯，宽宽的肩膀，你不需要他的时候，他默默地让人看不见，到了关键的时候，他却从来都是最可靠的。而且，从来没有让她失望过！

郁棠一笑，上前几步，突然就趴到了裴宴的背上。裴宴身上有淡淡的香味传来。乍闻有点像檀香，仔细闻闻又有点像沉香，非常清淡。如果不是贴得近了，根本就闻不到。这让她想到他紧紧抱着自己在暖暖的被窝时的情景。身边萦绕的全是这样的香味，从最初的窘然到后来的习惯、喜欢、极爱……一晃眼，好像走过了一辈子似的。

"遐光！"郁棠第一次这样轻声地喊着裴宴，"我走不动了！"

想就这样挂在他的身上，让他一辈子都驮着她。

"这么热的天！"煞风景的永远是裴宴，他嚷道，"快下来！你不热我还热呢！"

郁棠偷偷地笑。她就知道，这家伙不会惯着她。这么说好像也不对。他一直都很惯着她的。从最初相遇她狐假虎威，打着裴府的旗号行事，到顾曦在她之前怀了孩子。只是他的"惯"总是在不经意间，总是在她最伤心的时候，让她心里如有一眼温泉涌动，潺潺不歇。

"可我想你背着我。"郁棠道，声音里透着她自己都不知道的娇俏，像个撒娇的孩子。

裴宴微愣，道："外面这么多人看着！回去我背你好了！"声音有些迟疑。

郁棠是个有点阳光就灿烂的，何况裴宴自己也犹豫不决。

她立刻道："哪里有人？你身边的人你不知道，早就不知道哪里去了！"

裴宴左右看看，刚刚还一窝蜂似的跟在他们身边的人还真不知道到哪里去了。算这些家伙有点眼力见儿！裴宴在心里想着，只觉得背上那团暖玉像唐僧肉似的，香得让人心里像岩浆在翻滚。他在心里得意地笑。这可是她自己送上门来的，怪不得他要大开杀戒了。

"搂紧了！"裴宴道，双手托着她就把人背在了背上，"等会儿要是掉下来了可别怪我。"

郁棠伏在他的背上，面颊边是他又粗又黑的头发。老一辈的人都说，头发粗黑的人品行也耿直。裴宴与"耿"沾不上半点关系，却是个很"直接"的人。虽然有时候说话不好听。可不好听，也是他的性子啊！郁棠用面颊蹭了蹭裴宴的头发，有点硬，可也让她从心底里喜欢。这就是钟情一个人的感觉吧？不管是好是坏，在她眼里，都是那么喜欢。郁棠忍不住就在他耳边喊了声"遐光"，亲了亲他的鬓角。

杨家很快就知道了裴彤的选择。

杨大太太破口大骂，道："早知道就不应该让他们回临安去的。裴彤还是大的，与我们交往得多；裴绯离开京城的时候还那么小，再过几年，恐怕都不记得我们这外祖父和舅舅们了。姑爷怎么就去得那么早！要不然，哪有他裴宣什么事！"

当初，裴宥要出仕，裴老太爷不答应，族中的其他人也不赞同，裴宥因此和裴家有了罅隙，加之又娶了裴老安人不喜欢的杨氏，与裴家渐行渐远，在官场上更多的是和杨家相互守望。当初还曾为杨大老爷谋划，什么时候去六部，什么时候做主簿，什么时候做侍郎。

如今，裴宥不在了，杨家失去了肩膀，杨家二老爷和三老爷眼看着就要永不录用了，裴宣却借着裴家之势做了侍郎。就裴宣那三棍子打不出一个屁的人，凭什么做侍郎？还不是因为裴三帮着周旋想办法谋得的。杨大太太恨极了有时候会想，如果裴宥活着，裴宣的位置肯定是她丈夫的。

她急得嘴角都上了火，又怕把杨家老太爷气出个三长两短来，杨家在官场上失了主力，只能和杨大老爷私底下商量："这件事怎么办？难道还真的去告发裴家不成？"

杨大老爷直皱眉，道："这个时候去告发裴家有什么用？到时把我们家给牵扯进去不说，万一皇三子继位了，他们家倒还有从龙之功了。要告，我们家也不能出面，最好是从中拐个弯，看谁想对付裴三，让他们去干去！没有了裴三，裴二何足惧！"

杨大太太直点头。她也是这么认为的。她甚至认为，裴三之所以能这么被人抬举，那也是因为裴宥不在了。

"可也不能就这样放过裴三。"杨大老爷想到裴宥在世时在裴宴那里受的气，他心里就非常不舒服，沉着脸道，"我是觉得这件事得跟我们那位好外甥说说，让他知道，他们裴家人都做了些什么。"

杨大太太眼睛珠子直转，道："你是说？"

"这件事我亲自出马。"杨大老爷咬着牙道，"你就不要管了。至于老二和老三那里，既然裴家答应帮忙，就等裴家出手了再说。"

这是要又吃又拿啊！杨家在裴宥在的时候又吃又拿惯了，因此而恶心恶心裴家人，他们觉得也挺好。

杨大老爷冷笑了几声，亲自上门去给裴彤道歉，自责地说是自己没有管好内院的事，让他大舅母在他面前说了一番不合时宜的话，他已经狠狠地教训过杨大太太了，还让杨大太太去寺里吃斋，好好休养些时候。杨家的两位舅舅，就要靠裴家出力了，能保住两人的性命就已经是谢天谢地了，其他，既不敢想，也不敢强求了。

还在他面前感慨，早知道这样，他就应该在裴彤父亲去世之后就致仕的，也免得好好的两家人，闹到今天都不好看。

裴彤听了心里不免有些内疚。但他已经做了选择，就只能这么走下去了。他强忍着心中的悲伤，和他大舅舅寒暄了半天，知道从此以后杨裴两家就算有了裂痕，再也难以像从前那样亲密无间了。裴彤在心底暗暗叹气，不知道回临安后，怎么向母亲交代。也许，母亲真的会带着裴绯旅居京城。

他苦笑着送走了杨大老爷，转身去了顾曦那里。

顾曦叫了绸缎庄的人过来，正要和乳娘一起挑选适合给小孩子做衣衫的布料。看见他笑盈盈地站了起来，温柔地向他问好："您回来了！"热情地吩咐小丫鬟去上茶。

乳娘忙带着绸缎庄的人退了下去。

那天他们沉默地回到家里，彼此都没有说一句关于怀孕和杨家的事。

裴彤也以为顾曦所谓的怀孕是为了要挟他，可看她刚才一副高高兴兴地做小衣裳的样儿，又觉得自己好像误会顾曦了。

他不由踌躇道："你还好吧？"

"挺好！"顾曦笑盈盈的，手不禁放到了肚子上，笑道，"我也没有想到。"

孩子来得这样快吗？

裴彤毕竟是第一次做父亲，有点不好意思，笑道："你，想吃什么喝什么就告诉乳娘，或者是告诉二叔母，二叔父叮嘱过二叔母，你不必客气。"

"我知道！"顾曦笑得满脸幸福，道，"相公好好读书就是了。我会保重身体的。"

裴彤"嗯"了一声，不知道说什么好。

顾曦倒大方，关心地问起跟殷明远读书的事："适应吗？要是不适应，让阿兄再给你找一个？或者是请二叔父出面也行啊！"

"还好！"裴彤有了个自己能发挥的话题，松了口气，想着这样也好，他去二叔父那里之前是打定主意要帮杨家的，知道顾曦反对，事前就没有和她商量；顾曦不想他帮杨家，抛出了怀孕的事。两人各有不对，到了今天，也算是两清了。就当从前的事没有发生过好了。

他心不在焉，本能地说起读书的事来。

顾曦笑容满面地听着。她的乳母却急得直跳脚。

顾曦"怀"的可是裴家的长孙，到时候要是生不出来，可怎么向裴家的长辈交代啊！

她怎么就那么傻！找什么借口不好，要找"怀孕"这个借口。难道还真的要到时候"小产"不成？顾曦的乳母愁得睡不着觉。

裴宴和裴宣则按照之前的承诺，为裴彤的两个舅舅奔走，虽说没能让他们无罪释放，却也不至于永不录用，改判流放岭南。

那边是陶家的地方。杨家少不得又过来请裴宴帮着打点打点。

等杨家的事告一段落，徐萱生下了个健康白胖的八斤重的儿子。

殷家高兴坏了，大小姑奶奶接二连三地去探望，就连殷浩的夫人也从老家赶了过来。徐萱烦不胜烦，又不得不耐着性子招待这些女眷。

郁棠没有去打扰她，便帮着二太太给五小姐置办嫁妆。

秦家和裴家定了六月二十六日下定。

徐萱知道后直嚷："就不能等到八月份，我也想参加你们家阿丹的小定仪式。"

郁棠抿了嘴笑，道："你就好好地待在家里吧！张老夫人可说了，要好好地帮你养身子，你三个月之后才能出府。"

惹得徐萱又是一阵叫。

二太太知道后颇有些紧张地问郁棠："难道京城是这样的规矩？月子要坐三个月才显得尊贵？我听说殷太太刚刚怀上孩子就把稳婆请进了家里，大少奶奶也怀着身子。你说，我们是不是也要请个稳婆在家里？我们毕竟不是她正经的婆婆，做得多总比做得少好。何况也不过是多口饭，多几两银子的事。"

郁棠觉得二太太的话说得很有道理。她道："算算日子，大太太应该已经收到了大公子的书信，知道大少奶奶怀了身孕吧？"

二太太四周看了看，见屋里没有服侍的丫鬟，这才低声和郁棠道："大太太以前不是一直要来京城吗？万一她趁着这件事来了京城……我不是背着人说她的坏话。她这个人，规矩特大，我怕她挑毛病，大少奶奶那边，我们还是多个心眼的好。"

不知道什么时候，二太太也跟着郁棠开始喊裴彤的母亲为"大太太"了。

"我听二嫂的！"郁棠闻言立刻道，"我毕竟没有您了解大太太。"

二太太松了一口气，道："我就怕你觉得我这是在危言耸听。"现在郁棠表示处处以她马首是瞻，她感觉到人都轻快了起来："那我们快点把阿丹的婚事定下来，免得她来了指手画脚不说，还说些不讨喜的话，让亲家看笑话。"

下了小定，就要定陪嫁了，之后还要商量婚期，还有很多事要忙，大太太要是真的拿了这个借口来京城，还真避不开她。

郁棠忙道："那我们就快点帮大少奶奶请个稳婆到家里来。您看还有什么事要提前准备的，我们都准备好了。就算是大太太过来了，要挑毛病，我们就让她挑不出毛病就是了。"

"三个臭皮匠，顶个诸葛亮。"二太太连连点头，"我们互相提醒，出错的概率肯定比一个人小。"

郁棠觉得有道理。

两个人就叫了青沅和金嬷嬷过来，在郁棠的书房写了长长的一张单子，事后还让青沅和金嬷嬷念给其他人听，看有没有什么遗漏的。不要说稳婆，就是奶娘，也准备派人先去预备一个。

等到顾曦这边知道,稳婆已经请进府了。她的乳娘为此人都瘦了,急得在她屋里直打转,连说话都有些颠三倒四了:"大小姐,您看这可怎么办?要不,就说您今天身子骨不舒服,让她先歇两天,等我这边值班的表排好了,她再来给您问好?"

顾曦比她乳娘镇定多了,道:"不必了!既然两位叔母这么抬举她,亲自陪着过来了,我说这话未免就太不给两位叔母面子了。你别急,喝口茶,定定神,先和我一起去迎接两位叔母再说。"

她那乳娘也没有更好的主意了,抱怨的话之前也说了一箩筐了,再多说也不能改变目前的局面了。她干脆把心一横,收拾收拾,跟着顾曦去迎接郁棠和二太太。

这稳婆是由徐萱介绍过来的。

她现在做了母亲,心突然一下子就柔了下来,但凡听说谁家的小孩子缺这缺那的就心疼,这次的稳婆则是帮她接生的那个,就这样养着,每个月的月例是十两银子。徐萱还加了两套衣裳,孩子平安落地之后,另外的赏钱不算。

二太太决定就照着徐萱给的报酬请人。

那稳婆自己在郁棠和二太太面前毕恭毕敬的,见到了顾曦,那叫一个热情,不要说顾曦了,就是郁棠看着,都觉得有些招架不住。

还是二太太拉了那稳婆一把,说了一通类似于"以后我们府上的大少奶奶就交给您了"的话,才让那稳婆消停下来。可就这样,当那稳婆说自己还会些简单的医理时,顾曦还是没忍住面色微变。

二太太没有注意到,还在那里高兴道:"我还给你专门请了个厨娘,你看她做菜合不合你的胃口。要是喜欢,就留下来;要是不喜欢,就再换一个人。"

顾曦忙收敛了情绪笑着向二太太道谢。

二太太直摆手,道:"我看殷太太怀孕的时候家里的人就是这么照顾的,我们也照着来好了。"然后问她:"你婆婆那边给你们回信了吗?她有没有什么打算?"

顾曦笑道:"我们还没有收到婆婆的回信,您和三叔母这样照顾我,我还准备等会就去给我婆婆写信封呢,也免得她牵挂。"

她压根就没有给大太太写信。先不说这孩子"保不保得住",就她婆婆那偏心样儿,她要是来了京城,裴家和杨家的事准得变得更复杂。现在多好,裴家看在联姻的分上把杨家二老爷和三老爷择了出来,算是断了两家的恩怨,他们小两口也不用夹在中间为难,多好的事啊!还等这"孩子"没了再说吧!

"两位叔母辛苦了。"顾曦亲自给二太太和郁棠斟了杯茶。

郁棠在这种场合向来是听二太太的,从不越过二太太拿主意。二太太也觉得郁棠还小,她应该照顾郁棠,有什么事也愿意挡在郁棠的前面。她听了笑道:"让你婆婆放心好了。我虽然没有照顾过怀孕的小辈，但可以跟着别人家学。"

顾曦迭声道谢，问起了五小姐的婚事："有没有需要我帮忙的？"

"不用，不用。"二太太笑道，"你照顾好你自己就行了。到了那天，打扮得漂漂亮亮地坐着看热闹就好。"

顾曦笑应了，和二太太说了半天的话，二太太和郁棠方起身离开。

到了晚上，郁棠还和裴宴道："能想到的全都做了。明天还准备和二嫂过去一趟，把托人买的燕窝、人参送过去就没什么事了，可以开始一心一意地帮着二嫂准备阿丹小定的事了。"

裴宴听着想了想，道："今天我喝的那碗乌鸡汤里，是不是放了天麻？"

郁棠惊笑道："这你都喝得出来？"

因为和二太太出去给顾曦买些补身子的药材，郁棠也给家里添了些。

裴宴笑道："乌鸡天麻汤，是秋冬季喝的吧？"

郁棠脸一红，道："准备给你炖个天麻老鸭汤的，不知怎么的，写成了天麻乌鸡汤给递到了灶上的婆子那里。也算是阴差阳错吧！明天再给你炖点别的汤。"

裴宴觉得郁棠在做菜上也没有什么天赋，家里的汤来来去去也就是那几样，不过，他也不是挑嘴的人，喝着还行，也就没有什么值得挑剔的了。

他道："也行！还可以叫他们做点瑶柱汤，夏天喝也挺好的。"

郁棠嘻嘻笑，决定以后这种事还是交还给青沅好了。她也就写了几天的菜单，已经感觉不知道吃什么好了。

两人轻声地说着家常话，还商量着天气越来越热了，是不是搬到水榭那边住几天，结果第二天一大早起床，就听说顾曦"小产"了。

郁棠坐在床边，半晌都没有回过神来。她不知道顾曦是真的小产了，还只是个局。但不管什么原因，她心里都觉得很不好受。

裴宴还是一贯冷淡，道："你去看看好了。真的，那就是和我们家没有缘分；假的，但愿她够聪明，能让别人都看不出来。不然可就真是京城里的笑话了。"

郁棠知道裴宴凡事都留一线余地，喜欢把事往坏里想，到了关键时候才能游刃有余。她黯然地叹气，和二太太去探望顾曦。

大热天的，顾曦戴着额帕，面色苍白地靠在床头，裴彤在亲自给她喂药，她的乳母神色有些呆滞地端了小碗梅子蜜饯站在旁边。

"二叔母，三叔母！"裴彤起身给二太太和郁棠行礼，请她们坐下来。

"怎么弄成这个样子？"二太太神色悲痛，觉得不好向大太太和老安人交代，"稳婆呢？她不是刚进门吗？怎么会发生这样的事？她进府之前我还拿了她的生辰八字去算过，和我们家并不相冲！"

顾曦忙道："与她无关！是我昨天晚上洗澡没在意……"说着，眼眶都湿了。

二太太不忍再问，握了她的手，温声地劝她："没事，没事。这都是意外。

你们还年轻，很快就会再有孩子的。"

顾曦摇头，道："是我不好。我不应该这么早就说出来的。让长辈们都空欢喜了一场。"

这话二太太就不接了。说顾曦太年轻不懂事，二太太这个长辈和她住在一个屋檐下不说，裴宣还叮嘱过二太太要好好照顾顾曦。说这件事是顾曦做得不对，可她这不是为了逼裴彤站在裴家这边吗？二太太笑容苦涩。

郁棠只好道："这是大家都没有想到的。你也不要太自责了。先把身子骨养好再说。"然后她问顾曦的乳娘："是请的哪位大夫看的？开了什么方子？有没有说要注意些什么？多长时间换一服药？"

"什么？！"顾曦的乳娘半晌才回过神来，低着头道，"因为事出突然，就找了胡同口的熊大夫，也是他开的药方。我急着给大少奶奶抓药，没仔细看药方，直接递给了药店的伙计。说是五天换一服药，大半个月就能好了。"

郁棠觉得这种事还是慎重点好，就和裴彤商量："要不要请个御医过来看看？就怕伤了哪里？"

裴彤也有此意。可京城的官员太多了，并不是每个官员御医都买账，他还准备求救于裴宣呢！

没等他开口，二太太已替他答应了："我这就让人拿张你二叔的名帖给裴伍，让他帮着去请个擅长妇科的御医来。裴伍跟着三叔到处跑，有眼界，也能办事，他出面最好不过了。"

裴彤恭声道谢，顾曦却道："不用这么麻烦了。二叔父在户部任侍郎，又管着盐引的复查，不知道有多少人盯着呢！千万别为了我的事连累了二叔父。"

二太太心疼地帮顾曦披了披被子，温声道："这怎么能说是麻烦呢？男人在外面做事不就是为了让家里的人日子好过些。要是这点忙都不帮，他还怎么有脸说是你们的长辈。你好好歇着，其他的事都不要管，有我，有你三叔母，还有你二叔父和三叔父呢！"

顾曦自幼丧母，在继母面前披着盔甲长大的，就是偶有温情，那也是假惺惺在互相算计，何尝有这样被长辈关心、疼爱的时候。

她眼眶微湿，不知道说什么好。

裴彤见了，忙替妻子道了声谢。

二太太叹气，对裴彤道："长辈那里，你不用担心，我会让你二叔父亲自写信给老安人的。但你母亲那里，恐怕得你亲自解释一声。说起来，这件事我也有错，明明知道你们刚刚成亲，没有长辈盯着，你二叔父还特意叮嘱过我，大少奶奶却还是……若是你母亲责问，你就说是我的错。是我没有帮她把人照顾好。你媳妇心里也不好受，有些事，你要体谅！"

言下之意，千万别让大太太把气撒到了顾曦的身上。

裴彤心里是有点责怪顾曦的，觉得她为了挟持自己，才会在孩子不足三个月就提前向长辈报了喜，报了喜又不注意，才会小产的。可二太太的话都说到这个份上了，他就是有再多的不喜也只能压在心底。何况二太太说的也有道理。他是男子，应该更大度些才是。

"我知道该怎么说的。"裴彤向二太太保证，"不会让阿曦为难的。"

二太太满意地点了点头。

顾曦却别过脸去，努力地眨着眼睛，不想让眼泪掉下来。裴彤是她当时能抓住的最好的男子，她下决心嫁了过来，可没有想到，裴家比她想象的还要好。这一刻，她暗暗决定，再也不做这样的蠢事了，以后一定好好和裴彤过日子，尽量弥补大太太和裴家众人的裂痕。这么一想，顾曦心里好受多了。

二太太和郁棠不好久坐，说了会儿话就告辞了。

裴彤送了两位出门。

二太太和郁棠不紧不慢地走在抄手游廊上，待顾曦的院子看不见了，她这才低声和郁棠道："我都不知道说什么好了。之前想着买点药材给她产后补身体的，结果呢？药材居然提前用上了。但愿大太太那里能听得进儿子的劝才好。"

郁棠的心情有点复杂。她既希望裴宴是对的，至少没有闹出人命来；她又希望裴宴是错的，至少顾曦还没坏到那种程度。

郁棠叹气，道："但愿她能好好的，过些日子能再有喜讯传来。"

二太太跟着叹息点头。

次日御医过来的时候，二太太和郁棠一起在屏风后等结果。

御医开了几服养生补血的药就走了。看样子没什么大碍。二太太和郁棠都松了口气。

等到大太太那边回信过来，已经过了七月半。

果然不出二太太所料，大太太在信里劈头盖脸地把顾曦骂了一顿，还骂裴彤没有骨头，立不住，连自己屋里的人都管不住。这都是小事。关键是来送信的人告诉裴彤，大太太想带着二少爷趁这个机会来探望顾曦，照顾顾曦的身子骨。裴彤不免有些犹豫。

顾曦立刻道："相公，婆婆想来京城，想回娘家看看也是人之常情，只是这个时机不对——她老人家若是和二叔母有了争执，我们这些做小辈的怎么办？"以大太太的脾气，说不定真的会说些刺激二太太的话。

裴彤道："可不让她老人家来也不行啊！"在他看来，他母亲来照顾顾曦是假，想回到京城，来探望娘家人是真。

顾曦决定阻止大太太来京城。杨家的事刚刚解决，她不希望大太太来了之后再横生枝节。

她与裴彤商量："要不，我回临安吧！她老人家一个人在临安住着，小叔子又忙于功课，肯定很是寂寞，我回去了，既能照顾一下祖母，也能在母亲面前尽孝，也算是一举两得了。"

裴彤犹豫不决。但这样一来，他就一个人了。他倒不是有多离不开顾曦，但家里有个主持中馈的人在身边，还是很不一样。裴彤道："我仔细想想。"

顾曦嘴里应诺，心里却止不住地对丈夫越来越失望了，一点都不果断。若是她阿兄在这里，同意就同意，不同意就不同意，心有所动却不能下决心，这样的人，就算是有个高位等着他，只怕也坐不好，坐不长。

顾曦突然间觉得自己以后的生活都没有了盼头。

随后她等了几天，裴彤都没有做决定，而是还像从前那样每天早上起来写字读书，用了午膳或去殷家或去顾家跟着殷明远和顾昶学习，好像没有大太太的事似的。

顾曦有点着急，想了想，去找二太太说这件事。

二太太听了并不惊讶，而是苦笑道："你二叔父也和我说过这件事，我们也怕她搅和到杨家的事里去。听说这段时间嫁到彭家的那个女儿和杨家的大少奶奶走得很近。我这心里，总有点不踏实。"

顾曦就把自己想回临安的事告诉了二太太，并道："这样一来，什么问题都解决了！"

这等于是釜底抽薪，让大太太没有了来京城的借口。

二太太听了非常感动，拉了顾曦的手，道："我知道你是个好孩子。可不能这样——你和大公子才刚刚成亲，还没有生下长子，怎么能让你在这个时候回临安去呢！你且安心住下，天塌下来了还有你二叔父和你三叔父顶着呢！你也不用担心，好好把身子骨养好了，再生个大胖小子是正事。"

这才是推心置腹为她好的话。顾曦眼泪都要落下来了。

二太太就催着她先回去："你的心意我和你三叔母都领了。这件事你就不要管了，好生和大少爷过日子就行了。就算大太太过来也不打紧，杨家还要继续倚仗我们裴家，做事也得掂量掂量。"

可杨家还拿捏着裴家的把柄呢！顾曦话到嘴边又咽下。她既然能想到，裴家的长辈应该也能想到。这段时间裴彤把她当病人照顾，两人的确很久都没有亲热了。或者，像二太太说的，先生下长子再做打算？顾曦思忖着，回到了住处。

刚才还在书房练字的裴彤却不见了踪影。

她问书房服侍的小厮："大少爷呢？"

小厮忙道："杨家大舅老爷过来了，大少爷陪着杨家大舅老爷在花厅里喝茶呢！"

顾曦不相信杨家的人，觉得要是没事，杨大老爷不会来见裴彤。

她想了想，派了荷香去花厅偷听，自己则回到屋里卸钗环，重新梳洗，换了件日常穿的杭绸褙子,荷香神色有些慌张地跑了回来:"大少奶奶,不好了,大舅老爷在花厅里诘责大少爷呢!说大少爷不肖,大老爷去了之后没能支应门庭不说,还任由裴家的长辈打压大太太,不让大太太进京,逼着大少爷写信给老安人,让裴家同意大太太带着二少爷来京城探望您。"

杨家也管得太宽了!顾曦这一刻对杨家厌恶极了。难怪裴家的人都不喜欢杨家的人了。像他们这样的,没事也能挑出事来。

顾曦急急起身,道:"走,我们去看看。"

荷香应了一声,忙在前面引路,路上还告诉顾曦:"大少爷不是很愿意,杨家大老爷就说大少爷忘本,认贼作父,还把三老爷也骂了,骂得可难听了。我怕家里的人发现,就赶紧来给您报信了。"

裴家的人虽然各住各的院子,平时也不在一起用膳,但裴府服侍的普通下人,多是从临安带过来的。他们都是有见识的世仆,有些还曾经在裴老太爷或是裴老安老人屋里做过粗活的,顾曦这边出了什么事,想完全避开裴家的这些世仆是不可能的。

顾曦心里很是焦虑,怕裴彤在杨家大老爷面前说了什么不该说的话,传到裴宴耳朵里,引起裴家的不满,影响裴彤在裴家长辈面前的地位。上次,要不是她,裴彤肯定就选了杨家。现在,他们既然选了裴家,是死是活就只能一条路走到黑了,该和杨家断就应该断了。

她喘着气到了花厅,却发现杨家大老爷和裴彤都不在了。

顾曦莫名背脊一寒,问在花厅里收拾茶盅果盘的丫鬟:"大少爷去了哪里?"

丫鬟忙停下手中活计,道:"大少爷和杨家大舅老爷出去了。"

"你知道他们出去做什么了吗?"顾曦惊慌地问,问过才知道自己问错了人。

一个在花厅里做粗活的丫鬟,怎么可能知道裴彤去了哪里。

这小丫鬟果如顾曦所料,道:"奴婢不知道大公子去了哪里,但大公子多半是和杨家舅老爷一起。我听到杨家舅老爷说什么大公子要是不相信,就跟着他去,他拿证据给大公子看。大公子好像很激动的样子,眼睛都红了。奴婢就没敢继续往下听。"

什么证据?证据为什么要拿给裴彤看?裴彤为什么不把这件事推到家中长辈的身上,要跟着杨大老爷走?顾曦想着,打了个寒战。杨家大老爷所谓的证据,不会是之前说的裴家的把柄吧?

可这与裴彤又有什么关系呢?与他们又有什么关系呢?裴彤心里又是怎么想的呢?

顾曦是知道裴彤性子的,有点绵和,因而耳根子也比较软。她怕杨大老爷几句话,就会令裴彤改变主意。

顾曦急得团团转,想了想,觉得这不是件自己能兜得住的事,干脆一咬牙,去了二太太那里，把杨大老爷来找裴彤的事告诉了她。

二太太一听也紧张起来，丢下正在对的账册就站了起来，道："走，我们去找你三叔母去。"

顾曦不太喜欢和郁棠打交道，特别是她屋里一些不好的事。她本能地回避道："要不，我还是不去了？二叔母去跟三叔父说就是了。"反正这件事也不是顾曦可以解决的。

二太太摇头，趁机指点顾曦："虽说家里的人都不太讲究，可有些事却不能随便处置。像你说的这件事，我寻思着我们这些内宅的妇人肯定是没有办法，无论如何都得求你二叔父或是三叔父出面的。你二叔父若是在府里，我跟他说一声，他怎么安排，那就是他的事了。可你二叔父此时不在府里，我们最好是去跟你三叔母说，让你三叔母去告诉你三叔父。我们越过你三叔母直接去找你三叔父，是极不合适的。"

顾曦顿时面红耳赤。二太太就差没有指着她说她不懂规矩了。这是一般的礼仪，她是江南世家出身的姑娘，怎么可能不知道。二太太会这么说，一来是因她刚才的话，二来多半也是因为她是在继母手里长大的姑娘，怀疑她没有学规矩。顾曦此时不知道应该庆幸自己是在继母手下长大的，还是庆幸二太太宅心仁厚，没有多想，不然二太太肯定会看出她对郁棠的态度的。

顾曦在心里长叹了口气，跟二太太去了郁棠那里。

郁棠正坐在葡萄架下的石桌旁和郁远说着话。

郁远见二太太和顾曦过来了，忙起身草草地和她们打了个招呼，就告辞了。

二太太歉意地道："我们是不是打扰你们了？"

可她要说的事太要紧了，就算如此，也只能委屈郁远了。

郁棠笑着摇了摇头，道："没有打扰。事情原本也说得差不多了，他正准备走呢！"

二太太没有多问，赶紧把裴彤的事告诉了郁棠，并道："这得赶紧跟三叔说一声，我总觉得杨家大老爷来者不善，会出事。"

郁棠听了也跟着急起来，道："三老爷被张老大人叫了过去，我这就派了人去跟他说。"

二太太连连点头，松了口气，和郁棠商量："你说，要不要也派个人去跟二老爷去说一声？"

"听三老爷的意思吧！"郁棠既怕裴彤那边有什么事，也怕虚惊一场，让别人看笑话，"二老爷这不还在衙门里吗？"

二太太想想也就没再坚持，看着郁棠吩咐别人去找裴宴。

顾曦却自从进了郁棠的门，一直就没有说话。

坐在葡萄架下的郁棠，穿着鲜亮的银红色绢纱褙子，翡翠蝶恋花的扣子，腕

119

上的洁白羊脂玉镯子，皓腕凝霜，明艳得让人移不开眼睛。而她那个堂兄，和之前她在临安见到的时候也大不相同。穿了宝蓝色的杭绸直裰，戴着黑色的网巾，腰间玉色的绣金线的荷包，加之肌肤白皙，可能因为生活越来越好，神色平和温柔，看着像是哪家大户人家读书的少爷，哪里像个小商贾，让她不由想起"居移气，养移体"的话来。

顾曦忍不住在心里冷笑。有了裴家做靠山，果然就不一样了，翻身了。她垂下眼帘，不想在这个时候让别人发现她的心思，免得在裴彤的事上节外生枝。不过，那个郁远来找郁棠是为什么事？她刚刚虽然离得有些远，可郁远脸上那灿烂的笑容她却看得一清二楚。

等到郁棠把事情交代下去了，她就朝着二太太拉了拉衣袖，道："我们要不要回去等消息？刚才郁家舅少爷在这里……"

二太太经她提醒，露出恍然大悟的表情，忙对郁棠道："郁舅少爷过来到底有什么事？可别因为我们给耽搁了。"

顾曦，总是不消停！郁棠在心里感慨，笑着看了她一眼，这才回二太太的话："真的没什么事！他在京城的事已经办好了，这两天就要回临安了。一是来跟我说一声，二来是问我有没有什么东西要带回临安的。我寻思着他还有几天要准备，就没有去和你们说——你们有没有什么要带回临安的？我让他帮我们带过去好了。"

二太太顿时喜上眉梢，道："那敢情好，今年端午、中秋我们都不能在老安人膝下尽孝，郁家舅少爷能帮我带点东西回去可就太好了。"说到这里，她想起了郁远来京城的目的，又道："那商会的事就算是落定了？你们家今年和明年岂不都要忙起来？"

郁棠笑盈盈地点点头，道："何止！不仅贡品的事说好了，我阿兄还因为这次来京城认识了好几个在广东和福建的商贾，说好了给他们在京城的铺子做礼盒。我阿兄说，这次回去要和我大伯商量，看能不能带一部分徒弟到京城来开个铺子，专门给这些人家做礼盒。"

二太太愣了愣，随后夸道："我觉得这主意好！京城人情来往很是讲究，礼盒要求高，要得也多。江南在京城做官的人挺多，若你阿兄过来开个铺子，不说别的，就是看在老乡的分上，大家肯定也愿意先和他做生意，生意应该能行。"

郁棠也是这么觉得的，所以郁远和她说这件事的时候，她非常赞同。

二太太就开始帮着郁家出谋划策。京城中哪些三品大员是江南人，有哪几家交际应酬多，哪一些交际应酬少，又各管着些什么衙门，需要不需要礼盒。

她和郁棠说得津津有味，顾曦在旁边听着却只觉得烦躁。

裴彤已经出门快一个时辰了，要是杨大老爷有什么恶意，裴家就是有三头六臂只怕也晚了。二太太和郁棠不担心裴彤的安危，却在这里高高兴兴地聊天……果然亲生兄弟就是亲生兄弟，叔伯侄儿就是叔伯侄儿，平时再怎么说是一样的，关键时候还是不可能一碗水端平。

她瞅着个机会打断了二太太和郁棠的话，道："郁掌柜定了回临安的日子吗？我看到时候要不要跟着一块儿回去！"

郁棠愕然。

二太太却很是唏嘘，把顾曦的打算告诉了郁棠不说，还又劝了顾曦一会儿，把话题再次拉到了裴彤的身上。

郁棠直撇嘴。

裴宴回来了。他的脸色有些不好看，问顾曦："你肯定阿彤是跟他舅舅一块儿出的门吗？"这话一出，众人的脸色都变了。

顾曦磕磕巴巴地道："家里的小厮丫鬟看着他们一起走的。是不是出了什么事？"说完，她吓得眼眶都潮湿了。要是裴彤有个三长两短的，她可怎么办？

裴宴点头，吩咐跟在他身后的裴伍："继续找。让陈先生也帮着想想他有可能会去哪里。"

裴伍颔首，正要应诺，有顾曦屋里的小厮跑了过来，道："大少奶奶，大少爷回来了。"

众人俱是一喜。

顾曦更是问那小厮："大少爷什么时候回来的？人在哪里？有没有受伤？"

小厮听着一头雾水，忙道："大少奶奶，大少爷是一个人回来的，现在在书房里躺着呢。大少爷衣饰整洁，不像受伤的样子。不过他神色有些恍惚，我们给他请安，他看都没看一眼，也不知道出了什么事。"

和杨大老爷所谓的"证据"有关吗？顾曦焦急地朝二太太望去。

二太太咬了咬牙，问裴宴："我们要不要去看看？"

肯定是要去看看的。不仅如此，还要问问他杨大老爷都跟他说了些什么。

裴宴原准备自己带着陈舒这个幕僚过去就行了，但望着郁棠充满好奇而显得比平时还要明亮的眸子时，他想了想，决定还是大伙儿一块儿去，也免得他回来之后郁棠追着问他事情的经过，他还要杂七杂八地讲一通。

"那我们一起过去好了！"裴宴道，率先出了厅堂。

二太太几个一听立马站了起来，收拾收拾就跟着裴宴往顾曦和裴彤住的地方去。

走到溪边拐角的凉亭时，裴彤突然跌跌撞撞地迎面走来。

裴宴见他脸色铁青，目光发直，步履蹒跚，像喝醉了酒似的神志有些茫然，厉声喊了他一声"阿彤"，恼怒地道："你这是怎么了，魂不守舍的？"

都是成了亲的人，还行事这样的不稳重。他在心里批评着，看在裴彤娶了老婆的分上，他就不在众人面前斥责他，不让他丢脸了。

谁知道裴彤像根本没有听明白裴宴说了些什么似的，听到裴宴的斥责，他面如死灰地望了过来，随后脚步一顿，面容骤然一变，看裴宴的目光充满了仇恨，怒气冲冲地撞了过来，伸手就要去拎裴宴的领子："是你！是不是你？你害了我父亲！你陷害他！你和他作对！你背叛他！是你，都是你！要不是你，我阿爹不会死！不会死都不瞑目！不会连后事都没有安排好！不会让我们母子连个安身立命的地方都没有了！裴遐光，你配做我们的叔父吗？配做裴家的宗主吗？"他越说怒气越盛，声音越大，最后还大声嚷着"你赔我阿爹的命来"。

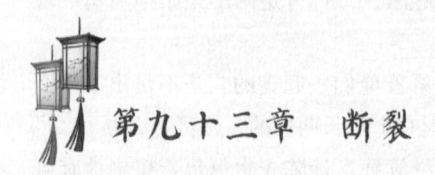

## 第九十三章　断裂

裴彤的话让大家都惊呆了。

他这话是什么意思？！

出了什么事？！

二太太和顾曦半晌都没有回过神来。

已经猜到几分的裴宴却没有回避。他眼底翻滚着别人看不懂的晦涩，冷笑着站在那里，仿佛裴彤是个无理取闹的无知小儿。

裴彤心里就更恼火了。就是这样。他的这位三叔父就是这样，每次看他都像在看白痴似的。而他呢，也的确是个白痴。怎么会相信久不见面的叔父而去怀疑自己的母亲和舅舅？他脸上的表情顿时变得狰狞起来。

可他这表情落在正在发愣的郁棠眼里，却打了个寒战。

裴彤恨裴宴，裴彤要裴宴赔他的父亲，裴彤有可能伤害裴宴……这些念头鱼贯着在她的海脑里一闪而过，她的手比心更快地出现在了裴宴的眼前——她"啪"的一声，打掉了裴彤伸向裴宴衣领的手。

她的人也比心更快地拦在了裴宴前面，朝着裴彤大声地喝道："你要干什么？你是不是以下犯上？他是你叔父，可不是与你不相干的人，你要是今天敢动他一根手指，你就等着以'不敬'之名被赶出裴家吧！"

裴彤手指一痛，然后听到了郁棠怒气冲冲的斥责。他的手一顿的同时，理智也跟着回了一点。不管怎么说，裴宴都是他的长辈，他直呼裴宴的大名，的确是不敬长辈。他要是说不出个子丑寅卯来，到时候肯定名声被毁，会失去科举的资格。不，他不能这样！他还要为父亲正名，要照顾母亲和弟弟，不能这么冲动。冲动除了能让他一时痛快之外，没有任何好处。

裴彤不停地告诉自己要"冷静",伸向裴宴的手也慢慢地垂落在了身旁。

裴宴看着却不屑地冷哼了几声。这就是他阿兄的长子。长于妇人之手,连发脾气都不敢!连质问都不会!连打人的勇气都没有!这种男儿,要他有何用?!

他忍不住开口:"怎么不叫嚣了?你妻子,你二叔母都在这里呢,你不是要找我算账吗?怎么?被人一拦,回过神来了,畏缩了!刚才那么大声地叫我'裴遐光',怎么不叫了?"

裴彤听着脸色一白。

郁棠却恨不得捂了这厮的嘴巴把他拖到一旁。不过,捂嘴巴肯定是不成的。他比她高太多,但可以拖到一旁。郁棠想也没有多想,就使劲地把裴宴往旁边拉。这厮说话多难听啊!现在裴彤冷静下来了,谁敢担保他听了裴宴的话之后能继续保持冷静?

裴宴也是,就算要不带脏字地骂人,也离那人远一点。把人给骂起了火,谁还管你是谁,照样一巴掌,不管扇没扇到,首先是灭了气势,那还吵什么架啊!郁棠在心里嘀咕着。只知道说别人,自己还不是个半瓢水。

她也没能忍住,悄声对裴宴道:"你少说两句!就是要说,也离他远一点!好汉不吃眼前亏,你平时那么聪明的一个人,怎么关键的时候犯起糊涂来呢!"

妻子的声音,温柔中带着几分清脆,说的是抱怨的话,却也透着让人不会错识的关怀和担忧。裴宴如同大冬天被迎头浇了一瓢冷水,突然间也冷静下来。他刚才的确是太冲动了。听到裴彤没大没小地喊他"裴遐光",他的确是气极了,上了头,只想着教训他了,没想到郁棠还在他身边。

君子六艺,现在虽说大家都不是那么讲究这些了,裴家却保守守旧,子弟除了琴棋书画,还会学骑射拳脚。裴彤从小跟着父母在京城,受的教训更倾向于杨家那种暴发户要求的"读书入仕",卖与帝王家,已经不像裴家的子嗣了。虽说言语伤他了,就是真想把手伸到他的身上,那还得看他愿不愿意。

但郁棠不知道啊!

这不,她心里一急,不仅打掉了裴彤的手,还拦在了他的面前,不分对错地包庇他……阿棠得多喜欢他,才连自己的安危都顾不上了,才会连是非曲直都不问。裴宴想想就觉得高兴,觉得甜蜜,再多的不满和愤慨都烟消云散了。

他不顾青天白日,在屋外,紧紧地搂住了郁棠的肩膀,低声对她道:"没事!我心里有数。你照顾好你自己就行了。"

话虽如此说,郁棠怎么能放下心!特别是裴彤刚才的话,字字句句都指责裴宴害死了裴宥。不管是真是假,这样的话要是传了出去,裴宴还夺了他们家宗主之位,对裴宴的名声可就太不利了。

郁棠没有理会裴宴,而是皱着眉,非常不赞同地望着裴彤,高声道:"你是想在这里说话,让家里的仆妇们都听个明白,来辨别曲直呢,还是去书屋或是花厅,

123

等二伯回来了，把杨家的人、顾家的人都请过来，说个明白呢？"

杨家的人在背后捣鬼，肯定得叫来对质。

顾家是顾曦的娘家人，自古以来发生了大事，舅家都是重要的见证，自然也得请来。何况顾昶很显然目前和裴宴达成了一致，顾昶也不是任人捏拿的，把人请来了，暂且不提帮不帮得上忙，至少可以让局面更复杂，让更多的人知道裴彤干了些什么！

这是郁棠说话时灵机一动想出来的办法。

裴彤也想知道事实的真相。他刚才就是太激动了。既然杨家说他父亲的死与他三叔父有关，那大家就锣对锣，鼓对鼓地说清楚吧，也免得他认贼作父，九泉之下无颜去见父亲。他冷峻地高声应"好"。

郁棠立刻让人去请杨家和顾家的人过来。

顾曦和二太太这才回过神来。

二太太想去拉郁棠，问问她到底是怎么一回事，可郁棠被裴宴抱在怀里，她不好意思去拉郁棠的手，只好道："我，我这就让人去催催，让二老爷快点回来！"

郁棠点了点头。

顾曦却在心里把裴彤骂了个狗血喷头。

怎么有这么傻的人？

就算是裴宥的死与裴宴有关系，他此时既没有功名，又没有权势，还在两个叔父的手下讨生活，凭什么和裴宴翻脸？就算愤慨不过要翻脸，能不能先把裴宣拉拢到他这边了，由裴宣帮着他出头呢？

身边什么倚仗都没有，就敢在这里叫嚣，还敢让裴家的人就这样去把杨家的人叫来？就不能在裴家的人把杨家人叫来之前，想办法给杨家的人报个信，让杨家的人有个准备吗？

顾曦气得胸口一起一伏的，脑子飞快地转着，人却在自己都不知道的情况下连连向后退了几步，离裴彤更远了一些。

她看了四周一眼。

二太太不好意思看郁棠和裴宴，红着脸，正侧着身子和身边的婆子说着话。裴宴则眼底带着笑，附耳和郁棠说着什么。郁棠不住地点着头，偶尔轻声回应裴宴几句，两人浓情蜜意的，仿佛能闻到糖的味道。而她的那位好夫婿裴彤，不知道在想什么，神色木然地站在那里，好像刚才的怒意已经把他身体里的精气神全都吞噬了，再也迸发不出什么热血了。

她悄然地松了口气，忙招来了荷香，小声地叮嘱她想办法把刚才发生的事告诉顾昶，还道："一定要赶在裴家人之前。别让大少爷什么都不知道踩了雷。"

这样，他阿兄就可以考虑要不要掺和裴家的这件事，不来用什么借口好，来了之后应该说些什么，站在哪一边。

荷香刚才已经被裴彤吓得魂飞魄散了，听顾曦这么一说，她哪里还不知道利害，连声应诺，一溜烟地就跑了。只是她虽然跑了，却没能出府。

在侧门的时候，被郁棠屋里的婆子似笑非笑地拦了下来，还道："您是要去哪里？大少奶奶那边不要您服侍吗？今天家里出了点事，三太太说了，内宅从扫地的到浇花的，谁都不能出了这道门。您是大少奶奶跟前最得力的，您可别让我们这些办事的为难。"

任荷香是说好话还是使银子都不管用，她还是被郁棠的人拦在了侧门内。荷香只好跑回去找顾曦。抄手游廊上已经没人了，荷香找了半天，才发现顾曦等人去了离这里最近的裴宴院子里的花厅。

荷香轻手轻脚地进了花厅，这才发现刚才跟在二太太、三太太甚至是三老爷身边的人除了特别体己的，像二太太身边的金嬷嬷、三太太身边的青沉，其他的人都不见了，端茶倒水的丫鬟婆子全换成了她不认识的人，她想打听一下她走后发生了什么事都没有个熟人。

她不禁心里发毛，跑到了顾曦的身边，尽可能地靠近顾曦。

顾曦心生不悦，低声问她："怎么回事？"

荷香瞥了眼因为静谧无声而让端放茶盅的声音都变得无限放大的花厅，把声音压了又压，和顾曦耳语道："出不去！三太太让人守住了侧门，说是内宅的人一律不允许出去。"她说完，想了想，又道："我这一路上过来，一个人都没有遇到。"

也就是说，内宅已经被管控起来了，没有郁棠的话，谁也不能乱走动。

可她刚才一直盯着郁棠，郁棠是什么时候吩咐下去的？青沉刚才也一直在她身边，又是谁代表郁棠去传的话呢？顾曦有些糊涂了。

有小厮"哒哒哒"地跑了进来，喘着气道："二老爷回来了！"

顾曦如释重负。裴宣回来了就好。裴宣还是很疼爱裴彤的，裴彤也非常敬重这位长辈。有他主持公道，总比冷心冷肺的裴宴对他们有利。

她立刻站了起来。和她一起站了起来的还有二太太。

二太太就比她直接得多。她双手合十，朝着南边作了个揖，念了声"菩萨保佑"。这么复杂的事，她兜不住，心里一直慌得不行，现在丈夫回来了，她也就可以躲在丈夫身后，不管事了。想到这些，她忍不住上前几步，出了花厅。

裴宣面沉如水，正穿过花厅前院子的甬道走过来。他抬头就看见了倚门而立的二太太。

裴宣的眼神顿时温和了几分，他尽量让自己的声音听着也柔和几分地道："怎么站在这里？天气越来越热了，快回屋里去。"

这个时候还有谁顾得上热不热？！二太太急急地低声和丈夫交换着信息："你知道家里发生了什么事吗？杨大老爷来找大公子……"

此时不是他们夫妻闲聊的时候，他点了点头，有些强势地打断了二太太的话，道："我已经知道了，还让陈舒去关了大门。有什么话，我们回去再说！"

也就是说，裴宣从头到尾都知道发生了什么事。

二太太松了口气，嘴角微翘，露出个真正的笑容来："我知道了！"

她说着，躲到一旁，让裴宣进了花厅。

"二叔父！"裴彤和顾曦不约而同地和裴宣打着招呼，裴宴只是淡淡地喊了声"二哥"，郁棠则朝着裴宣福了福。

裴宣还是很给这个比自己女儿也大不了几岁的小弟媳妇面子。他朝着郁棠点了点头，对裴宴道："让她们都回去歇了吧！我们几个说说话。"

他所谓的"她们"是指二太太等女眷，"我们几个"则是指裴家的男子。

顾曦立刻站了起来。她不想卷入裴家内部之争中去。反正裴彤已经和裴宴撕破了脸，她也打定了主意等生下长子就回临安或者是杭州，独自把孩子抚养长大。而她的那顶诰命，也只能指望自己的儿子了。

郁棠却有些犹豫。她很想知道发生了些什么事，最重要的是，她觉得裴宴心高气傲，肯定很多事情不愿意辩解，而不愿意辩解有时候就特别吃亏。她是女子，世人都认为女子见识短，说话算不得数，她可以利用这一点帮裴宴说几句话。

裴宴觉察到了郁棠的担忧，他想了想，道："二哥，就让她们留在这里吧！与其让她们惴惴不安地乱猜，还不如让她们知道发生了些什么事，有个自己的判断。"

"阿弟！"裴宣皱了眉，一副很是不赞成的样子。

裴宴却没有改变主意，道："二哥，杨家之所以能挑拨成功，不就是因为大家藏着掖着不想让小辈们知道吗？就让他们都知道当年到底发生了些什么事好了！"

"可是阿爹……"裴宣为难地道。

"阿爹那么护着大兄，可大兄领到阿爹的好了吗？"裴宴冷漠地道，神色冷酷，"我们觉得我们是在保护大公子和二公子，可别人却觉得是我们害了他爹。是非荣辱，就由他们自己来判断吧！是从裴家分宗还是继续做裴家的子弟，也由他们自己决定吧！"

裴宣没有说话。

裴彤听了，看看苦笑着的裴宣，又看了看满脸冰冷的裴宴，没有谁流露出一丝心虚，他心里咯噔一声，隐隐觉得事情也许并不像杨家说的那样绝对。

那真相是什么呢？！

他大舅父跟他说那些话的时候，他也是不相信的，甚至还因为反驳了大舅父几句，惹得大舅父非常不高兴。可等他失魂落魄地回到裴家，看到裴宴那高高在上、不屑一顾的倨傲时，他乱如杂草的心里好像就被人扔了个火苗似的，"嘭"的一声就烧了起来，而且瞬间就烧成了漫天大火，席卷了他的理智和心性，说出了不应该说的话……

可若是说后悔，好像也不是，更像是害怕，害怕真相比现在更让他没法接受！

裴彤深深地吸了一口气。

裴宣无奈地道："那大家就先坐下来说话吧！"说这话的时候，他的目光不由得就落在了裴彤的身上，轻轻地摇了摇头，非常不赞同地叹了口气。

裴彤心里更慌了，想张口说些什么，嘴里却干巴巴的，不知道说什么好。

裴宣已高声叫着裴伍。

裴伍很快就过来了，站在门外应了一声。

裴宣吩咐他："你和裴柒在门口守着，若是杨大老爷和顾大人过来了，请他们先在客厅里喝杯茶，等我们这边说完了，再请他们过来。"

裴伍应声而去。

裴宣吩咐金嬷嬷："把门关上。"

金嬷嬷"哦"了一声，如梦初醒，忙朝着青沅等人使着眼色，走了出去。

青沅等人也明白过来，呼啦啦全都退了出去，还准备把门关上。

谁知道裴宴却说道："门扇都打开，你们远远地守着，别让人过来就行了。"

这样，花厅里抬眼就可以看见院子里的情景，有谁想偷听都不太可能。

郁棠很是赞同地看了裴宴一眼。

裴宴对着妻子那亮晶晶的眼神安抚般地笑了笑，心情却突然间大好。谁又能令这世间所有的人都满意呢？只要他在乎的人满意他就行了。

裴宴这次无所顾忌地无声地笑了起来，还神色温和地递了个果子给郁棠，悄声道："平生不做亏心事，半夜不怕鬼敲门。你放心好了，我没做什么对不起天地良心的事。"

郁棠当然相信，可她还是不放心，小声地道："那你也不能任人说三道四的，被人误会，受人欺负！"

原来他的阿棠是这么想的！裴宴强忍着，才没有笑出声来。从前，他阿爹和他姆妈总怕他欺负别人，被人记恨，可现在，他妻子却怕他被人欺负，受了侮辱……这算不算是三十年河西，三十年河东？

"好的。"裴宴答着，笑容止不住地从眼角眉梢流淌出来。

裴宣看着小弟两口子在那里说着悄悄话，重重地咳了声。

裴彤看着裴宴和郁棠旁若无人的样子，心里刚刚消下去的怒火又重新燃了起来。凭什么他们家家破人亡，他三叔却坐拥如花美眷？

裴彤冷冷地望着裴宴。裴宴面无表情。

裴宣长长地叹了口气，这才道："阿彤，你先说说，你大舅都跟你说了些什么。"

裴彤看了眼裴宴，又看了眼顾曦，沉声道："我大舅父说，我阿爹不是暴病而亡。"

郁棠等人俱睁大了眼睛。

裴彤看了，很是满意，继续道："因为在我阿爹病逝的前一天下午，我阿爹还带信给我大舅父，说晚上要去他那里商量点事。结果我大舅父等了我阿爹一晚上，我阿爹也没有到，我大舅父还以为我阿爹有什么事耽搁了。第二天早朝，大舅父以为我阿爹会像从前那样提前到掖门，和他交代一些事项。他为此还比平时提前了快一个时辰到达掖门，谁知道不仅没有等到我阿爹，我阿爹还无故没有上早朝，等到中午，才知道我阿爹人没了。"

这件事裴氏兄弟应该早已经知道了，不管是裴宴还是裴宣都很平静，裴宣甚至还问裴彤："那你为什么说这件事与你三叔父有关？"

裴彤的神色立刻变得凶狠起来。他道："我阿爹和三叔父关系非常不好。我阿爹觉得帝位能者居之，我三叔父却和他恩师张英一样，觉得应该立长立嫡。我阿爹因此和三叔父大半年都没有来往，见面也互相不理睬。可我阿爹暴病身亡的那天晚上，三叔父却突然去了我们家，还和我父亲大吵了一架。按理，发生了这样的事，我三叔父多半都会拂袖而去，回来这边过夜。可那天晚上，三叔父住在了我家不说，半夜还不睡觉，在花园里遇到了同样因为气得睡不着的父亲，两人又吵了一架。然后阿爹回到屋里没多久就病逝了。这件事，不是我大舅父跟我说的，而是我母亲说的。我母亲早就怀疑我阿爹的死不寻常了，只是没有证据罢了。"

"因你三叔父和你阿爹政见不合，又在你阿爹去世前一晚吵了一架，所以你就怀疑是你三叔父害死了你阿爹？"裴宴望着裴彤，仿佛在看一个白痴。

裴彤心里的那团火烧得更旺盛了，他气得一下子站了起来，大声道："二叔父，您不用为三叔父找借口了。你要是不相信，就亲自问问三叔父，为何我阿爹暴病后的第二天一大早，祖父突然从临安来了京城，我阿爹的尸体还没有小敛，祖父就同三叔父狠狠地吵了一架？当时祖父为何还狠狠地抽了三叔父三鞭子？这件事，就算二叔父您不知道，我母亲也知道。这么多年以来，三叔父不让我母亲进京，不就是怕我母亲把这件事给说出去吗？"

裴宣愕然地望着裴宴。

裴宴没有吭声。

裴彤很是不满，声音尖锐地质问裴宴："你不敢承认吗？"

那肯定也是有原因的。郁棠咬了咬唇，伸手紧紧握住了裴宴的手。

裴宴的手冷冰冰的，还有些僵硬。但郁棠的手很热，还带着女子特有的柔软。

裴宴猝然笑了笑，慢慢地回握住了郁棠的手，声线平静而又坚定地道："不错。当天早上，我被你祖父惩罚，跪在你父亲的床前，被他老人家狠狠地抽了三鞭子。"

裴宴回答得理直气壮，让在座的人俱是一惊。

裴彤更是急得眼睛都红了，高声道："那你就是承认了？"

裴宣一听，也跟着急了，斥责裴彤道："你就这智商？你三叔父承认被打了，他就对不起你父亲了？你要是再这样说话，也别找我们对质了！你想怎么想就怎么想好了，反正你想装睡，我们谁也叫不醒你！"

"二叔父！"裴彤睁大了眼睛望着裴宣，一副"你居然维护三叔父"的样子，随后他目光渐黯，又是一副"三叔父和你毕竟是一母同胞的兄弟，到了关键时刻，你还是会维护三叔父"的样子。

这都是些什么糟心的想法！别说二太太了，就是顾曦看了都想朝着他翻白眼。

好在裴宣素来性情温和，对待家中的子弟和晚辈更是爱护有加，就算裴彤这样，他还是耐心地道："你只相信自己听到的，看到的，对你三叔父先就有了偏见，又怎么可能听得进去他所说的话呢？你若真的想为你父亲'正名'，是不是两边的话都听一听，然后根据你自己的见识来做决定呢？而不是谁的声音高，谁说的更符合你的心意，你就认为谁是对的。你觉得我这话说得有没有道理。"

裴彤半晌没有说话，开口说话时却"啪"的一声拍着桌子，冷笑道："好，这件事算是我不对。既然二叔父您都这么说了，我要是还一味比声音大小，反而显得我幼稚可笑了。可我为何要站在我大舅那边？那是因为我大舅手里有一封阿爹的亲笔信。在信中，我阿爹对我大舅说，他因为支持立三皇子为储君，不仅三叔父不满，祖父也不满，曾三番五次地写信呵斥阿爹。阿爹说，祖父为人固执，认定的事九头牛也拉不回来。在这件事上，祖父肯定会站在三叔父这边。他就算是极力说服，祖父也不会听他的。阿爹还担心，祖父会亲自来京城，以孝道压他回临安老家。万一事情真的到了那一步，他不能前功尽弃，所以才在那天晚上约了我大舅见面——他们准备那天晚上去拜访三皇子，把我大舅交给三皇子，想办法让我大舅做个六部的侍郎……何况我阿爹身体一向很好，平日里连个头痛脑热也没有。"

他说着，讥讽道："裴家不是向来以遵循旧礼为荣吗？我阿爹自幼习骑射，又怎么会莫名其妙就暴病呢？"

因而杨大老爷几句话，就让裴彤心生怀疑了！

裴宣顿时眉头紧锁，目光不由朝裴宴望去。

众人也都朝裴宴望去。

郁棠连忙捏了捏裴宴的手，无声地给着他默默的支持。

这一次，裴宴没有悄悄地回捏她，而是把她的手放到了自己膝上，光明正大、毫不掩饰地攥着郁棠的手，望向自己的兄长裴宣，淡然地道："二哥，大哥的死，我知道你也有很多的困惑，不如这一次大家就讲开了吧！你听了裴彤的话，有什么对我说的吗？"

原来还镇定如松的裴宣听着，却突然间面色苍白，看着裴宴几次嘴角翕动，都没有说出话来。

裴宴叹气。

裴彤则"哈哈"地笑了起来，一边笑，还一边抹着眼角的水光，不无讽刺地对裴宣道："二叔父，可见你也和我一样，被三叔父瞒得死死的！你又何必来主持这个正义？这个正义，恐怕是属于三叔父的，与你和我都没有关系！"

"住口！"和善的裴宣，第一次面露青筋，厉声低吼着裴彤，"你三叔父没有错！要说有错，那也是你阿爹的错，你祖父的错！"

"啊！"郁棠杏目圆睁。

二太太更是惊恐地拉了拉裴宣的衣角，担忧地喊了声"二老爷"。

裴宣面色铁青，没有说话。

顾曦左看看，右看看，眼珠子飞快地转着，最后定在了郁棠和裴宴紧紧握在一起的手上。

裴宴哂笑了一声，闭了闭有些发红的眼睛，然后才睁开眼睛看着裴宣，道："阿兄，原来你一直都知道！我还以为……"他说话的声音有些悲伤，还带着些许不易察觉的庆幸，听得郁棠心里一紧。

裴宣闻言苦笑，道："我知道你们都不想我知道，我也想装作不知道。可这个时候了，我要是再装作不知道，恐怕不能善终了。也枉费你和阿爹一直瞒着我，想我做个干干净净的贤人……"

"阿兄！"裴宴有些急切地打断了裴宣的话。

裴宣却朝着裴宴摆了摆手，神态顿现疲惫，沉声道："我知道，我什么都知道。可我不能让你一个人背这个锅。阿爹在世的时候曾经不止一次地跟我们说过，兄弟齐心，其利断金。阿兄不相信，更信任杨家的人，我管不了，但我可以管着我自己，听阿爹的话，做个好兄长，也做个好叔伯。"

"阿兄！"裴宴再次喊着裴宣，眼角又开始泛红。

裴宣则无奈地笑了笑，拍了拍裴宴的肩膀。

"你们在说什么？"裴彤惶然地望着自己的两个叔父，色厉内荏地尖声道，"你们这是什么意思？什么叫你们都知道？你们都知道些什么？"他说着，站了起来，走到了裴宣的面前，哀求般地低下了头，嘶声问着裴宣："二叔父，我，我还能相信你吗？"

裴宣定定地望着裴彤，没有说话。

裴彤一下子慌了。

"你先坐下来！"裴宴却突然淡淡地对裴彤道，"还是我来告诉你吧！也免得你胡思乱想。"

裴彤瞪着裴宴，立在那里不动。

裴宴也就没再勉强他，而是道："我和大兄的确是政见不合，在这京城知道的人不多。为什么呢？因为拥立三皇子继位，原本就是投机取巧之事。"说到这里，他看了裴彤一眼。

裴彤面红耳赤。自古以来就是立嫡立长，拥立三皇子，的确有些行事不正，估计谁也不会嚷出去。

裴宴看了，好像很满意他还有点廉耻之心似的，神色和缓了很多，正想继续说下去，却被裴宣拦住。

他情绪低落，道："遐光，我来说吧！一直以来，我都装聋作哑的，这一次，你就让我挺直了脊背，做一回哥哥，做一回叔父吧！"

裴宴没再说话。

裴宣忖思片刻，这才道："阿彤，你阿爹的确不是暴病而亡。"

裴彤神色一凛。

裴宣道："你阿爹是你祖父杀的。"

"不可能！"裴彤目瞪口呆，大声反驳，"我祖父……"

虽然从小见得少，却让人感觉很慈祥、很亲近。

"不，不可能！"裴彤喃喃地道，求助般地望着屋里的人。

裴宴好像没办法面对似的，垂着眼睑。郁棠呢，只关心裴宴的情绪，虽然震惊，更多的却是担心，干脆起身站了起来，搂着裴宴的肩膀不说，还轻轻地抚着裴宴的胳膊。顾曦倒是望着他，可满脸犹豫，不知道该如何是好的样子，比他更无措。

冷意就从指尖快速地蔓延到了心尖。这世上，还有谁能全心全意待他？有谁能全心全意地支持他？

裴彤茫然四顾，觉得自己好像走错了地方，不知道出路在哪里，也不知道来路在哪里。

"是真的！"裴宣神色痛苦，但还坚持道，"你父亲拥立三皇子，不仅以宗子的身份从家里调走了二十万两银子，而且利用家中的飞鸽，向三皇子透露了二皇子的行踪，以致二皇子遇刺。你祖父也的确不赞同他在朝为官，一直以来都希望他能遵守祖制，回乡守业。你父亲不仅不听，还变本加厉，卷入了皇子争位中，一个不小心，甚至会让裴家陷入灭顶之灾。你祖父悄悄来了京城。你三叔父赶在你祖父前面去见了你父亲，劝你父亲回头是岸。但你父亲不听不说，还和你三叔父吵了一架。随后，你祖父到了你家，然后你父亲就暴毙了。至于你祖父为何要打你三叔父，我不知道。但我知道，你父亲是喝了你祖父亲手递过去的一杯茶，才毒发身亡的。

"你祖父觉得对不起你父亲，也没办法排解杀子的痛苦，就绝食自尽了。"

裴宣哽咽道："这也是你祖父在你父亲去世之后，也很快就去了的原因。"

郁棠的手都不知道放在哪里好了。是不是因为这样，所以裴宴见不得那些姹紫嫣红开在夏日艳阳下的花呢？郁棠更紧地把裴宴抱在了怀里。眼睁睁地看着父亲杀了自己的兄长，然后自杀了，却无能为力，对于那样敬爱自己父亲的裴宴，又该有多痛苦呢？

"遐光!"她忍不住在他耳边低喃。想到梦中裴宴如影子般生活在临安的情景。那时的他,又有多孤单、寂寞呢?又有谁在漫漫长夜里安慰他呢?她又想到临安城那些关于裴宴夺了裴宥宗主之位的流言蜚语。凭什么?!郁棠恨不得把眼前这人放在手心里,好好地护着,妥帖地放好了,免他受惊,免他风雨。

"这又不是你的错!"她偏心又护短,"明明就是大老爷的错。要不是他贪图名利,不愿意老实本分地做裴家的宗子,又怎么会惹出之后的这些事来呢?难道老太爷就不才华横溢、学富五车?可老太爷有没有嚷着要出去做官,要名留青史?是他不遵守规矩,是他惹出来的祸,还要你和老太爷给他收拾残局。你犯不着为这样的兄长伤心!"

郁棠的声音不大,却也足够让在座的人听清楚。

裴宴忍不住抬头看向郁棠。

郁棠满脸坚定,朝着裴宴点了点头,道:"你没有错!"

她的声音不大,语气却非常笃定,好像她说的就是天下至理一样。

谁给她这样的勇气和决心?裴宴想笑,又有点笑不出来。她才嫁过来不久,就是人都没有认齐整,更不要说了解裴家的家史了。谁给她的底气做出这样的一番举动,说出这样的一番话。当然是因为她……足够喜欢他!

想到这里,裴宴的心就像被浸泡在一汪春水里,让他心生荡漾,明媚灿烂。这是会与他共度一生,白首不离的发妻。是不管什么时候,不管发生了什么事,都愿意站在他身边的人。

裴宴突然觉得他非常幸运,幸运他当机立断娶了郁棠,幸运他在裴家当铺遇到了这个人,甚至幸运鲁信高价卖了幅假画给郁家,就好像上天注定,不早也不晚,不快也不慢,而他,抓住了这机会。

"阿棠!"裴宴轻声地道,紧紧地握住了搭在他胳膊上的那双修长白皙的手。他知道,他握住了,就再也不会放手。

两人的亲昵,让二太太看着脸红,也有点佩服。这郁氏,胆子可真是大啊!家里又是卷入刺杀皇子案,又是出现了父杀子的事……不管是哪一件都是能抄家灭族,声誉尽毁的事,她不想想以后怎么办,居然还有心情和心思安慰三叔,还能像没事人一样,和三叔亲亲热热的。也不知道是她心太大,不知道深浅;还是她遇事沉稳,越是困境越不慌张?

应该是遇事沉稳吧!二太太想到她是怎么嫁到裴家来的,在心里叹了口气。难怪她婆婆总说,人要看关键,关键的时候遇事能稳得住,才是能做大事的人。她这位三叔,眼光可挑剔得很。郁棠能嫁到裴家来,能嫁给裴宴,肯定不仅仅是长得漂亮。这关键的时候不就看出人品来了?她自己就不行!她想想都觉得害怕。以后这家里的事,还是交给郁棠好了!

二太太像被雨淋湿的鹌鹑,不敢说话,缩在角落里,小心翼翼地打量着自己的丈夫。

裴宣颇为感慨。

他的这个小弟，从小就争强好胜，什么都要拔尖，就是找个老婆，也要比旁人漂亮。之前他还挺担心的。这人总不能只看漂亮，也要看看性子吧！可现在看来，这性子，也够剽悍的。他这还没有说什么，他这小弟媳就把人护上了。护上了还不说，还生怕别人不知道似的，直接把人给搂上了，让他这个做大伯兄的都不好意思看了。

不过，他阿弟肯定很得意。他这一生就没有输过人，自己做主不顾家世背景娶了个比他小好几岁的人，关键的时候不仅挺胆大，还能一心一意地护着他，生怕他受了委屈似的。这样的女子，有几个男人受得了？就是裴宣看了，也有些羡慕裴宴这个媳妇没有白娶。他阿弟，这辈子也算是个赢家了，处处都先人一筹。

裴宣不禁轻轻地咳了一声，想告诫裴宴两句"稳重点"，又想着裴宴平时就不听他的，这个时候正情绪激动，恐怕更不会听他的了。他也就别浪费精力了。

可裴宣的咳嗽声却让顾曦回过神来。真没有想到，郁棠私底下是这样一个人！竟然会甜言蜜语地哄住裴宴。

不过，郁棠这睁眼说瞎话的本事还真挺厉害的，为了讨好自家的男人，把裴彤给踩到脚底下去了。但她也的确很聪明，知道在这个时候说什么话能让裴宴高兴。裴宴以后对她肯定会更好。

顾曦瞥了裴彤一眼。

裴彤脸色泛青，看着裴宴的眼神仿佛要把裴宴吃了似的。顾曦在心底叹气，寻思着自己要不要也学着郁棠安慰安慰裴彤。这个时候能站在裴彤身边，裴彤肯定也很感动吧？他们夫妻的关系也能增进。可这样一来，她就站到了裴宴和裴宣的对立面。如果裴宴说的是真的，那错就在裴宥这里，她肯定不能站在裴彤那边。如果裴宴说的是假的，那也得裴家的长辈承认才行。她左想右想，背上像压了块磨盘似的，就是没有办法像郁棠那样落落大方地站起来，走到裴彤的身边。

顾曦犹豫着，裴彤却面如死灰。

他的理智告诉他，他二叔父裴宣不会说谎，因为这样的谎言对他二叔父没有一点好处，甚至还可能因为"父杀子"的传言让裴家声誉扫地，对他二叔父的仕途造成毁灭性的打击，不仅做不成官，还可能永不录用。可情感又告诉他，肯定不是这样的。他祖父那个人，是最疼爱孩子的。他们小的时候，亲近杨家而疏远裴家，但他祖父还是每年都会千里迢迢地让人给他们带来生辰礼物、过年红包。有一次，说家里田庄大丰收，还特意给他和他阿弟各送了五百两银子买笔墨。这样的祖父，怎么会杀子？又怎么可能像三叔母说的那样，是因为他父亲的不肖？

"你说谎！你说谎！"裴彤喃喃地道着，心里就越发肯定。三叔母是在偏袒三叔父，所以才会指责他父亲。一定是这样，没有错！他顿时大声道："三叔母，我敬你是长辈。你不要随意诬陷我父亲！"

裴宴原本就因为父亲的死对他哥哥非常不满，哪里还听得了裴彤指责郁棠。

他想也没想，立刻打断了裴彤的话，道："阿彤，这可不是学堂，我们也不是教你读书的先生——什么事都可以讨论，什么事都可以请教，你要对你说出来的话负责任的。你说你三叔母诬陷你父亲，你是要拿出证据来的！难道你三叔母说的不对吗？如果不是阿兄他一意孤行，父亲会那么痛苦吗？会这么早就去世吗？你们至少还见过祖父，得到过他的教诲和慈爱，我的儿子呢？都不知道自己的祖父长的什么样子！你敢说，这和你父亲就没有一点关系？"

裴彤愕然。

裴宴从前就郁闷于心的话此时不想再藏，也不想再压，他无所顾忌地道："我们家的家规就是长子继承祖业，你父亲原本就不应该去参加科举。可他去了！去就去了吧，那个时候你祖父做主，他老人家都没有说什么，我们这些做弟弟的就更不能说什么了。

"可你当官就当官，为何要卷入那皇子之间的事去？是因为裴家还不够显赫吗，还是因为裴家还不够富贵？我看都不是吧！说来说去，他不过是为了自己能名留青史，不做纯臣就做权臣罢了！可他想过没有，他名动天下了，于我们裴家又有什么好呢？不过是锦上添花罢了！可如果他站错了队，跟错了人，裴家又会有什么样的遭遇？裴家这么多子弟又会面临怎样的困境？他想过没有？

"你们都说阿兄聪明，文韬武略。我们都能想到的事，他难道就没有想到过？可他还是想走捷径，想投机取巧。他走捷径就走捷径，谁不喜欢，省时又少力。可他却偏偏又要做婊子，又要立牌坊。拿裴家的银子去巴结三皇子，拿裴家做生意用的飞鸽给三皇子报信。他不是不相信裴家的人，只相信杨家的人吗？为何还要利用裴家祖宗几辈子积攒下来的家底？他有本事让他自己干，有本事让杨家给他出钱子、出路子啊！他都不管别人了，凭什么别人还要管他？"

裴宴继续训着裴彤："你不是无知妇孺，你是读过书的人，你会不知道这些道理？你不过是不愿意承认你有这样一个父亲罢了！"

裴宴说着，有些激动起来，道："我的确是怨恨你父亲！如果不是他的自私自利，你祖父怎么会背负着杀子的罪恶，临终不得安宁，最终以命抵命！你什么都不要再说了。杨家想来对质那就对质吧！我既然能让杨家的老二和老三流放岭南，我也能让他们死在那里永远回不来。正好，你也大了，知道为你父亲出头了。我们就在这时把话说清楚好了。你如果选择和你父亲一样的路，信任杨家更胜裴家。我作为裴家的宗主，作为你的叔父，我做主，让你出宗，还保证阿兄留给你的东西你全都带走。你要是觉得你父亲是错的，你要继续做裴家的子弟，也行，从今天开始，就和杨家断绝关系，以后杨家的事都与你无关。我也不用怕你母亲出去乱嚷嚷，给你死去的父亲抹黑了，我也能做主，让你兄弟两个好好读书，以后出仕做官，争取为裴家增光添彩！是左是右，你就自己决定吧！"

裴宣大吃一惊。他是知道自己这个弟弟强硬，可他没有想到强硬到这个份儿上。随随便便就答应让裴彤出宗，随随便便就答应不再管他们的大嫂。那可不是个安分的人，他们压着大嫂不让她出临安城，不就是怕她在外乱说，坏了他大哥的名声，从而也连累了裴家吗？"不行！"他大喝一声，盯着裴宴道，"不能分宗，也不能让大嫂离开临安！"

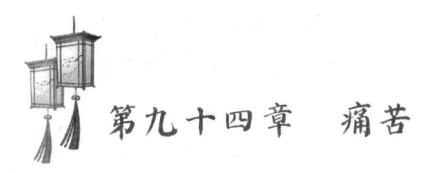

## 第九十四章　痛苦

谁都没有想到开口说反对的人是裴宣。

他一直以来都给人宽厚仁慈之感，裴彤和顾曦都把注意力放到裴宴的身上，结果裴宴出奇地好说话，反而是裴宣，在关键的时候跳了出来，表示反对。

众人都惊讶地望着他。

裴宣的神色更肃穆了。他沉声道："这件事我不同意。出宗不是那么简单的事。裴彤是宗房长孙，若是出宗，以什么样的理由？还有大嫂，杨家仗着和大兄亲近，就能肆无忌惮说我们家与二皇子遇刺有关，若是出了宗，传出了什么于裴家不利的言辞，由谁负责？"他说到这里，目光炯炯地盯着裴彤："你已经知道你祖父为何逝世。你有没有想过，在裴家几百年的历史中，又有多少像你祖父这样的人？又有怎样不为人知的牺牲？我们不能这样自私，为了你一人，就陷裴家几百年的基业、几百口的性命于不顾。"

"我……"裴彤张口结舌，说不出话来。

裴宴却"呵呵"地干笑了两声，道："二兄，这些事你就不要管了。月有阴晴圆缺，人有潮起潮落，原本就是至理。裴家富贵了这么多代，说不定今天就是分崩离析的时候。以后的事，自有以后的人操心。他要走就走吧，我就不相信，他们在外面胡说八道，就能把自己给择干净、撇清楚了。二兄要是不相信，我们就走着瞧好了。"

这样冷漠而又不负责任的话，从裴宴口里说出来，没有半点的颓废，反而带着种跃跃欲试的迫不及待，如同一个猎人，没有了猎物，他却想制造一场狩猎似的。

裴彤睁大了眼睛。

顾曦却背后发凉。

是的。没有这场对质还好，有了这场对质，所有的前因后果都说了出来，当年发生过什么事,众人也都知道了。卷入皇嗣之争的是裴宥,利用裴家的资源帮着三皇子的也是裴宥,就算他们分了宗,这件事就可以这么简单地划分责任,就可以这么简单地说与他们无关吗?

所以,大太太不到处嚷嚷还好,若是她到处嚷嚷,拖下水的可不仅仅是裴家人。说不定裴家人还可以利用这次分宗,说成是对他们这一房的惩罚。

顾曦望着裴宴平淡的面孔,突然觉得自己好像从他俊美的面孔下看到了他包藏的祸心。

她顿时急得额头冒汗,忍不住地高声道:"不,不能这样。我们不分宗。为什么要分宗呢?一家人不说两家话。有什么矛盾,说出来,我们想办法调解就是了,何必要闹得让大家都看笑话呢?"

只要他们还是裴家的一分子,裴家就不能把他们丢出去,裴宥所做的一切,裴家都没办法推诿。只有这样,裴家才会庇护他们!何况裴家除了宗房,还有其他子弟,那些子弟不过是在宗房的耀眼下显得没那么亮而已。但仔细想想,他们不管谁单独拉出来,实力都不容小觑。李端家,不就是因为出了个正四品的李意吗?裴家可不止一个正四品,还有隐居在家的裴毅等人。裴宴,肯定是算准了这些,才会看似好意大度,实则逼迫、诱惑着裴彤出宗的。

顾曦越想越觉得自己有道理,她额头的汗也就越来越多了。

她很怕这个时候裴彤说出什么不合时宜的话或是做出什么不合时宜的事来,忙拉了拉裴彤的衣袖,压低了声音,急急地道:"你快说句话啊!"又怕他像之前那样意气用事,也顾不得有谁在场了,把声音又压了压,匆匆地告诫裴彤:"分宗,你这是想和杨家厮混在一起吗?公公去世之后,杨家帮了你们多少忙,你心里难道没有成算吗?你难道准备自己想办法补偿公公所做的那些事吗?"

就算是裴彤想补救裴宥的过失,那也得有那能力才行。裴彤更多的是茫然。他不过是想弄清楚自己父亲的死是不是与家里的人有关,却走到了家中长辈想让他分宗的地步。他为什么要分宗呢?就如同顾曦所说,分宗固然更自由了,可分宗也意味着没有谁会庇护他了。

他要投靠杨家吗?杨家连自保都没有能力,又谈何庇护他?可他又为什么走到了现在这一步呢?

"我不知道!"裴彤喃喃地道,不知所措地四处张望。

裴宴的神色平静又自怡,好像此时不是什么重要的场合,只是夏日里的一次闲聊;郁棠全神贯注地注意着裴宴的情绪,仿佛除此之外,没有什么再值得她关心的了;裴宣不悦地望着他,眼里有着不加掩饰的失望;二太太缩在角落里,尽量让人忽略着她的存在。顾曦还是和从前一样,关键的时候总是沉不住气,总是在他还没有最后决定的时候出言阻止或者意图改变他的决定。

或者,不是沉不住气,只是对他没有信心?他们两口子,很少在这种决定彼此命运的时候会提前商量。他三叔父和三叔母,应该会和他们不一样吧?每每有什么事,三叔母都全心全意地相信着三叔父。可这到底是提前商量的结果,还是因为三叔母爱慕着三叔父,愿意承担三叔父所作所为的任何后果呢?裴彤不愿意去细想。因为继续细想下去,只会让他怀疑顾曦是否喜欢过他,他难道是个连妻子也没办法征服的男子吗?

裴彤低下了头,道:"我不愿意出宗,可我也不愿意让我父亲就这样白白地没了性命!"

那怎么办?顾曦望着裴彤,觉得自己刚才就不应该同情他。这是人说出来的话吗?顾曦心很累。她低头抚额。

裴宴冷笑,道:"那你说怎么办?你既然觉得不满,那就想个办法解决这件事吧!"

裴彤心里也没有主意。他只是直觉地觉得自己若是就这样什么也不说地放弃了,那就太对不起自己早逝的父亲了。

他道:"两位叔父都足智多谋,还请两位叔父教我。"

裴宣嘴角翕动,却被裴宴无情冷漠地打断:"我觉得我的主意很好。你既然不同意,那就拿出你的意见和建议来,别总指望着别人给你解决问题。你不是挺有主意的吗?听你大舅说了几句,就决定来找我们算账。怎么,你以为这是在玩游戏不成?你不想玩了,大家就得停下来推倒重来。你是只在我们这些长辈,在这些看重你所以纵容你的人面前才这样,还是在外面也这样?是不是认为自己从小命运坎坷,遇到的人和事都对你太不公平?我在外面的时候,可从来没有遇到这样的好事。说出去的话能收回来,做了的事能不认账,大家还要把你捧着哄着,全都当没有发生似的!裴彤,你命挺好的啊!"

他这一番话不要说裴彤了,就是顾曦听了都觉得臊得慌。

她睃了裴彤一眼。

裴彤满脸通红,喃喃地说不出话来。

裴宴却没有打算就这样放过他,继续道:"你要是觉得这件事还是我们这两个做叔父的责任,让我们给你出主意。我就还是那句话,你们出宗好了。别人问起来,我就说我现在做了宗主,你们在裴家有些尴尬,不如另立门户。你看,我连后续都跟你们想好了。你还有什么不满意的?"

他就差指着鼻子说裴彤"你没本事解决问题,凭什么提条件"了。

裴彤到底不甘心,低声道:"您让我到了九泉之下,怎么去见我阿爹。"

裴宴冷笑,道:"你什么时候能进九泉?估计还有个二三十年,可你想走出这个门,却得先把目前面临的事解决了。我还约了杨家和顾家的人过来,还得给人家一个交代。你也别磨磨蹭蹭了,赶紧选择。"说完,还冷讽道:"这世上就你有爹,别人就没有。你阿爹一堆烂摊子,凭什么让我阿爹去给他擦屁股。你不是想知道你祖父为何打了我三鞭子吗？我让我阿爹别管你爹了，把他除宗好了。他想干什么就干什么去，只要别动我们裴家的盘子就行了。看没有了裴家，他又是个什么东西？"

裴彤脸上青一阵白一阵的，低头沉默不语。

裴宴就问裴宣："二兄，你是什么意思？"

裴宣此时已回过神来。他望着眉眼英俊却又冰冷冻人的弟弟，不知道该说什么好。裴彤还小，不知道他的三叔父有多硬的心肠，有多快的脑子。就在杨家拿他们大兄的事想威胁裴家的时候，裴宴恐怕就已经开始布局了。此时不过是图穷匕见而已。他对阿兄的怨恨，应该早就超过了对子侄的疼爱。杨家不威胁他们家，裴彤不质疑他们也就罢了，裴宴无从发泄，这气憋着，慢慢总有消散的一日。偏偏裴彤选了个最不恰当的方式和方法来诘问当年的真相。

就算他站在裴彤这一边，裴宴就能心平气和吗？以裴宴的性格，这应该只是开始，他肯定还有安排没有施展出来。他又应该怎么选择呢？站在大侄子这边，他对不起自己的弟弟！站在弟弟这边，他又对不起自己的阿兄……或者是，不是对不起自己的阿兄，是对不起阿爹的死。

裴宣坐在花厅里，骤然间觉得怅然若失，不知如何是好。裴彤，应该也和他一样吧！他的目光落在了侄儿的身上。

裴彤的确不知道如何是好。他是来质问裴宴的。结果裴宴没有错，他阿爹反而成了那个有错的人。他还有什么立场去质问裴宴？

裴彤并不想分宗。

他虽然从小在京城长大，但他很早就知道，自己的族人在南边，自己的根在临安，若是有一天，他在外面遇到了困难，他还可以找自己的族人帮衬，他还可以回到临安去。

可裴宴却逼着他做选择。他如同站在一个十字路口，不知道往哪里走，才能到达自己的目的地。

裴宴可算是看清楚了。他这个侄儿，就是个没主见的。裴宴像他这么大的时候，已经决定要做京官，而且还要做个名留青史的大官。甚至连自己以后要过怎样的日子，娶怎样的妻子，怎么教养儿子，都有自己的打算。当然，现在他离从前想象中的隔了十万八千里，可这并不代表他对以后的生活就没有个规划。他阿兄最大的失败，可能就是没能培养出两个儿子独立的生活能力吧！否则这么大的男孩子，怎么还会被别人三言两语就糊弄得不知道东南西北了！

裴宴不屑地撇了撇嘴，想着再这样拖下去，就是到明年也没有个结论。他无所谓，从前跟朝中那些同僚打嘴仗的时候常有不吃不喝的时候，他恩师还因此开玩笑，说应该让他去当御史的。

郁棠却不行。他发现她每天午睡起来都要吃半个苹果或是梨子，下午偶尔还会吃两块点心。郁棠今天下午一直陪着他，都没有机会正经地喝口茶吃个点心什么的。这眼看着就到了晚膳的时候，总不能为了裴彤的事让大家都饿肚子吧？

裴宴决定快刀斩乱麻。他对裴彤道："既然这样，那就等杨家大舅老爷过来的时候，让他帮你出出主意吧！等你们商量好了，再请顾大人过来说话。顾氏，你觉得如何？"

裴家和杨家的恩怨是一锅乱炖，不管怎样，该知道的，不该知道的，都知道了。顾昶却不同，裴宥资助三皇子二十万两银子的事，给三皇子通风报信的事，裴宴并不希望顾昶知道。有些事，知道的人越多，越不好保守秘密。就算是杀人灭口，死的人太多了，也是件麻烦的事。

顾曦立马站了起来，道："我记住了！"她不记住不行啊！隔墙有耳。她和她阿兄再亲近，也不敢把裴家这件能灭九族的事告诉她阿兄啊！万一她阿兄告诉了殷氏呢？殷家的姑奶奶那可是出了名的顾着娘家的。到时候殷家知道了，张家知道了，黎家也有可能知道……裴家可就太危险了。

她从前还想着丈夫金榜题名之后搬出裴家，既可以过过两个人的小日子，还可以打着裴家子弟的旗号得点好处。但如今看来，裴彤比她想象的还要蠢，相信了杨大老爷的话不说，还被怂恿着和家里的长辈叫板。如果是她，她早就想办法拿到杨大老爷所说的证据，当成投名状送给家中的长辈，以此谋取更多的利益和资源了。

这也许就是她的命吧！相中的李端没有担当，嫁的裴彤也同样软弱。

顾曦有种站在烈日下的焦灼感，如果自己不能想办法找到一片荫凉处，也没有谁会在乎她热不热，会不会被晒伤。

她咬了咬牙，神色恭敬，手却紧紧地攥成了拳地道："我既然是裴家的媳妇，自然是一切都听家中长辈的。我阿兄那里，我也不想他为我担心。有些事，我们自家人知道就行了。"这是保证不会告诉顾昶了。

裴彤愕然，此时好像才看清楚了顾曦。虽然喜欢逢高踩低，擅长见风使舵，可也不能否认，她聪明伶俐又舍得下脸皮。这样的人，在大家族里通常都过得很好。不像他娘，端着架子就是不下来，还和祖母闹得水火不容。

裴彤垂下了眼睑。

裴宣和二太太则欣慰地点了点头，二太太还对顾曦温声道："你能这么想就对了！娘家再好，那也是自己父母和兄长的家，你嫁到了裴家，会在裴家生儿育女，你就是子女的依靠，这里就是你以后的家了。阿兄那里，该照顾的要照顾，该援助的要援助，但还得像你此时一样，保持一个度。"还感慨道："我之前觉得你还是有点幼稚，原来是我看走了眼。生死关头，知道怎么选择。我们这些做父母的，不过是担心你们过不好自己的日子而已。你姆妈要是还在，听你这么说，不知道有多高兴呢！"

顾曦非常意外。她之前还觉得自己做得不错，没想到在二太太眼里，她还是太"幼稚"。可见她在为人处世上，并没有让人觉得十全十美。

顾曦朝郁棠望去。

郁棠站在裴宴的身边，手还被裴宴握着，她想回自己的座位坐好，裴宴一副不愿意放手的样子，郁棠只好无可奈何地继续由裴宴握着手，继续站在他的身边。

她就做得那么好吗？顾曦在心底冷笑。未必吧！如果她是二太太，可以挑出郁棠的一堆毛病来⋯⋯

顾曦想着，有小厮进来禀告，说是杨大老爷和顾昶都到了，已经奉裴宴之命，请了两位在厅堂喝茶。

裴宴想都没想，让人把杨家大老爷请过来："跟顾大人解释一番，说是要紧的事，委屈他再多坐一会儿。"

小厮应声而去。

裴彤紧张道："真的，真的要分宗吗？"只有分家产、分宗这样的事，才会把娘家舅舅们都请过来。

裴宴冷哼一声没有回应。其他人自然也不会说话了，至于是怎么想的，那就谁也管不了谁了。

很快，杨大老爷快步直闯进来。虽然极力掩饰，他脸上还流露出些许志得意满的笑意。

裴宴就更瞧不上眼了。就杨家大老爷这气度，裴彤居然还跟他乱来，真不知道是应该赞一声杨家大老爷老谋深算呢，还是骂几句裴彤没有能力，连人都看不准？

他没有客气，请杨大老爷坐下，等丫鬟上了茶点退下去之后，就开门见山说起了这次请杨家大老爷来的目的。

杨家大老爷越听表情越崩，最后一副震惊的样子，半响都没有说话。

裴彤就算是再蠢也知道自己把这件事办砸了。

他嘴角翕动，声若蚊蚋地喊了声"大舅舅"，可怜巴巴地盯着杨家大老爷，一副要杨家大老爷救他于水火的样子。

杨家大老爷看了在心里直骂娘。二十万两银子的事也好，二皇子遇刺的事也好，他不仅知道，还是裴宥的帮凶，他只是没有想到，裴宥是被自己的父亲毒杀的。

裴宴才不管他，冷冷地问道："我阿爹杀了我阿兄，你有什么意见吗？"

父要子死，子不能不死。只是这样的糊涂父亲很少罢了。而像裴家这样的，如果传了出去，别人只会说裴老太爷当机立断，果敢冷静，不往裴宥头上扣顶"不肖"的帽子就算是没有落井下石的好人了。

杨大老爷震惊裴宥死因之余，更多的，却是担忧。按理，不管是谁家出了这样的事都得藏着掖着，裴家却在他面前竹筒倒豆子似的，倒了个底朝天。裴家这是什么意思？是想让杨家也上了裴家这条船吗？杨家想和裴家联姻，不就是想和裴家荣辱与共吗？裴家断然拒绝之后，又突然把人人都唯恐藏得不够深的秘密告诉了他。裴宴要做什么？他如果是在算计杨家，又要达到什么目的呢？

杨家大老爷从之前的胸有成竹变成了六神无主。他不由朝裴宣望去。想从裴宣这个老实人的神态中发现些什么。但让他失望的是，裴宣不仅面无表情，看他的目光还充满了戒备。

杨大老爷暗中苦笑，只好顺着裴宴的话沉吟道："你说我妹夫的死与老太爷有关，可有什么证据？"

裴宴对杨家这种见了棺材也当没看见的态度素来就非常看不起，此时见杨大老爷又故伎重施，圈子都懒得和他兜，直言道："你不愿意相信，那就当我阿兄是暴病死的好了。只是你外甥听了你的话，怀疑我害了我阿兄，现在有两条路可走。一是你们去告我。不过，要套用你一句话，你们最好有证据，不然我会反告裴彤'忤逆'。二是你们没证据证明是我害了阿兄，心里又过不去这个坎，那就让裴彤分出去单过好了。也就是我刚才说的，分宗。"说完，他看了看漏钟，道："我给你们一个时辰，你们快点做决定。要不就裴彤你和你大舅直接出门向西，大理寺的衙门在那边。要不就请杨大老爷出了花厅往西，帮着裴彤把财物清点清楚，我这就请人主持分家。"

他说话的时候表情非常冷峻，语气也非常坚决，给人一种他说到就会做到的感觉。实际上，他一直以来都是个说到做到的人，所以他说出来的话，大家都不敢怠慢。这个时候尤其如此。

裴宴腾地就站了起来，冷冷地瞥了裴彤一眼，道："这里没有一个是闲人，我们也不能干等着。裴彤，你们夫妻和你大舅边吃晚膳边商量吧！二哥，我们去招待顾大人，总不能把顾大人叫过来了，让顾大人坐了冷板凳不说，还连晚膳都没人招待吧？阿棠，你陪着二嫂和阿丹她们一起用晚膳，免得家仆中有长舌的，吓着孩子们了！"

这样又是请大太太的娘家人，又是不让人路听途说的，家中仆妇肯定会在私底下嘀嘀咕咕的。

裴宴说话的语气斩钉截铁，安排得又非常合情合理，不管是谁都挑不出什么毛病。

大家按照他的话分头行动。

只有顾曦，跟在裴彤的身后走出了一段距离，这才猛地回想起来，她阿兄如今也在裴府，她是不是应该去打个招呼呢？可这念头在她的脑海里一闪就过去了。她这个时候去和她阿兄打招呼，又能说些什么呢？还不如盯着裴彤，别又被杨大老爷给带沟里去了。她加快脚步，追上了裴彤和杨大老爷。

杨大老爷正在那里感慨："谁知道你阿爹是裴老太爷……从前我就听人说你

这个祖父不简单，要不是碍于祖制，他不可能蜗居临安，做了个普普通通的乡绅。可这也正是你阿爹不甘心的地方。明明可以名留青史，就因为是长子，就得在家里守家业。我不知道你懂不懂这种心情，可你阿爹，并不是想要害裴家，并不是想忤逆你祖父。他只是想着你祖父还年轻，还能管事，他还可以在外面闯荡几年，并没有违背裴家祖宗，违背你祖父意愿的意思。"

裴彤没有吭声，好像被杨大老爷说服了似的。

顾曦却在心里冷哼，在这一瞬间非常讨厌裴彤的这个舅父了。

她只好提醒裴彤："自古以来就有'父母在，不远游'的说法，公公的心情我们都能理解。好比那三皇子，不过比二皇子晚生出来几年，就算他再有才干，朝廷重臣还是站在二皇子那边的多。这当然对三皇子不太公平。可谁又能说这就不是件好事呢？不然从皇家开始就嫡庶不分，长幼不顾，以爱偏之，这世上岂不是要乱套了？内宅后院岂不都要血淋淋的？大舅父也是嫡子长孙，又是读圣贤书的人，想必比我这个妇人看得更长远。"

她语声轻柔，神色温顺，可说出来的话却句句带刺，不仅批评了裴宥的所作所为，更是批评了杨家大老爷的立场，令杨家大老爷面红耳赤，辩驳，未免失了长辈的尊严；不辩驳吧，又好像被顾曦说中，他默认了自己的错误似的。

杨大老爷只好不满地"哼"了一声，指望着裴彤出面斥责这个外甥媳妇几句，不由得朝裴彤望去。

裴彤听见了他们的对话，神色却很是恍惚。他阿爹，是因为和三皇子处境相似，才会同病相怜，想帮三皇子一把吧？在他的印象中，他阿爹并不是为了权力就可以没有仁义道德，不顾族人的人。他不相信他阿爹是为了荣华富贵才投靠三皇子的。

杨大老爷看裴彤这个样子，大为不满，不禁声音都高了几分，道："阿彤，不管怎么样，事已至此，再说什么已无益，你得拿个主意，到底应该怎么办才好。"

裴彤停下了脚步，望着杨大老爷没有说话。可那神态却告诉杨大老爷"这不关你的事吗"。

杨大老爷为之气结，第一次怀疑自己找自家的这个外甥做帮手是否正确。

顾曦在这一刻倒是和裴彤想到了一块儿。这事是杨家挑起来的，自然得由他们家善后了。只要裴彤不听他大舅的，这件事就好办。她相信裴宣和裴宴也不是真心要把裴彤赶出去。因为不管外面的人怎么说，分宗是事实，裴宴成了裴家的宗主是事实，流言蜚语不会放过裴彤，同样也不会放过裴宴。这对裴家的声誉也是有影响的。相信裴家的人都不会愿意看到这样的事发生。

顾曦忙岔开了话题："大舅父，有什么事等会儿再说吧！我们还是先吃饭。事出突然，又事关重大，我们一点心理准备也没有，就要立刻做出决定，也太难为我们了。我们还是要多听听大舅父的话才是。"

杨家大老爷也没有什么两全齐美的好主意。

他手里虽然有裴宥给他的一封信，可这封信是没有办法曝光的，不然裴宥生前和三皇子勾结的事要曝光不提，他们家有意通过三皇子谋取六部侍郎的事也会曝光。本来谁做官不想做大，他们家想出个六部侍郎也是正常的，但如果是勾结三皇子，那性质就不一样了。

三皇子要被安上勾结臣子的罪名，杨家说不定还会被扣上"结党营私"的罪名。这两桩可都是当今圣上最忌讳的事。若是被圣上怀疑，不死也要脱层皮。

更令他没有想到的是，裴宴完全不按常理出牌，不仅不怕，还一副把这件事给捅出去，大家一齐没脸的模样。问题是，这件事就算是暴露，以裴家的能耐，烂船还有三斤钉，未必就会毁家灭族，杨家却肯定是经不起这样的狂风暴雨的。孰难孰易，一目了然。杨大老爷气得头痛。

裴宴和裴宣这边，顾昶不免好奇地问："这是出了什么事？你们急巴巴地把我叫了来？不会是妹夫或是我妹妹惹了什么事吧？"

裴宣不知道说什么好。

裴宴没有这么多的顾忌，却也没有准备直言，而是亲自给顾昶斟了一杯酒，道："不出事，怎么会把你叫来。但这件事说大也不大，说小也不小——裴彤想分宗……"

"什么？！"他的话还没有说完，顾昶就跳了起来，瞪大了眼睛道，"这还不是大事？！为什么要分宗？我不同意分宗！"

不管有什么矛盾，家里人内部解决就行了。闹得要分宗，还有没有一点大局观？顾昶这一刻对裴彤分外不满。

裴宴笑道："事情还没有完全定下来。我找你来，也是想你做个证。分宗，那自不用说，没你这个舅老爷同意，别人还以为我们欺负他。不分宗，也要找你做个证——话说开了，以后就好好地过日子，别总闹得家宅不宁的，兄弟不齐心，也不是什么好事。我们裴家也经不起这样的折腾。"又劝他："喝酒，喝酒。我让裴彤晚膳过后给我回音的，只是要麻烦你多等会儿。这件事不趁热打铁地解决了，以后还有得闹腾，我们家也经不起这样的闹腾，不如就一次解决算了。"

顾昶哪里坐得住，却被裴宴一把按下，道："我知道你着急，我也着急。但有些事，我们不能代裴彤拿主意，就算是这次说服了他，也不知道他心里究竟是怎么想的。是你有空天天盯着他还是我有空天天盯着他？我们这次，就放手听他们的好了。可你也不用担心，你妹妹既然进了我们家的门，只要她愿意，我还是愿意把她当晚辈的。"

可若裴彤真的和裴家闹翻了，裴家又怎么会真心把顾曦当成裴家的媳妇呢？

但他不好细问。

裴彤这个时候和裴宴、裴宣翻脸，多半和杨家威胁裴家有关。不管杨家手里拿的是什么样的牌，在顾昶看来，裴彤都不应该和裴家分宗。这个杨大老爷真是害人不浅！顾昶想着，在心里开始默默地罗列他认识的人，有没有谁在岭南可以一手遮天的，杀了鸡，猴无论如何都会有所触动的。既然杨家认人不清，那就让他来教杨家做人好了。也让裴彤看清楚，杨家到底有多大的能量，裴彤那么聪明的一个人，肯定知道该选站在哪一边的。顾昶拿定了主意，心弦松懈下来。

他笑道："行啊！我今天就全听你的，你说让我做什么就做什么好了。"心里却琢磨着怎么能想办法提前见顾曦一面，劝裴彤不要受杨家的影响。

三个人乐呵呵地喝着酒。

二太太却在回去的路上就把身边的丫鬟婆子都打发得离她们远远的，和郁棠耳语："你说，老太爷那个了大老爷，是真的吗？我怎么觉得心里毛毛的，觉得老太爷不是这样的人，可三叔又不至于说谎啊！"

郁棠现在想想也觉得不可思议。有这么狠的父亲吗？亲手毒杀了儿子。更让人不可思议的是，他对自己更狠。还一命还一命，自尽了。老太爷毒杀裴宥的时候，只有裴宴在附近，他肯定也是第一个知道的。她这个外人听了在震惊之余都觉得心慌，何况裴宴？一个是他父亲，一个是他胞兄。还有裴老安人。不知道她老人家知不知道这件事？又是以怎样的一种心情送走了儿子又送走琴瑟和鸣的丈夫？

郁棠觉得如果换成是她，想想都要心疼死了，宁愿死在裴老太爷前面，也不想看到父子残杀的局面。

她没有回答二太太的话，只是惦记着裴老安人。不知道能不能一辈子瞒着老安人？有时候，不知道真是种福气！郁棠叹气。

二太太以为她是不知道如何评价了，又悄声道："你说，大公子最终会怎么选择？杨家大老爷不会把今天的事说出去吧？万一真的说出去了，我们家的名声也完了，不会影响我们家阿丹的婚事吧？"

她越说越觉得可能，越想越觉得慌张，紧紧地拉着郁棠的手，道："不行，不能让这件事传出去。我得去找二老爷，得让他想想办法，怎么也要把这件事给压下来。"

是啊！这件事如果传了出去，何止裴丹的婚事会受影响，裴泊、裴禅的仕途也会受影响的。郁棠见她有些慌神，怕她急切之下做错事，一把就拽住了她，压低了声音道："你先别急！你应该对三老爷和二老爷更有信心，他们不会放任杨家这样乱来的，也不会放任大少爷乱来的。"

二太太不是没见识的人，只是她在娘家是父母的掌上明珠，在婆家又是只需要顾全大局、恭顺听话的次媳，没有机会，也没有大事需要她拿主意。她初次遇到这种事，不免有些慌张。被郁棠那么一拽，她脚步一顿，心中渐渐清明起来。

她握了郁棠的手，长长地嘘了口气，道："你说得对。越是关键时候，我越不能乱。我还有两个孩子呢！"

这也算是为母则刚吧！郁棠抿了嘴笑。

两人去了二太太住的地方，裴丹和裴红正等着母亲回来用晚膳。见郁棠也跟着过来了，裴红和她接触得少，有些诧异。裴丹却非常高兴，快步走了过来，笑盈盈地喊着郁棠"三叔母"。

二太太看着，就搂了女儿的肩膀，对裴红道："你三叔母过来和我们一起用晚膳。等会儿我们还有点事要办。你们两个都回各自的书房，阿红把老师布置的功课完成之后，写完你阿爹布置的三百个大字就可以休息了。阿丹则要把昨天绣娘要你绣的那朵花绣完。明天一早我要检查的。"

裴宣接了官印不久，就找了个退仕的老翰林来教裴红读书。教裴丹的绣娘则是裴家和秦家的婚事定下来之后，二太太知道秦夫人擅长女红，怕裴丹的女红被秦家嫌弃，请了个宫里出来的绣娘给裴丹掌眼。

两个孩子这段时间都挺忙的。他们齐齐应"是"，裴红还过来给郁棠行了个礼。

四人分主次坐下，用了晚膳，安排好裴丹和裴红，两人又往花厅那边去。

裴宣和裴彤等人都没有到，花厅只有她们两个人。虽说灯火通明的，丫鬟婆子在旁边服侍着，但两人都觉得有些不安。

二太太还商量郁棠："要不要派个人去看看？"

郁棠还没有应声，外面就传来了裴宣和裴宴说话的声音。

二太太和郁棠都松了口气。

裴宣和裴宴走了进来。两人忙迎了上去。

裴宣问二太太："孩子们都安顿好了？"

二太太应诺，并道："我已经叮嘱过他们屋里的管事嬷嬷了，让帮着看紧点。"

裴宣满意地点头。

郁棠则在轻声地问裴宴："顾大人安顿好了？"

裴宴深深地看了郁棠一眼，这才道："放心，不会让他无聊的。"

郁棠没有听懂。

裴宴道："也不能让他白来。我送了一本前朝的诗词孤本给他，他看得津津有味，别说是让他等几刻钟了，就是等几个时辰他估计也愿意。"

读书人爱书。裴宴也是读书人，还傲气。出自他手里的孤本，恐怕不仅仅是名贵、稀有，还是裴宴的心头好。

郁棠是有点小气的，道："不过是等几刻钟而已，就送了本孤本出去……何不送些其他的？"

裴宴听着嘴角就弯了弯，低声道："你舍不得？"

"废话！"郁棠白了裴宴一眼，"既然是孤本，那就是独一无二的，送给了别人，你就没有了。"说到这里，她都有点迁怒裴彤了。

裴宴就无声地笑了起来，温声安慰她："没事，那种孤本，也不是特别稀罕。"

可也不应该送人。郁棠想到父亲是怎么上了鲁信的当的，皱了皱眉。

裴宴呵呵地笑，伸出手指想抚平郁棠额间的皱纹，还小声道："放心，我们

145

不白送。"

郁棠这才心里好过了些。

正好裴彤几个也过来了,她没再说什么,跟在裴宴的身后,坐在了他的旁边。

裴彤和杨大老爷显然已经商量好了,等屋里服侍的丫鬟婆子退了下去,杨大老爷就代表裴彤说话了:"这件事说起来都是场误会。可不管换成了谁,估计也和我们一样——裴家是百年世家,裴老太爷生前一点风声都没有,突然就把宗主的位置传给了遐光,裴宥又没了,你们这些做叔父的也没个交代。孩子也好,他们的娘也好,不免就会多想。想必你们两位做叔父的都能理解。

"至于刚才发生的事,阿彤也跟我说了。那也是事出突然,他也是敬重他父亲,这也是人之常情。我看,这件事就不要追究了,更不用闹到要分宗的地步。照我说,让阿彤给遐光道个歉,以后视两位叔父如亲生父亲,也就算了。两位叔父呢,就代替兄长管教侄儿,把他当成自己亲生的,该打就打,该骂就骂,一家人和和气气的,多好啊!犯不着让别人看笑话。"

裴宣觉得这样也不错。但前提是杨家别再搅和他们家的事了。

他朝裴宴望去,想看看他是什么意思。谁知道他还没来得及转头,就听见裴宴冷冷地道:"这也是裴彤的意思?"

裴宣的目光就落在了裴彤的身上。

灯光下,裴彤低着头,垂着眼帘,在面颊上投下一片阴影,让人看不清他的情绪。

"全凭大舅父和两位叔父做主!"他的声音也有些低沉。

裴宴心底全是失望。这样一个人,就是他们裴家宗房的长孙。自己的日子不知道怎么过,不是被他母亲左右,就是被他舅舅左右。说来说去,还是和他父亲一样,信任杨家的人多过信任裴家的人。

裴宴一副多看裴彤一眼都伤眼睛的模样,闭上了眼睛。

顾曦是觉得杨大老爷这话说得不太好。

好人都让他做了,坏人却是裴宣和裴宴,搁谁身上也不舒服啊!何况是裴宴这样清高的人。

她想补充几句,缓和一下气氛,谁知道裴宴却突然睁开了眼睛,冷冷地看着裴彤,道:"如果我们和你大舅父意见相左,你准备怎么办?"

"啊!"裴彤茫然地抬头。

杨大老爷也面色不虞地望向裴宴。

裴宴不屑地在心里笑。道歉要是有用,他阿爹怎么会死!形势不利的时候就求饶,占了上风的时候就趾高气昂,哪有这么好的事。

裴宴道:"你大舅父觉得这件事就这样算了,我却觉得机会难得,我们正好把彼此心中的不满都说出来,然后分宗。"这就是不原谅的意思了!

裴彤听着面色通红,杨大老爷却早已见识过裴宴的手段,忙道:"怎么能分宗呢？小孩子不懂事，做长辈的原本就有责任教导指点。你们这样有错就丢出去，做事也太粗暴了。"

裴宴做了一个手势，示意杨大老爷不要再说了，然后道："我阿爹把宗主之位传给我，虽说是迫于无奈，却埋下了'嫡幼不分'的隐患，长此下去，其他房头若是有样学样，我们裴家成什么样子了？最好就是分宗。既避免了以后的麻烦，也避免你们在裴府的尴尬。"接着，他开始说服裴彤分宗："与其这样没有立场，不如带着你母亲和阿绯来京城单过。阿兄留下来的房子还好好的，那些受过阿兄恩惠的同僚和同科也会看在你们孤儿寡母，又出了宗的分上照顾你们。况且你只是和裴家分了宗，并不是老死不相往来。有什么不好的？"

裴彤立刻心动。这样一来，关于剥夺了长房宗主的事就可以完全归咎于他们的祖父偏爱小儿子，他们出宗不是因为和族人有什么矛盾，而是为了让裴家更好地传承下去。也完成了母亲长久以来都想到京城寓居的心愿。可谓是一举两得。他眉眼都生动起来，再不复刚才的沉重。

杨大老爷很想骂一通。他也看出自己这个外甥的毛病了。刚才还说得好好的，听了裴宴的话，他又改变主意。

他忙喊了声"阿彤"，刚想阻止他说出什么没办法收拾的话来，就被早已洞察他心思的裴宴给截了去："杨大老爷呢，也可以帮着我们照顾照顾阿彤母子。说起来，你们家要联姻，也不过是想仕途上走得更顺利些。别的不敢说，杨家二老爷和三老爷的事我是尽了力的，你也是看到了的。裴家的秘辛，我们也没有瞒着你们，我阿嫂那边，还要请杨大老爷帮着多多开导才是。"

联姻，不就是为了和裴家搭上关系吗？既然已经搭上了关系，裴家还指望着他帮着安抚他的妹妹，大家一起共同守护裴家的秘密，还有比这更牢固的关系吗？

杨大老爷喜上眉梢的同时又深深地忌惮，他直觉裴宴不是个这么容易打发的人，他这么做，肯定有自己的打算。是想兵不血刃地解决担任长房的继承权，还是很单纯地觉得裴彤这一房惹了他的眼？或者是，在为解决裴宥留下来的烂摊子未雨绸缪？

他在心里反复地计较着，面上却不显，提点裴彤："你要不要好好想想？"

这有什么好想的？！

顾曦顾不得长幼有序，立马道："阿彤，不能分宗。"实际裴宴描述的分宗之后的生活，正是顾曦所期盼的。如果她没有见识过裴宴的手段，没有感受到裴宴对杨家的痛恨，她肯定欢天喜地地就答应了。可当她再一次刷新了对裴宴的认识之后，她就算是想不通，也隐约地感觉到，只要裴宴希望的，她反对就对了。

她决不能下了裴宴这艘船。

"我们还是愿意跟着两位叔父一起过日子的。"她再次大声表态，"我也知道三叔父有顾虑，可谁做宗主是祖父的意思，家中的长辈们也都认可了，我们再

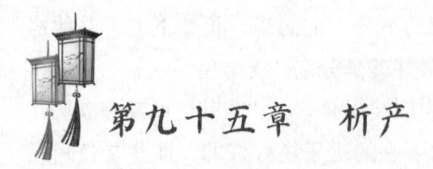

分宗，岂不是质疑祖父和诸位长辈的决定？"

## 第九十五章　析产

顾曦有失长幼的行为和话语，不仅惹来了裴彤严厉的目光，还惹来了裴宣的不满。

一屋不扫，何以扫天下。裴宣觉得裴彤先有杨家，后有顾曦，能影响他决断的人太多了，可这不也正说明了裴彤的能力弱吗？

他轻轻地蹙了蹙眉，轻轻地打断了顾曦的话："顾氏，这些事应该由阿彤决定。"就差没有指着她的鼻子让她不要说话。

顾曦的脸一红，支支吾吾地道着歉。

裴宣却开始犹豫。

他太了解自己的弟弟了。

当初他夹在大兄和弟弟之间不吭声，让很多人都误会他木讷敦厚没主见，也是不想在阿兄和弟弟之间再制造矛盾，让他们的父母为难。时间久了，他开始本能地让着阿兄和弟弟。在裴彤分宗这件事上，裴宴是什么态度他已看得一清二楚。裴宴就是要趁机把裴彤这一房分出去。按理，这样更好，避免了以后长幼之间的矛盾；可于情，让大兄的骨肉就这样离开裴家，裴宣心里还是有点不好受。可他更知道，他必须有所选择，表明立场，否则裴宴不会善罢甘休，肯定还是要闹出些事来的。而裴彤也太不争气了，这么大的事还被外家和妻子左右。

裴宣暗暗叹气，想着只有以后再想办法补偿裴彤了。

他没有太过理会顾曦，而是对裴彤道："分宗也好。阿嫂天天在家里闹，闹得你祖母也不高兴。分了宗，你们来京城居住，你母亲可以常回娘家看看，你们也可以在你母亲膝下承欢。但学业上的事你却不能听你母亲的，还是要好好读书，跟着我给你推荐的师父学习，争取早日金榜题名，为阿兄争光，也不枉你自立门户一场。"

言下之意，还是会管他的学业和仕途，但却不想在大义上照顾裴大太太。这也是裴家一直以来的态度。

裴彤听着，突然像找到了主心骨，不再茫然。是啊，他又不是被除宗，是分宗，而且还是宗主同意了的分宗。他们这一房与其这样惹人嫌地待在裴家，还不如分开，彼此客客气气的。他母亲也能凤愿得偿，做个头上没人管的当家主母。这样应该更好吧！

裴彤看了自己的大舅父一眼。杨大老爷的眉头都皱在了一起，显然非常不同意。裴彤就在心里自嘲地笑了一声。他大舅父再亲他，也越不过杨家去。所谓的支持、主意，可能更多是在对杨家有利的情况下吧！再看顾曦，应该是怕失去了裴府的庇护，他们一房落得个一文不值吧！谁又能理解他失去了父亲却只能保持沉默的怨怼呢？

离开也好。

二叔父素来对他如子侄般宽厚，而且他二叔父不管是眼光还是见识都不同凡响，想必二叔父也看出了他在裴家的窘境，才会出言相劝的。

"二叔父，三叔父，"裴彤下定了决心，做起事来也就非常果断了，"那就分宗吧！我相信二叔父和三叔父都是为了我好。"

三叔父未必，但二叔父却肯定是真心的。想到这里，他看裴宣的目光都热切了几分，继续道："到时候恐怕还要麻烦二叔父在功课上多多指点我。"

裴宣听了在心里叹气。裴彤果然还是太年轻了。但也许并不是因为年轻，而是在心里还在怨恨裴宴。也许离开会对裴彤更好。

裴宣轻轻地摇了摇头，怅然道："既然如此，那就把顾大人请过来吧！分宗是大事，还得请他做个证人才是。"主要是牵涉家产，别让人误以为不公平就行了。

裴宴点头，心里终于快活了一些，看他二哥的目光也亲切了很多。打虎亲兄弟，上阵父子兵。这话还真没有说错。关键时候，他二哥还是维护他的。

杨大老爷欲言又止。他应该站出来反对的，可裴彤的那个样子，仿佛九头牛都拉不回来，他又想不通分宗和不分宗之间的利害关系，就更不好表态了。好在裴大太太一时半会儿到不了京城，分宗的事还可以拖一拖。杨大老爷没有说话。

顾曦虽然心里急，更不好说什么。

毕竟裴家的长辈里，对他们最和善的就是裴宣了。裴宣已经明确表示支持裴宴的决定，他们若是再胡搅蛮缠的，惹怒了裴宣，得不偿失。

就是分宗单过的事，来京城不久，裴彤就带她去看了公公在京城留下的房子。

那房子离这不远，五间四进，在京城也算是难得的大宅子了，住他们一房五口，就算是裴绯成亲了都绰绰有余。要紧的是她头上只有她婆婆一个人，怎么也比裴家大小亲戚无数，家中人口众多要强很多。

至于裴彤的学业，二老爷承诺会帮忙，她阿兄也不会袖手旁观。等到裴大太太知道她娘家的厉害之后，想必她的日子也会越过越好。

还有最最致命的刺杀二皇子案，他们是小辈，二皇子出事的时候他们都还是名不见经传的小角色，怎么也查不到他们的头上来。这分了宗，责任就在裴家宗房而不是他们了。

他公公做错了他们也有话说，追究不到他们的头上来。

退一万步，她阿兄也是主持分宗的人之一，若是形势对他们不利，她阿兄肯定不会答应的。

顾曦自我安慰着，但心里还是有几分不安。

她正寻思着要不要说点什么，耳边却传来裴宴清冷的声音："分宗的时候，阿兄留给你们的东西，自然都是你们的。裴家公中的产业肯定是不能动的。你们祖父留下来的东西，因你们祖母还在，一直也没有说清楚。但你们要离开裴家，那就肯定要说清楚的。我先让人把你们祖父留下来的东西整理整理，然后按照各得三分之一来分。至于你祖母百年之后，也按这个来分。你们觉得怎么样？"

他说完，目光严厉地扫视了屋中众人一眼。杨大老爷顿时激动得手都有些发抖。

裴老太爷的私产三兄弟平分吗？

他和裴宥来往密切，别人不知道，他心里却清楚得很。裴老太爷的私产，最少也有二十万两银子。能分将近七万两银子，又何必去蹚裴家的那摊浑水呢？杨大老爷眼神热切地盯着裴彤，就差没直言"你快问问是多少银子"了。

顾曦没什么感觉，但见杨大老爷的模样，就知道这样的分法肯定不会吃亏。可不吃亏到底是多少呢？她心里没底。

裴宣对弟弟的心思看得更清楚了。裴宴就差把"拿钱买清净"几个字印在脑门上了。他突然间有点可怜裴彤。

他阿爹活着的时候把大部分产业分别赠予了他们三兄弟。因为大兄不听话，阿爹给得最少，后来又要弟弟收拾残局，断了弟弟的仕途，以他阿爹的性子，肯定会私下里再好好地补贴弟弟一笔银子。真正能拿到明面上分的，估计也就二十几万两银子。

他想了想，看了二太太一眼，想着他以后在外做官，又是家里官职最大的，公中肯定会以最高的标准补贴他，他不由轻声地咳了咳，道："阿兄不在了，按理说，我这个做叔父的应该担起阿兄的责任。但你们母亲有自己的想法，我也不好在旁边指手画脚的。你们家里的事，还是以你母亲为主更好，除了课业，我也没什么能帮上你们的。我的那一份，就不要了，给阿彤他们两兄弟分了吧！"

"什么？！"二太太惊呼。她隐约知道裴老太爷留下了多少银子。之前裴老太爷的确给了他们不少，可谁还嫌银子多啊！况且她马上要嫁女儿了，能多陪点嫁妆不好吗？但裴宣的话已经说出口了，她也不好当着众人的面反对。可她的脸色却没有办法掩饰地坏了起来。

郁棠也非常意外。她之前还觉得裴宣人很好，可他刚才这番举动，却太伤二太太的心了。她和二太太对坐着，这个场合也不好说些什么，想了想，起身给二太太重新续了杯茶后，安慰般地拍了拍二太太的肩膀。

二太太的脸色就不好看了。

顾曦脑子飞快地转了起来。二太太是没有受过任何波折的人，为人温柔随和不说，在钱财上更是大方，从来不计较这些。能让她脸色大变，肯定不是笔小数目。是两万两还是三万两，或者更多？世家里个人不允许有太多的私产，在顾曦看来，裴老太爷再能干，也就差不多这个数了。她想着，就朝着裴彤使了个眼色，示意他假意推托推托。

谁知道裴彤像是被惊呆了似的，半响都没有回过神来，倒是杨大老爷，生怕裴彤和顾曦年轻不懂事，把这么好的事给推了出去，连忙对裴宣道："这怎么好意思？不过，就您这胸襟，户部的侍郎还真就得您这样的人才镇得住。"话到这里，他有意看了裴彤和顾曦一眼，随后做出一副为难的样子，继续道："老太爷最少也留下了二十万两的私产吧？您这三分之一，就将近七万两银子，都不要了，给他们俩……"他朝着裴宣竖着大拇指，道："有您这样的叔父，真是他们的福气。"说完，朝裴宴望去。好像在说裴宴，你看你哥哥都放弃了老太爷的遗产，你这个做叔叔的，是不是也学学裴宣。

裴宴面上更冷了，在心里冷笑。真是蠢！不知道是怎么入仕做了官的。他甚至都懒得和杨家大老爷说话了，简单粗暴又直接地道："怎么？我二兄让了他还不够？还想我让出来？我凭什么要让出来？凭你阴阳怪气的激将法，还是裴彤听风就是雨地指着我的鼻子喊我裴宴？"

杨大老爷和裴彤的脸都通红。

郁棠则暗暗在心里叫"糟"。裴宴的脾气她太了解了，这样说话会非常直白。当然，直白并不是件坏事，可若是直白的对象是杨大老爷和裴彤，也不怪郁棠以小人之心度君子之腹，把杨大老爷和裴彤想得很坏，觉得在利益面前，他们可能会断章取义，陷裴宴于险境。

她顾不得和裴宴商量，安抚似的轻轻拍了拍裴宴的肩膀，笑道："杨大老爷和大公子切莫责怪，我们家三老爷是个直性子，你们是知道的。刚才发生了那么多的事，也难怪他会生气。何况老太爷留下来的产业，原本是留给三位老爷的，不管是多是少，都是个念想，二伯心疼侄儿，三老爷何尝不是如此？否则这次也不会把殷大人介绍给大公子，盼着大公子能跟殷大人好好读书，光宗耀祖了。

"分宗的事，按理说，轮不到我开口说话。不过，我想这件事恐怕还是要跟大太太说一声。此时就这样贸然地分了也不是太好。析产这件事，是不是等大太太来了京城之后再说。"

她只是想着先别让裴宴在钱财上留人话柄，其他的倒没有多想。

二太太却以为郁棠在为她说话，而且她也的确有些不愿意把自己那一份给裴彤，倒不是心疼银子，而是觉得裴彤平日对他们也就那样，现在他们却为了裴彤衬托得裴宴好像很无情似的，不划算。

她也忙道："是的，是的。是三弟妹说的这个理。老太爷的财产留给三个儿子的，不然老太爷肯定会有遗嘱留下来。既然如此，我们就不能违背他老人家的意思。这也不肖啊！怎样析产，我看我们还是坐下来好好商量商量的好。"说完，还怕裴宣坚持自己的决定，不由起身，像郁棠似的站在了裴宣的身后，悄声告诫裴宣："你这是想踩着三叔做好人吗？"

裴宣还真没多想。他就是可怜裴彤，有个那么闹腾的母亲，有个无底洞似的外家，以后要用钱的地方还多着呢。他没有让裴宴也让出继承权的意思。

二太太的话如惊雷一声，让他骤然惊醒，不好再提析产的事。

杨大老爷看着，脑子直转。

裴宣肯定是真心想把自己应得的那一份让给裴彤的，二太太这么一提醒，他不说话了，可见心里也有点舍不得。说明裴老太爷留下来的财产不是个小数目，最少也不会比他猜测的少。

要真是这样，等到裴大太太来京城，大家心里已经琢磨过几轮了，利害关系早已经考虑得清清楚楚了，裴彤最多也就是把自己应得的那一份拿到手。如果裴宣和裴宴心再黑点，他们根本不知道裴老太爷留了多少产业，到时候两兄弟齐心协力地做手脚，说不定裴彤一分钱也拿不到。就是拿到钱，外人说不定还以为是两兄弟让给侄儿的。

凭什么给裴氏两兄弟作脸！杨大老爷觉分宗是小事，析产是大事，而且还得立刻就析产，趁着裴家老二还没有完全清醒过来的时候。

他立刻道："两位裴老爷请我和顾大人来做什么的？不就是做个见证吗？大太太难道还信不过我和顾大人不成？"言下之意，是不需要等大太太过来，立刻析产。

顾曦也想通了。她觉得裴宣此时的沉默十之八九是后悔了。既然后悔，这其中就有利可图。她朝着裴彤使了个眼色。

裴彤有些犹豫。二叔父的好意他感受到了，但他只想拿走属于自己的那一份，并不想占两位叔父的便宜，也不想让二太太误会。从前在临安，二叔父和二太太还是很照顾他们这一房的。可裴宴的话也有道理。他之前对裴宴不敬，裴宴不喜，不愿意让出自己那一份也是人之常情。他要不要道个歉呢？

裴彤想着，裴宴却悄声对郁棠道："这件事你别管！"他知道郁棠担心他，可这是他挖给裴彤的陷阱，他又怎么愿意让郁棠成为诱惑裴彤的人之一？他要裴彤眼睁睁地跳下去。他要任何不好的事，都与郁棠无关。

裴宴捏了捏郁棠的手，再次强调："我心里有数。让给二兄可以，让给大兄不行。他生前死后都没觉得我好，我凭什么让他？要说长幼，我还是最小的儿子呢！他就应该让着我才是！"

郁棠听着松了口气。裴宴只要不在言语上咬定"该我得的我凭什么让给别人"就好。人都是喜欢同情弱者的，她不想给裴彤，但也不想让裴彤他们抓住话柄。

她又轻轻地抚了抚裴宴的手臂，小声道："我知道了，我听你的。"

裴宴满意地"嗯"了一声。

杨大老爷见没有人回应他，越发觉得自己猜对了，心中大急，只好再次道："我妹妹那里，我做主。她难道还不相信我这个做哥哥的不成？"

裴宴嘴角微翘，等的就是这句。

只是他还没有开口，杨大老爷又笑道："阿彤是小孩子，有些话不好说。我这个做舅父的却可以想说就说。他年纪轻，还带着寡母幼弟，以后要用钱的地方多着。我也知道这是占了您的便宜，不过，您的恩情我想阿彤也记在了心里。遐光恼火阿彤，不愿意理阿彤，我也能理解，加上遐光也刚成家，要用钱的地方也多。二老爷的深情厚谊，我也就不客气了，替我们家阿彤谢谢您了。他以后一定会好好孝顺您的。"

这就是逼着裴宣承认刚才的话，把自己的那一份让给裴彤了。

裴彤和裴宣都脸红了。裴彤是见自己的舅父这样，不好意思。裴宣是想到自己刚才的确有为了弟弟的脸面，想收回财产继承权的念头。

裴宣支支吾吾地不知道说什么好了。

顾曦则看出问题来了，也明白杨家大老爷为何这么急着析产了。

事情越匆忙，对他们越有利。

她手指绞着帕子，迟疑着要不要说些什么，二太太却叹了口气。看这样子，裴彤是打定了主意要他们家那一份了。裴宣说话不算话是不行的，得罪了裴宴又非他们所愿。二太太只好道："手心手背都是肉，我们顾得了大少爷就顾不了三叔。既然我们老爷要让出来，那就把我们家让出来的你们平分吧！"

这也同样是把裴宴架在火上烤，可到底分了一分财产给裴宴，也算是补偿吧！

裴宣也回过神来，想着那就这样吧！弟弟那里，只有私下里和他解释了。

他虽然脾气大，却不是不讲道理的人，就算一时不高兴，时间长了，也就没什么了。

裴宣闭上了嘴。

顾曦这下子急起来了。

如果再等下去，裴宣后悔了，他们最多也就只能分三分之一了，现在虽然不能分三分之二，却可以分走一半，总比三分之一好。

她生怕裴宣这房反悔，站起来就给裴宣和二太太行礼："多谢二叔父和二叔母了。大恩大德，只有以后再报了。"这就坐实了二房放弃裴老太爷遗产继承权的事了。

杨大老爷松了口气，欣慰地看了顾曦一眼，觉得这个外甥媳妇还真不错，关键的时候够机灵。不过，眼看着三分之二变成了二分之一，他还是有些不甘心的。

裴宴说话了："阿爹留下了三十万两银子的私产，这些都有账目的。我这就让人去拿了总账过来。你们要是看着没问题，那就照着分了。"

"三、三十万两？！"杨大老爷和裴彤、顾曦都张口结舌。

只有裴宣和裴宴两兄弟很镇定。他们早就知道裴老太爷留下了多少银子。

郁棠也很意外，心想着那二房就放弃了十万两银子的继续权。她不禁朝二太太望去。

二太太先是面露惊讶，但很快就平静下来。说出去的话泼出去的水，不能因为银子多就反悔，那还让裴宣怎么做人？但十万两……她还是有些肉疼的。就当老太爷全都留给了大儿子和三儿子好了。她相公能支应门庭，这才是一辈子的金饭碗，爹娘的饭，他们就不吃了。这样想想，她的心态很快平和下来不说，还道："账目我们就不看了，你们觉得没问题就行。"

郁棠很是佩服二太太，就是裴宴，也对二太太刮目相看。

看来只能以后补偿二太太了。

裴宴想着，朝郁棠望去。郁棠神色也很平静，只是看二太太的目光闪着光。

他嘴角微翘。郁棠向来沉得住气，果然没有为这十五万两银子动容。他和他二兄，都娶了很好的妻子。

这件事他本可以处理得更好，可裴彤的变化让他只能快刀斩乱麻，在最短的时间内尽快地处理完这件事。

说起来，他也有点对不起郁棠。裴宴就轻轻地咳了一声，道："那就这样说好了。阿彤重立家谱，我们做叔父的送阿彤十五万两银子让他重振家业。"

十五万两银子吗？！顾曦和裴彤都沉浸在这意外惊喜中。

只有杨大老爷反应最快，裴宴的话音还没有落，他脑子就飞快地转了起来，等到裴宴把话说完，他顿时面露不喜，反驳道："话也不能这么说！那十五万两银子，可是裴老太爷留下来的，继承他阿爹的。要谢，也应该谢谢裴老太爷才是！还有就是他二叔，让出了自己的那一份……"

真是贪得无厌，得寸进尺！裴宴越发觉得自己做得对了。他冷冷地对杨大老爷道："我阿兄向来与你走得近，那他有没有告诉你，他送给三皇子的那二十万两银子，是拿公中的银子？"

杨大老爷和裴彤、顾曦都愕然地望着他，不知道他是什么意思。

裴宴的表情就更冷峻了，道："你们不会以为我阿爹是宗主，就能随随便便从公中拿二十万两银子不用上账吧？"

杨大老爷三个俱是心里一惊，杨大老爷更是道："遐光，你这是什么意思？"

裴宴道："我大兄去得急，我阿爹心事重重，有些事也没来得及抹平。我接手之后，才发现这二十万两银还没有上账。可这都三年了，总不能一直不上账吧？"

杨大老爷和裴彤、顾曦的笑容都勉强起来，几个人朝裴宣望去。若是要裴宥这房平账，他们说是分了十五万两，却全都要赔进去还不够，还要再拿五万两银子平账不成？如果是这样，这析产还有什么意义？裴宣是不是因为知道，所以才说放弃自己的继承权？那还分个什么宗？析个什么产啊？

裴宣能在官场上混到正三品大员，有运气，也要有本事，杨大老爷几个一望过来，他就知道是什么意思。他阿爹做事，怎么会留人把柄？

就算是他不知道这笔银子，也能肯定他阿爹早就把账平了，否则顾昶他们当年去江南查账的时候，也不可能查不到了。他弟弟这么说，这么做，就是想把他大兄这一家人甩得干干净净吧！怎么又到了站队的时候！裴遐光就不能安分点吗？裴宣虽说有些烦，可心里更明白，不趁着这个机会把裴彤分出去，以后还会有更麻烦的事。他只是有点可怜裴彤这孩子，不知道裴宴会分多少银子给他。而裴彤此生估计也就能从他弟弟手里捞这一次银子了。偏偏裴宴做什么都行。之前做官就有做官的样子，如今管着家里的庶务，就有做大商贾的样子。相比以后裴宴能赚到的钱，这点银子真的像毛毛雨。

裴宣暗暗叹气，苦笑道："我也不知道还有这笔账。可裴家的确有这样的规矩，谁家挪用了公中的银子，是要按利息补齐的。二十万两银子，可不是小数目。阿爹就算是有心平账，也得给他机会和时间啊！"

的确，裴老太爷走得太急了。可让他们长房的去堵这个窟窿，杨大老爷是绝对不同意的。裴彤和顾曦也不太乐意了。

裴宴见饵下得差不多了，也要收网了，遂道："我也不和你们兜圈子，阿爹留给大兄的银子，你们拿走。二兄给你的，那是他和阿彤的情义，我不管，也管不了。我只能说，大兄的那二十万两银子，我来想办法补上。你们就不用管了。清清白白地从裴家出去，就算是我这个做叔父的对你阿爹最后的敬意了！"

最后这句话，他是对裴彤说的。

裴彤听着眼眶微湿。如果父亲还活着该多好！他又怎么会这样被动呢？裴彤低着头，没有吭声。

杨大老爷这才明白裴宴为何要说那句"算是我们两个叔父送你"的话了。若是真的，这十五万两银子还真就只是裴宴和裴宣送给裴彤的。杨大老爷没觉得这是假的。一来是裴老太爷最多也就有这点私产，二来是二十万两银子的确不是小数目，想平账，需要时间和精力。

那就见好就收吧！杨大老爷在心里琢磨着，怕裴宴和裴宣又有了新的主意，想着干脆落袋为安好了。

"孩子还小，离不开长辈的扶持。"他笑呵呵地矢口不提那二十万两银子，直接向裴氏两兄弟道谢，"多的话我就不说了。那就按照两位叔父的意思，裴彤带着母亲、弟弟和妻子分出去单过。以后大家就当亲戚走动，不再在一块儿祭祖了。至于阿彤阿爹的坟，照我说，不如就迁到京城，以后阿彤他们祭拜也方便。"

京城居，大不易。并不是你做了大官就能留下的。旁边没有田庄出售，致仕了的官员没有恒产，就没有收入。裴彤不免有些犹豫。

杨大老爷就看着裴宴不说话。

裴宴也没有推辞，非常豪爽地道："行！我这两天看看，看能不能让谁让出些田来。"

杨大老爷和顾曦齐齐松了口气。这件事就这样定下来了。有房子，有田庄，再想办法把户籍转过来，他们就可以在京城里生活了。远离裴家、顾家的那些是是非非。最最重要的是，她不用再时刻看到郁棠，对郁棠称"叔母"，向她问好，给她请安了。

顾曦如释重负，觉得自己仿佛凤凰涅槃般，得到了重生。她嘴角绽放出真诚的笑容。

顾昶却第三次皱着眉头问前面提着灯笼带路的小厮："你不会是又走错了路吧？"

用过晚膳，裴氏兄弟陪着他又坐了一会儿，裴宴还送了一本前朝孤本给他。他喜出望外，可也没有忘记今天来裴府的目的。翻了几页，就有些翻不下去了。但不知道裴氏兄弟都和裴彤说了些什么，茶过两巡还没有请他过去说话。他不免有些着急，起身就想问问。谁知道他的脚刚刚踏出门槛，迎面就碰到了来报信的小厮，说是奉了裴宴之命带他过去叙话。

他也没有多想，拿着书，跟着那小厮就往内宅去。只是这小厮都在这个假太湖石山旁转了三圈了，都还没有把他带到说话的地方去，这让他不能不心生疑窦。

那小厮一听，吓得直哆嗦，差点把手中的灯笼落在了地上。

"我，我刚刚调到内院当差。"他磕磕巴巴地道，"又是晚上，一下子不知道往哪里走了。"

真是的！顾昶在心里腹诽，但也没有太放在心上，问了问说话的花厅具体在什么位置。他抬头看了看星象，挑了个方向走在了小厮前面。

小厮不敢说话，挑高了灯笼给他照路。

不一会儿，小厮看见三老爷住处不远的一棵高大的银杏树上挂起了盏桐油漆的灯笼。

他暗暗地嘘了口气，知道自己的任务完成了，脚步都变得轻盈起来。

等顾昶在小厮带领下进了花厅，看见杨大老爷和裴家的人一副相谈甚欢的模样，不禁挑了挑眉。

裴家不是让他来做证的吗？难道杨大老爷居然没有作妖？顾昶带着心中的困惑和在座的众人见过礼，目光却不由自主地在郁棠身上停留了几息的工夫。郁氏越来越漂亮了，特别是在灯光下。肌肤胜雪，眸光明亮，神采奕奕，如那月下的玉簪花，开得正盛，洋溢着勃勃的生机，让人看着都觉得心情明快起来。

裴宴看着，不动声色地站了起来，把郁棠挡在了身后，高声招呼着丫鬟进来奉茶,又不动声色地拖了拖椅子,拦住了郁棠的座位。

顾昶眉眼微动。是他想的那个意思吗?

他观察着裴宴和郁棠,只是他刚刚看过去,裴宣已把裴彤要分宗的事告诉了顾昶。

顾昶大吃一惊,腾一下从座位上站了起来,神色严厉地盯着裴彤和顾曦,道:"裴大人说的可是真的?"

裴彤和顾曦一看他这样子就知道他反对了。裴彤说话不免有些结巴:"是,是这样的。大舅父也知道,也同意了。祖父留下来的产业二叔父不要,由我和三叔父平分……"

至于那五万两银子的债务,他觉得还是不要告诉顾昶的好。

顾昶朝杨大老爷望去。

杨大老爷有点不安地轻咳了一声,这才做出一副正襟危坐的样子,道:"这件事说来话长。裴遐光把裴彤分出去,也是经过慎重考虑的。分出宗之后呢,也不是不认阿彤了,阿彤还能带着他娘和他弟弟一起回到京城来,对阿彤来说,趁着年轻,闯一闯对他更好。"

好个屁!要不是裴氏兄弟在场,顾昶都要骂出声来。他就知道,杨家成事不足败事有余。要怪,就怪他没有重视,让杨家插手他妹妹家的家务事,做了这种鼠目寸光的决定。早知道,他就不应该讲什么面子,听从裴氏两兄弟的意思在外面等了。

顾昶连看都不想看杨大老爷一眼,更不要说和他说话了。

他朝着裴宣和裴宴行了个礼,真诚地道:"能不能不分家?他们还年轻,阿彤的父亲不在了,若是他们有什么做得不对的地方,还请两位叔父不吝指教,犯不着分宗啊!"

裴宣神色沉重,闻言道:"不是我们不想管阿彤,是因为分宗对阿彤更好。"又道:"有些事,我们做叔父的说出来不免有偏颇的嫌疑,还是等会儿让阿彤告诉你好了。请你过来,就是让你做个证。该给阿彤的财产,我们两个做叔父的,一分钱都不会藏私。"

顾昶头都是大的。

裴老太爷已经去世三年了,也就是说,裴宴接手裴家的事务已经三年了,就算有什么不平的账目,他也早就做平了。裴老太爷到底留下了多少钱财,想从账目上看出什么来,那是不可能的,而且以裴老太爷的身份地位,三十万两银子,裴宴报的已经是个良心价了,对要分宗析产的裴彤而言,很对得起他了。

可他并不希望裴彤分宗。

从长远来看,分宗对裴彤是非常不利的。

先不说裴彤还没有入仕,就说裴绯。裴宥去世,裴彤是长子,裴绯就是他的责任,没有了裴府这把大伞，裴绯一个要靠兄长的次子，能说到什么好的亲事？

没有一门好亲事，他们兄弟又如何抱团取暖，如何能有个好前程？

再说裴宥的那些所谓的同年和同僚，有裴宣这个仕途正盛的叔父在，谁会越过裴宣去，把资源投在还没有成气候也看不到未来的裴彤身上？

裴彤要是真的有事，找裴宣不行吗？裴宣若是帮裴彤，这门亲戚就还在。如果裴宣不帮裴彤，谁还认裴彤是裴家的子弟？锦上添花的人多，雪中送炭的人少！裴彤怎么就这么短视，同意了出宗呢？顾昶怀疑是杨大老爷做了手脚。

顾曦又为什么不拦着点？他有些恨铁不成钢地瞪了顾曦一眼，大喝了一声"胡闹"，对裴氏两兄弟道："这件事还是再商量商量吧！"

顾曦满腹委屈。她隐隐觉得哥哥不会同意分家，可她到底是内宅妇人，又凭什么阻止裴彤和杨大老爷呢？再说了，她觉得这样分出去也行。她自己的日子肯定能越过越好。顾曦嘟着嘴，低下了头。

顾昶看了叹口气，觉得自己这是迁怒了妹妹。又有几个人能成为裴宴的对手呢！裴宴若是成心想把裴彤丢出去单过，就算是他在场，也未必能阻止。可他还是不死心，不愿意就这样放弃。

他问裴彤："你两位叔父不是斤斤计较的人，有些事，你可要想好了，覆水难收。"

裴彤听着不免又犹豫起来。

旁边的杨大老爷见势不妙，忙笑着提醒裴彤："这也是你祖父的意思，不然他也不会把宗主之位传给你三叔父了。你离开，长幼有序，对裴家也好。"

他这是在提醒裴彤都做过些什么。正因为如此，裴彤才不好意思就这样走掉。

他看了看自己的两位叔父，沉思了片刻，还是没有忍住，对两位叔父说了声抱歉，把杨大老爷拉到了门外，低声道："如果我离开了裴家，您能把我阿爹写给您的那封信给我吗？"

杨大老爷立刻警惕起来，紧张地道："你要做什么？怕裴家会食言吗？"

"不是！"裴彤有些不好意思地道，"是我错怪了三叔父，但我也不想忘记阿爹的死。我想，我既然要离开，那就离开得干干净净，不再参与到裴家的诸事中去好了。我阿爹写给您的信，就当是我给他们的礼物。从此以后，我不欠裴家的，他们也不欠我的了。大家再遇到，点点头就好。"

真是蠢！杨大老爷强忍着，才没有说出这句话来。不过，年轻人嘛，没有经历过事，总会以为这世上任何事都是那么简单，以后吃了苦头就会知道厉害了。但让他把信交给裴家的人，那是万万不可的。

这是他自保的手段之一。

他和裴彤打着太极："也不用急在这一时，等把家产分清楚了再说。"

裴彤却不想再丢脸了。他先是误会了裴宴，后来又占了裴宣的大便宜。他也想做个堂堂正正的男子汉，而不是让人说起来就是他占了裴家多大的便宜。

裴彤一把拽住了杨大老爷，道："大舅父，您还是给我吧！趁着我舅兄也在，我们把话说清楚了。我不想欠着人情离开裴家。"

杨大老爷几不可见地蹙了蹙眉，并不愿意交出那封信："你这孩子，怎么这么拗。那封信事关重大，怎么能就这样送出去呢？你放心，我留着那封信并不是为了让裴家抄家灭族，那对我们有什么好？你就相信大舅父好了，我会在一个适当的机会交给裴家的。"

是得到更大的利益之后吗？

裴彤望着眼前大舅父熟悉的面孔，却第一次感觉到了刺骨的寒意。他们家和裴家闹成今天这个样子，杨家不就是矛盾的关键点吗？大舅父就没有一点责任吗？或许，这个世上就没有靠得住的人。就算是他二叔父，也要顾忌着三叔父，不会全心全意地帮他。

裴彤非常失望，他淡淡地看了杨大老爷一眼，道："那就如您所愿。"他们这一房就算是离开了裴家，也不会以杨家马首是瞻。他要离开，就准备离开得彻底，不再和江南的这些世家来往了。以后，他们就是京城一个小小的家族。裴彤仿佛看到黑暗下，他从小长大的院子里点燃的昏黄灯光。就这样吧！他占了家中的便宜，就当是他欠两位叔父的好了，等他有能力了再还吧！

裴彤挺直了脊背，走了进去，第一次正视裴宴和裴宣，主动地和自己两位叔父道："二叔父，三叔父，让你们久等了。我相信你们不会骗我的。账目我就不看了，就按您二位说的，我搬到之前父亲住的院子里去。可修家谱，落户京城，接母亲和弟弟过来，恐怕还得两位叔父帮着我担待点了。"

他说完，还恭敬地给裴宴和裴宣行了个礼，与刚才疯狂地叫嚣着要找裴宴算账的，仿佛是两个人。

裴宴和裴宣不禁互看了一眼。

裴彤却已转身去和顾昶说话："大舅兄，麻烦你为了我的事还特意过来一趟。我大舅父说得对，我离开裴家，对裴家更好。就这样把宗分了吧！"

事已至此，顾昶再反对有什么用。可在他心里，却埋下了对杨家的不满。

过了两天，裴彤定了搬家的日子，顾昶抽空又来了一趟。

家中要带走的东西都已打包放好了，只等到了吉时搬到裴宥当年买的宅子里去。顾曦也一改从前的懒散，神采奕奕地站在正房的台阶前，亲自指挥着家里的仆妇挖着院子里的几株牡丹花。

顾昶不由道："你怎么挖起院子里的花木来？裴家的人知道吗？"

"知道！"顾曦一面请了顾昶屋里坐，一面道，"二叔母说，我看着什么喜欢的就带过去好了。这是两株比较稀少的墨菊。有钱都未必买得到。裴遐光不喜欢花花草草的，所以他屋里也不怎么种，还不如我带过去呢！"

这都是小事。顾昶没有和她多说,而是问起了析产的事:"钱到账了吗?"

顾曦点头,非常满意的样子:"第二天一早两位叔父就把裴彤叫了过去,除了把钱给了他,还把账目给了他一本。那些不动产都留给了裴家,说是我们以后长住京城,不方便管理,换了个在附近密云的田庄,五百多亩。我们都觉得挺好的。就等婆婆带着小叔子来京城了。"

这样也好!顾昶颔首。

顾曦亲自给他端了点心、果子进来,在旁边陪坐,并道:"裴彤去老宅那边收拾了,晚上才回来。阿兄在这里用了晚膳再走吧!我总觉得杨家不怀好意,有些话,还得你跟他说说才好。"

顾昶过来,也有这个意思,自然说"好"。两兄妹难得偷闲半日,说着体己话。

郁棠这边,阿杏却在悄悄地告顾曦的状:"不是说是江南四姓家的姑娘吗?怎么还稀罕起我们家的牡丹花来?不能去花农那里买么,还要挖了带走。您也太惯着她了!"

郁棠笑道:"这可不是我答应的,是二太太答应的。我怎么都要顾着点二太太,是不是?"

阿杏撇了撇嘴,当着郁棠的面到底没再说什么。

郁棠就问她:"给我娘家人的东西都收拾好了?"

阿杏连连点头。

郁远就要返回临安了,郁棠让他帮着带了些东西回去,娘家人的就由阿杏帮着准备,婆家人的就由青沉帮着准备。

阿杏道:"我听门房的说,三老爷吩咐他们备车了。到时候要送舅少爷去通州登船呢!"

与梦中相比,阿杏更显活泼,还很喜欢到处跑,打听这个打听那个的。郁棠因此知道了不少府里仆妇、管事的事。

听她这么一说,郁棠不免心动,晚上裴宴回来的时候,她殷勤地服侍裴宴更衣不说,还主动靠在他肩膀上蹭了蹭,娇声问他:"我想随你去通州!"

裴宴根本就没有隐瞒自己的行踪,闻言哈哈地笑,捏了捏她的下巴,逗着她道:"你买的东西太多了,车装不下,不能带人去。"

"胡说!"郁棠不满,从裴宴身边跳开,道,"我问裴伍了,他说专门给你备了辆车。"她说着眼珠子还直转:"要是真的不够坐,那我们去殷府借辆马车吧!反正殷太太这些日子什么也不能做,殷大人肯定在家里陪着她。他们家肯定有多的马车。"

裴宴笑道:"人情债更难还。我这两天刚出去了十五万两银子,我们可得紧着点用。"

郁棠立刻拿出自己的私房钱,得意地笑道:"我来的时候,我阿爹给了我一千两银子，婆婆给了我三千两银子，不用你花费，这次去通州的费用，我全包了。"

那财大气粗的小模样，顽皮中透露着些许的狡黠，看得裴宴心热。

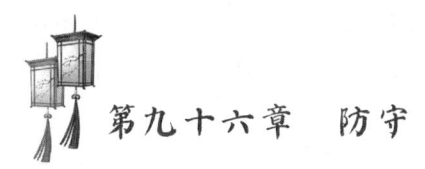

## 第九十六章　防守

裴宴、郁棠夫妻因为这个私房钱嬉笑着胡闹了一场，裴宴想着去通州还得过一夜，把郁棠带过去也好，还可以和郁棠到周边逛逛再回来。他索性和郁棠商量，在通州多住几日。

能出去玩，自然是好。郁棠高兴地应了。两人顿时弄得像去郊游，出发的那天还让厨房做了好些个点心带着路上吃。

郁远跟着沾光，吃了几个菊花酥，不过，他评论道："还是我们老家的米糕好吃些。"说到这里，他不由惦记起相氏来："我不在家，她又怀着身孕，还要带孩子，也不知道现在怎么样了。"又感谢郁棠："她向来喜欢你做的头花，看见那一匣子头花，肯定很高兴。"

郁棠抿了嘴笑。她闲着无事，就做头花，送给玩得好的几个。除了相氏，她还带了些吃的、玩的给马秀娘和孩子。

顾曦这边则趁郁棠不在家里的时候，把东西全都搬到了裴宥之前置办的老宅里去了。

顾昶依旧来看了看，问裴彤："定了什么时候暖房没有？"

他那天去裴家，并没有等到裴彤。

杨大老爷直接去了老宅，裴彤就请杨大老爷在外面吃了顿饭，回来已快到宵禁的时候。顾昶等不及，先走了。两人还没有说上话。

见顾昶问，裴彤忙道："正准备和您商量，定个好日子。"说着，把之前从白马寺那边请的日子拿出来给顾昶挑选。

顾昶无所谓，道："我都好说，就是请假也会过来。你先去问问你二叔父，免得和他的事相冲突了。"也让那些猜测裴彤被赶出裴家的人看看，裴宣还是站在裴彤这边的，有了事，还是会帮衬裴彤的。

裴彤听他这么说，就决定等会儿去趟裴府。

顾昶问他："杨大老爷那天找你做什么？他和你都说了些什么？"

裴彤没有瞒着他，道："问裴府那边的银子到了账没有。再就是和我说些家里的琐事。"

具体是什么，他没有告诉顾昶。

实际上，杨大老爷那天找他主要是说裴宥留在他那里的那封信。照杨大老爷的意思，既然裴家没提，他们也犯不着上赶着去巴结裴家，等裴家来要再说。

裴彤隐隐能明白他这位大舅父的意思。说来说去，就是不想还给裴家，想拿捏着做个把柄。他当时有些不高兴，提醒杨大老爷："若是让别人拿了去或是看到了，也是个麻烦。"

杨大老爷矢口未提保管的事，只说让他放心，决不会发生这种事的。

裴彤知道这封信怕是要不回来了。

杨大老爷之后又和他商量，想等他母亲来了京城再暖房，还说什么"好饭不怕晚""这样才算是一家人团团圆圆，齐齐整整"之类的话。

如果是从前，他就算是多想了也会自己想办法压下去，可现在，他听到杨大老爷这么说，只会猜测他是不是又打他们家的什么主意。这也许是他不相信外家之后，外家的人做什么他都会留个心眼吧！所以他这次不准备听杨大老爷的。

他决定家里的东西都归整好了就请亲戚朋友来暖房，也算是委婉地告诉那些知道他们分宗的人，他从此以后自立门户了，这个家就由他来支撑了；免得他母亲来了之后非要坐主桌，别人就还把他当成要依赖母亲的小孩子，有什么事先去和他母亲商量，他母亲又先去问他舅父们的意见，回头把他当个傀儡似的摆布。

独木难成林。这样一来，他就得求助其他的人，比如他的舅兄顾昶。他觉得，总比求助杨家好。

只是他父亲的书信事关重大，他一时还没有拿定主意要不要告诉顾昶，这才隐瞒下了和杨大老爷的部分对话。而顾曦就更不会告诉顾昶裴宥的事了。顾昶就感觉到他的妹妹和妹夫有事瞒着他，他因此心中十分不快，特意留在了裴彤家里用晚膳，还没能套出裴彤的话来，可见裴彤还是和杨家的人更亲近。

顾昶走的时候虽说没有拂袖，脸色却是十分不好看的。

裴彤隐隐能感觉到，独自在书房思量良久，最终也没有拿个主意，想着家里还有一堆事，未必非要现在把这件事告诉顾昶，也就一拖再拖，直拖到了暖房的日子。

杨家肯定是不高兴的。裴大太太还没有来京城。可裴彤的请帖都发出去了，他们也不好不来。

杨大太太送了套黄梨木的家具给裴彤两口子，杨二太太和杨三太太就无精打采的，一家送了套茶具，一家送了套碗碟。

杨老夫人看着不喜，没等回家，坐在裴彤家后花园的凉亭里就开始指责长媳杨大太太："就是一时仕途不顺，也没有破落到这个地步。她们不懂事，你也不懂事？你看看裴家二太太，送了两件前朝的字画，三太太送的是古玩，你让殷家和顾家的人知道了，怎么看我们？"

杨大太太很是委屈，低声道："之前我和她们商量的时候，她们可不是这么说的。"

杨老夫人觉得太丢脸了，不依不饶，道："她们说什么就是什么？你是干什么的？再说了，我们还指望着裴家帮着把老二和老三快点捞回来，你们这样，不是打裴家的脸吗？让我们怎么开口？"

杨二老爷和杨三老爷犯事的时候，搭进去了不少钱，当时只想着救人，也没有分个你我的。如今事情落定了，老二家和老三家的手底空了，老太太和老头子又不贴补两人，总不能让她拿了她自己的陪嫁出来给二房和三房过日子吧？

杨大太太低头没有吭声。

裴宴和郁棠在通州玩了两天，还在通州那里买了个傍水的三进小宅子。郁棠很喜欢布置宅子，带着青沅在那里整理了好几天，还想着明年还不知道他们在不在京城，她挺想在那宅子里种几株石榴树，不知道托了谁好；或者是有裴家的老嬷嬷或老管事要荣养的，可以安置在这宅子里，顺便帮着看看宅子，他们以后来京城，就不用住在通州的客栈了。她大堂兄郁远以后要常来京城，运河过来的仓库都在通州，她那宅子还可以帮着堆堆货，压根没有注意裴彤暖房的时候杨家都送了些什么。

二太太整天想着给裴丹置办嫁妆，等到了夏末，秦大公子又奉了父命回老家参加科举，二太太还寻思着得给他们家的姑爷做几件衣裳，置办几支好笔，寻几方好砚，哪里管得到裴彤那里去。

两妯娌各有各的事，这时宋四太太突然来了京城。

郁棠正和青沅在从前裴彤住的院子，和身边的几个大丫鬟说着种什么花草把那几株被挖走的牡丹补上，听到当值的婆子来禀报的时候愕然地指了指自己，道："宋四太太要见我？"

"那倒不是。"那婆子也是从临安老家跟过来的，她笑眯眯地道，"宋氏的当家太太来拜访我们家，肯定是您去见的。我就直接来禀您了。"

郁棠听着不免有些汗颜。她这段时候净顾着自己玩了，都没有履行宗妇的责任。她忙去重新梳洗，去了花厅。

宋四太太不是一个人来的，她还带了宋七小姐。

两家人见了礼，分宾主坐下，等到小丫鬟上了茶点，宋四太太身边的婆子就递上了礼单。

"路太远了，有些东西也不好带，"宋四太太客气地道，"想着你们在京城也住了些日子了，就带了些家里的特产，让你们解解馋。"

站在郁棠身后的青沅接了礼单，郁棠也笑着和她寒暄："多谢您了。京城什么都好，就是吃的有些不习惯。您来了，我们也有口福了。"

宋四太太笑呵呵地和郁棠说了几句闲话，郁棠这才知道原来宋四太太是过来参加武小姐的婚礼的。

郁棠不免有些奇怪。她这个住在京城的江南人都不知道武小姐的婚事，远在江苏的宋四太太不仅知道了，还跑到这里来参加武小姐的婚礼……她不由问起武小姐嫁给了谁家。

宋四太太听了直笑，道："您这平时都在做什么？这样的事您都不知道？武小姐嫁到了彭家，做了彭九爷的次媳。"

彭家吗？郁棠想到彭屿和彭九爷是胞兄弟，孙小姐也嫁到了彭家。

还有江华的长媳妇，是武家的大小姐。这样一来，江家和彭家也是姻亲了。郁棠心里七上八下的。

"我这大门不出，二门不迈的，还真没有注意这些事。"郁棠有些心不在焉地和宋四太太说着话，"武家这是要在京城嫁姑娘吗？您这么远来，就是为了给武家的小姐送嫁吗？"

"也不全是。"宋四太太笑着，就看了宋七小姐一眼，道，"这不，家里的姑娘也都大了，我们总是窝在苏州那一块儿，来来去去地总跟那几家说亲，也应该走出来看看了。"

也就是说，武家让宋家看到了另一种可能性，宋家准备效仿武家，用儿女亲事为自家争取利益了。

这种事郁棠不好多说，她这个时候只想尽快见到裴宴，把这件事告诉他。

她装作没听懂的样子，敷衍道："是应该出来走走，虽然江南风景甲天下，可京城也有京城的好处。"又道："武家要和彭家联姻的事，还没有传出来吧？我们都还没有接到请帖，不知道两家定了什么时候的婚期？"

宋四太太笑容里就多了几分得意，道："是啊！婚期还没有定下来，武家就先给我送了信，想让我过来给他们家搭把手。我寻思着我这辈子还没来过京城，就厚着脸皮过来了。"她说完，还从手边的碟子里挑了片甜瓜叉进了嘴里："这甜瓜真好吃。比我们那儿的甜。"

郁棠又敷衍地和她说了几句话，留了宋四太太在家里用晚膳。

宋四太太没有客气，高兴地答应了。

郁棠只好让人去请二太太来作陪。

宋四太太一看见二太太就高兴地拉了她的手，关心地问："听说五小姐要嫁去秦家了？怎么样？嫁妆准备好了吗？成亲的日子定下来了没有？有没有我能帮得上忙的地方？"又感慨："真是没有想到，当初秦大人任浙江布政使的时候我就私底下和大太太说过，秦大公子不管是人品还是学问都是一等一的，秦夫人也是性格宽厚温和，也不知道谁家闺女有这样的福气，嫁到秦家去做大少奶奶。没想到和秦家结亲的居然是五小姐。你这个女婿可选得真好！"

164

这可是二太太最喜欢听的话了。她立刻滔滔不绝地和宋四太太说起裴丹的婚事来。

宋七小姐悄悄地走到了郁棠的身边，轻声笑着对她道："三太太，昭明寺一别，就没再见过了。您还好吧？"

她神色腼腆，像只受惊的小兽，惹人怜爱。

想必她对自己来京城的目的一清二楚，对于自己能嫁个怎样的夫婿，不是看才学、能力而是看是否对宋家有利，她心中正惶恐着吧！

郁棠在心底叹气，不免对宋七小姐生出几分同情。她温声地笑道："是很久没有见着了！六小姐还好吧？"

当初的几位小姐，武小姐的婚事已定。彭九爷的儿子不管怎样，和武小姐好歹年纪相当。顾曦已经出阁，裴彤在很多人眼里也勉强算是个金龟婿了，现在又搬出去自立门户了，她要是经营得好，未必没有一个好的前程。

宋七小姐神色微黯，道："六姐也出阁了，她远嫁到了蜀中，那人家是做药材生意的，我们家在苏州的药铺，前些日子出了点事，六姐夫家帮了很大的忙。"

也就是说，宋六小姐也因为家族利益而联姻了。

郁棠只能安慰她："那也挺好。好歹是一起做过生意的，知些根底。"

宋七小姐却苦笑，低声道："因为药材铺子的事，我们家和六姐夫家实际上闹得还挺不愉快的。六姐嫁到他们家，算是补偿那家人——那家人已经不再做苏浙一带的生意，改和江西、两湖的人做生意了。"

难道是宋家对不起别人家？

郁棠一时也不好多问，倒是宋七小姐，若有所感，好像很多话压抑在心里终于有了个倾诉的机会，有些不管不顾地低声继续道："六姐夫之前娶过一房媳妇，生了三子一女，六姐不愿意嫁，可家里人说，六姐脾气不好，留来留去留成仇，不如就这样嫁了……"

她说这话的时候眼眶都湿润起来，直直地望着郁棠，好像这件事和郁棠有什么关系似的。

郁棠愕然，想问她是什么意思，却突然被二太太挽了胳膊，耳边则传来二太太带笑的声音："主要是我们这边离江家还挺远的。大公子他们刚刚搬走，还有些东西留在这边院子里没收拾干净。若是没有分宗这件事，我们派人去跟他说一声也就是了。如今分了宗，我们再去跟他们说，知道的，觉得我们是想给您腾个院子；不知道的，还以为我们是找了借口赶他们快点全搬走。真是左右为难啊！"

"看您说的！"宋四太太笑呵呵地道，神色间全无芥蒂的样子，"我们可是武家的客人，武家在江南诸家中又是出了名的豪气，我们肯定要去占他们家的便宜啊！"

郁棠这才听明白，原来宋四太太委婉地向二太太表示，想在留京期间住在裴家，但被同样委婉的二太太拒绝了。

她觉得二太太做得太对了。听裴宴的口吻，裴家和宋家迟早是要翻脸的，既然如此，也不需要走得太近，不然到时候帮也不是，不帮也不是。

二太太不知道这些事，她拒绝宋四太太，纯粹是觉得宋四太太吃着碗里的还看着锅里的。

送走宋四太太和宋七小姐，她对郁棠道："说起武家的时候眉飞色舞，那去找武家好了，占我们家的便宜还不说一句好，算是怎么一回事！"

郁棠朝着她伸大拇指，道："还是二嫂想得周到，我没想到她们会打这主意。不过，换成是了我，我也不会喜欢她们住在我们家里。"

二太太连连点头。

郁棠和她在岔道口分手之后，没有回自己住的宅院，而是去了裴宴的书房。

他正和舒青商量着盐引的事。

江西那边的田庄今年的粮食收成应该不错，他们准备和殷家一道，运粮到九边，换盐引。

原本这计划是不错的，可惜裴宣做了户部的侍郎，不管从哪方面来说，裴家都应该回避裴宣做官的衙门，裴家的盐引生意反而不太好操作了。

舒青建议他们把粮直接拉回苏浙卖。苏浙地方，粮价一直比较高，但肯定没有做盐引生意赚得多。

裴宴犹豫着，就看见了郁棠，他就打住了话题，决定明天再和舒青说这件事。

舒青笑着和郁棠打了个招呼就走了。

郁棠开始还矜持地和舒青点头，待舒青的身影一离开书房，她立刻就跑到裴宴的身边，拉住了裴宴的衣袖，急切地道："遐光，我跟你说件事，武小姐要嫁给彭家了，这件事他们两家捂得严严实实，要不是宋四太太今天来家里做客，我还不知道。你知不知道这件事？"

裴宴显然也很意外，皱着眉道："我知道武家在找亲家，但没有想到彭家会答应。宋四太太已经到了京城，那这件事应该是蓄谋已久了。"

郁棠的心一下子提了起来，道："你之前也没有听到风声吗？"

裴宴道："我之前听说武家有意和黎家结亲，但黎家没有适龄的孩子。"

所以选了彭家。

郁棠迟疑道："不对啊！应该是别人家选武家不是武家选别人家吧？"

彭家为什么会答应娶武家的姑娘呢？

郁棠猜测："是不是武家的陪嫁丰厚？"

裴宴看她那提心吊胆的小模样，玩心大起，不由刮了刮郁棠的鼻子，道："也不完全是陪嫁的事，多半还是有什么合作。"

郁棠心里有事，也顾不得和裴宴闹腾，着急地道："两家联姻，肯定是有什么合作的，我怕对我们家有什么影响。江大人和你不和，现在武家又和彭家联姻了。"

她还记得他们用《松溪钓隐图》截了彭家财路的事。

裴宴却不以为意，笑道："这样不是更好！像现在似的，我们和彭家明明有罅隙，还要装作亲密无间的样子，还是挺让人心烦的。"

这倒是。郁棠提醒裴宴："你小心点！我总有不好的感觉。"

"你放心！"裴宴笑着搂了郁棠，"我现在有家有室，我不敢乱来的。要不然你可怎么办啊！"

郁棠脸上火辣辣的，心里甜滋滋的，觉得说什么都破坏气氛，又心情激荡之余，全身的力气都不知道往哪里使似的。她使劲地搂住了裴宴的腰……

没两天，彭、武两家联姻的事在京城传开了。

郁棠去殷家参加徐萱长子百日宴的时候，不少人拉着她打听："是嫁到江家的那个武家的姑娘吗？"

"是的！"郁棠笑着答应。

知道的大多数都是一副不以为然的样子，有些还颇为轻蔑地道："嫁女儿嫁成他们家这样的，也算是不简单的了。"可见武家并没有从中得到什么好名声。

就是被殷家众多姑奶奶强押在家里休息的徐萱都私底下和郁棠说起这件事："听说武小姐这次陪嫁十万两银子。彭九爷是个玩家子，常常捉襟见肘的，也只有他会答应这门亲事了。"

难道不是因为彭家有彭屿这个仕途上的明日之星吗？

徐萱嗤笑："彭家估计宁愿娶孙小姐进门也不愿意娶武小姐进门，太明显了，容易落人话柄。"

郁棠不知道这其中发生了什么事，自然也不好随意评论，转移话题说起了宋四太太："你有没有给她下帖子？"

徐萱不记得了，让人去喊了管事的嬷嬷过来问，然后对郁棠道："你和张大小姐、阿丹的请帖是我亲自写的，其他的人要问一声。"又奇道："你问这个做什么？"

宋家既然有意把宋七小姐嫁到对宋家有帮助的人家，这样的场合肯定会想办法进来。

郁棠也就是随口问问。

她觉得她作为内宅的妇人，没能打探到武、彭两家的婚事，有点失职。她也就比较关注宋家的动向了。

"就是没有看见她，问一问。"郁棠不好意思跟徐萱说起自己失职，含含糊糊地应着她。

好在徐萱也没有多问。

一会儿，管事的嬷嬷过来了，忐忑地禀道："之前大奶奶没有特意交代，我们就没有给他们下帖子。"之后还为自己辩解："宋家虽是江南世家，最高也只是个四品,宋家在京城的宅子也卖了,宋四太太如今住在武家,我们也没有给武家送帖子。"

言下之意,是宋家还没这资格参加他们家大少爷的百日宴。

这位嬷嬷说的倒也没错。

宋家虽然在江南是世家名门,但这几年却没有出过三品以上的大员了,而且也没有什么让人眼睛一亮的读书人,在徐府这样的顶级官宦世家眼里,就算是落魄了,可以暂时不用费心思结交了。加之宋府在江南,彼此原本就离得有些远,宋四太太来到京城又没有主动来拜访徐萱,殷府大可说一句"不知道她来了京城"就可以糊弄过去。

并不是什么不可原谅的错误。只是郁棠此时特意问起,徐萱不免要给她一个交代。

郁棠一听就明白了。宋四太太不是不想主动拜访徐家,而是身份地位还不够格一来京城就往别人家投拜帖,多半因此也没有来拜访徐萱,不然殷府不会如此失礼。她若是此时计较,这位管事嬷嬷肯定是要受责问的。这样就不好了。

郁棠忙对徐萱道:"宋四太太前两天来家里拜访,我以为她会来你们家喝喜酒。"

徐萱知道郁棠不太懂京城一些社交的惯例,今天又是她长子的好日子,听郁棠这么说,也就没再责问那管事的嬷嬷,挥挥手让她退了下去,道:"宋四太太怎么突然来了京城?她找你?是有什么事要你帮忙吗?"

郁棠想了想,觉得她身边若是有一个能让她全然信任,可以说心里话的人,徐萱算是一个了,遂也没有隐瞒,把宋四太太想给宋七小姐说门于宋家有利的婚事告诉了徐萱。

徐萱听得直撇嘴,道:"这可真是应了那句老话,近朱者赤,近墨者黑。他们这是想学武家,也得愿意拿出那么多的银子给女儿做陪嫁才行啊!"

但宋家比武家要好点吧?宋家好歹是读书人家。

郁棠笑笑没有吭声,拉着徐萱去看孩子。徐萱就带她去了因怕吵着孩子而专程收拾出来的暖阁。

郁棠很是稀罕,抱着孩子看个不停。

徐萱笑眯眯地坐在旁边的贵妃榻上,道:"你要是喜欢,就自己生一个呗!"

郁棠顿时有点泄气,见孩子眼皮耷拉着一副想睡觉的样子,就把孩子交还给了乳娘,坐到了徐萱的身边,怅然地道:"我也想啊!可就是没有!我想找个大夫看看,可裴光不答应。说有女子三年无孕的,我这是自己瞎折腾。我就想,难道要等我三年之后都没有孩子再去找大夫看吗?那个时候我也不知道自己在不在京城。还是京城的大夫厉害一些吧?还可以请到御医。"

她把裴宴想带她去登泰山的事告诉了徐萱。

徐萱大笑,道:"既然裴遐光都不急,你急什么。说不定裴遐光觉得你没孩子正好,你们夫妻可以到处走走看看。等有了孩子,丢着吧挂心,不丢着吧带在身边又不方便。"然后她说起了自己:"我之前想,生孩子就生孩子,家里有这么多人看着,还要我动手不成。等孩子生下来才知道,那是谁带着都不放心,我娘都不成。我一眼看不到,这心里就空落落的,像少了什么似的,根本不是我之前想的那样……"

两个人说着体己话,直到有管事的嬷嬷进来说黎夫人和张夫人过来,徐萱要去待客,她们才从暖房出来。

就这样,徐萱还安慰她:"武家和彭家联姻的事你不用担心,还有裴遐光呢!再不济,还有裴启明。你放心,官场上的事他们比我们都要敏感得多,不会出现你担心的事的。"

郁棠点头,从殷家出来的时候,裴宴还在外院喝酒,她等了一会儿才等到裴宴。

不过,裴宴神色如常,靠近了才能闻到淡淡的酒味,可见喝得并不多。但她还是关心地上前扶了裴宴一把,道:"你还好吧?"

裴宴应该心情很好,借着靠近她的时候还飞快地在她额头上亲了一口,低声笑道:"我挺好的。让你久等了,临出门的时候被殷明远拉着说了点事。"

郁棠没有问是什么事。如果裴宴想告诉她,自然会告诉她。

她和裴宴上了马车。

晚上屏退了屋里服侍的,郁棠枕在裴宴的肩上,裴宴和她说起这件事来:"殷明远接到殷浩的信,觉得武家和彭家联姻可能与上次我们卖给他们的海舆图有关系。武家有船手,宋家能造船,彭家有能走船的船长,这三家联合起来,的确是有点麻烦。"

郁棠不由就紧紧地握紧了裴宴的手臂。

裴宴就捧着她的脸亲了几下,道:"这有什么好担心的,他有张良计,我有过墙梯。谁又怕了谁?"

郁棠不解。

裴宴就悄声对她道:"我们家毅老太爷那边有位表兄如今在西安府为官,我和殷明远商量过了,过几天就把他调到京城来。二兄在户部,他不好去户部,但到刑部或都察院应该没什么问题的。"

郁棠听着精神一振,又有点担心这位裴家表兄的能力。要知道,彭家在都察院可花了不少的心思。

裴宴就轻轻地拍了拍她的背,含笑道:"我这个表兄,自幼丧父,从小是在我们家长大。只是裴家人多眼杂,这位表兄入仕之后,表面上的往来不多。他和殷浩是同科,殷浩对他的能力人品赞不绝口。二兄在户部入职之后,我就给这位表兄写过一封信,问他是否愿意入京,他很快就回了我的信。不过是之前事情太多,京城又没有太合适的职位,这件事就暂时放下了。现在正好,彭家不是和武家联姻了吗？我们就安插一个去刑部或是都察院。最好是都察院，正好和彭屿打交道。"

郁棠觉得这是个好办法。她安心歇下了。

等过了中元节，临安那边也有信过来了。

先是毅老太爷。他在信中呵斥裴宴一顿，说裴宴不应该和裴彤分宗。可事已至此，他骂过之后又开始吩咐裴宴怎样安置裴彤。

他老人家不仅反对把裴老太爷的私产均分给裴彤，还单独写了一封信给裴宣，狠狠地骂了裴宣一通。

郁棠因为担心老家的长辈误会裴宴，把裴彤分宗的事怪到裴宴的头上，知道临安来信，还讨来看了看。

结果她发现，毅老太爷虽然言语严厉，但在关于怎样安置裴彤的事上，却比裴宴兄弟苛刻得多，颇有些既然不是裴家人了，就不用管太多的意思。

郁棠很是意外。

裴宴笑道："长辈们虽然喜欢多子多孙，但更希望兄弟齐心。"

郁棠点头。

裴宴却多看了那信几眼。

毅老太爷也是个十分精明能干的人。当初他父亲去世的时候，毅老太爷就几次把他们兄弟俩叫去问他父亲到底是怎么去世的，他们兄弟俩实在是没脸说出大兄行径，这才没有落下口实。但后来他父亲除服时，毅老太爷看着他们兄弟两人不停地叹气，他隐隐觉得毅老太爷应该是知道了些什么。

因而裴彤分宗的事，他老人家才只是轻描淡写地在信上骂了他几句，之后又担心他还顾着手足情深对裴彤太过宽和，斩草没除根，留下祸害。

这些他不准备告诉郁棠。

自武家和彭家结亲，郁棠当着他的面什么都没有说，他却感觉到郁棠心弦一直绷得很紧，这对郁棠来说不是什么好事，他只有尽量地安抚她，让她平静下来。

他就拿了裴老安人的信给郁棠，道："姆妈也有点伤心，让我们早点回去。大嫂那边，她老人家说，会尽快让人送他们来京城的。"

兄弟阋墙，最伤心的是做母亲的了。郁棠一直担心着裴老安人，闻言立刻接过了信。裴老安人语气还挺冷静的，但想想也能猜到她的心情了。

郁棠叹气，与裴宴商量道："张家那边的事也差不多了，裴彤他们分了出去，老安人伤心之余肯定也觉得寂寞。你要是实在走不开，要不我先回去？"

裴宴想了想，道："要不让姆妈也来京城？家里的人问起来，就说想看看裴彤。然后我们直接从京城去爬泰山。"

郁棠眼睛都亮了，道："我们陪着她老人家散散心也好。"还催着裴宴快点给裴老安人写信："只是不知道她老人家愿不愿意和大太太一起同行？"

裴宴不以为然，道："路上要对着她两个月，我怕姆妈人还没到，先气病了。"

这话也太刻薄了。郁棠拐了拐裴宴。

裴宴不说了，让人去给裴彤那边送信，告诉他大太太大致什么时候会来京城。

郁棠则盘算着裴老安人来了之后住哪里。

二太太和裴宣知道这事，也很高兴，两口子还抽了个工夫过来，和裴宴夫妻商量，让裴老安人在京城多住些日子，他们去和秦家重新商定裴丹的婚期，等裴丹出阁了再回去。

时光就在这悠闲中到了八月。

郁棠养的那些桂树眼看着陆陆续续都开出了黄色细小的花苞，裴府东院到处弥漫着桂花馥郁的花香。

郁棠偶尔过去一趟，回来还得洗头洗澡，换身衣服，怕熏着裴宴了。

裴宴没有察觉，他只是很高兴地告诉郁棠："我们家那位表兄，调到都察院任了佥都御史，品阶虽没有升，却调到京城来了。他这几天就会携了家眷进京，我派了人去通州接他，还想邀请他和我们家一起过中秋节，你觉得如何？"

既然是一个船上的人，自然是越亲近越好。郁棠欣然应诺，主动道："我去和二嫂商量，看到时候怎样招待他们一家子。"

裴宴笑着领首。

二太太这些日子正在整理自己住的东边宅院，见郁棠过来，忙拉了她去看："你觉得收拾得怎么样？要不要再添点什么东西？"

裴宣裴宴兄弟两个商量过后，准备裴老安人进京后，就住在这里。

墙重新粉过了，院子里的花木也重新修剪了一遍，还添了一些黄梨木的家具和紫檀、鸡翅木的屏风，就差挂上帐子铺上坐垫，人住进来了。

郁棠笑道："二嫂辛苦了。我瞧着这边和婆婆在老家住的地方陈设都差不多，婆婆肯定会满意的。"

二太太这才放下心来，笑道："我就怕她老人家住不习惯。北边的气候和南边可差得太远了。"

的确，老安人到京的时候已经是冬天了。

"那今年多订些炭。"郁棠帮着出主意。

两人又说了些闲话，郁棠才提起来意。

二太太听了自然是高兴，笑道："我就怕二老爷在京城为官，挡了其他兄弟的官路，如今有个表兄来京城做官，彼此有个照应，太好了。"然后问起住的地方安排好了没有，问要不要帮着租个宅子："毕竟远道而来，有些事不太方便。"

郁棠笑道："遐光说那边的管家会提前几天到，已经安排舒先生帮着接待了，想必这些事情不需要我们操心了。"

二太太听了神色微动，道："你们到时候准备去通州接人吗？"

郁棠道："您可是有什么事？"

"没有，没有。"二太太笑道，"我就是想，这天高气爽的，家里该忙的事都忙得差不多了，你们要是去通州，我也跟着过去你们那新宅子里住几天,透透气。"

郁棠哈哈大笑，道："是送礼的人太多了，二伯又不让收，您怕得罪人，干脆躲出门去吧！"

临近中秋节，裴宣又管着盐引的复查，虽说裴宴早就言明了在家里不谈公事，可架不住裴家盘桓江南数百年，故交太多，最近一段时间，来家里做客的人快把裴家的门槛都给踩断了。

二太太讪讪然地笑。

郁棠也来了兴致，道："要不我和遐光商量商量，我们提前几天去通州？"

二太太笑道："到时候我也带着阿丹和阿红过去。"

郁棠爽快地应了，还派了管事提前去了通州安排相关事宜。

宋四太太带了武大太太来拜访郁棠。

郁棠拿到拜帖的时候还不敢相信地问来禀告的小厮："你听清楚了，宋家四太太是来拜访我的？"这段时间多是来拜访二太太的。

小厮忙恭敬地道："小的问清楚了，说是来给您和二太太送请帖的。"

郁棠恍然。这段时间只顾着忙家里的琐事了，倒把武小姐出阁的事给忘记了。

她请了宋四太太进来。

武小姐并不是长房的女儿，但来京城处理她出阁事宜的是武家的宗妇，也就是江家大少奶奶的生母武大太太。

能生出江家大少奶奶那样的美人，武大太太也是个相貌极其出色的女子。宋四太太向郁棠引荐了武大太太。

武大太太直夸郁棠漂亮，并没有因为自己和郁棠的母亲差不多年纪而对郁棠有所怠慢，可见是个十分会做人的女子。

两人客气地见了礼，分宾主坐下之后，武大太太亲自拿了喜帖给郁棠。

宋四太太在旁边说着捧场话："我说这喜帖我来送，顺便来你们家串个门。可武大太太觉得这样有失敬意，非要亲自来一趟不可。我想，大家以后抬头不见低头见，来认个脸也好。就陪着她一起过来了。"

郁棠见武小姐的婚期定在九月二十二，先是向武大太太道了声"恭喜"，这才接了宋四太太的话："多谢您了。我略早几个月进京，对京城虽然不是很熟悉，但家里的管事应该还算熟悉，你们有什么事需要我们搭把手的，就差了人来说一声，我让家里的管事过去帮忙。"

让她去帮忙是不可能的。

武大太太也不知道听出她的未尽之言没有，笑盈盈地道着感激，问起了裴彤："听说搬出去了。我们人生地不熟的，一时也不知道搬去了哪里，我怕自己找不到地方，只好派了管事的去送喜帖。"

怎么可能不知道搬去了哪里？

武大太太这么说，不过是委婉地在问郁棠，裴彤和裴府以后还是不是一家人？要是一家人，那武家就只需要往裴家送一份喜帖就够了。要是两家，他们就再派人去给裴彤送一份喜帖。不过，裴彤离开了裴家，就是一般的读书人家了，武大太太不可能亲自去给他们送喜帖。

郁棠想到裴宥做的那些事，想到裴宴让裴彤分宗的用意，她正好趁着这个机会给那些在背后议论他们家的人说清楚了。

"他们搬去了原来的旧址。"郁棠笑道，"我也有些日子没见他们，不知道他们到时候有没有什么其他的安排。若是贵府的管事没空，那我就让我这边的管事替你们家的管事跑一趟好了。"

她话音未落，武大太太和宋四太太的脸色都有了微妙的变化，武大太太更是笑容勉强地道："他们就是做这些事的，哪里就要劳烦你们家的管事替他们跑腿了？既然知道他们搬去了哪里，我就让家里的管事跑一趟好了。"

郁棠笑眯眯地点头，和两人说了半天的闲话，最后还留了两人用午膳。

两人不知道是真忙还是假忙，借口还要给张、黎这样的人家送喜帖，婉言拒绝了午膳，约了下次有空再过来拜访郁棠。

郁棠也不勉强，亲自送了她们出门。只是在路上大家遇到了过来找郁棠的二太太。

宋四太太大喜，将武大太太引荐给二太太。

二太太这段时间见着谁都像是来找她办事的，不免生起几分戒备，草草地和武大太太说了几句，知道她是来送喜帖的，承诺了到时候一定会和郁棠一块儿过去之后，陪着郁棠把两人送出了门。

郁棠看着二太太这副如临大敌的模样不免有些好笑。二太太却向她抱怨："你都不知道那些人送东西有多刁钻——昨天我收到一匣子月饼，说是从广东那边带来的。我也没多想，寻思着给你拿几个过来尝尝。谁知道打开一看，装着一匣子的银票，把我吓了个半死，赶紧交给了你二伯处理。唉，这日子也不知道什么时候是个头！"

郁棠打趣她："别人想都想不到，你还发愁。这可真是站着说话不腰疼。"

二太太就笑着去捏郁棠的脸。

两人嬉笑着往内宅去。

已经坐上了马车的宋四太太却不解地问武大太太："您怎么拦着我不让我跟裴二太太说？这秋收之后就要开始往九边送粮了，我们两家都不是做这生意的，彭家却跟着裴家之前在江西买了好几个田庄，今天都是丰收年。"

粮送去了九边就要换盐引，换来的盐引想拿到盐就得到户部登记。

宋四太太不由抱怨："也不知道是谁想的招，盐运司岂不是成了摆设？"

武大太太笑道:"那也是因为两淮盐运使出了点事,到户部核查也不过是暂时的。我瞧着裴二太太不像喜欢揽事的,说不定说了反招人不快。何必!彭家不是我们想象的那样,他们肯定有办法解决这件事。我们还是别画蛇添足了。"

她话是这么说,却有点烦宋四太太吃相太难看。不过,换成是别人估计比她吃相更难看。

苏州这些日子冒出了江潮,夺了宋家不少的生意,偏偏不知道这个江潮身后站的是谁,官府睁只眼闭只眼,也不管。偏偏裴家的两兄弟又在京城,找到裴家去,没个主事的人,宋家才无奈之下走了彭家的路子。裴家现在应该已经知道了。不知道裴家会怎么做。

武家从来不把鸡蛋放在一个篮子里,有意走裴家的路子。她来裴家送喜帖是小,趁机认识裴三太太是大,能遇到裴二太太就更是意外的收获了。只是不知道派去和裴家接触的人联系上裴家了没有。武大太太想着事,和宋四太太说话就有些心不在焉:"彭家小定的时候,我还想请了两位裴太太去捧个场,到时候再来拜访她们也不迟。"

宋四太太更在意武家之前给宋七小姐介绍的一门亲事,肯定是不如彭家的,但那家的大伯父在江苏做官,县官不如现管。可到底行不行,她还得回去与四老爷商量。

两人各怀心思回了武家新在京城买的宅子。彭家派来协助武家的那位高掌柜夫妇已在二门等候。

高掌柜站得有些远,高娘子则过来帮着随车的嬷嬷撩了帘子,扶着武大太太下了马车。

武大太太这两天都被这位高娘子奉承着,加之又是彭家派来的人,便颇给高娘子面子。她笑着问高娘子:"可是有什么事?"

高娘子忙道:"没什么事,只是过来看看这边有什么需要我们跑腿的。"

武大太太想起之前隐约听到高掌柜来京城之后,帮着彭家拿到了一批盐引。武家是靠船起家,若是能拿到盐引,比别人家更有赚头。

她脚步微停,笑着对高娘子道:"你们这样天天在我们家帮忙,不会耽搁你们的正事吧?"

高娘子很会说话,笑道:"您这里就是我们的正事啊!"

武大太太呵呵笑,道:"你也不用在我面前说漂亮话。我可是听说了,彭家之前能顺利地拿到盐引,都是你家那位的功劳。你可别在我面前打马虎眼!"

## 第九十七章　反击

　　高娘子素来以此为傲，此时听武大太太这么说，不免有些小人得志般的得意，笑道："不敢当大太太这样的夸奖，是我们家掌柜的，认识了裴三太太的娘家兄弟，这才讨了个巧。"

　　武大太太听着心里不由千思万转，对高娘子就存了点小心思，不动声色地笑道："那也是你们掌柜的有本事。我听别人说，裴家人做事都很低调，我刚才去裴家送喜帖的时候，他们家二太太也闭门谢客，可见传言还是可信的。能和他们家来往，你们家掌柜的为人、品行应该也不错。"

　　高娘子笑得眉眼都弯了起来。

　　武大太太就像没有看见高掌柜似的，由她扶着就往里走。一面走，还一面装无事闲聊般地道："他们家三太太的娘家兄弟是个怎样的人？我听说明年的万寿节，他们家拿到了一部分单子？他们家的漆器真的有那么好吗？"

　　高娘子跟着高掌柜走过一些地方之后，知道了深浅，哪里还敢拿大。闻言忙笑道："郁家的漆器在我们眼里自然是数一数二的。只是我们家掌柜不是做漆器生意的，行业内的事，不知道如何评价。但他们能拿到万寿节的单子，与裴家应该多多少少有点关系的……"

　　她把彭、陶两家都没有推荐漆货的事告诉了武大太太。

　　武大太太像听轶事似的，十分感兴趣，不停地问东问西，还留高娘子在内宅过了一夜，第二天一大早高娘子才回自己家。

　　高掌柜早等急了，回来就问她都和武大太太说了些什么。高娘子把她和武大太太的对话都告诉了他。

　　高掌柜眼睛珠子直转，想着当初要不是他机灵，怎么可能搭上彭十一。要不是他胆子大，又怎么可能成为依附彭家的一个大掌柜？武家分明是想抄彭家的底，巴结上裴家，说不定，他的机会又来了。

　　他就怂恿着高娘子多在武大太太面前露个脸。

　　高娘子原本就喜欢和高门大户来往，有了高掌柜的话，更是如鱼得水，红光满面。

　　郁棠这边，定下了和二太太、裴丹、裴红去通州的行程。

　　裴宴不太高兴。郁棠亲自给他更衣的时候他毫不掩饰地抱怨："你们就不能晚去两天？"

他被张老大人拖着去香山见一个所谓的高僧，要为张家求签算卦。

这两天白天还是挺热的，晚上却吹起了凉风，裴宴像突然恢复了精神，晚上闹得郁棠有些睡不着，今天早上起来，小腹居然隐隐作痛。

她觉得她不能再这样纵容裴宴了，趁早把他给赶出去清净两天，而且还忍不住道："你之前不是说你崇尚道教吗？道教敬养生，你得和张老大人学学才是。"

裴宴就更不高兴了，板着脸捏她的面颊，道："也不知道从哪里学的这些歪门邪道。你们去就去，可不能乱跑。那边毕竟是码头，三教九流的多。你们是金玉，他们是瓦砾，就是和他们撞到了，也是我们划不来。"

"知道了，知道了。"郁棠忙笑着应了。

和裴宴在一起生活得越久，她越能感觉到裴宴的"贪生怕死"，平时她出个门都要叮嘱好几句，更何况是去通州。

她保证："我们一定不出门。如果出门，只在相熟的铺子里逛。何况还有裴丹跟着我们。"

可不能让裴丹名声有所损伤。

就这样，裴宴还是啰唆了半天才出门。

等到郁棠和二太太住进了他们位于通州的小宅子，裴宴也启程去了香山。

裴丹和裴红一进院子就看见两条黄色的小奶狗，丢下郁棠和二太太，欢呼一声就围过去。他们身边服侍的也哗啦啦地跟了过去。

二太太看着直摇头，要喊裴丹进屋。

郁棠就劝二太太："她还能这样欢快几年，您就随她吧！"

二太太已经开始把家中一些中馈交给裴丹定夺了，裴丹做得还不错。

她听着只好笑着叹气，和郁棠去了上房。

丫鬟仆妇们收拾行李，这边临时管事的是个四十来岁的婆子，见郁棠过来，特意来问安，还向郁棠和二太太推荐起本地的名胜来："离我们这里不远，叫清真寺，出了寺，旁边有家羊肉馆子，他们家的它似蜜是我们通州一绝。两位太太不去尝尝就可惜了。"

上次郁棠来送郁远的时候，只在街上逛了逛。当时裴宴也提到了这家清真寺，只是她后来突然瞧中了现在住的宅子，想买宅子，想着住的地方都有了，还怕不常来吗？也就把这件事抛到了脑后，现在听这婆子说起来，想着她自己好歹是东道主，就有点想去看看了。

她问那婆子："那边的人多吗？"

那婆子知道自己是临时的，就想着怎么留下来了，有了这小心思，就巴不得能讨了郁棠的喜欢，忙道："可巧两位太太来得正是时候，要是再晚几天，就到了漕运忙的时候，南来北往的人多了，去逛寺庙的人也就多了。这两天大家都忙着在家里过中秋节，正是人最少的时候。"

郁棠就望向二太太。二太太难得裴宣不在身边，她不用照顾别人，也有些动心，对郁棠道："要不，我们去看看？"

郁棠就叫了随行的管事过来，让他去安排这件事。

裴丹和裴红听了十分高兴。

二太太就要裴红写完了裴宣布置的功课才能跟着去。

裴红虽然小小地纠结了一番，但还是很爽快地答应了。

可见大家都很想出去玩。

过了一天，管事安排好了，他们就轻车简从地带了七八个护院去了清真寺。

寺里面是不招待他们的，但可以在外面看看。

回回的寺院与他们平时看到的又不一样，大家都觉得开了眼界，在外面转了半天，又去婆子推荐的羊肉馆子吃饭。

虽说提前订了位子，馆子中午会关门，只招待他们这一桌，但他们一进馆子就闻到很浓的膻味，还是让他们觉得有些受不了。

开饭馆的老板可能是见得多了，就把他们安排在后院吃饭，还指了后院的风景对他们笑道："你们看，漂亮吧！"

那后院的确有点出乎郁棠等人的意料。

这小馆子的后院是片山林，郁郁葱葱的，和清真寺的后院连着。饭馆的老板在后院建了个亭子，桌子就摆在亭子里。

微风吹来，树叶沙沙响，吹散了暑气也吹散了热浪，让人十分惬意，加上这地方的它似蜜不仅红亮绵软，十分合郁棠的口味，而且面食也做得好，郁棠和二太太吃了都觉得好。撤桌摆茶的时候还特意赏了那饭馆的老板。

老板自然是谢了又谢。

只是没想到他们还没走出饭店，居然遇到了武大太太带着高娘子也来了这边的清真寺，还准备在这里落脚用个午膳。因郁棠几个提前约好的，吃了还没有走，那老板自然不愿意再接待客人，让武大太太要不等等，要不别寻他家。

武大太太倒无所谓，高娘子却认出了郁家一个随行的婆子，忙指给武大太太看。这下子武大太太肯定不愿意走了。还让人去禀了郁棠，说是缘分，大家见一见。

郁棠和二太太面面相觑，二太太更是道："她不是要给武小姐准备出阁吗？怎么有空来通州玩？"却也不好不见，只能吩咐金嬷嬷去请了武大太太过来。

郁棠不太想见，就找了个借口，去了旁边竹林，说是要消消食。

二太太推不开，一个人接待武大太太。

郁棠就在竹林里转悠。

竹林遮天蔽日，非常清凉，郁棠就想起了昭明寺后面的那片竹林。

她还笑着对阿杏道："是不是所有的寺庙都会养片竹林？"

阿杏抿了嘴笑了笑，道："裴府也有一大片竹林。"

她始终不能像其他的仆妇那样称裴府为"我们家"或者是"我们府里"。

郁棠想到梦中的事，就想问问她到底是个什么出身。谁知道她还没有开口，突然听见竹林旁有人幽幽地喊了她一声"郁姑娘"。

郁棠愕然地循声望去。一片绿荫中站着个穿黑色短褐的男子。他脸上有一道很刺眼的疤，目光幽暗，像两个黑洞似的，有些瘆人。

"彭十一！"郁棠低低地惊呼。她不明白他怎么会在这里。

彭十一微微地笑，那笑意却像没有抵达心里，冰冷而淡漠。

"没想到会在这里遇到了您。"他慢慢地道，朝着郁棠走了过来，"您是一个人过来的吗？怎么没见裴宴？"

郁棠不知道他和裴宴发生了什么事，可能让一个人对裴宴直呼其名，关系肯定就不好。

她本能地警觉，戒备地道："不好意思，我带着丫鬟在这里，恐怕不方便和彭爷多说些什么。您要是找我们三老爷，不妨改日登门，我就不打扰您了。"她说完，朝着阿杏使了个眼色，示意她们快走。

阿杏也很机灵，立刻拉了她的手臂，两人转身就走。可在她们转向的余光中，郁棠看见彭十一面露狰狞地朝她大步追了过来。

飒飒竹林，遮天蔽日的绿荫，脚踩断树枝的声音，窸窸窣窣，汇成一片海，向郁棠呼啸扑来，让她突然间仿佛置身在苦庵寺后的那片树林。

"你这是色令智昏！"

"这是投名状！"

"你一个人承担得起吗？！"

"你还是别往自己脸上贴金了！"

彭十一那一声声冷嘲热讽，像把剑，划破那些曾经被她死死压在心底、不停示意自己要忘掉的记忆，让那日场景翻滚着在她的脑海里重现。

李端震惊的神色、彭十一狰狞的面孔、锋利的剪刀……郁棠瞬间毛骨悚然，心中警铃大响，她本能地觉察到了危险。

"走！"郁棠拉着阿杏就往铺子里跑。

阿杏最开始还犹豫了一下，扭头望了彭十一一眼。彭十一眼底流露出来的杀气让她心头一颤。

她脑子嗡嗡地响着，拔腿随着郁棠跑了起来不说，还反而因为身体比郁棠更好，跑到了郁棠的前头，拽着郁棠往前跑。

彭十一微愕。他想到过郁棠会跑，可没想到郁棠这么机警，不过是看了他一眼，就跑了。难道是他神色不对？彭十一来不及细想，大步朝郁棠追了过去，但心里不禁有些淡淡的后悔。他不应该亲自出面的。但他要是不自己出面，托付给别人，别人知道了郁棠是什么人，不去裴家告密就是好的了，更不要说帮他捉人了。

就是那个从前对他唯唯诺诺的高掌柜，不也在让他打听郁棠行踪的时候支支吾吾的，还是他说想巴结巴结郁棠，想给她送点礼，让她帮着在裴宴面前说几句好话，高掌柜才勉强同意帮着打听郁棠的行踪。

　　想到这里，他胸口顿时烧起了一团火，拔出了手中的匕首，眼底的凶气更盛了，人也跑得更快。

　　不过几息工夫，郁棠就已近在咫尺，他再近点，伸手就能抓到郁棠的头发了。

　　裴宴要他死，他就要裴宴的心头肉死！

　　彭十一目露凶光，眼看着就要抓住郁棠了。跑在郁棠前面的小丫鬟却一声尖叫，使劲把郁棠往旁边一甩，把郁棠甩在了旁边竹林里。

　　"杀人了！杀人了！"阿杏叫着，反朝彭十一扑了过去。

　　郁棠目眦欲裂："阿杏！"

　　不管是梦中还是如今，郁棠都没有好好去了解过阿杏的为人，她只是想报答阿杏梦中的恩惠，想着给她更体面的生活，然后好好给她挑一户好人家，在裴家的庇护下幸福地活着。却没想到，梦中的白杏救了她一次，如今的阿杏甚至比梦中还要刚烈，选了一条比梦中还要艰难的路。

　　她连滚带爬，要扑过去趴在彭十一身上，掐住他的脖子。她一定能够成功。

　　就算是死，也要拉了彭十一垫背。

　　只是没等她站起来，她就看见竹林的尽头出现了裴宴的身影。

　　"遐光！"郁棠声嘶力竭地高喊，从来没有像此刻般大声。

　　然后她看见裴宴神色大变地冲了过来。他身后，出现了裴家的护院。

　　彭十一苦笑。他的运气，始终就是差那么一点点。被族人嫉恨，破了相；效忠族长，却得罪了裴宴；远走他乡，裴家的气势却越来越盛，家里为了盐引，居然想拿他出来讨好裴宴。他没办法动彭大老爷，却不想让裴宴得意扬扬，全身而退。那就鱼死网破好了。

　　他反身去抓郁棠，却被阿杏抱住了双腿。

　　彭十一大笑，觉得非常滑稽。

　　总是有那不知道自爱的所谓忠仆，觉得为主子挡刀挡枪都是应该的。

　　那他就成全这些人好了！

　　他想也没想，举起匕首就朝阿杏捅去。

　　郁棠紧紧地抱住了彭十一的胳膊，狠狠地咬了下去。就算不能杀了彭十一，也要让他脱层皮。

　　郁棠像初生的牛犊子，在一条路上跑着，不回头，也不认输，被吃痛着挥着手臂的彭十一左甩右甩，像根疾风中的草，却韧性地不愿意倒下。

　　"三太太！"阿杏热泪盈眶，朝彭十一的大腿咬去。

　　彭十一吃痛，顾不得郁棠，再次朝阿杏捅去。被赶过来的裴宴一把捏住了手腕。

"彭十一，你找死！"他红着眼，一脚踹在了彭十一的心窝。

彭十一闷哼一声，捂住了胸口。

裴家的护卫一拥而上，把彭十一按在了地上。

郁棠瘫在了地上，喊着"白杏"，却被裴宴一把抱在了怀里。

阿杏茫然地望着郁棠，看着向来喜怒不露于形的三老爷手都在颤抖，想着三太太肯定是被吓坏了，所以才会把自己的名字都喊错了吧！

她挣扎着想要站起来，却半响都站不起来，还是旁边的一个护院看了，扶了她一把，她这才发现自己口干舌燥，两腿打着战儿。

阿杏看着死人般没有动静的彭十一，不知道自己刚才怎么那么大的胆子，就想着要救三太太。

她嘿嘿地笑了两声，就看见二太太、青沆几个都急匆匆地赶了过来。

远远地就听见二太太惊慌的声音："我想着三叔您要来找弟妹，还特意把几个丫鬟婆子都叫到了一旁，怎么就……"

在阿杏的印象中，后面的场面就有点混乱起来。

彭十一被带走了，羊肉铺子关了门，武大太太等人被客气地请了出去。裴府借了掌柜雅间等着大夫过来给三太太把脉。三老爷一直抱着三太太，低声喃喃说着"是我的错""是我把这件事给忘了"。他神色紧张，像受了惊吓似的，反而是刚刚被追杀的三太太比三老爷更冷静，不停地抚着三老爷的背，安慰着他"我没事""大家都没事"……

阿杏有点没眼看，跟着青沆退了下去，重新换了件衣裳，等到大夫过来了，由大夫的小徒弟帮着她清理了擦伤，跟着马车回了三太太的宅院。

裴宴暴跳如雷，立刻派人去请了彭家的人来。

他们是怎么商量的郁棠不知道，她也不想知道。她相信裴宴会给彭家一个教训，会帮她报仇。只是让她没有想到的是，晚上裴宴回来，抱着在床上休憩的郁棠还双臂发抖。

"我真的没事！"她再次安慰裴宴。

裴宴没有说话，只是紧紧地抱着她，一副要把她揉进自己身体里的模样。

郁棠银铃般地笑，道："你这是要把我勒死吗？"

"不许说那个字！"平素里一副不怕天不怕地的裴宴，连"死"都不敢说了，他低声呵斥郁棠，后怕道，"都是我的错。我做事不留后手，太过狭隘，没有容人之量，惹得你身陷其险……"

这不是她所熟知的裴宴。她心中的裴宴，是个神色飞扬、自信骄傲之人，什么时候会质疑自己的决定和为人处世的原则？

郁棠心疼，反手抱住了裴宴，道："这件事怎么能怪你？你生平不知道遇到了多少事，难道那些人都如彭十一似的，打不倒你，就拿妇孺出气？如果觉得不好意思，也应该是彭十一不好意思吧！为什么没做错的要自责，做错的人却理直气壮？遐光，你应该不是这样的人！"

"可要不是我……"裴宴话刚出口，就被郁棠打断了，她道："如果说有什么不对，也是我们太大意了。斩草不除根，春风吹又生。像彭十一这样的人，就不应该给他机会。你要不相信，你不如去查查，他被家族流放西北的时候，肯定还做过其他的坏事。"

因为以彭家的功利，不可能放着彭十一这个"人才"不用。

郁棠继续道："他来找我们的麻烦，还不是因为柿子拣那软的捏。他是得罪了你，可处置他的是彭家，他怎么不敢去对付彭家？"

她无条件地纵容着裴宴。裴宴的神色果然明显地振作起来。

但他还是拉着郁棠的手，低声地道："还是应该小心点。你做梦，说是彭十一和李端一起说话被你撞见了，我只想着收拾李端，却没想缘由在彭十一的身上。说来说去，都是我没有把你的话好好想清楚。"他望着郁棠："以后我不会再这么大意了。"

裴宴说完，再次把郁棠拥入怀中。

郁棠拍着裴宴的背，温声道："你不是说你陪着张老大人去了香山吗？怎么突然来了通州，还赶去了羊肉铺子？"

如果裴宴晚去片刻，她和阿杏可能就要命丧黄泉了吧！

裴宴身体微僵，"嗯嗯"了两声，轻声道："我这边没什么事，就来了通州，我们这不是要接人吗？"

真不是因为想早点见到她吗？郁棠枕在裴宴的肩膀上，嘴角高高地翘了起来，道："遐光，还好你来了！"还好她如今能遇到他。

只是她还没有感动一刻钟，裴宴已自大地道："那是！要不是我，你又有麻烦了。"

是！如果不是裴宴，她又要有麻烦了。但李端不在了，彭十一再也不会出现在她的身边，郁家拿到了万寿节的货单，高氏和她的族兄私奔……一切都和梦中不一样了。

她想到她在当铺遇到裴宴，在长兴街遇到裴宴，在郁家山林遇到裴宴……每一次，他都能让她化险为夷。

她想到苦庵寺。她觉得她得去一趟苦庵寺，想知道当初照顾她的那位大表姐在什么地方，想知道她梦中是否得到过他的关照。

虽然那时候她一心一意只想着报仇，如今的一切都已经改变了，有些事，她不太可能查得到真相，可这又有什么关系呢？她只要知道，梦中的他，也曾经和她有缘就够了。

她想起裴宴在绿荫道上抱着她的时候，满目郁茵。一如梦中她倒在地上时，最后映入她眼帘的景色。只是,她梦中没再醒过来,如今,爱她的人抱着她。

郁棠温柔地,缱绻地亲吻着裴宴的额头。

## 番外

冬天的京城,冷得让人瑟瑟发抖。顾曦在京城住了七年,也没能习惯这样的天气。特别是每天早上寅时就要起来,亲自煎了药给大太太送去。

但她心里却很平静,因为她现在有儿子了。

她是在和裴彤成亲的第六年才怀上的。

那一年,裴彤和沈家的沈方一道参加春闱。

第一次参加春闱的沈方考中了,第二次参加春闱的裴彤却落榜了。

裴彤嘴上不说,心里却很苦。白天出门恭喜那些考中了的江南故旧,晚上回到家里却把自己关在书房里连着喝了几天的小酒。

她很看不惯这样的裴彤,觉得没有志气。多少人连续考了五六次才成功,裴彤还这么年轻,精神却像垮了似的,太颓废了。不要说外面行走的男人了,就是她们这些内宅女人,如果她被继母磋磨就早早地认命,她还能有今天吗?

她那天就特意端了碗醒酒的汤去了裴彤的书房。

裴彤当时感激得眼睛都红了,拉着她的手不停地说着大太太:"她肯定对我特别失望!她从小就告诉我要努力读书……我读书好了,她就高兴……父亲去世对她是个打击,我分宗,她特别高兴,就憋着一口气,想我能金榜题名,在老家那些人面前扬眉吐气了……我不仅没能让她骄傲,还……"

他说不下去了。

顾曦素来看不惯她这个婆婆。什么东西?从来都没有分清楚过南北!就连她娘家的小嫂子在她婆婆刚来京城时见过几次之后都不想和她婆婆打交道了,有什么事要不派个婆子来传话,要不就把她叫回娘家去说话。就是杨家,除了裴彤落榜的消息传出去之后,杨大太太来过一次,安慰了大太太几句,也好几天没有踏进他们家的门了。

她当时不免要鼓励裴彤:"你看我阿兄,也是准备考中了举人之后歇一届才继续下场的,你是太急了一些。"

裴彤良久没有说话。殷明远也让他等几科,可他母亲……以至于殷明远如今也不怎么跟他说心里话了。他不想把这些都怪罪于常年待在深宅内院的母亲，可母亲的迫切，却真真是架在他脖子上的刀。

裴彤不由得苦笑，言不由衷地道："还是我没有本事，你看阿禅和阿泊。"

裴禅和裴泊是三年前参加的科举，上场就考中了，而且两人都考中了庶吉士，如今在六部观政结束了。他听二叔裴宣说，裴禅留在了都察院做了御史，裴泊留在了工部。这也是裴家这几年和彭、江几家争斗的结果。

他的三叔父不管是在朝还是在野，都不是个能让人忽视的人。

五年前，他三叔父不知道为什么开始针对彭家的人，让彭家丢了都察院的资源不说，还不依不饶地和江家对上了，把属于江家的工部也给撕了个大口子。

裴禅和裴泊的去向就是结果。

他二叔父裴宣也因为理财有道，刚刚升了户部尚书，封了谨身殿大学士，做了内阁次辅。

临安裴家，时隔多年之后，再次站在了风口浪尖上，成了当朝最显赫的家族之一。

裴彤能想到的，顾曦又怎么会想不到！她看到伤心到哭都哭不出来的裴彤，突然想到那年分宗，郁棠抱着裴宴的样子。

顾曦不由也抱住了裴彤，用她自己都没有意识到的形似当年郁棠安慰裴宴的语气道："没事，快端午节了，我马上要去给二叔母送节礼了。你的事，我会跟二叔母说的。他们一直都很照顾我们的。"

裴彤热泪盈眶。

翻过年她就生了个儿子。她的儿子不仅相貌肖舅，就是性格禀性，也像她大兄顾昶。想到还在床上酣睡的儿子，顾曦心里就暖烘烘的，京城刺骨的寒风也都变得能够忍耐了。

荷香嫁了家中的一个管事，但依旧在顾曦面前当差。她为人更低调，也更了解顾曦了。

看见顾曦的模样，荷香一面手脚麻利地把热气腾腾的汤药装进暖壶里，一面笑道："这两天我们要不要去趟裴府？今年我们府里能买到这么多炭，多亏了二太太。"

他们这些从裴府跟过来的人，还是习惯按照裴府那边排序称呼裴府的人，在这个新建的府第里，也算是一种炫耀的资历。

顾曦可从来没有想过和裴府断了往来。今年据说是山西那边出现了匪乱，京城的炭涨价不说，等闲人还买不到。要不是她常在二太太面前晃悠，二太太因此常惦记着他们，他们家今冬恐怕烧炭都困难。

"肯定要去的。"顾曦想也没有多想，道，"我上次去的时候，二太太咳嗽有点厉害，这次去，你记得带些我们自家做的梨膏。"

二太太和她一样,在京城这么久了,还是不适应京城的气候。顾家从前也有人在京城做官,留了养肺气的方子,她照着做了些,效果不错。之后每年她都会送些到裴府去。也不一次送完,陆陆续续地会送一个冬天,算是一种策略。

　　荷香记下来了。

　　两个人由身边的丫鬟婆子簇拥着,沿着抄手游廊,穿过花园,去了大太太住的东边一个三间的小院子。

　　远远地,她们就听到大太太的咳嗽声。

　　顾曦和荷香不由对视了一眼。

　　裴彤第二次落榜,大太太受不了这个打击,哭了一个晚上,染上了肺病,之后每到冬天,就咳得喘不过气来,她也因此特别喜欢在咳得厉害的时候叫了裴彤去训话。

　　顾曦虽然会做梨膏,可她不想孝敬大太太,因此第一次送梨膏给大太太的时候,放了很多的川贝。大太太嫌弃味道不好,顾曦就加冰糖,然后大太太吃多了冰糖,咳得就更厉害了。

　　她索性不再给大太太送梨膏,还对裴彤道:"我这毕竟只是个养生方子,婆婆怕是伤了肺,还是正经用药的好。"

　　裴彤觉得她说的有道理,每年一入秋,就开始请了大夫过来给大太太把脉、开药。顾曦呢,一整个冬天都会侍疾,几年下来,又有她娘家的小嫂子殷氏帮着宣扬,江南籍在京城做官的人家和联姻的内眷们基本上都知道了,还让顾曦得了个"贤良孝顺"的名声。

　　大太太听了怄得半死,看顾曦就更不顺眼了,折腾着顾曦每天早上寅时就要起床给她煎药。

　　顾曦从小在继母手下讨生活,对怎样控制内院非常有心得,何况裴家不知道是有意还是无意,把裴老太爷分给他们这房的银子全都交给她。她虽头顶有个婆婆,但家中的钱财却掌握在她的手里,她若是想让这个家固若金汤,一句话都传不出去,就能一句话都传不出去。

　　大太太有计策,她有对策。

　　裴彤回内室过夜的时候,她就寅时起;裴彤在书房读书的时候,那就不好说了。加之上次裴彤落榜后,顾昶找到他,郎舅关起书房的门说了半天的话,还给裴彤重新找了个老师。裴彤这两年大多数的时候都在书房读书,大太太就算是想告状,也要裴彤愿意听,有时间听。

　　所以顾曦和荷香进去的时候,大太太忍不住就开始阴阳怪气地讽刺媳妇:"今天大少奶奶怎么有空过来?不用陪相公读书了?"

　　手下败将,顾曦有心情就和她说两句,没心情就低头沉默,一副恭谨谦逊的样子,让大太太生气好了。

她今天心情不错，让荷香把药递给了大太太身边服侍的丫鬟之后，就不请自来地坐到了大太太对面的绣墩上，温声道："昨天相公歇在了书房。不过今天我要去裴府一趟，得早点出门。"然后还庆幸："还好婆婆的药早，不然我只能下午匆匆忙忙地赶过去了。"

大太太气得当场就剧烈地咳了起来。这也是她对顾曦非常不满的地方之一。顾曦这几年只要有空就往裴府跑，比孝敬她这个婆婆还要孝敬二太太。

旁边服侍的丫鬟忙帮大太太顺气。

交手这么多年了，顾曦当然知道大太太有哪些心结。她微微地笑，十分愉悦的样子，在大太太的咳嗽声中继续道："听说五姑爷明年也会下场，我得去问问，到时候还得准备些备考的东西送过去才好。"

这是大太太的又一个心结。

有些人运气好，会一辈子运气都好。当初的裴丹，温顺又腼腆，在姐妹中一点也不出彩，谁知道她却嫁得最好。不过几年的光景，秦姑爷一场不断，秀才、举人地一路走了过来，今年都要科举了。秦大人的官威也日隆。裴家能把江家的工部撕个大口子，与秦大人这个侍郎有很大的关系。秦大人在工部说一不二，在裴家的支持下几乎要把江华给架空了。这也是当时谁都没有料到的。

顾曦还不想大太太出什么意外，不然裴彤还得守孝三年，就不能参加明年春闱了。

她在大太太那里待了一会儿，就回了自己屋里，亲自看着儿子元哥儿用了早膳，就抱着他去了裴府。

裴丹的长子和元哥儿差不多大，秦夫人视若珍宝，等闲都不放手。二太太难得见到外孙一次，因而对元哥儿特别好。顾曦抱着儿子过去，也是讨二太太喜欢的手段之一。

只是她没有想到，她到了裴府的时候，裴府西边的跨院仆妇、小厮如织，看样子是在打扫那边的院落。

这几年，二太太一家住在东边的院子。西边的院子，从前是郁棠住的地方。

顾曦的心顿时怦怦乱跳，忙拉了个眼熟的小厮问："这是怎么了？腊八都没有到，就开始打扫扬尘了吗？"

顾曦常在裴府走动，那小厮认得她是谁，自然是知无不言："老夫人要来京城过年了，二老爷让把西边的院子收拾出来。"

裴宣刚升官就给裴老安人请了封，顾曦都不知道诰命下来了。裴府的人却已换了称谓。

顾曦觉得心跳得更厉害了，但她压着心底的异样，一派欢喜地道："这可真是件大喜事。只是不知道老夫人什么时候到京城？谁陪着她老人家过来？"

当年裴老安人和大太太一起进京，准备在京城过个年，然后去泰山转转再回临安的。结果郁棠怀了身孕，裴老安人喜出望外，把郁棠留在京城，独自一个人去了泰山，说是要去给郁棠求个平安符。待回到京城之后，又帮着郁棠坐了月子，等到郁棠的长子周岁，裴丹出了阁，这才回了临安。

想到这些，顾曦抱着孩子的手都紧了紧。

那小厮闻言却摇头，笑道："小的不知道老夫人什么时候到京城，也不知道谁陪老夫人过来。大管事只是让我们这两天连夜把宅子清理出来。"

这才十月中旬。

顾曦又问了几句，那小厮却一问三不知。她怕问多了引起旁人的注意，笑着说了一声："多谢小哥了。"示意荷香赏了那小厮几文钱，和荷香继续往二太太那里去。

荷香看着顾曦面色不好，不由悄声道："大少奶奶，老夫人要过来，我们是不是要准备准备？"除了要和裴府的人一道去迎接，还得备些不常见的东西孝敬裴老夫人，如果能请裴老夫人去家里吃顿饭什么的，那就更好了。

顾曦心不在焉地"嗯"了一声，寻思着郁棠会不会跟着裴老夫人一道进京。

裴家这两年的生意如何她不知道，郁家的生意却越做越大了。就在年初，郁远和一个叫姚三的同乡合伙在京城开了个杂货铺子。她特意去转了转。

铺子开在西街最繁华的地段，五间，除了卖漆器还卖些舶来货，但与陶家的奢侈品不同，郁家的杂货铺子里的舶来货都比较便宜，一看就是给那些图个新鲜、买去好玩的人准备的。不过，买的人还挺多。裴家不知道从中帮贴了多少。

顾曦想着，两人很快到了二太太的正房。

小丫鬟去禀了二太太，金嬷嬷满脸笑容地亲自迎了她们进门。

二太太坐在罗汉榻上，正和几个管事的婆子在说话。她们一进来就打住了话题，二太太还起身朝着元哥儿拍了拍手，道："哎哟，我们元哥儿来了！"

元哥儿常来，也不认生，笑嘻嘻地朝着二太太扑去。

二太太喜滋滋地抱了元哥儿。

身边服侍的丫鬟忙帮着元哥儿脱帽子、围脖和斗篷。几个管事的婆子则给顾曦行礼。

顾曦客气了几句，上前给二太太问好。

二太太把因为脱了衣服人都灵活了几分的元哥儿放到罗汉榻上，一面拿了个金橘给元哥儿啃，一面笑着对顾曦道："又不是旁的哪里，不用这么客气。"

话是这么说，顾曦却不能真的不懂规矩。

二太太对管事的婆子道："今天的事就这么说了，你们先照着我吩咐的去办，有什么不妥当的，再来回我。"

几个管事的婆子应"是"，鱼贯着退了下去。

顾曦让荷香把梨膏给二太太身边的大丫鬟，笑着对二太太道："这次的梨子没上次的好，我就加了些陈皮。要是二叔母吃了觉得不好，让丫鬟们跟荷香说一声，我再做点过来。"

二太太笑着道了谢，颇有些感慨地笑道："让你费心了，比我们家阿丹还要细心。"

顾曦哪里敢接这话，忙笑道："阿丹年纪小，孩子又正是淘气的时候，她也是有心无力。"接了这句话，她就立刻转移了话题，说起了进府时看到的情景："说是祖母要进京了。我还不知道诰命已经下来了，得庆贺一番才是。"又道："她老人家什么时候进京？到时候您一定要跟我说一声。上次她老人家还专程去探望了阿彤，我们都记在心里呢！"

二太太"呵呵"地笑。裴老安人虽然不喜欢长媳，却心疼长孙。上次来京之后，特地去他们住的地方看了看，还叮嘱了裴彤半天。

二太太想了想，对顾曦道："不是你祖母要来，是你三叔父要来。皇上登基，昭告元年，你三叔父想来京城看看。你三叔母肯定是要跟着的，老夫人舍不得年幼的两个孙子，所以才会跟着一道过来的。"

顾曦自从看见小厮们收拾院子，就猜测着郁棠会不会来。如今也算是坐实了这个消息，反而冷静下来。她笑道："三叔母和三叔父还是这么好，走到哪里都要带着。倒是让老夫人跟着受累了。"毕竟分了宗，有些话能说，有些话就不方便说了。

二太太笑了笑，道："他们毕竟少年夫妻，喜欢黏在一起也是常理。我听你二叔父的意思，他们估计月底就要到，到时候我让人跟你说一声，你也过来给老夫人磕个头。"

顾曦笑盈盈地应了，问起了郁棠的两个儿子："绛哥儿和茜哥儿都要过生了吧？"

郁棠的两个儿子，长子绛哥儿是十一月二日生的，次子茜哥儿是十二月六日生。原来不在京城也就算了，如今要到京城来，他们这些做堂哥堂嫂的，无论如何也要送个生辰礼物过来。

二太太奇道："你居然还记得！"

顾曦笑眯眯地点着头，拿着帕子给儿子擦着啃得满是果子汁的下巴。

她怎么会忘记呢！郁棠的长子裴绛比她的元哥儿大四岁，然后裴绛三岁的时候，郁棠又生下了次子裴茜。为此，大太太没少给她脸色看。她受了大太太的气，还得装成若无其事的样子给临安送贺礼。她一辈子都记得。

二太太就给元哥儿围了个帕子，笑道："所以你二叔父说了，机会难得，一定要给绛哥儿和茜哥儿好好过个生日。"

若是没有意外，裴宣最少还要在京城待二十年，能见到裴绛、裴茜的机会并不多。

顾曦只得装出一副兴高采烈的样子，笑盈盈地道："到时候我来帮忙。"

"那是自然。"二太太说着，想起了裴绯的婚事，继续道，"还没有定下来吗？你婆婆是个什么意思？"

裴绯今年都弱冠了，婚事还没个影儿。

顾曦在心里冷笑，面上却不显，语气还比平时更柔和几分："也不是没有好人家愿意和我们家结亲，可我婆婆一心一意想找个能帮衬他的。偏偏小叔这些年来，连个院试都没有过，婚事有点艰难。"

何止是有点艰难！要照着大太太的标准，除非哪家失心疯了，才会把女儿嫁给裴绯。说来说去，这件事还得怪到杨家身上。

当年看着他们得了十五万两银子，杨家的二老爷和三老爷还要仰仗裴家帮着打点，大太太到了京城之后，他们就提出让裴绯给他们家做女婿。

大太太正因为分宗的事心里空荡荡的，一听就同意了，还让顾曦拿五千两银子给杨家当聘礼。

谁知道裴绯却不争气，几次府试都没有过。杨家可能是不太看好他，加之宋家七小姐嫁给了江苏布政使的侄儿之后，宋家暗中得了不少好处。杨家姑娘长得好，婚事原本就容易，杨家几位姑娘都许配了不错的人家，却始终没有定下来到底把家里的哪位姑娘许配给裴绯。

这事一拖再拖，直到裴彤第二次春闱落榜，杨家再也不提起联姻的事了。裴绯的年纪却拖大了，不太好找人家了。

二太太当初就劝大太太，降低标准，找个耕读世家的，哪怕是个秀才的姑娘也行。大太太却觉得二太太这是在讽刺她，把这话听进了心里，一门心思地要给裴绯找个三品大员人家的女儿，有些看在裴宣的面子上倒愿意答应，要嫁的却是庶女，把大太太气得又病了一场。

如今裴绯的婚事高不成低不就的，反而因为相看的次数多了，名声传出去了，想找个合意的就更难了。

二太太也想起这桩公案来，几年过去了，她心里还是有气，也有些不满，道："我是还把她当妯娌，才有什么说什么的。她却一门心思只相信杨家的人。"说到这里，想着顾曦是小辈，也没好意思继续抱怨，而是问起杨家来："皇上登基的时候不是大赦天下了吗？我记得不太清楚了，杨家的三小姐还是五小姐，嫁给了大理寺一位少卿做儿媳妇，他们家的二老爷和三老爷应该也快要回来了吧！"

"是他们家的五小姐。"顾曦这次过来，本来就寻思着能不能找个机会和二太太说说这件事。二太太主动提起，她暗暗欢喜，脸上却流露出一副愤然之色，道："您不提这件事，我也不准备提的。您是不知道，他们家的人有多龌龊，给二老爷和三老爷打点，跑来我们家借银子，而且开口就五万两。我婆婆居然还想借给他们！我没有办法，只好问我婆婆，这五万两银子算是谁的？从哪里走账？我婆婆就提起了老太爷分给我们的那十五万两银子。我就说了，这十五万两银子，有五万两是二叔父给的，是公家的。其中十万两是我们应得的。他们兄弟两人，按理应该各分五万两。我又把家中这几年的各种开销算给婆婆听，然后把我小叔叫来，问他同不同意。若是他同意，就从他的名分里拿二万五千两出来，加上给杨家的那五千两银子，以后他成亲，我把他的二万两银子交给他。他只要别到时候说我贪了他的银子就行了。"

二太太把自己的那一份让出来，是补贴给裴彤的，不是给杨家人挥霍的。她一听，顿时气得发抖，坐直了身体紧张地道："那阿绯怎么说？"

顾曦就叹了口气，道："都不是糊涂的。小叔自然是不愿意。我婆婆为此还和他大吵了一架。"

她就给裴绯出主意，开了春，去外面的书院读书。若是有人问起来，就说这银子他让二叔父裴宣帮着保管，有人要借银子，就找裴宣去。

裴绯虽然来了京城好几年了，但男女有别，加之大太太后来不怎么喜欢顾曦，在两个儿子面前没有少编派她，裴绯和顾曦的关系很疏远。这次顾曦一反常态地给他出主意，他意外的同时也骤然间领悟到了之前大太太不喜欢顾曦的些许原因。

应该是和现在朝着他发脾气是一回事——没有听她的话，全心全意地帮着杨家。

可杨家之前因为他大兄落榜的事已经和他们家渐行渐远了，他们为什么还要热脸去贴杨家的冷屁股？

不管怎么说，裴绯好歹是裴家的嫡系子孙，没有受过什么气，虽说举业上不顺利，但也没有什么人会当着他的面讽刺他。他还带着少年气的高傲，不太看得上杨家的做派。

他不仅把顾曦的话听进去了，还和母亲顶了嘴，对大太太道："我不管你们是怎么商量的。我的那一份谁也不能动。娘要是觉是舅舅家里的事更重要，我记得母亲手里还有不少的陪嫁，不如卖了去救济舅舅家，也算是物归原主了。"

大太太气不得，直骂裴绯"自私"。

裴绯冷笑，拂袖而去。

顾曦觉得裴绯还挺有意思的，干脆又加了一把火，道："从前有裴府庇护，大家都不觉得。如今我们自立门户，到哪里都要花钱，还要花高价。别的不说，就今年这炭，裴府订了一部分，陶家和费家、秦家送了一部分。我们家呢，一部分是按市价买的，还有一部分是抢购的，比市价要贵了一倍，这还是二叔母帮着打了个招呼，铺子里没有多赚我的。这一来一往，我们家的开销一年四千两银子都打不住。如今公中只剩一万多两银子了，要不，您再贴一点，我们凑了两万两给舅父家送去，也算是我们的一点人情了。"

"只是这样一来，公中的开销怎么办？还得请您拿个主意。

"或是我和小叔平摊？还是我们各家都拿出一个定数来？平摊好说，从前怎样以后还怎样；拿出一个定数来呢，那就一年能有多少就开销多少。万一不够，就把家里的仆妇减一减，再万一不够，嚼用上再省一省。应该能支撑个好几年。"

　　还道："照我说，我们各家拿一个定数来比较好，不然用多少就摊多少，这只出不进的，多少钱也能败光了。"

　　这是要削减她的开销啊！大太太是绝对不会答应的。但家里的银子在顾曦手里掌着，她要动，就得通过顾曦，就会惊动裴宣和顾昶，大太太觉得要是事情真的到了那个地步，只会让杨家没脸，让人以为她娘家这是要败落了。

　　她恨是恨，却没有和顾曦多说什么。顾曦只要她不和自己挑明了说，就装糊涂，当不知道。

　　而二太太听说裴绯拒绝了大太太，也松了口气，关切地问："你们这些年真的一年要开销四千两银子啊？"

　　她掌家时也没有这么多。

　　顾曦抿了嘴笑，低声对二太太道："怎么可能！我要是不这么说，我婆婆还不知道再闹出什么事来呢！"

　　二太太听着直叹气，拍着她的手道："真是为难你了。等你阿兄回了京城，肯定会好很多。"

　　孙皋的事还是闹大了，顾昶为了避开京城中的一些流言蜚语，四年前去了保定做知府。

　　裴宣觉得有点可惜，但他还有裴禅、裴泊要照顾，也只能私底下和二太太感慨几句。

　　顾曦却很有信心。她知道殷家会帮着她阿兄策划的。

　　和二太太闲聊了几句她娘家的家常，有管事的婆子进来示下，道："要把西边那个小院子单独收拾出来吗？"顾曦知道这是她从前在裴府住的地方。

　　她竖起了耳朵听。

　　二太太想了想，道："还是收拾出来吧！也不知道除了卫家小少爷还有谁会跟过来？要是人多了，肯定不好让他们都住那小院子。若只有卫家的小少爷，最好是收拾个僻静的院子。"

　　婆子笑着应诺而去。

　　顾曦不由道："卫家的小少爷？是谁家的姻亲？"

　　她有意给裴绯说门亲事，免得裴绯留在她手里的那四万五千两银子落在大太太手里。她就是要让杨家、让大太太看得着吃不到。

　　熟悉的那些人家都不太可能和裴绯结亲，反而是像裴家二小姐嫁的杨家，或者是裴四小姐嫁的胡家，若有旁支的小姐倒也门当户对。

　　二太太就笑道："是你三叔母娘家的亲戚。他们家最小的儿子从前在县学里读书，方先生还教过他。后来方先生走了，那孩子跟着郁老爷读了一段时间的书，郁老爷又把他推荐给了你三叔父。那孩子今年要下场，就跟着你三叔父一道过来了。"

顾曦大吃一惊。

她知道郁棠娘家兄弟生意做得好，没想到还出了个读书的人。

有钱不怕，就怕家里有人能出仕。

顾曦的笑容不禁有些勉强起来，道："三叔父还有空教人读书啊！真没有想到。那位卫少爷很聪颖吗？听这口气年纪不大，您见过没有？"

"我没见过。"二太太笑道，"应该人品不错，要不然以你三叔父的为人，他就是闲着没事也不会自找麻烦地收个学生的。这孩子年纪不大，还没有定亲。你三叔母这次来京城，想给他说门合适的亲事。除了拜托我，还拜托了殷太太。我寻思着，以殷太太的为人，只怕早就把京城里适龄的姑娘都琢磨了个遍。你三叔母一到，应该就有好消息给她了。"

殷明远这几年一直在翰林院混着，好像无心仕途似的，身体还像从前那样病病歪歪的，却出了很多的书。有人甚至说，他可能会成为本朝最有名的鸿儒，翰林院的那些人也因此对他特别敬重。

徐氏则一胎接着一胎生，如今已经是四个孩子的母亲了。前面三个是儿子，最小的这个是女儿，上个月才出生，却一直没有做满月礼。

顾曦之前还打听过为什么，殷家对外只说是天气太冷，不做满月，只做百日礼。

徐氏不会是想等郁棠来京城吧？这念头在顾曦心里一闪而过，立刻又被她否定了。殷家又不会真的是徐氏说了算，怎么可能为了等郁棠来京而改变女儿的喜庆？不过，徐氏真的认识很多人，若是有她做媒，不管是看在谁的面子上，还真的把握挺大的。

她想到了裴绯。顾曦在心里直摇头。如果是从前，她还可以求了二太太去徐氏那里问问，可现在……像殷、黎这样的人家做什么喜事都不怎么给她送请帖了，她就是求到了徐氏那里，徐氏也只会委婉地拒绝。但她还是很好奇徐氏能不能帮得上忙。

她笑着对二太太道："不知道卫少爷要找个怎样的？要是卫少爷的婚事能定下来，你告诉我一声，我也听听趣事。"

二太太笑道："那孩子家中是乡绅，白身，我寻思着肯定是想找个能帮衬一把的。"

至于是经济上的帮衬还是仕途上的帮衬，得见到郁棠才知道。

两人说着话，裴丹突然过来了。

二太太吓得茶盅差点掉地上，直问来禀的丫鬟："她怎么招呼也没有打就回来了？姑爷呢？有没有送她回来？她带森哥儿没有？瞧着是个什么样儿？"

森哥儿是裴丹的长子。

那丫鬟被二太太问得有点蒙,道:"姑奶奶好好的,高高兴兴的,没带小少爷过来,说是有话问您,问完了就走。"

"这孩子!"二太太依然很担心,起身要去迎,裴丹撩帘就走了进来。

"姆妈!"她欢欢喜喜地叫着人。与做姑娘时相比,她长高了一点,也长胖了一点,气色却越发好了,性格也比从前开朗活泼了。

见顾曦也在,她笑盈盈地冲着顾曦喊了声"阿嫂",然后挽了二太太的胳膊,风风火火地道:"您别管我吃没吃喝没喝,我陪着我婆婆去看了张老夫人,她带着森哥儿家去了。我的马车走在后面,就拐了个弯,过来问问您,三叔母是不是要过来了?还带着两位小堂弟?我在张家见到张家大姑奶奶了,她前几天去看了殷太太。殷太太说三叔母这几天就要来京城,她帮着三叔母的娘家兄弟在相看人家呢!"

这都是什么乱七八糟的!张家的大小姐嫁给了翰林院大学士杨春和的儿子,杨春和非常器重殷明远,据说这门亲事还是徐氏做的媒。

二太太笑着皱眉,道:"我看你就是跟着殷太太几个玩疯了,以后少和她一起胡闹。"又道:"你三叔母的确这两天就要到京城了,你祖母也一道过来,我会和你父亲、阿红一道到通州去接你祖母和你三叔父他们。到时候会提前两天跟你说的。你也跟姑爷说一声。"

裴丹欢呼一声,高兴地抱住母亲,道:"你到时候记得跟我说一声。"然后匆匆和顾曦打着招呼:"阿嫂,我先走了,你有空去我们家做客。"

顾曦很想问问她"什么时候",转念却想到裴丹每次遇到她了都这么说,实际上却从来没有真正给她下过帖子。她还曾经半开玩笑半较真地问裴丹到底什么时候请她去家里坐坐,裴丹是怎么回答她的?好像是说家里的事是婆婆当家,她没有置喙的权力。可满京城谁不知道,秦夫人向来抬举这个由自己亲自挑选的儿媳妇,裴丹这么说,不过是推托之词罢了。

可能自分宗之后,她就不是裴丹正经的嫂子了。裴丹也就不用那么敬重她了吧!想到这里,顾曦心里还是有点难过的。她想和京城的官宦人家结交,像裴丹这样的小姑子,是条很好的路。裴丹和她不来往,对她来说,损失是很大的。但她又不能勉强裴丹。她们家原本就不如裴丹了,她要是再上赶着,就更让人瞧不起了。

这些事从她的脑海里一闪而过,她暗中自嘲地笑了笑,回着裴丹"好啊,我们有空再聚"的话,和二太太送了裴丹出门。

二太太望着女儿远去的背影,不住地朝着顾曦抱怨:"这孩子,越来越不像话了。也不知道她在她婆婆家是怎么过日子的,我看她婆婆也是个很讲规矩的,要是哪天惹得她婆婆嫌弃起来可怎么办?"

秦家二公子前几年成了亲，妻子也是门当户对的姑娘，也是秦夫人亲自挑选的儿媳妇，进门有喜，前些日子刚刚生了个儿子，二太太的担心也不无道理。

顾曦忙安慰了二太太几句，问起了裴家二小姐："说是要带着孩子随着姑爷去任上，是真的吗？"

前几年她们还经常通信来着，可自从分宗，两人的来往也越来越少了。到如今，她想知道裴家几位小姐的消息，还要问二太太。

二太太笑眯眯地直点头，道："你也知道，几个侄女里就她最倔强了，她出阁的时候，我们都很担心她，叮嘱了又叮嘱，让她嫁了人之后要温顺些，她是全当耳边风听了。可没有想到，二姑爷倒是个好的。她这么多年都没有孩子，二姑爷却目不斜视，一直待她如初。也亏得遇到了这样的一个姑爷，她的性子也渐渐柔和下来了，如今可算是守得云开见月明了。二姑爷为了她，调到淮安府做了通判，她也下决心随着姑爷去任上了。这样你让我一步，我让你一步，日子才能过得好。至于说孩子，有就有，没有就过继一个，也不是什么大事。"

顾曦非常意外。她以为裴二小姐会闹到和丈夫生分的地步。早几年，因为裴二小姐的继婆婆作梗，她没少和丈夫争执。有段时间居然住到了苦庵寺，帮着苦庵寺管着佛香的生意。

二太太见了就笑道："我也没想到。听说，是三姑奶奶特意回去了一趟，专门去看了她，还劝了她好几天。"

裴家三小姐嫁回到了外家，姑爷虽没有十分的才学，却也老实可靠，读书刻苦。三小姐又是个通彻、淡泊之人，安安心心地和丈夫一起在老家孝敬着公婆，并不妒忌陆陆续续金榜题名、在外做官的兄弟们。公婆都喜欢她的性子，在几个媳妇里也特别看重她，儿子们给的好都一点一点地给了她。

他们家虽说是婆婆在掌家，家里的事实则都已经交给了三小姐，还常常给三小姐扬名，让她这几年的贤名渐盛，远近闻名。

有些事由她去劝自然是最好。

顾曦就想起了四小姐，不由笑道："她还是那么泼辣啊！"

二太太就瞪了顾曦一眼，道："可不能这样说。"话音落下，她自己也笑了起来。

四小姐嫁的是富阳一户姓胡的人家，祖上也曾出过几任知府、县令之类的，因和四小姐的舅母娘家沾着亲，由她舅母说合，两人成了亲。四小姐是低嫁，她又是个说话爽快的，胡家的人不敢怠慢她，就更不敢拦着她了。一来二去的，富阳的人都觉得她性格泼辣，什么话都敢说，反而有点怵她。这也是大家没有想到的。

顾曦并不是要揭四小姐的丑，她是想问胡家的情况。

"我听说上次四姑奶奶回去的时候，带了她的小姑回去。"她斟酌地道，"也不知道她小姑说了人家没有？"

顾曦从心底来说还是很相信裴家人的人品的，她觉得裴家能把姑娘嫁到胡家去，胡家的家风肯定不错。裴绯若是能和胡家结亲，她和裴家的关系能更进一步不说，还能和裴绯的关系更进一步，大太太想作妖，就更困难了。她可不想把精力都浪费在大太太这里。裴彤要下场了，她也得给儿子找启蒙的老师了。她可不想儿子像裴彤似的，长于妇人之手，优柔寡断，不知所谓。

二太太却不太想和大太太扯上关系，道："要不你写封信去问问四姑奶奶？"

四小姐上次带自己的小姑去裴家，就是想借着裴家的名声给她小姑说个好点的人家。当时郁棠已经回了临安，胡家和郁棠娘家嫂子的娘家都在富阳，以郁棠的性格，她会结这个善缘的。不过，那都是年前的事了，顾曦说得有点晚，不知道胡小姐的婚事定下来了没有？

但顾曦也有自己的顾忌。之前裴绯对她很不屑，她也犯不着去管他的事。现在，他既然敢反抗大太太，就和她是一条船上的，她自然愿意彼此的关系更好。

两人回了屋，元哥儿正在乳母怀里打着盹。

二太太就让乳母先带着元哥儿下去歇着："别再折腾孩子了，等他睡好了，你们就留在这里用了晚膳再回去。"

顾曦一开始想拒绝来着，随后想到裴彤今天不回来用晚膳，裴绯被大太太气得去了大相国寺暂住，她不如也不回去，让大太太一个人在家里用晚膳好了。她还决定这个时候不让人去给大太太说，元哥儿什么时候醒了，她的人什么时候去禀告大太太。大太太什么时候用晚膳，那就不是她的事了。毕竟她也没有想到孩子会睡那么久嘛！

顾曦含笑答应了，招了荷香进来，让她去给大太太说一声，还背着二太太朝着荷香使了个眼色。

荷香会意，笑着点头，退了下去。乳母就抱着元哥儿歇在了二太太的碧纱橱。

二太太怕吵着孩子了，干脆和顾曦去了西边那个顾曦刚来京城时住的小院。

小院和她之前搬出去的时候相比已经有了很大的改变。

原来种牡丹的地方改种了山茶花，院子里搭了葡萄架和月季花墙，虽是冬天，月季花却依旧开得灿烂，十分明媚。

花匠是郁棠当初在外面请的，是个老实巴交的人，拘谨地躬身站在二太太面前禀着整理小院的事："三太太住的地方照着旧例全是些绿树，小院这边种了很多的花，一年四季各不同。要是您觉得不妥当，我趁着这天气还没有完全冷下来，把院子里的这几株花都移栽到花盆里，放到花房里去。"

"不用了！"二太太无意改变当年郁棠的决定，笑道，"这小院就算是要住人，也是给家里的客人准备的，有花有景才好。三太太那边，全是三老爷的怪癖，你也不用放在心上。"

花匠松了口气。

二太太就由婆子陪着去看了粉好了的墙，看得出来，十分的用心。

顾曦不禁道："花了不少钱吧？"说完又觉得有些失言。她这几年天天盯着家里的那一亩三分地，嚼用都要好生打算，人还没老，却已是黄脸婆的样子了。

二太太没有多想，笑道："你三叔父做什么像什么，公中越来越宽裕了，就是我们，这几年也都跟着沾了光。"也就是说，这修缮房子的银子是公中出的。

顾曦很想问为什么不是裴宴出，但想到裴氏两兄弟素来关系亲密，她及时把这句话给咽了下去。

晚上回到府里，大太太果然发起了脾气。把她叫去狠狠地教训了一番。

她早就料到了，回来就打发乳母陪着元哥儿先去歇了。

她低着头，任大太太骂着。

大太太骂累了，气喘吁吁地由丫鬟服侍着歇下了。她轻手轻脚地出了房门，抬头却看见站在屋檐下的裴彤。大红灯笼照在他的脸上，冷白冷白的，泛着霜般的寒意。

她吓了一大跳，道："你什么时候回来的？回来了怎么也不说一声？婆婆刚刚歇下了，要不……你明天一早再来给她老人家问安？"

若是平时，裴彤定不会同意的。可这一次，裴彤想了想，居然点了点头，淡然地对她颔首道："走吧！天气挺冷的，你也早点回屋歇了吧！"

顾曦温顺地应了一声，跟在裴彤的身后，心里却乐开了花。一次不行就两次，两次不行就三次……总有一天，她能让裴彤看到大太太就讨厌，听到大太太说话就心烦。

翌日早上，裴彤没有去给大太太问安，给顾曦的理由是去大相国寺找裴绯了："总不能让他一直住在寺里。"

顾曦问起杨家的事，裴彤也表现得很冷漠，道："亲戚之间自然要帮衬，可那笔银子是祖父留给父亲的，家里的两位叔父也正值壮年，管着事，要动那笔银子就得跟两位叔父打招呼。"言下之意，是不太好办，就是找借口不借的意思呗。

"知道了！"顾曦应着，在心里偷笑。

顾曦想着过几天要去接郁棠，就去了自己常去的裁缝铺子，准备做几身新衣裳。

天气越来越冷，正是穿通袖袄的时候，她挑来挑去，挑了块蜜合色的织金折枝花的料子。

裁缝铺子的老板娘三十来岁，白白胖胖，精明能干，是个眼里有事的人。

她猛夸顾曦的眼光好，拿着料子披在了顾曦的身上，道："这蜜合色认人，寻常的人都穿不好，可您看，这料子把您的皮肤衬得多白啊！"

的确是这样。

顾曦很满意，又想着郁棠来了裴府肯定要举办家宴，说不定殷太太她们都会请客，她跟着裴老夫人，说不定也有机会去露个脸，加之她也有些日子没有来照顾这家裁缝铺子的生意，时间一长，别人凭什么还捧着她？

她索性让裁缝铺子的老板娘帮她再推荐几匹料子："想多做几件合心意的衣服，冬天怕是有应酬。"

那裁缝铺子的老板娘一听，喜得合不拢嘴，忙高声吩咐小徒弟把前几天特意从江南让人带过来的料子各拿一匹过来，还笑着对顾曦耳语："是江南织造的贡品，怕和皇家撞了，只变了几个颜色和图案，可那用料和织工却是一模一样的。"

皇家之物有自己的规矩，要想做别人爱的买卖，自然是不能全部照搬的。

顾曦出身江南，顾家也有绸缎铺子，这里的行行道道她也是门儿清。

"那就拿过来看看。"她随口说着，由老板娘虚扶着，在旁边的雅间坐下，接过老板娘亲手奉的茶，喝了一口。

老板娘知道顾曦出身不凡，一直想让顾曦帮着介绍几个客人，趁着料子还没有拿过来，她凑了过去，笑盈盈地道："您嫂子什么时候回来？到时候我也去给舅太太道个恭贺。"

像徐家、黎家、张家这样的人家都有自己的绣娘，除非是家里的衣裳看厌了，不然很少会出来做衣服，她就是想捡个漏。万一真的成了，就算是到他们家做了个帕子，也够他们家吹嘘的了。

顾曦也知道她的心思，想着和她打交道的这几年，这老板娘也算是老实本分了，遂笑道："年前应该会回来，到时候我跟你说一声。"

顾昶这两年一直走着费质文的路子，开年后吏部查核官员，会有调动，费质文已经在帮顾昶筹谋了。殷氏想着快过年了，事情虽然八字只有一撇，但该打点的，该走动的，还是趁着过年的时候去拜访一番，写了信给她，让她亲自督促着留在京城的仆妇把宅子打扫干净，她赶在十一月中旬之前回京，先去徐、黎几家走一圈。

裁缝铺子的老板娘听了自然千恩万谢，寻思着给顾曦打折会坏了铺子里的规矩，以后顾曦再来，是打折好还是不打折好呢？她想了想，趁着顾曦在和裁缝说款式，转身到库房拿了两尺的一块零头布送给顾曦："这是蜀地那边的蜀绣，只得了这块料子，您肯定觉得寻常，我这样的，却是顶稀罕了。您拿回去给小少爷做个帽子，或者您自己做个襕边什么的，肯定出彩。"

顾曦见是块橘色的丝绸，绣着一道道的喜鹊闹梅的图案，就这样可以做襕边，裁下来也可以做镶边的。难怪老板娘让她用在裙子或是帽子上。

这样的料子虽然常见，可这块料子的绣工十分了得，喜鹊也好，梅花也好，都栩栩如生，神态不一，生机勃勃，带着一派热闹气息。可见不是寻常人的手艺。

既然送东西，当然要送个明白。裁缝铺子的老板娘也没有瞒着顾曦，笑道："就是那年万寿节给皇上绣《千鹤图》的眉娘子绣的。您也知道，自她的绣品在万寿节上出了风头之后，找她的人络绎不绝，寻常的东西她已经不接了，这还是她没有出名之前绣的。我无意间得了，一直舍不得动，要不然，凭我这样的人，哪有机会拿到眉娘子的绣品。"

这件事顾曦听说过。

那年皇上过寿，四川巡抚送了皇上一幅《千鹤图》作为寿礼。小小一张屏风上，绣了一千只姿态各异的白鹤。绣这幅图的眉娘子一举成名，盖过江南众多绣娘，成了如今最名声赫赫的绣娘。据说绣品价比黄金，按大小收钱，还排队都排不过来。

顾曦没见过那位眉娘子的绣品，也不知道手中的这个布料是真是假，但不管是颜色还是绣工都十分精致难得，属于精品。她很喜欢，收下也没什么不好的。

她大大方方地道了谢，又订了件灰鼠皮的斗篷、两双暖手，约好了来拿衣裳的日期，这才带着荷香回了府。

荷香知道顾曦的心思，服侍她更衣的时候不由道："库房里还有几块狐狸皮，正好可以做件斗篷。要不，再给您做件斗篷吧？"

顾曦摇头，道："那几块皮子还是我母亲留下来的，清一色的玄色皮毛。如今这样的皮子可不多见了，何况还能做件斗篷，留着给元哥儿长大了用吧！我有件灰鼠皮的就行了。"

可当年郁棠在京城过冬的时候，她正怀着孩子，三老爷和老夫人生怕她冻着了，灰鼠皮、貂皮、狐皮各做了五六件。

荷香欲言又止。顾曦都没有注意到，她的心思已经转到了首饰上了。

郁棠的首饰多她是知道的，她这几年因为头顶上有个婆婆，不好太打扮，有好几年没有添首饰了，再去买就怕到时候大太太说三道四的，不如把从前她在裴家得的那些首饰，翻翻新。主要是那些宝石的成色好，就算她去买，一时半会儿也未必能买得到这么好的宝石。

顾曦忙了几天，等到去迎接郁棠的那天，她特意穿了那件蜜合色的织金通袖袄，戴了个镶红宝石的花冠，和裴彤一道，带着元哥儿，去了裴府。

裴彤去见裴宣。二太太正在内院等着她。

见她到了，二太太抱了抱元哥儿，哭笑不得地对她道："我们走吧——阿丹和殷太太她们一道走的，阿红跟着阿禅他们一道。说是和我一道，一个个都跑得不见了踪影。"说完，还亲了亲元哥儿粉嘟嘟的小脸，道，"还是我们元哥儿听话，说来看叔祖奶就来看叔祖奶。等会儿叔祖奶给你买好吃的，不给你姑姑和叔叔。"

元哥儿哪里听得懂，只知道咧了嘴笑，笑得满嘴口水，惹得二太太直笑，催着顾曦："我们快上马车，太冷了，别冻着我们元哥儿。"

顾曦一面扶着二太太上了马车，一面道："森哥儿呢？跟着阿丹一道去了通州吗？"

二太太轻轻地叹了口气，道："他祖母说天气太冷，怕他受了风寒，不让抱出来。阿丹和姑爷一道出的门。"

顾曦服侍二太太坐下，笑："天气的确太冷了些，要不是有您，我也不敢把元哥儿抱出来。不过，殷太太的孩子不是刚刚满月吗？她怎么也出了门？殷大人让她出门吗？"

"肯定是不让的。"二太太想也没想地道，"可她那性子，要真的想干什么，谁拦得住？这不，殷大人也跟着一道去了。秦姑爷就是听说殷大人是跟着殷太太一道的，这才跟着阿丹过去。要不然，他是准备和阿禅、阿泊他们一道的。"

说话间，马车骨碌碌地驰出了裴府的大门。

二太太问起裴彤的功课来。

大家都对裴彤这次下场抱有很大的期望。

顾昶不在京城，顾曦也摸不清楚裴彤的底细，只能把他平时的情况说给了二太太听。两人家长里短的，一直说到了通州。

他们在郁棠当初买的那个宅子里歇脚。

女眷在内院，男子在外院。顾曦见到了徐萱和张大小姐等人，都认识。但张大小姐也来接郁棠，还是让顾曦有些意外。

张大小姐笑着指了徐萱："都是她。我说我不来，她非要我来，还说你三叔母对我印象很好，我怕你三叔母根本不记得我了。见到了你三叔母，我得好好问问，看是不是她说的这个事。"

徐萱连着生孩子，不知道是心情愉快还是保养得好，半点不见憔悴，反而比从前精神更好。

她笑嘻嘻地任由张大小姐指责，挽着裴丹："走！难得孩子相公都不在身边，我们想干什么就干什么，今天好好喝两盅。"

裴丹大叫："你别找我。姐夫说了，不让你喝酒的。孩子还没有百日。我不想让姐夫讨厌我。"

徐萱就威胁裴丹："你就不怕我讨厌你。"

裴丹一副左右为难的样子。

张大小姐拽着她就往内室去："你和她斗什么嘴？肯定是斗不赢的。我们赶紧梳洗去，早点歇了，晚上一起打马吊！"

裴丹跟着跑了。

"你们居然不等我！"徐萱见了叉着腰，"我说阿丹怎么越来越不听我的了，原来是你从中怂恿，看我等会怎么收拾你。"

"母夜叉！"张大小姐笑着回骂，"你有本事在姐夫面前也这样叉腰叫嚣，我就服你。"

裴禅的媳妇抿了嘴笑。

几个人嬉闹着去了内室。

二太太啼笑皆非，逗着元哥儿："还是我们元哥儿听话，走，我们去喝燕窝羹，不理她们这些人来疯。"说着，抱着元哥儿也走了。

顾曦看着满室忙忙碌碌地收拾着行李的仆妇，突然觉得有些冷。

郁棠的船到码头的那天，一大早就飘起了雪花。

等顾曦随着众人到达码头的时候，路上已经是白茫茫的一片了。

金嬷嬷撑着绘了红梅的桐油纸伞，扶着二太太下了马车。

二太太道："这雪下得可真够大的，我们晚上不会还得在通州过一夜吧？"

如果继续照这么下下去，他们真有可能得在通州耽搁一夜。

跟在二太太身后下了马车的顾曦不由道："还好没有把元哥儿带过来。"不然肯定会受冻的。

二太太连连点头。

金嬷嬷则道："多在这里待一夜也没什么。反正炭够烧，老夫人也来了京城，二老爷、五小姐和三少爷都在身边，过年都没这么热闹。"

二太太想想，这话说得还很有道理。

她笑了起来，指了其中一艘三帆大船对顾曦道："瞧！那就是我们家的船。"

顾曦顺着望过去，居然是艘沙船，几丈的风帆高扬，十分雄武。顾曦不禁道："我们家换船了吗？"

她记得裴家原来的那艘船是福船，现在却换成了更容易在湖中行驶的沙船，而且，彭家擅制福船，武家擅制沙船。

这其中不知道有没有什么联系。

顾曦心里乱糟糟的。

二太太哪里知道。她笑道："家里原来的那艘福船还是曾祖在的时候买的，有些旧了。你三叔前几年就换了这艘沙船，说是更适合我们家。我也不懂。我就觉得新船比旧船漂亮，里面装饰得也好。"

她说完，还呵呵地笑了几声。

顾曦也跟着笑了几声。

披着银鼠皮斗篷的裴红就跑了过来，道："姆妈，阿爹让我陪您上船。"

二太太伸长了脖子张望裴宣："你阿爹呢？"

"有两位堂兄陪着呢！"裴红说着，上前扶了母亲，道，"阿爹说怕您滑倒了。"

二太太欣慰地笑。

金嬷嬷忙在旁边道："您看，三少爷多孝顺啊！"

"那是！"二太太赞赏地看了儿子一眼。

从前裴红还有些顽皮，但自从听裴宣说他三叔家六岁的裴绛已经学完了《三字经》，读得懂《九章算术》，他就慌了神，开始认真学习不说，对父母也温顺了很多。

二太太不禁道："你四弟和五弟这次也都来了京城，你是做哥哥的，要大度容忍，多让着点他们才是。"

她说得裴红脸都红了，低声嘟囔道："姆妈，我都多大了，您还担心我会和两位弟弟打架不成？"

"打架倒不至于。"二太太忍俊不禁，道，"你向来是我们家最小的一个，家里的人都让着你，我怕你到时候不习惯。"

裴红小声嚷道："我就是再不满，也不可能和两个还小的弟弟计较吧？"

那就好！二太太忙道歉："是姆妈不好，姆妈应该更相信你一些！"

"知道了！"裴红轻轻地应着，脸色果然好了很多。

二太太有了儿子陪在身边，又去找女儿。就看见裴丹和徐萱几个都下了马车，都披着斗篷，由各自的丫鬟打着伞，凑在一起说着话。她走了过去。

"姆妈！""二太太！"裴丹几个七嘴八舌地叫着。

二太太不免有些心疼，忙道："这么大的雪，船桥肯定很滑，我们等会儿还要给老夫人问安，你们几个就在马车里待着好了。老夫人最疼爱小辈了，你们能亲自来接她，她已经很高兴了，不在乎这些虚礼。"

徐萱几个有些犹豫。

裴丹就喊了顾曦："阿嫂也和我们一起留下来吧！有我阿弟陪着我姆妈上船就行了，免得人去得多了，有个三长两短的，反而不好。"

顾曦见裴彤和殷明远站在马车前说话，再听裴丹这么一说，心里顿时很不高兴。

裴宣和二太太只是她长辈，可裴老夫人却是裴彤的亲祖母，他不争取陪着裴宣上船去给裴老夫人请安，反而把这个机会让给了裴禅和裴泊。难怪这么多年了，关键的时候还是挑不起来。

她寻思着自己是不是找个借口还是陪二太太到船上去，可裴丹这么一说，二太太也醒悟过来，安慰般地拍了拍顾曦的手道："是我考虑不周到。船桥上滑，你们在岸上更安全一些。"又道："你就陪阿丹她们在这里等着吧！下雪，我们应该很快就会下船了。"不然雪越下越大，船桥会越来越滑。

裴红站在旁边，顾曦自然不好坚持，笑着叮嘱了二太太几句"小心"，目送着二太太上了船。

裴丹就问她："你冷不冷？要不要到马车上去坐会儿？"

马车上放了火盆，比站在外面暖和。

顾曦想和裴彤说几句话，嘱咐他等会儿要是有机会，还是尽量跟在裴宣身边的好，就笑着婉拒了裴丹："你们去马车里避避吧！我坐车有点晕，正好透透气。"

裴丹不知道是冻着了还是怎么了，也没有客气，和徐萱几个重新钻进了马车。

张大小姐就压低了声音，对裴丹道："你们家这个大堂嫂，和二太太走得还挺近的。"

裴丹不太喜欢说顾曦，笑着点了点头。

裴禅的妻子杨氏和张大小姐的婆家也就是翰林院大学士杨春和家是本家，父亲是陕西布政使，裴禅的婚事是徐小姐做的媒，她和这些人都挺熟的。

她看了，就拉了拉张大小姐的衣襟，把话岔了过去："我只听你们说过三叔母，今天还是第一次见，你看我这样子还行吧？我生怕给长辈留个不好的印象。"

杨氏是裴禅金榜题名之后说的亲成的家，裴府老家的人都没有见过她。

徐萱也不太想多说顾曦，闻言拍了拍手，道："有我在，你放心好了，她肯定喜欢你。"

杨氏没再说话，抿着嘴笑，在旁边听徐萱和张大小姐互怼着玩。

眼看着又要加炭了，外面的婆子开始喊道："二老爷扶着老夫人下船了。"

众人赶紧下了马车，杨氏就看见顾曦挨着裴彤站着，两人不知道说了些什么，裴彤的脸色有些不好看，顾曦却满脸带笑地丢下裴彤快步朝停靠在岸边的沙船走去。

杨氏摇了摇头，觉得顾曦有些太急切了。裴丹和二太太才是正经的母女，她总是这样凑在二太太身边算什么？

顾曦此时气得不行。

裴彤觉得她说的有道理，可偏偏不愿意去做，还说什么："当初要分宗的是我，如今再这样厚着脸皮凑过去，让人怎么看待？"

这世上原本就是撑死胆大的，饿死胆小的。要是事事处处都顶着这张脸皮，那就什么事也别想做成了。她只好自己上，赶在最前面迎了裴宣和裴老夫人。

裴老夫人到底老了。

顾曦印象中的乌黑亮泽的头发此时半黑半白扎在额帕里，眼角也有了明显的褶皱，虽说面色红润，可看上去却有了祖母的样子，像个老年人了。

裴老夫人待她倒挺亲厚的，第一个和她打招呼，道："这是阿彤家的吧？还和从前一样，没怎么变！"

顾曦立马上去行礼，还拉了裴彤——他到底是长孙，凭什么要排在众人之后？

或者是听了顾曦的话，他虽然有点别扭，但还是笑着走上了前。

裴老夫人好像也没有了从前的强硬，看见裴彤眼眶突然有些湿润，望了裴彤良久，好像想在他身上寻找谁的影子似的。

裴彤心有所感，看裴老夫人的目光也充满了孺慕之情。

裴老夫人在心中长叹，对裴彤道："不必多礼。听说你这段时间十分刻苦，要是有什么不懂的，就来问你二叔父或是三叔父。你三叔父啊，这几年窝在乡下，倒教出几个好学生来。"

裴彤拭着眼泪应"是"。

顾曦的目光早就越过裴老安人，落在了他们的身后。可惜，她没有看到郁棠，反而是看到了裴宴和一群陌生男子。

顾曦几不可见地蹙了蹙眉。那群男子年长的有二十七八岁的样子，年轻些的只有十五六岁的样子,虽然有的穿着绸缎,有的穿着细布,却都做文人打扮。

这都是些什么人啊?

顾曦暗中思忖着,看见殷明远走了过去。

他先是给裴老夫人行了礼,然后和裴宴打了个招呼。

裴宴还是如从前那样的淡漠。他朝着殷明远点了点头,向他介绍着那群文士:"这是沈方,沈县喻的侄儿。这是章慧,我们临安举人,这是傅小晚……"

全是这次要来参加春闱的,知道裴宴要上京,就顺道搭了裴家的船一道来京城。

殷明远一个个地行礼寒暄。

顾曦一面支了耳朵听,想知道谁是卫小川,一面朝着裴彤使眼色,示意他和这些人结交一番。

谁知道裴彤的心思全都放在了裴老夫人身上,他代替裴宣扶了裴老夫人,低声地问着裴老夫人一路的行程,压根就接收不到她的眼神。

顾曦只得把注意力重新放在了那群文士身上。那个看上去年纪最小的文士就是卫小川了。顾曦多看了几眼。卫小川的性格好像很内向,裴宴向殷明远引荐他的时候,他红着脸,躲在裴宴的身后,喃喃地和殷明远说了几句话,引来了大家一阵笑。

做官如做人,可不仅仅是会读书就行了。顾曦不怎么瞧得上他,目光重新落在了裴彤的身上。

裴宣正满脸欣慰地和裴彤说着话,裴老夫人在旁边看了,不停地点着头,气氛很好的样子。

顾曦想了想,走了过去。

裴宣正和裴彤分析明年春闱哪几个人可能主持科举,各有些什么喜好。

裴彤听得很认真。裴宣说得也很认真。

他难得有机会碰到裴彤。

最近皇上想在宫里修一座道观,内库的银子不够,司礼监的那帮子阉人就想让户部出银子,内阁当然不答应。司礼监的就天天给内阁穿小鞋。

照裴宣看来,皇上刚刚登基没多久,想修座道观也不是什么值得上纲上线的事。这几年风调雨顺,国库充盈,完全可以先借些银子给内库,然后慢慢还就是了。皇上每年还有金矿和铁矿的收入,只要仔细点,最多三年,就能把银子还清了,内阁没必要这么打皇上的脸。

他话虽然说得婉转,可还是不知道怎么就传到了皇帝耳朵中。皇帝还特意把他叫去问了问这银子怎么能还得上。他一个做臣子的,自然要为皇帝解忧。说了几个法子,皇帝虽然没有当时决定,可瞧那神色,都挺认可的。

只是没有想到,他这么做却让某些人不高兴了,几次针对他,说他谄媚,他气得不得了,这几天正忙着解决这件事。

见顾曦走了过来，他这才想起今天他主要的目的是来接母亲的，科考的事，说急也急，说不急也不急。何况郁家的卫小川这次也要下场，以他弟弟的性子，肯定会拉着他专门给卫小川说说这件事的，不如大方一些，好事做到底，问过裴宴之后，他抽个空闲给他们都讲讲，也算是给裴宴面子了。

他打住了话题，对裴彤道："说来话长，也不是一时半会儿就能讲清楚的。这样，哪天等我有空，你过来一趟，我好好跟你说说。"

这可是别人有钱都买不到的经验。裴彤自然是感激万分，连声应了。

顾曦非常高兴。有裴宣帮着保驾护航，裴彤这次春闱应该把握更大了。她恭敬地给裴宣和裴老夫人行礼。

两人笑着朝她点头。

她突然听到不远处传来一阵笑声。

顾曦不由得循声望去，就看见郁棠穿着件银红色银狐皮斗篷，打着把绿色的桐油纸伞，在丫鬟的搀扶下下了船。

"阿棠，你可一点也没有变！"说话的是徐萱，她笑盈盈地上前就要和郁棠抱一抱，却被旁边的裴丹插到了前面，三下两下抱住了郁棠，兴高采烈地喊了声"三叔母"。

郁棠笑着用力回抱着裴丹。白净的面孔枕在裴丹披着葱绿色遍地金的斗篷的肩膀上，那张原来就十分漂亮的面孔，仿佛泛着光，如临水的夏花，热烈而又绚丽。

顾曦有片刻的恍惚。郁棠，什么时候变得这么漂亮了，好像一朵花。如果说从前还带着几分青涩，那此时，就只留下盛放的艳丽了，美得夺目，美得惊心。这哪里是没有变，分明是像变了一个人似的。从前只有神，现在却有了骨；而美人，从来都是在骨不在皮的。

顾曦不由挑剔地打量着和张大小姐、杨氏寒暄的郁棠。她穿了件素面杭绸橘色的褙子，杏色和缃色条纹拼色的马面裙子，褶间绣满花纹，走动的时候若隐若现，漂亮得华丽而又奢靡。

顾曦突然苦笑。她重新做了首饰，做了新衣裳又怎样？这样浓烈、复杂的颜色，郁棠穿在身上，却能硬生生地把它们压制住，让人看见她的时候，最先看到的是她的白净面孔。

为什么？顾曦使劲地回忆。

郁棠已转过身去，从乳娘手中一左一右地牵过两个儿子的手，朝着徐萱等人道："这是我们家绛哥儿和茜哥儿。"

两个孩子都是白净的皮肤，大大的眼睛，高高的鼻子，翘长的睫毛，漂亮得像观世音座下的童子。不过大一些的看上去一副冷静自持的模样，像裴宴多一点；小一点的却看上去温柔腼腆，更像郁棠。

"哎呀呀！"徐萱弯腰去，想抱这个，又觉得会冷落了那个；想抱那个，又觉得舍不得这个，两个一起抱，没这力气，居然一时间不知道如何是好。

裴丹却是想也没想，趁着徐萱犹豫不决的时候一把抱住了小一点的那个，还温声问他："你是不是茜哥儿？"

茜哥儿顿时红了脸，一面小声应"是"，一面眼巴巴地朝郁棠望去，好像在说"你快点把我抱过去"似的，让家里有个熊孩子的裴丹心都要化了，不知道是把孩子递给郁棠好，还是继续抱着好。

绛哥儿看着几不可见地皱了皱眉头，声音清亮地高声道："你是我五堂姐吧？弟弟年纪还小，正是学走路的时候，你还是让他自己走吧！"

茜哥儿一听，立刻变得底气十足，眨着大眼睛对着裴丹直点头，还奶声奶气地道着："五堂姐，我自己走路！"

徐萱等人看了不由哈哈大笑。

裴丹生怕第一次见面就惹哭了孩子，想了想，忙把茜哥儿放在地上。

茜哥儿如蒙大赦，忙躲到了绛哥儿的身边。绛哥儿就安慰般地摸了摸弟弟的头。茜哥儿拽哥哥拽得更紧了。

徐萱可看出来了，郁棠这个长子，估计像裴宴。她不禁逗起了绛哥儿："我们都是你们的姑母或是姨母，我们也不可以抱你弟弟吗？他这么胆小，以后可做不成大事！"

绛哥儿眼底闪过一丝不悦，面上却一板一眼，十分有礼地道："我父母从小就告诉我们不要跟陌生人说话，我们和几位姑母、姨母初次见面，不免有些不习惯。我弟弟若是胆小，只怕早就哭了起来。他只是不太习惯而已。"

"哟哟哟，瞧这小模样！"徐萱跟殷明远在一起生活久了，也跟着喜欢聪明人起来。郁棠的长子一看就很聪明，她很是欣赏，对郁棠道："你们家这大的今年才六岁吧！已经知道护着弟弟了。我们家那个，就知道打架，不闹个天翻地覆的，不罢休。"

郁棠对于这个早慧、以后还要担长子责任的大儿子更心疼一些。她闻言搂了搂长子，笑道："你们家几个孩子隔得近，我生茜哥儿的时候我们家绛哥儿已经懂事了，知道疼爱弟弟了。"

徐萱已经不想说自己的三个儿子了，叹道："如果这次不是生了一个女儿，我都宁愿再也不要生了。"

难道你还要生下去不成？郁棠诧异地看了徐萱一眼，想到殷家的情况，她硬生生地把话给咽了下去，然后揽着两个儿子和张大小姐、杨氏又寒暄几句，裴氏兄弟陪着裴老夫人走了过来，道："上车吧！先回了通州小院，用了午膳再说。"

几个人纷纷应诺。裴老夫人就朝着两个小孙子招手："来，到祖母这里来。"这是要和两个小孙子坐一辆车。

二太太原本安排裴宣兄弟和老夫人坐的，也能说些体己话，见状连忙调整了坐车的顺序。

裴老夫人和绛哥儿、茜哥儿坐了一辆车，裴氏兄弟坐了一辆车，二太太坐了一辆车……顾曦两口子坐了一辆车……

浩浩荡荡三十几辆马车一路扬鞭去了郁棠通州的小院。

地龙昨天就全都烧了起来。室内温暖如春，室外大雪纷飞，寒梅绽红。脱了斗篷，穿着夹衣从外回来的人都松了口气，露出轻快的笑容。男子在正厅说话，女眷则去了暖阁。

裴老夫人抱着茜哥儿坐在罗汉榻上，一面和徐萱说着话，一面不时地低头看看蹲在旁边给茜哥儿喂水的乳娘，生怕乳娘把水喂到茜哥儿的身上似的："……家中长辈身体都健康就好。我过了六十五就感觉比较明显了，一年不如一年，要不是有这两个孩子要照顾，我也没这么精神。"说完，还帮着茜哥儿正了正围脖。

二太太呵呵地笑，觉得老夫人有点事做，的确精神一些。她看绛哥儿的目光都变得柔和起来，还悄声地问绛哥儿："累不累？要是累了就先去歇会！"

绛哥儿身姿笔直地站在郁棠身边，任由郁棠拉着他手，礼貌地回着二太太的话："二伯母，我不累。我和弟弟下船的时候才刚睡醒。"

何况等一会儿就要用午膳了，用过午膳，他们兄弟就会被安排去午休，没必要破坏大家的相聚。

二太太就忍不住对郁棠道："这孩子可真乖！"

郁棠笑眯眯地点头，知道长子对自己的要求高，又孝顺听话，不想让他为难，也悄声地对他道："要不要靠着姆妈！"

"不用！"他正色地道，"我真的不累。"

郁棠就不再说什么了。

顾曦怀里的元哥儿则向往地望着绛哥儿和茜哥儿。

顾曦看他看得紧，除了去二太太那里偶尔能遇到裴丹那个和他差不多年纪的森哥儿，他平日里难得看到和他差不多大的孩子。

他就拉了拉顾曦的衣袖，含糊不清地对母亲道："姆妈，哥哥，玩！"

顾曦正盯着郁棠的裙间的绣花在看。一条条绣的是喜鹊闹梅。那颜色，那针线，看着像是裁缝铺老板娘送给她的蜀绣。不会这么巧吧？郁棠还能拿这做裙子？她不是离开京城了吗？怎么京城流行什么她穿什么？或者，是仿绣？江南商贾逐利，手脚最快不过，哪里有什么好东西，他们都能立刻学了去。

顾曦没听清楚儿子说了什么，儿子拉她衣袖的时候她还有些不耐烦地捉住了儿子的手，没能忍住地道："三叔母的裙子可真漂亮！我看了半天了，越看越好看！"

郁棠闻言低头看了看自己的裙子。

徐萱见了哈哈大笑，道："阿棠，我也想问问你，你这裙子是哪里做的，真好看。我也想做一条，是杭州那边的新式样子吗？这颜色拼得可真好看！"

郁棠抿了嘴笑，道："你要是喜欢，我让人给你做一条好了。就是这刺绣要等，是那个叫眉娘子的绣的。"没有说是不是新式样子，也没有说是谁做的。

徐萱听了不免有些奇怪，道："怎么还扯上了眉娘子？"

郁棠含含糊糊地没有细说，而是笑道："你要是对刺绣要求不高，可以让我们家绣娘帮你做条差不多的。"

徐萱见过的好东西多，没觉得眉娘子的手艺就高超到哪里去了，听了笑道："我家绣娘的手艺也不错，不过更擅长绣花卉，我是觉得你这裙子拼色非常漂亮。你都用的是什么料子？"

面料不同，同样的颜色却会有细微的差别，甚至是光泽都不一样。

郁棠就笑着指了自己的裙子："全都是杭缎，普通的绸缎铺子都能买得到。"

裴丹听了就道："三叔母，我也要。你帮徐姐姐做裙子的时候，也让绣娘给我做一条。"还睁大了眼睛道："三叔母，你们这次来，还带了绣娘来的吗？"

茜哥儿已经喝了水，裴老夫人一面拿了帕子给茜哥儿擦着嘴，一面笑着插话道："这不是你的两个小堂弟都跟着一道来了吗，我们这次不仅带了绣娘过来，还带了厨子过来。上次我来京城，就没有好好吃过几顿饭。"

这话当然有些夸张了，但裴老夫人上次来受了点罪也是真的。

众人大笑。

小院的管事娘子进来问午膳摆在哪里，裴老夫人就指了指屋中央的大圆桌，道："就摆在这里吧，这里暖和些，别这里那里的，再把孩子给冻了。"

管事娘子应声而去。

老夫人就把茜哥儿放到了地上，温声笑道："去吧！找你哥哥玩去。"

茜哥儿笑眯眯地点头，跑到了绛哥儿身边，拉着哥哥的手。

元哥儿就冲着两个人喊"哥哥"。

老夫人呵呵地笑，道："可不是哥哥，是小叔。"

元哥儿很想和绛哥儿、茜哥儿玩，乖巧地改口，喊着"小叔"。

茜哥儿躲在哥哥身后好奇地打量着元哥儿，并不乱跑，绛哥儿则小大人般地点了点头，一副长辈的派头，说了声"乖"，逗得大家又是一阵笑。

管事娘子在大家的笑声中领着丫鬟们提了食盒进来。

众人各自归座，漱口净手，用了午膳。

郁棠就领着绛哥儿和茜哥儿去午休，裴老夫人精神很好，留在暖阁和徐萱几个喝茶说话。

绛哥儿就问郁棠："姆妈，阿爹说他们那一房已经和我们家没有关系了，我们还要让他们叫小叔吗？"

或许是结婚好久才有孩子，郁棠对两个儿子都非常疼爱，绛哥儿已经六岁了，她还是会看着他睡了才走开。

郁棠给他掖了掖被角，笑道："你听你阿爹的就行。"

裴彤毕竟是裴老夫人的亲孙子，裴老夫人不可能真的不理他。但在郁棠的家里，她向来是维护裴宴的尊严的。

绛哥儿郑重地点了点头。

睡在绛哥儿身边的茜哥儿突然清声地道："我听大兄的。"

郁棠忍俊不禁。

小儿子像大儿子的裤腰带，走到哪里跟到哪里不说，哥哥说什么他都捧场，有什么好吃的也是先让着哥哥，非常可爱。

郁棠轻轻地摸了摸小儿子的额头，笑道："睡吧！你们睡了姆妈再走。"

两个小孩子点头，闭上了眼睛，很快就睡着了。

郁棠这才重新回了暖阁。

元哥儿也被乳母带下去睡午觉了，顾曦正坐在裴老夫人身边给裴老夫人剥橘子，裴老夫人则和徐萱说着话："那今天晚上就歇一晚再走。安全第一。"随后还感慨道："阿棠买的这宅子不错，方便了大家。"

徐萱笑着应和："她还是挺喜欢买东西的。"

"要不怎么说不是一家人，不进一家门呢！"老夫人听了笑道，"遐光也喜欢买东西，他们两个，这几年没什么事，把他们家那几个宅子整得可漂亮了。可惜你们常年在京城，不然就可以经常去住住了。"说完，老人家抬头看见了郁棠，然后朝着她招手。

郁棠走了过去。

裴老夫人接了顾曦用帕子包的橘子，却一瓣也没有吃，递到了郁棠面前，道："绛哥儿和茜哥儿都睡了？"

郁棠不太想吃顾曦剥的水果，但老夫人递到了她面前，她也不好拂了老人家的意思，就顺手接了过来，道："都睡下了。"

老夫人又道："谁守在他们屋里？"

郁棠知道老夫人把两个孩子当眼睛珠子似的，要是值守的人她老人家不放心，会把身边的计娘子或是陈娘子派去亲自看着的。

她忙道："他们俩的乳娘都在那里守着。"

老夫人果然还是不能完全放心，道："应该把阿杏带着的。"

自从阿杏救了郁棠之后，她就成为了老夫人心目中最忠心的人之一。绛哥儿出生之后，老夫人就和郁棠商量，让她成了绛哥儿屋里的管事娘子。

这次老夫人出京城，原是想带着她的，但她成亲好几年了，好不容易有了身孕，郁棠怕她舟车劳顿，就让她留在了临安。

裴丹听着，就问起了阿杏："她如今还在裴家吗？"

郁棠被彭十一追杀的事，裴家有意封锁了消息，但家里的人还是知道的。特

207

别是裴丹,她也算是当事人之一。事后裴丹还因为阿杏的忠勇特意赏了她一小袋子金锞子,所以她也知道阿杏回了临安之后,老夫人给她放了籍的事,还赐了她五十亩上等田的陪嫁。

"还在。"郁棠笑道,"她是个有主见的,有老夫人庇护,她自己招了个女婿上门,平时还是在府里当差,节日的时候就回自己家里。"

"还能这样啊!"裴丹惊讶地道。

"怎么不能?"老夫人笑道,"规矩是人定的,她有恩于我们裴家,也就自然与旁人不一样。家里的仆妇们看了,也知道自己该怎么做,是件好事。"

裴丹若有所思。

晚上给裴老夫人问过安之后,她特意送了郁棠回房,好奇地问郁棠:"查清楚了那个阿杏是什么来历吗?"

郁棠笑道:"就是个普通农户人家的姑娘。"

裴丹有些不相信。

郁棠笑道:"你还不信人家特别有主见啊!"

裴丹想想有道理,也就把这件事抛到了脑后,和郁棠说说笑笑了几句,见天色不早,就起身告辞了。

郁棠觉得关于阿杏的身世,还是越少人知道越好。

据裴宴调查,他们家应该是在老家得罪了当地的乡绅,逃难的时候经过临安,没了盘缠被迫滞留在临安的。阿杏从小就不满父母偏爱幼弟,总喜欢和男孩子一争高低,行事也像男孩子似的,颇有些侠义之风,胆子才会这么大。

可只要对裴家没有恶意,裴宴也好,郁棠也好,就愿意接纳她。她也的确帮了郁棠不少忙。

只是裴宴晚上回来的时候喝了点酒,话比平时要多。

他质问郁棠:"听说你要让我们家的绣娘给徐氏也做条和你今天穿的一模一样的裙子?"

郁棠就知道他这"吃醋"的毛病又犯了,而且年纪越长,他越像小孩子。她要是不哄着,他真能两三天不和她说一句话。

"没有!"郁棠面不改色地道,"我们不是说好了,你有什么疑惑,你就来问我,不要听中间的人说了什么就是什么。我今天的确说了让我们家的绣娘给殷太太做条和我身上差不多的裙子,是差不多,不是一模一样的;而且我还说了,花鸟是眉娘子绣的,她要是愿意,只能让我们家的绣娘帮着绣花。"

她今天穿的那条裙子,是裴宴送给她的,特意让人送去眉娘子那里绣的褶皱。他还喜欢亲自动手给郁棠做簪子,打首饰。郁棠很喜欢,却怕别人觉得裴宴玩物丧志,特别是自她怀了孩子,裴宴几乎就没有出过门,还帮她带孩子,她从来不当着外人的面提起这些来。

裴宴面色好多了。

郁棠就趁机道："你看你，一喝了酒就喜欢胡说八道，你是不是不能喝酒了？你喝了酒都控制不住自己了？"

"胡说！"裴宴不承认，"我知道我在做什么。"

郁棠当然知道，她就是在和裴宴胡搅蛮缠。

裴宴听到了自己想听的了，心满意足，想起了儿子，道："都睡了吗？我去看看！"

郁棠拦了他，嗔道："你看你，满身酒气，更衣洗漱了再去。"

她和他在一起生活得越久，越觉得裴宴骨子里桀骜不驯。什么"抱孙不抱儿""女子无才便是德"这样的观念都被他嗤之以鼻，他不仅抱儿子，还很喜欢和儿子一起玩。

绛哥儿就是他亲自启的蒙。等到明年，他还准备亲自给茜哥儿启蒙。

两个儿子也不像别人家的儿子，见到父亲就像老鼠见到猫似的。两个儿子都和他非常亲。像这样回来晚了的时候，他总是要亲自看过两个儿子才放心。

裴宴并不是真的喝醉了，他只是有点生气郁棠要把自己给她做的裙子给徐萱当样子，听着便从善如流地去更了衣，还喝了醒酒汤才和郁棠去了儿子歇息的房间。

郁棠这边，两口子去看了儿子，顾曦这边却因为通州的宅子小，她的儿子和乳娘就与她安排在一个屋里，裴彤则和裴红睡了一个屋。

顾曦哄着儿子睡着了之后，就去了裴彤住的地方。裴红去和沈方他们说话了。

虽然如此，顾曦也不好进屋，就站在屋外和裴彤说着话："二叔父说要给你们讲课，可定好时间了？"

裴彤道："哪有这么快。也要看看其他人有没有时间啊！"

顾曦闻言直皱眉，反复地叮嘱他："我们没有住在裴府，那边的消息你可要打听清楚了。你看要不要请沈方去家里坐坐？"

以沈家和裴家的关系，裴宣要是细说各主考官的爱好和习惯，肯定不会漏了沈方的。

裴彤却打定了主意把章慧几个都请到家里去坐坐，只是不知道章慧几个会不会答应，他也就含含糊糊地应了一声，反而问起了元哥儿："刚才见他眼睛红红的，这是怎么了？"

顾曦听着眉头直皱，道："没什么。他想去和绛哥儿玩，绛哥儿要带茜哥儿，不愿意带他玩。他就哭了起来，哄了半天才好。"

裴彤不以为意，笑道："这孩子，气性也太大了些。我小时候，也只喜欢带着阿绯玩。等他做了哥哥，就好了。"

顾曦听着心头微跳，接下来那些似是而非的告状话就没好说出口。

等到他们回了京城，在裴府用过午膳之后，裴老夫人和二太太都没有留他们在家里用晚膳。他们想帮着裴宣和二太太安顿裴宴等人，也被裴宣以"大家都很累了，风雪太大，你们也早点回去好好歇歇"为由拒绝了。

只是回到家里，知道了他们为何一夜未归的大太太不免又发了一顿脾气。

裴彤依旧是垂着头，一言不发地随便母亲怎么说。在外面住了几天的裴绯却像突然转了性似的，在旁边阴阳怪气地道："您不去给祖母问安，我们做儿子的是晚辈，没什么可说的，可也不能因为阿兄代替你去尽了孝，回来就还要受您的责骂。谁家有这样做长辈的吗？这不会是杨家的做派吧？"

"你个孽障东西！"大太太抓着手边的茶盅就朝裴绯砸去。

裴绯跳起来躲开，瞪着大太太就要说话，却被裴彤眼疾手快地拉到了一旁，低声道："你少说两句。"

裴绯看了裴彤一眼，冷哼数声，摔门而去。

大太太气得直骂。裴彤额头青筋直冒。

顾曦巴不得他们母子吵起来，却还假惺惺地上前拦着裴彤："你先出去，婆婆这里，有我！"

裴彤想着裴绯如今也是个暴脾气，怕他跑出去闯祸，干脆把这里丢给了顾曦，去追裴绯。

裴绯在外面荡了几天，知道外面的日子不好过了，才没那么傻地再往外跑了。

裴彤追出来的时候，他正坐在暖阁里吃点心。裴彤松了一口气之余，忍不住批评他："娘毕竟是长辈，你怎么能这么跟娘说话？"

裴绯冷笑，道："我没你这么愚孝！"

裴彤一时不知道说什么好。

裴绯继续道："你可知道杨家拿了我那五千两银子去做什么了？"

肯定不是什么好事，裴彤也想知道。

他下意识地道："去做什么了？"

裴绯不屑地道："你还记得三舅家的四表妹出阁，压了五千两的压箱银子吗？那就是我们家拿过去的五千两银子！"

他们这个表妹，就是嫁到大理寺的那家。

裴彤不相信。杨家虽然势利，但不是那没脸没皮的人家。他道："你是听谁说的？"

"五表弟。"裴绯也没准备瞒着裴彤，不仅如此，他还指望着裴彤知道后和杨家桥归桥，路归路，因而他说得也很详细，"我前几天在东街那边的茶楼遇到了五表弟，他亲口告诉我的。还说，外祖父原想把四表妹给嫁到我们家来的，可那个时候三舅父在岭南生了病，得请大夫，外祖父反复衡量，就给四表妹说了现在的这户人家，又怕别人家小瞧了四表妹，把我们家的五千两银子做了压箱钱。"

杨家这个五表弟是三舅父的庶子，三舅父被流放之后，他没什么人管，悄悄

210

和京城几个帮闲混到了一起。虽然被裴彤瞧不起，却也不是个信口开河的人。

裴彤之前就猜到了，但他不想弟弟和杨家的关系更僵硬，让母亲为难。既然话说到了这里，他也不好劝弟弟息事宁人，毕竟那五千两银子是裴绯的。

"你心里有数就行了。其他的，你自己拿主意。"裴彤可怜父亲走的时候弟弟年纪还小，爱怜地摸了摸裴绯的脑袋。

可能是这样温情的时刻这些年来很少了，裴绯兴奋道："阿兄，我不想读书了。五表弟说了，读书要家里有人的。我们家没有什么人了，就算是读书，像我这样的，能金榜题名也要四十岁以后了，那人生还有什么意义？我想和朋友一起做生意，然后你就在家里好好读书。就像二叔父和三叔父一样，你觉得怎么样？"

裴彤自然不同意，可裴绯已经铁了心，两兄弟不欢而散。

可第二天裴绯还是收拾打扮好了之后，抱着侄儿，和兄嫂、母亲一道去了裴府。

老夫人压根不想看见长媳，但怎么也要给两个孙子面子，不冷不热地和大太太说了几句话，就把她推给了二太太，说自己累了，让郁棠扶着她回了内室。

绛哥儿正在老夫人屋里练大字，茜哥儿和兄长伏在一个大书案上，拿着笔在旁边画猫。

老夫人养的波斯猫则乖乖地趴在绣墩上任众人打量着。

见母亲扶了祖母回来，绛哥儿就要放笔喊人，却被裴老夫人摆了摆手，道："你们写你们的字，不用管祖母，祖母和你母亲说说话。"

绛哥儿应诺，继续低头写。茜哥儿却眼珠子骨碌碌转了转，丢下笔扑到了郁棠的怀里，软软地喊了声"姆妈"。

郁棠顺势抱了儿子，亲昵地点了点儿子的鼻尖，道："怎么了？"

茜哥儿看了老夫人一眼。

老夫人呵呵直笑，立刻道："你别看我，你看我也不帮你。你阿兄处处都让着你，我不能帮着你欺负你阿兄。"说着，指了趴在绣墩上的猫："快把你的猫抱走了，你阿兄要做功课。"

绛哥儿一半随了裴宴，鼻子不好，除了闻不得过浓的香味，也怕猫毛狗毛的，所以家里一直都没有养小东西。但茜哥儿实在是喜欢。那年去苦庵寺，见裴二小姐养了只猫，道都走不动了。

裴二小姐特别喜欢茜哥儿，说若是她的猫生了小猫，就送一只给茜哥儿。

茜哥儿那时年纪还小，不知道阿兄和阿爹都鼻子不好，一直就盼着裴二小姐的猫生小猫。等到裴二小姐真的送了猫过来，郁棠想送给章家的大小姐，却被绛哥儿留了下来，还向郁棠求情："让阿弟养了吧！我离猫儿远点就行了！他是真心喜欢。"

郁棠不同意，茜哥儿哭得震天响，最后还是裴宴出面，把猫送去裴老夫人那里养着。绛哥儿过去的时候，就把猫送到陈大娘那里，茜哥儿因此常在裴老夫人这里一待就是半天，加上裴老夫人发现绛哥儿还像她和郁棠一样，非常会算账，有意教绛哥儿算术，结果就变成了裴老夫人在屋里给绛哥儿讲算术，茜哥儿就在屋外和猫玩。

裴老夫人心里乐呵呵的，遇到裴宴却要邀功："你们三兄弟小的时候我都没有这样教导过，要是你儿子不能考上状元，真是对不起我这一番心血。"

裴宴很鄙视这种说法，撇着嘴角道："我儿子又不是傻瓜，干吗要出这个风头？您愿意教就教，不愿意教就不教。谁家的状元还去考算术不成？"

把裴老夫人气得好几天都没有和儿子说话，还私底下和郁棠抱怨："你怎么受得了他？他还不如不说话，一开口，就能把人气死！"

郁棠却觉得，可能是做了父亲，裴宴这几年的脾气越来越温和了，就算是茜哥儿把汤羹糊在了他的身上，他都能面不改色地继续吃饭。

当然，这些都是他们生活中的趣事，茜哥儿看着温顺害羞，实则满心主意，比起绛哥儿看着就让人正色，茜哥儿更容易让人上当。他眼珠子骨碌碌转的时候，那就是又有小心思了。

果然，听郁棠这么一问，茜哥儿抿着嘴直笑，凑到母亲耳边道："我想去看二姐姐！"

二小姐？！郁棠讶然。

裴老夫人却哈哈大笑，指了茜哥儿道："这个小机灵鬼！真是什么也逃不过他的耳朵。计氏跟我提了一句，他就记在心里了。"她说着，回头望了郁棠："你也不用惊讶，那天二姑奶奶来和我辞行，我跟她说，年底我会来京城。她说，她也准备来京城，看看身上的病，若真是她不行，趁着年轻，趁早过继一个孩子。她说不定比我们早到。茜哥儿肯定是听在耳朵里了，以为他二姐姐也在京城呢！"

说来奇怪，郁棠和二小姐的关系始终不咸不淡的，可二小姐却和茜哥儿投了缘。两个人一起养猫不说，她回府给长辈们问安，一定去看看茜哥儿，有什么好吃的、好玩的，也会让人送一份给绛哥儿和茜哥儿。当然，绛哥儿就是沾了茜哥儿的光。

郁棠听了沉吟道："要不要让人去杨家打听打听？"看看裴二小姐到了没有。

杨父这几年在京里做官，官运不错，杨家又因为家里的茶叶成了贡品，带动了杨家其他茶叶的销售，经济上宽裕了很多，在京中买了个小小的宅子。而随着杨颜金榜题名，杨父也越来越倚重长子，杨颜反而不好和父亲疏远，大家彼此客客气气的，关系没有从前紧张。

裴二小姐是出嫁女，来了京城，有婆家，自然是要住在婆家的。

裴老夫人笑眯眯地点头，满脸慈爱地望着茜哥儿道："你二姐姐没有白疼你，我们都忘记了，就你还记得你二姐姐。"

茜哥儿不好意思地笑，悄声对郁棠道："二姐姐说，她要送我一只花狸猫。"

裴老夫人和郁棠忍俊不禁，纷纷道："原来如此！"

就是练字的绛哥儿，也跟着笑了起来。

郁棠就正色地跟茜哥儿道："我们家不能再养猫了。你阿爹和你阿兄都闻不得猫味，但他们因为你喜欢，已经忍让很多，纵容你养了只猫。你不能只顾着自己喜欢，也要顾着阿爹和阿兄的身体啊！"

茜哥儿懂事地点头，道："我就看看，不带回家养。"

郁棠就赞了他一声"乖"。

裴老夫人笑道："这孩子，以后成了亲就赶紧分出去，想养什么就养什么好了。"说着，记起了自己在杭州的一个宅子，笑着叮嘱计大娘："你记得回去之后把那地契找出来，划到五少爷名下。他和他阿兄不一样，他阿兄以后肯定住老宅，他以后要自己过日子的，得有个自己的宅子。"

郁棠连忙阻止，俗话说，隔辈亲，何况绛哥儿和茜哥儿不仅是在裴老夫人眼皮底下长大的，还是她老人家亲手带大的，那就更喜欢了。陪嫁的那点东西，今儿一点，明儿一点的，给了两个孩子一大半了。

"两个孩子还小呢，暂时还用不上，等用得上的时候再说。"

郁棠和从前也有些不一样了。

从前她会坚持不要。这几年，郁文在宁波赚了钱，就喜欢给她买东西。她手中宽裕了，也开始救济别人，特别是苦庵寺那些失意的妇人，也希望自己送出去的东西是别人需要的。

裴老夫人不以为然，道："我们家两个小孙孙多乖啊！怎么会用不上呢！"

乖和用得上有什么关系？可郁棠这几年跟着老夫人朝夕相处，早已学会了不和老人较真。她微微地笑。

茜哥儿却嚷道："谢谢祖母。我长大了，以后要在那个宅子里养猫。"

这还真成了个猫奴了！郁棠无语，寻思着得想办法带茜哥儿和绛哥儿多去乡下走走，让他多见见那些贫苦人，别只知道在自己的喜好上一掷千金，还要知道同情弱小才行。

她就派了人去杨家问裴家二小姐的行程。裴家二小姐要过了腊八节才到京城。

郁棠得了信，就去禀了裴老夫人。

裴老夫人听了连连点头，道："这才有点做人妻子的样子。之前都是她母亲把她惯坏了，哪能纵容着女儿一不如意就往娘家跑。想继续过下去，就无论如何也要把日子过起来。要是不想过了，那就趁早说明白了，一别两宽。又不愿意大归，又不愿意回家，这要是我的孙女，我早叫回来狠狠地教训一顿了。不过，杨家姑爷可真是好性子，不管是为了什么，我们家能帮衬的，还是帮衬一二才好。"

说这话的时候，二太太也在。二太太忙笑着应承，和裴老夫人商量去哪些人家拜访。

既然来了京城，故交是要走动的，和裴宣官场上有来往的也得拜访，这样一算下来，仅仅是礼单就有厚厚的一叠。

裴老夫人想着早点应酬了早点完事，大家还能清清净净过个年，就安排着一家接一家的，带着家中的女眷开始四处应酬，忙了起来。

绛哥儿像小大人，茜哥儿模样乖巧，众位夫人看了都非常喜欢。特别是徐萱，刚刚生了个女儿。裴宥虽然不靠谱，裴宣虽然老实，裴宴虽然冷傲，可对自己的太太却都是没话说的，别说是妾室了，就是通房都没一个。裴泊这次能和黎家的嫡小姐定亲，黎老夫人就是看中了裴家的家风。

徐萱也不例外。绛哥儿年纪大了些，她就盯上了茜哥儿。

郁棠去他们家做客的时候，她就一直逗着茜哥儿："妹妹好不好看？你想不想把妹妹抱回家去？"

茜哥儿看着白白嫩嫩的小婴儿直点头，却不肯抱回家："我阿爹不喜欢。我阿爹说了，我们家只养我姆妈生的孩子，她又不是我姆妈生的。"

众位夫人听着一愣，随后哄堂大笑。郁棠更是羞得恨不得钻了地缝。

可裴老夫人却觉得无所谓，还向众人解释道："他姆妈什么都好，就是孩子要得有点辛苦。那年生绛哥儿的时候，说她伤了身，以后恐怕在生育上有些为难。你们京城的风气又不好，就有人往遐光身边送人，遐光就当着家里人说了这么一句。谁知道这句话居然会一直有人说，还传到了这孩子的耳朵里。"

就有人捧着老夫人："这也是您教子有方，我们都羡慕得不行。"

"养儿不教父之过，养女不教母之错。"裴老夫人不想让自己的儿子被人说成是长于妇人之手，笑道，"我养的全是儿子，这对错可与我没有关系。你们要夸我好，得夸我们阿丹，她是我们家唯一一个孙女。"

这次裴丹的婆婆秦夫人带头夸起自己的长媳来，当然也没有落下次媳，非常会做人。

顾曦看着无奈地苦笑。

真是再能干也比不过运气好的人。裴丹和郁棠，都是运气特别好的。

坐在顾曦怀里的元哥儿看到绛哥儿和茜哥儿，早按捺不住了，小声地吵着要去和绛哥儿、茜哥儿玩。

顾曦犹豫了片刻。裴家人是主客，绛哥儿和茜哥儿自然也是众人瞩目，这个时候让孩子跑了过去找绛哥儿和茜哥儿玩，不免有些失礼。可这一犹豫，森哥儿就拉着徐萱的次子跑了过去，还非常热情主动地拉了茜哥儿的手，口齿伶俐地喊茜哥儿"表哥"，道："我们一起玩。"

徐萱的长子目不忍视，喊着弟弟："你给我回来。"然后忍不住教训森哥儿："那是你五舅父，不是你表哥。"

众人这才反应过来，又是一阵哈哈大笑。

森哥儿被大人们笑得茫然无措，茜哥儿在裴家的时候就人小辈分大，还有要叫他"舅爷爷"的。大家这样,他虽然有点脸红,但来之前父亲告诉过他大家的关系,像森哥儿这样的,就是自己家里的人,被欺负了他得帮忙的。他还是大着胆子牵了森哥儿的手,道:"我和你一起玩。但你不能哭,别人会说我欺负你。"

稚言稚语的,同样惹人笑。

森哥儿回过神来,他紧紧抓了茜哥儿的手,连连点头。

二太太笑得眼泪都出来了,把三个孩子牵到自己身边,拿了果子给三个孩子吃,还分别叮嘱他们"你是舅舅,不可以和外甥打架""你是外甥,要听舅舅的话""你是主人,要照顾森哥儿和茜哥儿"。

三个孩子不停点头。

徐萱的长子见茜哥儿又小又软,生怕他被自己那个二愣子弟弟带着闯了祸,忙跟了过去。

绛哥儿见徐家二公子有点傻愣愣的,四五岁的样子,还和三岁的森哥儿一起玩,怕他连累了自己的弟弟,也跟了过去。

两家长子的目光就撞到了一块儿。

两人脚步微顿,同时从对方的眼中看到了担忧,不禁默契地相视一笑。一个悄声道:"我叫殷壑,你可以叫我阿壑。"一个悄声道:"我叫裴绛,你可以叫我绛哥儿。"

这样就算认识了。

他们当然不知道,自此之后,他们做了一辈子的朋友、对手、盟友,成了当朝最顶尖的人物之一,也带着两个家族,站在了这个朝代的最顶层。

此刻,他们只是两个担心弟弟的长兄,小心翼翼地在旁边护着各自的弟弟。

顾曦思忖着,就把元哥儿放在了地上。

元哥儿刚要朝绛哥儿、茜哥儿处奔去,就被从外面跑进来的小孩子从背后撞到了旁边,十几个三到八岁的小孩子从他身边跑过,朝殷壑扑了过去。

"阿壑哥哥!阿壑表叔!"那群孩子七嘴八舌地喊着,像小熊闯进了菜地里,带着股横冲直撞,谁也阻止不了的气势,让大人脑门都疼了起来,忙问道:"这是谁啊?长得可真好看!他是姑娘还是小子?"

他们冲绛哥儿和茜哥儿嚷着,还有的要伸出手去,想戳绛哥儿,手指头都要戳到绛哥儿脸上了,可在绛哥儿凉冰冰的视线下硬生生地转了个弯,改去戳茜哥儿了。

只是那手指离茜哥儿还有四五寸,茜哥儿已经两眼一红,躲到了哥哥的身后,喊着"疼"。

熊孩子愕然。

绛哥儿已冷着脸一把拽住了那孩子的手臂,道:"你是谁家的孩子?你们家大人呢?"一副要去大人面前告状的样子。

顾曦认出来这是徐家的孩子，全是些不能碰的。

顾曦忙把元哥儿抱在了怀里，急切地检查着儿子身上是否有撞伤，紧张地说着"有没有撞到哪里了"。

元哥儿摇头，更想找绛哥儿他们玩了。

顾曦不答应了，徐家向来霸道，要是元哥儿哪里被撞到碰到了，都不好找徐家说理去。

元哥儿哭闹起来。

顾曦忙把元哥儿抱在怀里亲了又亲。

元哥儿有了母亲的安抚，渐渐平静下来，小声地道着："姆妈，我想和哥哥们玩。"还是想去。

顾曦没有办法，只好继续哄着儿子："你看，两位小叔叔身边好多人，要是再像刚才那样把你给撞着了怎么办？我们等一会儿，等到小叔叔身边的人跟他说完话了，我们再去找他们玩，好不好？"

元哥儿向来听话，闻言不停地点头。

他偶尔也会随着母亲去别人家做客，除了去他舅父家，去其他人家的时候，那些小孩子都不怎么照顾他，他因而也不太喜欢和那些孩子玩。

顾曦松了口气。这样的场合就怕孩子闹起来，显得特别没有教养似的。平时她也不怎么带孩子出门，就是怕自家的孩子和别人有了冲突，她压着自家的孩子，心疼；不压着自家的孩子，好像她不愿意管教自己的孩子似的。

顾曦就轻轻地拍了拍孩子的背，然后她就看见绛哥儿不知怎地就成了那群孩子里的领头人似的。那群孩子簇拥着他和徐萱的长子，绛哥儿还牵着自己的弟弟，哗啦啦地就跑出了暖阁。

元哥儿急了起来，回头望着母亲："哥哥……"

顾曦也很意外。外面还下着雪呢！这样若是摔着冻着了，可都不是件小事。她就犹豫着要不要拦一句。

谁知道一直安安静静地坐在众人之中的费夫人秦氏却突然对身边的嬷嬷道："看看大少爷醒了没有。要是醒了，就带他去和裴少爷、殷少爷他们一块儿玩会儿。"

秦氏嫁人的时候年纪已经不小了，费质文就更不用说，中年得子，他们的一儿一女都娇惯得很，孩子平时都是睡到自然醒，吃什么，喝什么也随着孩子的性儿，从来不管。又因为费质文不仅升了吏部尚书，管着官员的升迁考核，还在两任皇帝面前都是红人、宠臣，大家都不愿意得罪，因而那些孩子也被叮嘱少和他们家的孩子玩。秦氏好像没有察觉似的，走到哪里都是带着两个孩子。像今天，来殷家做客，别人家的孩子早早就起来了，来了之后都是先给诸位长辈问安，等和世交家的孩子打过招呼之后才会视情况被乳母带下去或者是彩衣娱亲，陪着说说话儿。只有费家的两个孩子，据说今天起得太早，在马车上又睡着了，到了殷家，睡眼惺忪地给比他们家到得早的长辈问过好之后,就向徐萱要了个厢房,让身边的管事嬷嬷带着下去继续睡觉去了。

也不知道这两个孩子长大以后会纨绔成什么样子!顾曦撇了撇嘴。

徐萱却怕郁棠误会,和郁棠耳语:"他们家两个孩子都很乖巧,没外面传的那么娇贵。要说怎么会变成今天这个样子,还是大家觉得做得少,错也少,敬而远之的缘故。"

听了这话,郁棠心中一动。

绛哥儿和茜哥儿在临安除了裴家的那些侄儿、侄孙,也没有什么玩伴。就算是回了郁家,相氏也是敬着两个孩子的时候多。

她突然有点想在京城多住几年了。

之前因为出了彭十一的事,她被吓着了不说,裴宴也被吓着了。她是不知道自己是否庄周梦蝶,如今也是一场梦,想着这要真是一场梦,那就让她在这梦里没有遗憾,不管是照顾裴宴衣食住行,哄着裴宴的情绪,还是顺着裴宴的心思,郁棠都甘之如饴,尽力做到好。

两个人窝在临安,十分甜蜜。

裴宴却觉得既然郁棠的梦到新帝登基就完了,那就说明改了元年之后,郁棠就应该是一路平安,万事顺遂了,外面毕竟是别人的地盘,不像在临安或是杭州,但凡有个风吹草动的都躲不过他的眼睛,最好的办法就是让郁棠在他的手掌心里,他要处处看着,时时守着才能安心。至于外面的那些名利动荡,他要想下场,什么时候也不晚。

等到当今皇上坐了金銮殿,他这一口气才顺顺利利地咽了下去。

咽下去之后,不免有些兴致勃勃,正巧卫小川要到京城来参加科考,他想了想,索性就带着郁棠和孩子们一起来了京城,让孩子们也见识见识,认认人,以后不管是做什么都有个帮衬。

他还想带郁棠去趟泰山呢!当然,这次更好。除了郁棠,还有两个孩子,还有他母亲,比上次更圆满。

或许是做了母亲的缘故,郁棠更喜欢待在家里,就算是去泰山,更多是为了照顾裴宴的情绪以及想让两个孩子多看看。

她考虑得更多的是孩子们。

京城藏龙卧虎,裴家厉害,还有比裴家更厉害的,众人才不至于不管对错都只捧着他们家的孩子,孩子们也更容易交到志同道合的朋友。

回到家里,她就和裴宴商量这件事。

裴宴无所谓,问起费质文的两个孩子来:"你瞧着怎么样?"他今天一直在外院做客,并不知道内宅发生了什么。

郁棠以为裴宴也听到了关于费家两个孩子都养得太精细的传言,接过丫鬟手中的茶盅,亲自递给了裴宴,还顺势挨着裴宴坐下,这才笑道:"他们家儿子比我们家茜哥儿大一岁,我瞧着和我们家茜哥儿一样,都是个温柔害羞的性子。和我们家茜哥儿玩的时候,还知道牵着我们家茜哥儿的手;摸猫的时候,还知道让我们家茜哥儿先摸。至于他们家的女儿,刚满周岁,还被乳母抱在怀里,话都说不清楚,哪里就是娇贵?哪里就碰不得了?我觉得说这话的人,都有些不怀好意。再说了,若是我有两个这样的孩子,我肯定也要像眼珠子似的护着了。"

裴宴一愣,道:"茜哥儿又玩猫了?殷家哪里来的猫?"

郁棠笑道:"自然是他们家养的!不是家养的,谁敢让孩子们去摸了!就是我答应,殷太太也不会答应啊!"

裴宴点了点头。

郁棠想起徐萱逗茜哥儿的事,把这件事当笑话说给裴宴听:"非要茜哥儿把他们家的小姑娘带回来,茜哥儿急得快哭了。"

裴宴就似笑非笑地看了郁棠一眼。

郁棠心中一顿,欲言又止地望向了裴宴。

裴宴可从来不是个含糊的性子,见状索性和郁棠把话挑明了:"我问费家的两个孩子也是这个意思。费大人想和我们家结个亲。姑娘要是不行,儿子也行。徐氏怕也是这个意思。至于费夫人还特意让自己的长子和绛哥儿们一块儿玩,估计是两口子说过这件事,费夫人见过我们家两个孩子之后觉得很好,这才开了口。"

郁棠却无意这么早把儿女的婚事定下来。不管怎么说,儿女的喜好也很重要啊!当初裴老夫人都没有太多地干涉裴宴几兄弟娶媳,她才能和裴宴成就一段美好的姻缘,她虽没有裴老夫人的眼界胸襟,却可以向裴老夫人学啊!

她不免有些头疼:"孩子还这么小,说这些都太早了。"

"我也是这么想的。"裴宴道,"所以我今天拒绝了费质文,说我们家的孩子要到舞勺之年才说亲。"

郁棠听了紧张地道:"那费大人怎么说?"

"当然是更想和我们家结亲了啊!"裴宴道,"两家的孩子都还没有供奉过水痘娘娘呢!"

太早定亲,有什么变故,于孩子的名声不好。郁棠松了口气,又开始担心痘娘娘:"绛哥儿都六岁了。"通常孩子都是六七岁开始供痘娘娘。

裴宴就抱了抱郁棠,道:"你放心好了,我带了有经验的大夫,还会注意绛哥儿的情况。"

他常常陪着两个儿子玩,绛哥儿真的要是奉痘娘娘,以裴宴的细心,肯定会很快就知道的。

为了转移郁棠的注意力,裴宴甚至说起了自己来京城后冒出来的新想法:"我这两天考了考红哥儿功课,发现他的基础打得特别不牢,一些我在他这个年纪都懂的常识，他居然听都没有听说过。这个孩子在读书上也没什么天赋且不感兴趣，我就想和你商量，让红哥儿来做宗子。"

郁棠骇然。这是要把宗主的位子再让给二房。离上次动荡才过去了十年。裴家的长辈们会同意吗？她忙道："姆妈知道这件事吗？"

裴宴摇头，道："我是这两天观察红哥儿时想到的，准备先听听你的想法。"

裴家家资不菲，谁做宗主，就意味着可以支配这么一大笔财富。特别是在子弟没有读书的天赋时，想在族中有话事权，能掌控这么一笔财富就尤为重要了。但这样一来，宗房未免有抓权不放的嫌疑。

郁棠道："我觉得你还是小心行事，治大国都如烹小鲜，家中宗主继承权关系到族人的兴衰，也要慎重。"

裴宴颔首，正色地道："这件事，我也就和你说说。红哥儿能不能拿得下来，我还得仔细瞧瞧，不会这么快就跟家中的长辈商量。"

郁棠"嗯"了一声。

裴宴却越想越觉得这样比较好。裴家的老祖宗为何规定裴家的宗主不允入仕，一来是族中庶务琐碎，想管得好也要付出很大的精力，二来是怕宗主卷入朝中纷争最终却给族人带来灭顶之灾。绛哥儿不仅聪明，还志不在此，他不想早早地就给儿子套上枷锁。就算不选红哥儿，他也决定选别人。只不过选红哥儿对宗房更好罢了。

裴宴是个雷厉风行的人，既然郁棠觉得把宗主的位置让给其他房头没什么不好，他就找了个机会和裴宣说了这件事。

裴宣非常惊讶，他道："家中的长辈可知道这件事？姆妈怎么说？"

裴宴道："你别管别人怎么说，你就说你怎么想的吧！"

裴宣知道自己这个弟弟向来不按常理出牌，可随心所欲到这个程度，他还是忍不住告诫他道："怎么能不管其他人说什么呢？这可是关系到裴家氏族兴衰的事，不能你想怎么样就怎么样，还是应该与家中长辈商量……"

裴宴就知道自己的阿兄会这么说，他摆了摆手，打断了裴宣的话，道："只要变革，就会有人赞同、有人反对。可偏偏对错大多数时候都与人数的多少没有什么关系，而且办法总是比困难多，你只要按你自己的心愿告诉我你是怎么想的就行了。把不可能变成可能，把可能变成不可能就行了。"

他说这话的时候非常自信，语气斩钉截铁，神色平静自然，却让裴宣从他的表情中读出了几分不动声色的霸气。难怪他阿爹说这个家里真正能顶事的是裴宴了。他这个阿弟，自从接手家中庶务之后，家中财产翻了一番，他们大兄的事，也水过无声了。裴宣暗中叹气。如果不是他们的大兄，他三弟的成就肯定不止如此。

他正色道："我仔细想想。"

裴宴提醒他："你受皇帝器重，至少十年间都不可能退下来。阿红作为你的嫡长子，为了避嫌，不管是皇上还是朝廷，都不可能给予他重任，与其让他碌碌无为，不如试着走另一条路。你担心的那些，有我在，不是问题。"

裴宣点头。总觉得自己和弟弟相比，差了那么一点点的从容。但他不得不承认，裴宴说得非常有道理。官场上原本就有亲属回避制度，何况他们这样的亲父子，那是想回旋都不太可能的。但这样一来，宗主的位置落在了他们的房头，其他房头会怎么想，怎样才不得罪人，阿红又愿不愿意，这些都得仔细打算，不可因为这件事伤了亲戚间的和气。

等他回到屋里，见到上前迎接他的二太太，这才发现，自己对裴宴的话不仅没有半点的排斥，反而这一路走来，都在考虑怎么才能让裴红顺利地做宗子。可见在他的心里，是认同裴宴的做法的。而他阿弟，恐怕早就看清楚了他的想法，这才来找他商量的。

裴宣再一次苦笑，打发了身边服侍的人，悄悄地把这件事告诉了二太太。

二太太半晌都没有合拢嘴，磕磕巴巴地道："真的？您说的是真的吗？三叔想让阿红当宗子，那，那绛哥儿和茜哥儿呢？他们要去科举吗？孩子还那么小，万一课业不顺怎么办？让阿红再把宗主的位置给绛哥儿或是茜哥儿的后代吗？"

裴宣深深地看了二太太一眼，道："这么说，若是不考虑把宗主的位置还回去，你觉得这还是件好事了？"

裴家可不是什么小门小户，宗主手里掌握的也不是一笔小钱。

二太太生怕裴宣怀疑自己起了贪念，忙道："还来还去的，肯定不好。其他房头的长辈们看了，肯定觉得我们宗房没有规矩，凭什么这样让来让去的，一房独大。可不还，这，这也太……"

占了太大的便宜。二太太连话都不好意思说出口了。

裴宣摇头，道："我倒觉得遐光说的有道理。"

不管怎样的决定，总有人会不满，不如先考虑自己要什么。

"至于绛哥儿和茜哥儿，"他顿了顿道，"以遐光的性格，肯定早就帮他们想好了。我们都不必挂念。只是红哥儿……他愿不愿意，这才是最重要的。"

裴红要是不愿意，裴宴会怎么选择？这才让人头疼。

二太太"哦"了一声，慌慌张张地就往外走："我这就让人去叫了阿红过来。"

裴宣点头，叮嘱二太太："这件事暂且不要对任何人说，包括阿丹在内。家里的长辈们还都不知道呢！"

"我省得！"二太太知道事情的严重性，忙道，"我谁也不会说的。"

但郁棠肯定知道。她去和郁棠说，应该不要紧吧！

裴宣和裴红说话的时候，她一溜烟地跑去了郁棠那里，匆匆忙忙把正在和青沅说话的郁棠拉到了院子里，低声说起了裴宴要裴红当宗子的事，并道："这件事你可知道？你是怎么想的？我们二老爷正在和阿红说话，你要是觉得不妥，我赶紧去拦一拦。"

郁棠一直以来都心疼裴宴被裴氏宗主的责任给绊住了，就是绛哥儿，也身不由己地可以看得见未来。如果裴红愿意做裴家的宗子，虽说没有一个不劳而获的优差，可也相对自由自在了很多。这未必不是件好事。

她也能理解二太太的担忧。二太太是怕她觉得裴红抢了绛哥儿和茜哥儿的位置。

她紧紧地攥住了二太太的手，真诚地对她道："这件事三老爷跟我说过了，我倒觉得委屈了阿红。毕竟以后要在老家守家业，长子也不能出仕了。"

二太太闻言整个人才松懈下来，突然想到"甲之砒霜，乙之蜜糖"。对于很多人来说，给儿子一个看得见的前程是最重要的，可对有些人来说，这也许就是个束缚。她怕郁棠不高兴，郁棠还怕她不高兴呢！

二太太不由揽了郁棠的肩膀，笑道："难怪我们能做妯娌的，我们都是喜欢为别人着想的人。"都怕对方不高兴。

郁棠笑了起来，她回抱了二太太一下，道："那阿红……"

"哎呀！"二太太想着还在书房说话的那父子俩，忙道，"我还得去看看。你先忙你的，有了信我立马告诉你。"

郁棠笑着点头，送二太太出了门。

裴老夫人就喊了郁棠过去，道："老二媳妇来干什么呢？"

郁棠不知道说什么好，含含糊糊地敷衍了过去。

裴老夫人留了心，第二天留了二太太说话。

二太太却不敢瞒着老夫人，把事情的经过一五一十地告诉了老夫人。

老夫人眉头皱成了个"川"字，立刻让人去叫了裴宴过来说话。

二太太看着老夫人脸色不对，找了个借口就溜了，找了小厮去叫了裴宴回来。

老夫人这边却是忍着气对裴宴道："你和你媳妇一条心，什么也不告诉我。我年纪大了，也喜欢做阿家，不闻不问的。可这涉及绛哥儿和茜哥儿的利益，就是你这做老子的，也不能随便就让了出去。这件事我不同意！"

这手心手背都是肉的，怎么临到老了，只有手心没有手背了！

裴宴很无语，开导老夫人："您不也说绛哥儿会读书吗？我们又何必耽搁他呢？"

裴老夫人愤然道："绛哥儿是会读书，可茜哥儿还小啊！你看他那样儿，是我捧在手心里长大的，谁敢拍胸说他就一定能考得上科举？要是他考不上，你到哪里去给他谋个前程？"

裴宴听了就在心里嘀咕。

从前对他们兄弟多严格啊，因为老大的事，连带着对裴彤和裴绯都亲不起来。现在老了，这种不负责任的话都说得出来了。

裴宴望着理直气壮的老母亲，斟酌了片刻才道："裴家是历代老祖宗一辈接着一辈奋斗出来的，不是我们一房的。我们不能事事处处地占尽了。当初大兄违背祖制出仕，还惹出大祸来，我们宗房还把宗主的位置给了我。族中诸位长辈不仅没有异议，还支持我做了宗主，事事以我们宗房马首是瞻。我们宗房不能不知道好歹。长子会读书的时候就把宗主的位置交给次子，次子会读书的就让长子做宗主，岂不是没有了规矩？而一个没有规矩的家族，又能走多远？

"如果阿红也是个会读书的，或者是二兄没有入阁拜相，宗主留在我房头就留了。可现在，阿红明摆着不可能在仕途上有所建树，大兄那一房又分了出去，正好趁着这个机会位归原主，大家也没什么话说。若是让我的儿子们轮流做宗主，那和欺负老实人有什么区别？

"我们不能又吃肉又喝汤的，不给别人留活路！"

裴老夫人哪里不知道，只是绛哥儿和茜哥儿是在她眼皮子底下长大的，她格外舍不得罢了。

老人家强硬地道："阿红怎么说？"

"他同意了。"裴宴笑道，"这孩子也算靠谱。说他从来没有想过要帮我打理家中庶务，想先跟着我学几天。若是能行，他再接手也不迟；若是不行，不妨从其他房头里选，或者是等绛哥儿他们长大了再说。"

裴老夫人面色微霁，道："这孩子说的也有道理，你不用这么急地做决定。老二是正二品，给儿子捐个官那还不是现成的。"言下之意，若是绛哥儿举业不行再说，裴红自有裴宣图谋。

裴宴哭笑不得，喊了声"姆妈"，道："这话你当着我说说也就算了，要是被二兄和二嫂听见了，得有多伤心啊！您不能因为阿红有父亲照料就要他照顾绛哥儿的前途，这不公平。还容易引起我们两房的矛盾。"

裴老夫人压根不予理会，一心琢磨着怎么保证绛哥儿和茜哥儿的前程。

裴红却像得了新玩具，兴致勃勃的，先是跟着裴宴去了京城的铺子里巡店，之后又跟着他去拜访了几家商会。做生意的人通常都和善，不得罪人，迎进奉出的，裴红觉得还挺有意思的。

裴宴索性让他跟着佟二掌柜去保定府对笔账，还要求裴红："你自己查账，佟二掌柜只在旁边协助。"

佟大掌柜如今只管着临安铺子的账了，佟二掌柜接手了哥哥的差事，小佟掌柜则接手了佟二掌柜的差事。苦庵寺的佛香，早就理顺了，先前是交给了裴家二小姐，现在由苦庵寺的住持接手了。又因为有小佟掌柜这几年手把手地带着，苦庵寺的住持如今算账都不用打算盘，寺里的佛香生意越来越好。后来知道郁棠会做绢花，不知道是真的看好这门生意还是奉承郁棠，派了几个居士跟着郁棠学了一阵子做绢花的手艺，前两年就开始试着卖供花，据说生意后来居上，不比佛香差。

至于佟家，向来是裴家的心腹，裴红好好一个尚书公子不做，要协助着去对账，就算裴宴什么也没有跟他说。以他对裴家的了解，他也隐隐觉得裴宴十之八九是要培养裴红做宗子。

宗房的裴彤那一支出了宗，裴宣就是长房了，若是让裴红当宗子，这也算是拨乱反正了。不管别人怎么看，佟二掌柜是很佩服裴宴的胸襟的，也很感激裴宴给了他这个陪同裴红、有机会指点裴红的机会。

他兢兢业业地陪着裴红去了保定。

转过头来，裴宣好不容易空出一天的时间，把裴彤、卫小川、沈方几个都叫到了书房，准备和他们好好聊聊天下大事，各位大人对四书五经的认知、文章的喜好时，裴彤没有看见裴红。

裴红还只是个小小的秀才，虽说裴宣说的东西他一时还用不上，却也是个结交他们这些举人的机会。裴彤不免为他着急，问给他们端茶倒水的小厮："怎么不见三少爷？"

宗房中，裴红排第三。

小厮笑道："三少爷出了门。"再多的，就问不出来了。

裴彤直皱眉，觉得裴红太不珍惜机会了。

沈方却觉得裴彤不知所谓。

先不说裴宣是裴红的父亲，就以裴宣如今的官位，裴红若是走仕途，就得外放，而且，就算是外放，估计也要顶着个阁老儿子的名头，做得好了是应该，做得不好是无能。要是他，他就学周子衿，寄情山水，纵情牧野，著书立说，不知道多好。

沈方暗啧了一声。

傅小晚则寻思着要不要劝裴彤几句，谁知道卫小川和章慧结伴走了进来。

沈方不由笑道："你们这是去做什么了？一大早就不见了！"

卫小川顿时面色通红，支支吾吾了半天大家也没有听清楚他说了些什么。

旁边的章慧看着好笑，道："我陪着他去做衣服了——来的时候卫太太特意托付我，让来了京城之后给他做几件新衣裳，去考场的时候穿。三太太请了裁缝过来。谁知道那裁缝这么早就来了。"

裴彤觉得章慧说的是托词，可章慧已岔开了话，问沈方："裴大人还没有来吗？我们之前还怕迟了，赶路赶出满身的汗来。"

"还好！"沈方也觉得章慧言不由衷，但他们既然不想说，他也不好多问。主要还是他和卫小川不熟。

卫小川小小年纪就考中了秀才，之后就来了钱塘书院读书，和他做了同窗。可卫小川读书非常刻苦，目不斜视的，以至于他们做了两年的同学，卫小川都不认识他。

就在沈方决定好好和卫小川结交一番的时候，卫小川考上了举人，回老家临安去读书去了。

沈方想着他是农家子弟,以为是家中长辈短视,大呼可惜,还曾到他家里拜访,想劝他回钱塘书院读书。谁知道到了临安才知道,原来是裴宴一直在指导他的学业,回临安读书,也是因为郁棠怀了身孕,裴宴不愿意出门,就把卫小川叫了回来。

裴宴的本事他是知道的。沈方讪讪然地回了杭州。再见卫小川,就是在裴家的船上了。

他以为卫小川肯定不记得他了,没想到卫小川不仅记得他,还记得他在书院的时候特别喜欢吃红烧肉,每天必定一大碗,卫小川还好奇地问为什么吃不胖。

为此,傅小晚还狠狠地笑了他一顿。

几个人就聊起天来。卫小川面色渐渐恢复了常色。

他和章慧来晚了,是因为路上碰到了来家里做客的殷太太和张大小姐。

郁棠有意给他说门以后在仕途上能助他一臂之力的亲事,在船上的时候就问过他有什么要求。他很不好意思,半天也没有说出一个字来。偏偏那殷太太不知道为什么突然拉了他说话不说,还上上下下地打量了他半天。

他怀疑是不是郁姐姐和殷太太说了什么,殷太太这是想给他说媒。

卫小川如坐针毡,找了个机会拉着章慧就跑了。

章慧和郁棠的交情又不同,早就知道卫太太把卫小川的婚事托付给了郁棠,见殷太太这阵势,他也怀疑殷太太要给卫小川说媒,这才帮他挡了挡。

等到卫小川心情平静下来,裴宣也过来了。

他身后还跟着几个面生的读书人,大的和章慧差不多年纪,小的和卫小川差不多年纪。

裴宣指了章慧等人:"这是我的同乡。"又指了跟过来的几个人:"朋友、同僚的兄弟、子侄,听说我约了你们闲聊,也要过来听听。"

众人忙起身互相见礼。

裴宣就让小厮去关了门,开始跟他们讲皇上这几年对政务的一些看法。

众人竖着耳朵听,书房里寂静无声。

裴老夫人这边,拉着陈大娘在清点自己的体己银子。她越清点,眉头皱得越紧。

陈大娘最知道她的心思,忙劝慰她老人家:"您不是常说儿孙自有儿孙福吗?四少爷和五少爷的前程,您也别太担心。二老爷是个宅心仁厚的,不会不管两位少爷的。"

"那能比得上自己的爹有本事吗?"裴老夫人不悦地反驳了一句,抱怨道,"都怪老太爷,要不是他纵容,老大能干出那样的事吗?老三能埋没于乡野吗?"

陈大娘不敢接腔。

若说上次来京城的时候,裴老夫人还是很疼爱裴彤和裴绯两个孙子的。等到她知道了裴彤做了些什么事,对这两个孙子就只留下那点面子情了。

裴老夫人就琢磨要不要去钱家在京城的老宅子里去串串门。钱家也有不少在京城当官的。不过隔着房头，她又是这么大年纪的人了，走得不勤罢了。可老话不是说了，远亲不如近邻，这人啊，多走动，也就亲了。

裴老夫人在心里仔细地琢磨着这些事，垂花门当值的婆子来禀，说是宋四太太派人送拜帖过来，想来给她问安。

宋家这几年越发不像样子了。儿女们的婚事统统只看门第不看人品，苏州的生意也被江家抢得差不多了，这次来京城，裴老夫人明知宋四太太也在京城，却没有让人去叫她过来吃顿饭。

裴老夫人就问陈大娘："宋家最近有什么大事吗？"

陈大娘年轻的时候也跟着裴老夫人见过世面的，既然来了京城，该知道的事肯定会早打听。

她道："宋家这些日子倒没有出什么大事。不过，彭家出事了。彭家的七老爷，听说要被贬官了。她素来和彭家走得近。"

如果只是单纯来拜访长辈也就罢了，能救济的救济一点，能帮衬的帮衬一把。可如果是为了别人家的事来的，也要提前了解是什么事，免得骤然说起来，不知道如何是好。

裴老夫人把那帖子拿在手里正看一会儿，又反看了一会儿，这才道："好歹是亲戚，想来就来吧！我一个孀居的老太太，儿子媳妇都正能干呢，哪里就轮到我开口说话，拿主意了。"

这就是什么都不帮的意思了。

陈大娘会意，但还是忍不住提醒裴老夫人："说起来，也不怪三老爷不喜欢彭家。虽说当年的事是那彭十一心胸狭窄，自作主张，可若不是靠着彭家，他敢这么大胆子吗？不过是开祠堂私下解决了，还拿到三老爷面前来表功，生怕别人不知道似的，嚷得别人都说他们家公平无私，家风清正。"

裴老夫人就摆了摆手，示意她不要再说了。

因怕郁棠名誉受损，彭十一刺杀郁棠的事，不管是裴家还是彭家，都压着没让旁人知道。但彭家也利用了这一点，让人觉得彭家给足了裴家面子，让裴宴就算心中不满，也只能暂时咽下这口气。

但正如陈大娘说的，裴宴可不是那种能忍气吞声的人。彭家这件事，只怕与裴宴脱不了干系。不然裴宴也不可能要来京城走这一趟了。宋四太太来见她，固然有亲戚的情分在这里，更多的，恐怕还是想为彭家说项。可她的遐光脾气像谁？当然是像她啊！别说遐光不会忍这口气，她也不会忍。不过，宋四太太既然愿意来，那就让她来好了。当年的事，她一直没有机会把这口怨气吐出去，宋四太太要是敢来做这个中间人，那就别怪她不客气了。

（全文完）